DALKEY ARCHIVE

WHomAde StEvIe CrYe?
AnOvElofThe AmeRiCAnSoUth
MiChaEl bishOP

誰がスティーヴィ・クライを造ったのか?

マイクル・ビショップ
小野田和子訳

国書刊行会

目次

WHO MADE STEVIE CRYE?
by
Michael Bishop

Published in agreement with the author,
c/o BAROR INTERNATIONAL, INC., Armonk, New York, U.S.A.
through Tuttle-Mori Agency, Inc., Tokyo

誰がスティーヴィ・クライを造ったのか？

——あるアメリカ南部の物語——

ジム・ターナーに

タイピング

THE TYPING

ウィックラース郡の狂女の
人生における一週間

モダン・ホラー小説

A・H・H・リプスコム

ブライアー・パッチ・プレス
アトランタ

ケーキがある、そのケーキを食べる、この二つの状態を両立させる方法をひねりだそうと必死になるのは疑いの余地なく恥ずべき行為だ――しかし同時に人間的、とてもとても非常に人間的ともいえるのではないだろうか。

――A・H・H・リプスコム

I

スティーヴンソン・クライ——友人はスティーヴィと呼んでいる——は、レディスミスにあるウェスト・ジョージア癌クリニックにおける腫瘍発見・診断手順についての特別記事を執筆中だった。そろそろ締めくくりにさしかかるという頃、電動タイプライターのなかのケーブルがぷつんと切れて、ベーッと舌を出して人を嘲るあの音を増幅したような異音を放ちだした。タイピングエレメント（タイプライターの活字が浮き彫りになっている部分）は頑として動かず、立ち往生した部分から聞こえる怒ったような耳障りな音は危険なほどにどんどん大きくなっていく。このままではタイプライターが爆発しそう——七百ドルの時限爆弾だ。

スティーヴィはオン／オフ・キーを素早く叩き、デスクを押して、すわっている折り畳み椅子ごとデスクから遠ざかった。緊急車両の悲鳴に心の平安を掻き乱されたかのように、全身が震えていた。悲鳴をあげたかった。

が、彼女は悲鳴はあげずに「クソッ」とつぶやいて絶望のためいきを洩らした。この言葉は、十三歳の息子テッド・ジュニアと八歳の娘マレラには絶対に口にするなといいわたしてあるのに、スティーヴィ自身は、いま書いていた記事のクリニックの隣にある病院で夫のテッドが亡くなってからというもの、気がつくとしょっちゅう口にしている。手形の満期が来た、締め切りに遅れた、そしていま大枚はたいて買ったPDE〝エクセルライター〟が壊れ、機械版の嘲りの音をあげて故障だと高らかに宣言した。クソッ。子どもたちが学校に行っているあいだでよかった。

スティーヴィは、二階にある書斎の窓に歩みよって冷たいガラスに頬をもたせかけた。ニレやハナミズキの枝は丸裸で、四ブロック先にあるバークレイの貯水塔の銀色の支柱や高々と聳え立つ無塗装の胴体がよく見える。町には人っ子ひとりいないかのようだ。寒風吹きすさぶ二月の午後に、子どもたちとの暮らしがかかった仕事道具が壊れたら誰をたよればいい？　ドクター・エルザは骨を接いだりイボを焼いたりするのは上手だけれど、壊れたタイプライターの治療は無理だろう。小さな町をロマンチックに描くことはいくらでもできるが、恐ろしく不便なときもある。だからこそテッドのような配管工事も電気工事もできる人間には仕事が山のようにあったのだ。彼はこの町が大好きだった。

エクセルライターは、とりあえずさしたる不具合もなさそうなようすでスティーヴィのロールトップデスクのまんなかにのっている。

スティーヴィは窓ガラスに頬をつけたまま、エクセルライターをじっと見つめた。タイピングエレメントが見慣れない角度に傾いているけれど、それ以外は問題なさそうに見える。このタイプライターは二年半前、彼女の誕生日にテッドがプレゼントしてくれたものだ。その少し前に彼女は隠れた物書きの才能を伸ばそうと決意していた。そしてプレゼントしてくれた直後、テッドの胃腸が癌に冒されていることがわかった。診断したのはドクター・エルザだ。テッドは逝ってしまったけれど贈り物は残った。神意としか思えない、かけがえのない贈り物だ。もう一度スイッチを入れればタイピングエレメントが元の場所にもどって、マシンは従順に快いロータリーエンジンの作動音をブルルと響かせてくれるかもしれない。

やってみる価値はある。スティーヴィはそう考えて、窓際を離れた。

しかしタイプライターは、彼女が触れるとロボットのカササギのような声を返してよこした。自己防衛本能が働いて、彼女はオン／オフ・キーをつぶしそうな勢いで突いた。やり場のない怒りに、ダークブルーのフードを何度も叩く。叩きおえると、この世に響く音は唯一ディアボーン製ヒーターのプロパンガスのシューッという音――そして冬の風が葉のない木々の梢をカチカチ鳴らす、嘲笑うようなかすかな音――だけのように思えた。「クソッ！」スティーヴンソン・クライは叫んだ。「クソッ！　クソッ！　クソッ！」

II

　階下におりてかんしゃくもおさまると、スティーヴィは筋道立てて対処法を探った。なにか問題が起きると、テッドにはいつも悪態をつくな、物に当たるな、髪を掻きむしるな、とたしなめられた。そんなことするもんですか。ありうる解決法を紙に書くなり頭のなかに思い浮かべるなり、リストアップして、一件落着するまでひとつずつ試していくのだ。さもないと、あのいつでもたのめる究極の便利屋さんによれば、解決するどころかあっというまに頭のいかれたやつの仲間入りをしてしまうことになる。

　そうでしょうとも。ここは亡き夫の忠告にしたがおう。

　帳簿付けやお金がらみのことでは人に説教しておきながら自分では実行できないなんて我ながら情けない、と不本意ながらスティーヴィは思った。何カ月も前からなんとか追い払おうとしてきた憤りがずきんと疼く。彼女はおでこをぴしゃっと叩いて自分を叱り、憤りを心から追いだした。

　故障したエクセルライターをどうすればいい？　まず、とスティーヴィは決断した。記事を書き終えなくてはならないのだから、バークレイ医療センターにある古くて使いにくいスミス・コロナを貸してもらえないかどうか訊いてみよう。たぶんドクター・エルザはスティーヴィがタイプライターをバンにのせて行ったり来たりしなくていいように、空いている診察室で仕事をしていいといってくれるだろう。ほかの人間が動きまわる物音が聞こえる建物のなかで原稿を書くのも面白いかもしれない。

　つぎは、レディスミスにあるパントロニクス《P》・データ《D》・エクイップメント《E》に電話して、エクセルライターの修理の手配をする。前に不具合（ちょっとしたタイミングのずれ）があったときはまだ保証期間内で、テッドがすべてやってくれた。実際問題、彼女にはPDEが信頼のおけない製品を売っていると糾弾する権利はない。夫の義務遺棄――ちがう死だ、義務遺棄ではない――から二十カ月のあいだにこのエクセルライターで五十万語近くは打っているだろう。それを考えれば、安い買い物だった。テッドにできる彼女の将来への投資としては、いちばん気の利いたものだったといえる――もちろんそこそこの保険金と利子を生んでくれる貯蓄預金を除いての話だが。テッドは巻尺と電圧計を持たせればいい仕事をしたけれど、小切手帳の帳尻合わせはからっきしだった。

　レディスミスは十八マイル離れているが、バークレイからは市内通話でかけられる。スティーヴィは電話帳でPDEの番号を探してダイヤルした。受付の女性に問題を説明しはじめると、相手は不安げに長広舌をふるうスティーヴィをさえぎって、顧客サービス部門におつなぎします、といった。こんどは男が出て、スティーヴィはまた最初から話しはじめた。

「お仕事場への行き方をお願いします」サービス部門の男は、不意に言葉をはさんだ。「誰か、行かせますんで」

「わたし、フリーなんです。自宅で仕事をしてるの」

「当社とのサービス契約は？」

「年間三百ドルの？　冗談でしょ？」

　男は笑いまじりにわざとらしい咳払いをした。「いや、サービス契約のない個人のお客さまのお宅へも伺いますよ」

「有料でね」

「どなたもおなじ料金ですよ、ミセス・クライ。あなただって、無料で仕事はされないでしょう。パントロニクス・データ・エクイップメントの人間もおなじことです」

「はいはい。それで修理代のほかに、出張費としていったいいくらかかるのかしら？」

「少々お待ちください」ルーズリーフのページを繰る音と男がぶつぶつ口のなかで計算している声が聞こえてきた。「距離に応じてということになるんですよ、ミセス・クライ」ややあって男がいった。「バークレイまでの往復だと……ええ、二十三ドル程度ですね」

「そっちへ持っていくわ」

「こちらはかまいませんよ」

「そのほうが一マイル一ドルよりましですもの」スティーヴィはずばりといってやった。「法外な料金を払わなくてすめば、こちらは大助かり」

「実際は、お客さま、一マイル一ドル以下なんですよ」

「ＰＤＥの計算機で出した数字なんでしょうね、きっと」

「いえいえ、ミセス・クライ。こちらに電話されるのにレディスミスの電話帳をお使いになったと思いますが、じつはその番号はコロンバスの交換局につながってまして。ＰＤＥの南ジョージア本部はたまたまコロンバスにあるんですよねえ。わたしがいるのはそこ、タイプライターを持ってきていただくのもそこということになります。どうです、便利でしょう？　エレクトロニクスの魔法で、お客さま、市外通話料金を節約できたんですよ」

スティーヴィの苛立ちはつのる一方だった。州間高速道一八五号線の南に位置するコロンバスまでは四十マイル以上ある。週末に車を運転して食料雑貨店の特売に行って、切ないウィンドウ・ショッピングをするついでならかまわないが、きょうは火曜日だ。修理をそこまで先延ばしするわけにはいかない。あす行くとしたらＶＷのバンにガソリンを入れて、貴重な仕事時間をかなり犠牲にすることになるだろう。

　それに、もしエクセルライターを預かるといわれたら、後日、引き取るのにまたかなりの時間を潰すことになる。電話線の向こうにいる相手の嘘くさい愛想のよさがしゃくにさわって、また苛立ちがつのる。

「ほんとに配慮が行き届いていて、みんなのお手本になるわ」と彼女はいった。

「ありがとうございます」

「インクリボン・キャリアーのケーブルを交換すると、いくらかかるのかしら？　ショックを和らげるために、そちらへ行く前に見積額を教えてもらえます？」

「今年の頭から、時間料金が上がっております」

　うわ、やめて、とスティーヴィは思った。ＰＤＥの男の口調は株の配当金でも告げているかのようだった。男の観点からすれば、実際そんな感じだったのかもしれない。この男はもしかしたら会社の株を持っていて、会社の客から金を巻きあげる既得権益を手にしているのかもしれないのだ。

「いくらになったのか教えていただける？」スティーヴィはいった。

「一時間あたり四十四ドルから、ミセス・クライ、五十二ドルに上がっております。その額を比例配分するわけではありません。どんな作業をするにしても、最低料金が五十二ドルということです」

「ろくでもないキャリアー・ケーブルを取り換えるだけで五十二ドル？　五分でできるのに？」

「これはまたレディには似つかわしくないおっしゃりようですね、ミセス・クライ」

「あのねえ、一月に子ども二人の健康診断をきっちりやってもらったけれど、検査も分析も含めて、三十五ドルしかかからなかったのよ。エクセルライターの修理が生身の人間の子ども二人の健診より高くていいなんて、まさか本気で思ってるわけじゃないでしょうね？」怒りで声が殺気立ち、刺々しさは抑えようもない。

「当社では子どもは扱っておりませんので」

「お願いするわ。この請求額のことは米国医師会には絶対にいわないこと、いいわね？　もしドクター・サムとドクター・エルザがあなたたちぼったくりの修理屋さんと同等にしなくちゃなんて考えでもしたら、うちの子がどんなに大病しようと大怪我しようとチキン・ヌードルとバンドエイドでなんとかするしかなくなっちゃうから。冗談抜きで、ミスターどなたさまか存じませんが、とんでもないわよ、そんな値段」

「スミスです」と悪びれたふうもなく男はいった。「ジョン・スミス」

「ええ、そうでしょうとも。おたくみたいな二本足のピラニアのところにタイプライターをわざわざ持っていくなんて、とても正気じゃできないわ。これでＰＤＥがなんの頭文字なのか、よくわかりました。パントロニクス・データ・エクイップメントじゃなくて――」

「――プリティ・ダム・エクスペンシブ（べらぼうに高い）」サービス部門の男がいった。「よくいわれるんですよ」電話が切れた。

「あああああー！」スティーヴィはわめいて、受話器を叩きつけるように受台にもどした。そして両手で顔を覆い、朝食用カウンターにかぶさるように身をかがめて、テッドならあの知ったふうな口をきく押し売り男とどう渡り合っただろうと考えた。たぶん彼女よりうまくやっただろう。ずっとうまく。テッドは厄介事を処理するのが上手で、バークレイ近辺で仕事をするなかで、毎日何十もの厄介な問題に遭遇していた。彼がどう対処すればいいかわからなかった問題は——お金のことはべつとして——ただひとつ自分の病気のことだけだった。病気にたいしては、彼は凶暴な野犬の群れに襲われたへたれ犬みたいに完全にお手あげだった。強固な意志がほんとうにものをいう肝心な戦いで、彼はどうしてあんなに弱腰だったのだろう？

スティーヴィは不意に両手をおろして顔をあげた。「問題はタイプライターよ」と彼女は自分を諭した。「テッドじゃない——タイプ、ライ、タ、ー、よ。めそめそするのはよしなさい」

彼女はふたたび電話のダイヤルを回した。

III

ドクター・エルザは内科医の夫サム・ケンジントンと交互に、ジョージア州バークレイ市の医療センターと近くのウィックラース郡にある医療センターで診察をしている。今週の火曜日はバークレイでの勤務だったので、ちょっと立ち寄って奥の診察室にある古めかしいスミス・コロナを使いたいというスティーヴィの頼みにはなんの異論もなかった。

「どうぞいらっしゃい」年長のエルザはいった。「でも、医療用のマスクをしてもらわなくちゃならないかもしれないわよ」

実際、スティーヴィが行ってみると医療センターの手狭な二つの待合室（昔は片方は白人用、もう片方は黒人用になっていた）は、インフルエンザ患者や処方箋がほしい、あるいは医者にはっきり大丈夫といってほしいひとり暮らしの年金生活者や疝痛《せんつう》を起こした赤ん坊を抱いた不安げな母親たちでいっぱいだった。ケンジントン夫妻は二月はいつも過労気味なのだが、五十代で奇跡的なほどパニック耐性の強いドクター・エルザは診察室の入り口から顔を出してスティーヴィに微笑みかけると、廊下の奥の予備のタイプライターが置いてあるほうを指差して、おしゃべりする時間もなくてごめんなさいねと詫びた。

「しなきゃならないことはなんでもしてってちょうだいね、スティーヴィ」

「ありがとう。一時間くらいですませるようにするわ。マレラは学校から帰ったらあたしが家にいるものと思ってるから」

〈コロンバス・レジャー〉紙に載る記事の最後の四段落を叩きだしながら、スティーヴィはなんとも落ち着かない気分を味わっていた。すぐそこにいる患者からインフルエンザ・ウイルスをもらってしまう危険性を感じたからではなく、患者の診察に使うべき部屋を先取りしてしまったことに後悔の念を覚えたのだ。小さな診療所ははちきれそうなほど込み合っているのに、自分は病人のために使われるべき空間を一人占めしている。もしドクター・エルザではなくドクター・サムの勤務日だったら、あつかましくこんな頼み事をしようとは考えもしなかっただろう。年長の女性の友情につけこんでも許されるだけの当を得た理由はいくつかある――〈コロンバス・レジャー〉の締め切りが迫っているとか、家族を養わなくてはならないとか、フリーランスの仕事の幅をひろげたいとか――とはいえ、今週中にもう一度厄介をかけるなんてことは、それはもうとうてい正当化できる話ではない。あれこれ考えるより、スミス・コロナを家に持っていったほうがいいかもしれない。けっきょくのところ、ケンジントン夫妻はもう一台タイプライターを持っているのだし、彼女にとってみれば、参考書も資料ファイルも電話も手近にあるところで仕事ができるのだから。

　生憎なことに、スティーヴィはこのケンジントン夫妻の古いタイプライターが大嫌いだった。しょっちゅうガシャンとアームが絡まってスピードが落ちるし、プラテンがぐらぐらするのでかなりの強さで打たなければならないのだが、それを十分もつづけると、腕が濡れたボロ雑巾みたいになってしまう。おまけにオンボロのスミス・コロナが打ちだすc、q、u、o、eはどれもボーリングのボールのミニチュアか海賊の黒丸（黒丸をつけられた者は世界中の海賊から命を狙われる）みたいで、タイプバーに浮き彫りになった活字がべとついている。こんなタイプライターは緊急のときでもなければとても使う気にはなれない。が、もう一台のタイプライター（電動の比較的あたらしいモデル）はケンジントン夫妻が日々使っているから、さすがにそれを貸して欲しいとはいえない。できるだけ早くエクセルライターの修理をすませなければ。

でもどこで？　誰に頼めばいい？

三時十分前、スティーヴィは打ちだした原稿をささっとひとまとめにしてインクが洩れぎみのビックのボールペンで手早く十カ所以上訂正すると、最後の数段落がお世辞にもきれいとはいえない仕上がりになっていることを〈コロンバス・レジャー〉紙の編集者が大目に見てくれますようにと祈った。手垢で汚れたマスキングテープでつぎあわせてある埃よけのカバーを四角い箱のようなタイプライターにかぶせて狭い廊下に出たとたん、ドクター・エルザにぶつかってしまった。

「あなたは命の恩人よ、エルザ。あたし、これを郵便局に持っていって、それから家に帰ってマレラを出迎えてやらなきゃならないの」

「テディは？」

「ああ、あの子は中学でバスケットボールの練習。十三歳なのに、先月ドクター・サムに身長を測ってもらったら五フィート七インチで誰かさんより頭半分大きいの。おむつをしてたのがきのうのことみたいなのに。パンパースにずっしりウンチしてたくせにね。あの子は六時半か七時くらいまで帰ってこないと思うわ」

ドクター・エルザはスティーヴィの両肩をつかんだ。いつもの荒々しいほどの元気のよさが影を潜めて、なにもかも見通しているような心配そうな表情を浮かべている。「ねえ、大丈夫なの？　あなたのこめかみがぴくぴくしてるのを見るたびに血圧を測りたくなっちゃうわ。健診が必要なのは子どもたちだけじゃないのよ」

「まいってるのはタイプライターのことだけよ、エルザ」

「ほんとうに困ってるんだったら、うちのを持っていって。そこのポンコツじゃなくて、シェリーが使ってるちゃんとしたほう」

「いいえ、それはできないわ。そんなつもりはないの」スティーヴィはドクター・エルザの骨ばった赤銅色の手をつかむと、親しみをこめてぎゅっと握った。「でも、話し相手は欲しいの。今夜ちょっと寄ってもらえないかしら？　軽くワインとチーズ・ディップでもいかが？　ワインはクリスマスのときのだけど、チーズ・ディップはあたらしいわ――ほんとよ」

「のった。八時ごろ行けると思う。サムはうちに置いていくわね。今夜はわたしたちだけで、ぬくぬく雌鶏パーティしましょう」

「テディもいるわよ、エルザ」

「それはいいの。テディはまだ雄鶏になっていないから」

　診療所にいるあいだに霧雨が降りだしていた。天から降り注ぐ気の滅入るヒスタミンの霧。バークレイはこの漂う湿気の下、ペーパーウエイトのうつろな半球のなかのオモチャの町のようにうずくまっている。

　ＶＷのバンにもどると、スティーヴィはくしゃみをこらえ、郵便局のポストに原稿を放りこんでくるりと方向を変えると、卵黄色の二台のバスのあとから、小学校の油を流したように光る駐車場に入っていった。娘のマレラを拾うためだ。雨のなか、歩いて帰らせることはない。マレラはしなやかで華奢な身体つきの子で、ときどき体調を崩すことに目をつぶれば、三年生の元気なバレリーナといったところだ。娘が体調不良を訴えても、スティーヴィはたいていい目をつぶることにしている。テッドが健在の頃の彼女は、娘が窒息しそうなほど愛情を注いでいた。しかし、テッドが亡くなってからはもう少し冷静な子育てを心がけるようになった。なにはともあれ、甘やかしすぎて娘をだめにしてはいけないと思ったからだ。ありがたいことに、マレラがこの意図的な方針転換に腹を立てるようなそぶりを見せることはいっさいなかった。マレラはスティーヴィであれ誰であれ、なにかしてもらったら素直に感謝する子だから、こんな冷たい霧雨が降る日に母親が外で待っていてくれるのを見つけたらびっくりしてはしゃいでくれるはずだ。

と、スティーヴィは信じていた。

ところがそんなスティーヴィの思いとは裏腹に、マレラは配車が遅れてやっと到着したタクシーにでも乗りこむかのように、のろのろとバンに乗ってきた。そしてスティーヴィの隣のシートに横ざまに沈みこむと、ノートが床に落ちてバサリと耳障りな音を響かせた。その目には里親制度支援機関のテレビCMに出てくる子どもを思わせる飢餓感が宿っている。罪悪感があるから来たんでしょ、とその目はいっているように思えた。が、つぎの瞬間には薄膜がかかって、無言のまなざしに変わってしまった。

「マレラ、ちゃんとすわりなさい！」

「ママ」マレラはやっと声を出した。「ママ、なんか具合が悪いの。お昼ご飯のときからずっと。でも誰にもいわなかったの」

スティーヴィが娘のおでこに手をあてると、びっくりするほど熱かった。「誰にもいわなかったの？どうして？」

「ママがお仕事できるように」

あたしが仕事ができるように、とスティーヴィは頭のなかで娘の言葉をくりかえした。タイプライター叩きのママがお迎えのためにロールトップデスクのまえを離れなくていいように、誰にもいわなかったのね。娘の献身的だけれど無謀で大胆な行動に、スティーヴィは感動すると同時に困惑も覚えていた。子どもたちは、ママに二階の書斎で少しだけ名の知れた二流物書きの仕事をさせるために、彼女以上に大きな犠牲をしいられているのかもしれないという恐ろしい疑念が湧きあがってきたのだ。教師の職にもどるべきだ。そうすれば子どもたちと生活時間のずれもなくなるし、夏休みはあるし、地元の教育委員会は毎年二週間近くの病気休暇を保証してくれる。いちばん重要なのは、ドクター・エルザはもちろんのこと、テディもマレラも、彼女を感情的な病人として扱わなくてよくなるということだ。いまの彼女は毎日のスケジュールにほんの少しでも想定外の変更が生じるとばらばらに壊れてしまいそうなのだ。

まるでぷつんと切れてしまう、タイプライターのやわなケーブルみたいに。

「ああ、マレラちゃん」スティーヴィは歌うようにつぶやいた。「ああ、ママのおばかさんでおりこうさんのマレラちゃん」

家にもどると、スティーヴィは居間のヒーターをつけてソファベッドをひろげ、そのでこぼこしたマットレスの上にマレラを寝かせてキルトを三、四枚かけ、ベバリー・クリアリーのペーパーバック版『子ねずみラルフの第二のぼうけん』を用意した。(作家として大成功した女性もいるのよね、とスティーヴィは改めて思った——残念ながらセオドア・クライの未亡人には子どもが喜びそうな物語を紡ぐ能力はなさそうだ。)さらにスティーヴィはソファのそばの床に新聞紙を敷いて、黄色いプラスチックのバケツを置いた。マレラが吐き気を催してバスルームに行くのが間に合わないときの用心だ。これはクライ家の冬につきものの儀式で、スティーヴィはきめられたとおり厳密に事を進めた。

今年がうるう年でなくてよかった。もしも今年の二月が一日でも長かったら、スティーヴィはその一日をルーズベルト州立公園にある荒々しいルスチカ積みの石造りの陸橋からまっさかさまに飛びおりることに使わなければならなかっただろう。

IV

「往診になるなんて初耳よ。パーティに誘われたと思っていたんだけど」

「ごめんなさい、エルザ、ほんとうに。学校で車に乗せてはじめて具合が悪いってわかったの。でも、あなたがほかの患者さんでてんてこまいしてるときに診療所へ連れていかなかったのはお手柄でしょ？　それくらいの分別はあったの」

「具合の悪い子を医者に連れていかないことのどこが分別だっていうの？」

「あたしがあの子の医者なの」スティーヴィはドクター・エルザのまえにトスターダ（トルティーヤを揚げたもの）とプラスチック容器に入ったチーズ・ディップを置いて、シャンパングラスに国産の赤ワインをなみなみと注いだ。キッチンカウンターの上面で小さなワインレッドの影が踊っている。「これまで何度もそうしてきたんだもの、まず問題はないわ。ほら、よく寝てるでしょ、エルザ、みるみるうちに元気になるわよ」

　朝食用カウンターからは、居間で何枚ものキルトにくるまって大の字でぴくりともせず寝ているマレラの姿がよく見える。たしかに気持ちよく眠っているようだ。スティーヴィのバケツ運びは六時少しすぎには終わっていた。そのあとライソール（クレゾール石鹸液）で目に入るものすべてを消毒してから、テディと自分のための夕食づくりにとりかかったが、工業製品の刺激臭はまだ完全には消えていなかった。

「おなじのにかかりたくないなあ」テディが社会科の宿題をしているはずのキッチンテーブルから声をかけてよこした。「きょうの午後のバスケの練習、腹ピーピーで三人、休んだんだ」

「すてきないいまわしだこと」スティーヴィはいった。

「じゃあ、下痢で」

　スティーヴィはしかめっ面でいった。「もう、テディ！」

「モンテスマのたたり（メキシコ旅行者がよくかかるひどい下痢）にしてごらんなさい」ドクター・エルザが少年にアドヴァイスした。「意味は正確ではないけれど、聞こえはずっといいわ」

「テディ、二階へ持っていって終わらせたら？」

「上は寒いんだよ、ママ」

「電気毛布のスイッチを入れなさい。どうせあと一時間かそこらでベッドに入るんだから。電気毛布にウォーミングアップのチャンスをあげなさい」

　父親のお古の網目織りのセーターを着たテディは、寒いダイニングルームに入っていき、うしろ手でドアを閉めた。ドスンドスンと玄関広間へ向かい、それから冷えきった寝室へと階段をのぼっていく足音が聞こえてきた。家中のヒーターをつけっぱなしにするような贅沢は許されない。でも、ドクター・エルザと愛しいママに十分か十五分、二人きりの時間をプレゼントしてくれたところでテディが凍死するなんてことはまずありえない。テディは賢い子だ。なぜ二階へ行かされたか、ちゃんとわかっているはずだし、風船をふくらませたり窓についたけばけばの霜に爪でいたずら書きをしたりして時間をつぶしてくれるだろう――少なくともドクター・エルザと内密の実のある話をひとつはできるくらいの時間は、とスティーヴィは期待していた。

「こんな胃潰瘍ができそうな仕事はもうやめようと思ってるの」シャンパングラスのワインをくるくる回しながら、スティーヴィはいった。「教職にもどろうと思って」

「おばかなタイプライターが壊れたから？」

「ほかにもいろいろあるのよ、エルザ。マレラは病気がち、テディは大人になりかけてきてるし、あの子たちの父親は病気に負けてしまったし――この先、待ち受けているものに正面からぶつかっていくんだとかさんざんいってたくせに」

「タイプライターを修理に出しなさい」

「あたし、彼に見捨てられたって気がしてるのよ、エルザ。口にするのも恐ろしいことだわ、それはわかってる、でもね、彼は努力するのをやめてしまったのよ。あなたに癌があるっていわれて――いったのはドクター・サムだけど――とにかく彼は恩赦の見込みもない死刑囚監房に入れられた囚人みたいな態度をとるようになってしまった。ひと晩で別人に、知らない人間になってしまったのよ」

「タイプライターを修理に出しなさい」

「なんなの、エルザ！　あたしは昼間、あなたと話がしたいといったのよ。どうしてあたしを黙らせようとするの？」

ドクター・エルザはラヴォリス（口腔洗浄液）でも口に含んでいるかのように赤ワインを口中でくるくると回した。「わたしは精神科医じゃないのよ、スティーヴィ。ジークムント・フロイトとフリーダ・スティムソンの区別もつかない小さな町の一介の女医」フリーダ・スティムソンは町のすぐ西を通るアラバマ・ロード沿いで花屋を営んでいる。

「あなたは友だちでしょ。友だちは話をちゃんと聞いてくれるものよ、エルザ」

「聞いてるわよ。第一、いまの話はなんだかんだ前にもいってたことじゃないの。テッドはすばらしい人だったけれど、死との向き合い方はあなたが褒め称えたくなるようなものではなかった。彼の人生の最後の一年間で、その前の、あなたが彼と知り合ってからの十五年かそこらの彼にたいする信頼はそこなわれてしまった。あなたはそんな仕打ちをした彼に怒りを覚え、その怒りをわたしが癌だと診断する前の彼にまで感じていることに罪悪感を覚えている」

「そのとおりよ」

「アトランタのやり手の精神科医だったら、こんなちゃちな分析だけで五十ドルはとられるわ。しかも、あと九回、通ってくださいっていわれるわよ」

「だからあなたに来てもらったんじゃないの、エルザ。あなたならどうでもいいことの奥にあるほんとうに大事なことを見抜いてくれるから」

「タイプライターを修理に出しなさい」

「エルザ！」

「いい、ハニー、あなたはテッドがあきらめてしまったように見えたから褒め称えることができない、そうでしょ？　そうよね。だから、彼のよりずっとちっぽけなあなたの問題――そう、ぶっ壊れたタイプライター――の解決法は、ほうきの柄にスリップをかかげて、『降参！』と叫ぶことよ。いまは、いい、それこそが褒め称えられるべきことだと思うけど」

スティーヴィはチーズ・ディップの容器に小指をつっこんできれいに舐めると、無慈悲なまでに反駁しがたい友の論理に抗して目を閉じた。どうでもいいことの奥にある核心を見抜く、か……。

ついに彼女は口を開いた。「ケーブルを取り換えるだけで五十二ドルもかかるのよ、エルザ。そんなお金あるわけないじゃない。アトランタのやり手の精神科医に払うお金がないのとおなじことよ。

でも、たとえ五十二ドルあったとしても、あんなＰＤＥのばかどもを満足させるために使う気はないわ」

年長の女はバッグから処方箋のつづりをとりだすと、一枚はぎとって鉛筆でなにか書きはじめた。「コロンバスにある事務用品を扱っている会社の住所よ。奥でタイプライターの修理もやっているの。ハムリン・ベネック＆サンズ。サムがおすすめのところ。あの人は安ければどこでもおすすめなんだけれど、ベネック一家とは十数年来のつきあいなの。いまはタイプライターがどうかしたときにしか会わないけれど――この先の湖畔にコテージを持っていたんだけどね、七〇年だったか七一年だったかに売ってしまったから――そこの息子が、きょうあなたが格闘していた手動のを、どうにか使えるようにしてくれたのよ。去年の秋には電動のを格安で売ってくれたし。あしたの朝、あなたが行くって電話を入れておくわ。ハムリンの親父さんに、戦没将兵追悼記念日までにはタイプライターを返してもらわないと困るっていっておく。それでよろしいかしら、ミセス・ジョイス・キャロル・シェークスピア？」

スティーヴィは承諾のしるしにドクター・エルザの手首に手を置いた。

そのとき、キッチンと暖房していないダイニングとのあいだの重い木製のドアをノックする音がして、二人はぎくりとした。「もう、もどってもいい？」ドアの外からテディが大声で叫んでいた。「すっごく寒いんだけど」

V

マレラの具合が悪かったので、スティーヴィは水曜日の大半の時間、書斎のデスクに向かって、アトランタのブライアー・パッチ・プレスに提出するつもりの企画書の草稿を手書きで書いていた。この出版社はアトランタの二大日刊紙に記事を書いているコラムニストのうち三人が執筆した種々雑多なノンフィクションの作品集を出版し、巧みなプロモーションで売り上げを伸ばしているので、スティーヴィは自分の本――タイトルは『二つの顔を持つ女――ある女家長の省察』にしようと思っている――も、パーキングメーターにコインを入れるように、このヒット企画のパターンにするりとはまると考えたのだ。すでに七百五十字のコラムを三十本程度書いているから、それが作品集の芯になる――これまでに地方紙や地域限定販売の専門誌数誌に売ったものだ。ブライアー・パッチ・プレスの編集者がこの企画を気に入ってくれれば、この先書くものも企画に生かすことを保証する契約を結んで、過去のコラムをふくらませるなり、本数をふやすなりすることができる。そんな契約が、のどから手が出るほど欲しかった。

マレラはといえば、時間を追うごとに具合がよくなっていって、午後もなかばになるとピーナッツバターとジャムのサンドイッチが食べたい、『ライアンズ・ホープ』という昼ドラが見たいといいだしたが、スティーヴィはピーナッツバターは脂っこすぎる、昼ドラもおなじくらいこってりしすぎだと渋い顔で却下した。けっきょくマレラはだいぶ日にちのたったナビスコのクラッカーをかじり、二年前のよれよれになった〈コスモポリタン〉誌のページを繰ることで妥協。そしてまた少し眠った。

午後三時四十分、ウィックラース郡立高校二年のポリー・ストラットンがやってきた。テディがバスケの練習を終えて帰ってくるまでのあいだマレラの面倒を見てくれるベビーシッターだ。やっと手があいたスティーヴィは、PDEエクセルライターを書斎から一階にひきずりおろし、外に出してVWのバンにのせた。タイプライターの大きさはパンを入れておくケースくらいだが、そこに煉瓦か鉄のインゴットを詰めこんだくらい重たかった。スティーヴィは、今夜ドクター・エルザに腰痛の治療をしにきてもらったほうがいいかもしれないと考えながら居間にもどってポリーに最後の指示を与え、マレラに行ってきますのキスをした。そしてやっと出発。

州間高速道一八五号線でコロンバスに出るまでは四十五分しかかからなかったが、市内は混雑する時間帯で、ハムリン・ベネック&サンズに着くまでにはだいぶ時間がかかってしまった。CBS支社のテレビスタジオからさほど離れていないグリーンに塗られた煉瓦造りの建物に到着したのは午後五時半少し前。あと三十分で閉店だ。スティーヴィは、そんな短時間で問題を説明してタイプライターを直してもらうのは無理だと、絶望的な気分になっていた——いくらドクター・エルザが、若いシートン・ベネックなら〝エクセルライターはエクセレント、どんな厳しい要求をもしのぐ優れもの〟といいおわらないうちにスペースバーから上を組み立てられる、と請け合ったといっても、やはり無理だろう。だがドクター・エルザはたしかにそう断言したのだ。

実際、スティーヴィがタイプライターを店内に運ぼうと助手席からおろすより早く、白のカバーオールにゴム底の靴姿のぽっちゃりしたブロンドの店員がやってきて手を貸してくれた。赤ん坊のような傷ひとつない肌、ラッカーを塗ったのかと思うほどきらきら光る青い瞳、桃のように手触りのよさそうな産毛が生えたほっぺた、くぼみのあるあご。

「朝からずっと、お待ちしてました」と、事務用品会社のドアをうしろ向きに入りながら、男はいった。

「あなたがシートン?」

「はい、そうです。シートン・ベネックです。あなたは作家のスティーヴンソン・クライ。記事はぜんぶ読んでます。図書館へ行って、〈レジャー〉の古いのを片っ端から読んで、あなたの記事を探してるくらいです」

「驚いた」スティーヴィはいった。バークレイの町以外のところで、出来はいいけれど地味で人目につかない作品群に大なり小なり興味を示してくれた人間に出会ったのははじめてだったので、言葉に詰まってしまった。このずんぐりしたピカピカの若者は、彼女に好印象を与えようとしているのだろうか? もしそうだとしたら、いったいなんのために? ドクター・エルザはおそらく、PDEの修理代が法外なのでエクセルライターをそちらに持っていくと率直に話していることだろう。事実、思いがけないお世辞をいわれても、シートンにチップを渡す余裕もない。いまのおべんちゃらは、やはりチップ目当てなのだろうか?

ぼうや——実際にはシニア・プロム(高校卒業時の正装ダンスパーティ)と青年会議所正会員のあいだで宙ぶらりんになっている、どっちつかずの二十代なかばの男——は、事務用品(タイプ用紙、ファイル・カード、書類フォルダー、ホッチキスの針、宛名ラベル、その他もろもろ)の山のあいだを通って、スティーヴィを広い作業場へ案内した。作業場の床はコンクリートで、規格ユニットで組み立てた金属製の棚がずらりと並んでいる。そのエレクターセット(組み立て玩具)の塔のような棚のひとつにはタイプライターがおさまっている。まさにタイプライターの国会といった趣だ。埃よけのカバーをしたものもあれば、中身がむきだしのものもあり、その横にはカーボンをコーティングした麺棒のようなプラテンが置いてある。どのタイプライターにもキャリッジかシリンダー・ノブに針金でタグが結びつけられている。それぞれにちがう壊れ方をしたたくさんのタイプライターが死体保管所のかりそめの霊廟に置かれた遺体のように並んでいるのを見て、スティーヴィはふと不安になった。シートン・ベネックは彼女のエクセルライターもこの棚に置いて、すぐにその存在を忘れてしまうのではないだろうか？　なんだかタイプライターをハイテク墓地みたいなところに捨てにきた気がする。

「これ、ぜんぶ、わたしのタイプライターの前に修理するものなの？」

　シートンは彼女のタイプライターを作業台に置いて、オーバーオールで両手をふいた。「いや、ちがいます。必要なケーブルは用意してあります。すぐに交換しますから。タイプライターが必要なんですよね？」

「ほかの人たちは必要じゃないってこと？」スティーヴィは作業台のうしろにずらりと並んだ、必要な部品を取りはずされてしまった壊れたタイプライターの残骸を手で示した。「ここは古くてガタのきたタイプライターの死に場所なの？」

「ここに置いていく人もいるんですよ、ミセス・クライ。もういらないとか、下取りとかで。修理が必要なものはちゃんと修理します」彼は話しているあいだ彼女のほうを見ようとしなかったが、それはもちろん、エクセルライターのはらわたをのぞきこんでタイピングエレメントを動かす部分にあたらしいリボン・キャリア・ケーブルを取りつけている最中だからだ。ホワイトブロンドの髪がはらりと落ちて片目にかかったが、ぽっちゃりした指はいっさいスピードをゆるめず、込み入った作業を手際よくつづけている。タイプライターの薄暗い洞穴の奥で、小型のドライバーが薄気味悪くきらりと光った。「ぼくはタイプライターが必要な人のために修理するのを楽しんでるんです」

スティーヴィの心に不安のつらがするりと滑りこんできた。が、なぜだかはわからなかった。彼が作業をはじめる前に見積額を訊いておくべきだったかもしれない。それともなにかほかのことが原因なのだろうか？　どこか根深いところで、シートン・ベネックの器用さ、妙に世慣れた、どことなく人を下に見ているような態度に、彼女は気圧《けお》されていた。しかし彼は自分が彼女にそんな影響をおよぼしていることなど自覚していないようだから、彼がおなじ言葉を強調することに苛立ちを覚えるのは、彼女が深読みしすぎているせいかもしれない。彼は、人の反応や感受性の強さをしっかりつかみきれない若者なのだろう。仕事柄、こんなこだまが返ってきそうなタイプライターの墓場でひとりきりということも多いにちがいない。

「いいことね」スティーヴィは遅ればせながらいった。会話を途切れさせるのも気が引ける。「この仕事が好きなのね」

「いや、あなたの仕事のほうがいい。ぼく、作家になりたいんです」

スティーヴィは純粋に意思の力だけで、笑いを封じこめた。作家という職業にこれほどふさわしくないと思える人間に出会うことはめったにない。シートン・ベネックは人の目を見ようとしないし、話せばおなじことのくりかえしで心に届かないし、意識するのは自分がいまやっていることだけで、周囲への目配りに欠ける。彼の指はエクセルライターを愛おしんでいる――それはわかる――が、それ以外は、ジョージ・ロメロの映画に出てくるゾンビの情念、心やさしさ、その他もろもろをすべて持ち合わせているという印象。情け容赦ない残酷な評価だが、たしかにそうなのだ。

「タイプライターの修理のほうが儲かると思うわよ」

「でも、尊敬はされません」

罪悪感の波と自己卑下の波が交互にスティーヴンソン・クライの身の内から湧きあがってくる。ぽっちゃり指の彼女のランスロット（アーサー王伝説に登場する騎士）は、こうして雄々しく彼女を危難から救いだそうとしながらも、彼女が口にこそしないものの自分にたいしてどんな評価を下しているか、ちゃんと判断しているだろう。そのくらいのことは彼にも読めるはずだ。これでは馬の鞭で打たれてもしかたない。人を裁くな、自分が裁かれないためである、と聖書はいっている。人のロバをむやみに欲しがることなく、汝の隣人を愛せ、みたいな目先のきいた言葉がたくさん書いてある。この、まぬけ。

「わたしは手先が器用な人を尊敬するわ」彼女は悔悟の念を込めていった。心底、そう思っていた。

シートン・ベネックは彼女を見もせず、口もきかない。

「どんなものを書きたいの？」

「さあ。小説かな。人が、自分は何者なのか解き明かそうとするような話」

「心理もの？」

シートン・ベネックは肩をすくめた。「さあ。そういうやつかな。でも、書けるわけないし。ぼくにできるのはタイプライターの修理だけです。それが関の山。だから、ほんとうに必要としている人のために修理するのを楽しんでるんです」

おなじ言葉のくりかえしが、また神経にさわる。この青年を好きになれればいいのだが、不憫に思えてくるほど人と打ち解けない態度やまるで見込みのない大望を思うと、気持ちが冷めてしまう。いずれ家業は兄弟で継ぐのだろうが、それまでにいくらかでも商売のノウハウを身につけておかないと、引退するまで壊れたタイプライターの修理をすることになるだろう。それでおしまいだ。彼が結婚して、リトル・シートン・ベネックたちの父親になる姿も想像できない。六十五歳になっても、いまとおなじスキムミルク色の肌でいるような気がする。

「もう終わりますよ」まもなく、こんどは彼のほうから口を開いてくれた。「料金はケーブルの代金十ドルと税が何セントかだけですから」

「すごい。うれしいわ。ほんとうに」

　彼はうなずいた。「これで仕事にもどれますね。よかった。ぼくはあなたの仕事が好きだから。あなたが書いているのは、個人的な経験とか特集記事とかで、なんていうかつくった話じゃないけど、でも好きなんです。あなたに欠けているのは、人が自分は何者なのか自分に説明しようとするさまを深く掘り下げること。考えるたびにぞっとする、いちばんの悩み事はなんなのか、とかね」

「ごめんなさいね」スティーヴィは軽い冗談口調でいいながら若いベネックに微笑みかけたが、ベネックは下を向いたままで、その微笑みを目にすることはなかった。「わたしはどちらかというとフランツ・カフカよりアーマ・ボンベック（米国の人気コラムニスト）になりたいほうなの」

「作家には選択の余地がない場合もあります」彼は反駁した。「でも、だんだんうまくなりますよ。あなたの書いたものを読んでいると、それがよくわかる。ほら、〈レジャー〉に書いている個人的経験をネタにしたコラム――あれだって、ぼくがいっているものに近くなっているときがあります。より深く掘り下げるために誇張したり、あなたの感情を吐きだすような感じのときはね」彼は黙想にふけるかのようにエクセルライターの上部を見つめている。「ぼくは、深いのが大好きなんです。恐怖とか暗い欲望とか、そういうものを書くことを恐れないのがいい。問題の核心を突くのが好きだな」

「シートン――」彼女の口から彼のファーストネームが自然に出てきた。「シートン、たいていのコラムニストはユーモラスな効果を狙って、多少、誇張して書くものよ。悲哀感を出すために、あなたの言葉を借りれば、感情を吐きだすの。『二つの顔を持つ女』シリーズは、いつもそういうつもりで書いているわ。読む人に、感情移入してもらうためにね。〝深いの〟って、漠然としてるけど、それはわたしが追い求めているものじゃない。たまには、あるけど」どうしてこのガチガチに強迫感にとらわれたブロンドの青年と大衆紙に書いているものの美学について議論しているのだろう、とスティーヴィは思った。二人のやりとりはどんどんシュールなものになってきている。「でも、わたしの書いたものをずっと読んでくれているなんて、ありがたいわ」

修理はもう終わるといったにもかかわらず、彼はまた作業に専念している。わざと引き伸ばしているのだろうか？　いかにも作業に集中しているように見えるけれど、そのふりをしているだけなのだろうか？　彼の指先で、小さな銀色のドライバーが極小のカムシャフトさながらにくるくると回っている。

「まだなにか問題があるの？」

「いや、大丈夫です。ここにちょっと特殊なひねりを入れているだけです。最高の状態でないとまずいでしょう？　ちょっとしたおまけをつけてます。ちょっとしたおまけ、あとで使えるように特別に入れておきます」

「おまけ？」

「お代はいりません」シートン・ベネックは、はじめてまっすぐに彼女を見た。その表情からは敵意も威嚇も読みとれなかったが、スティーヴィは彼のラピスラズリ色の瞳のすべてを見透かすような鋭い輝きに背筋が寒くなるのを覚えた。あわてたのか満足したのか（スティーヴィにはどちらとも判断がつかなかったが）、彼はついに視線を下に落とすと、ボロ布で手をふいてエクセルライターのフードをおろした。

「さあ、できた」と彼はいった。「おまけを使うときには――ほんとうに深く掘り下げて書いているときには――ぼくのことを思い出してもらえるかもしれない。ぼくにはそこまで中身の濃いものは書けないけど、あなたとこのタイプライターならできます」

スティーヴィはふたたび気持ちがやわらぐのを感じた。「うれしいわ、シートン。あなたのお陰で時間もお金も節約できた。感謝してます」

若者がどうしてもというので、彼女はタイプライターのまえにすわって、修理がうまくいったことを証明するためにタイプライターの試験によく出るパングラム（アルファベット二十六文字すべてを使った短文）を数行、打ってみた。もうタイピングエレメントはエンストを起こさない。耳障りなカタカタいう音もしない。スティーヴィは鼻に親指をあてて残りの指をひらひらさせると、彼女なりのブロンクスチアー（舌を出してブーッと音を立てること）を披露した。

「あなたにじゃないのよ」彼女はあわててシートンにいった。「ＰＤＥのまぬけどもにやってやったの」

彼は困惑したような弱々しい笑みを浮かべたが、それもすぐに消散してしまった。しかし一瞬とはいえその笑みを見たことで、彼もたまには人里離れたネバー・ネバー・ランドの霧のベールに包まれた隠れ家から出て現実世界にひょっこり顔を出すこともあるのだと確信できて、彼の印象がぐっとよくなった。店の入り口正面にあるガラスのカウンターで小切手に十ドル六十七セントと書きこんでいると、ますます好感度が高まってきた。実際、事務用品会社のレジで、彼にといって五ドルのチップを置いてきたくらいだ。

黄昏時の家に帰る車のなかで、スティーヴィは妙なゲームをしはじめた。シートン・ベネックの顔を思い浮かべ、その幻影を広いフロントガラスの上でスライドさせるのだ。幻影は、湿気が多すぎて一カ所にとどまっていられない透きとおった転写式ステッカーのように、あちこち動きまわる。そしてその落ち着きなく動きまわるベネックの顔の輪郭に、記憶にある、どことなく彼に似ていそうな人物の顔を重ね合わせていく。この風変わりなゲームは対向車のヘッドライトのせいでなかなかまともにはできなかったが、バークレイの出口からおりて数マイルのあいだ車が一台も来ないところを走っているときに、ついにぴたりと符合する顔が見つかった。

彼女ははたと気づいた。シートン・ベネックは現大統領が就任してまもない頃に暗殺を試みて失敗した若い男によく似ているのだ。この不気味な符合が、ベネックの第一印象が手厳しいものになったり、いっしょにいると不安な気持ちになったりした原因だったのかもしれない。スティーヴィは心の重しが取れるのを感じた。あの若者に初対面で嫌悪感を抱いたそこそこ合理的な理由が見つかって、スティーヴィは満足していた。もうひとつ、彼の家族の店を出る前にばかげた嫌悪感を克服できたのもうれしい出来事だった。

そこから先の家への帰路でスティーヴィが考えたのは、マレラとテッドのこと、まだ仕上がっていない出版企画書のこと、ドクター・エルザのアドヴァイスにしたがったお陰で節約できたお金のこと。そしてシートンに気前よくチップを置いてきたこと。あれで、修理でやたら貯金を減らすこともなく、良心が慰められた。けっきょくＰＤＥは五倍もの修理代を要求していたことになるのだから。全体として見れば、かなり満足のいく旅だった。

VI

翌日、マレラはちゃんと学校に行き、エクセルライターは完全に直っているというのに、スティーヴィの仕事ははかどらなかった。ブライアー・パッチ・プレスに出す出版企画書の最初の段落をもう七回以上打っている。まるでクリスマスツリーの豆電球が切れていないかどうかたしかめるように、もつれた文章に言葉をひとつひとつねじこんだり、はずしたりしているのだが、ほとんどの言葉も絶望的に輝きに欠けていたり、完全に消耗しきっていたりというありさまなのだ。なにひとつうまくいかない気がする。この企画書には知的な楽しさが欠けている。誰にしろ、なんやかやありながらもこれを読みはじめた人間は、そっくりそのままゴミ箱に投げこんでおしまいにしてしまうことだろう。

「ワーイ」スティーヴィはいった。「なんて面白いんでしょ」

彼女は何枚めかの用紙をタイプライターにセットすると、まんなかあたりまでくるくると送って、自分への口汚いののしり言葉をずらずらと打っていった――

スティーヴィ・クライ、それでも作家と名のる気？　あんたはひとことも書けない売文業者よ。三文文士、辛気臭い仕事をこつこつやるだけのうすのろ。しがない売文屋。わかったでしょ、この愚図。そういわれて、あったりまえ。あんたが紙に打ちつけるお美しいお考えは、固くて臭いたわごとをどなりちらしてるだけ。ぜんぶ、クソみたいなたわごと、たわごと、たわごと！！！

スティーヴィはこぶしの側面でオン／オフ・キーを叩き、用紙をぐいっとひっぱりだした。相変わらず、頭はちっとも働いてくれない。このたわむれに打ったからかい言葉の羅列は、午前中いちばんの爆発的生産性の高さといっていい。新作の小説やコラムをこの流れるようなスピードで打てたらどんなにいいか……もちろん、その前に企画書も。なかには、指が飛びまわるにまかせて書いてしまうという作家もいるが、彼女は……指よりなにより、頭が働いてくれない。この手の苦労をテッドは、えらく固いクソをする（悩むとお通じが悪くなるといわれていることから）、といっていたけれど、いつも勝利をおさめるまでいっしょに戦ってくれた。

タイプライターのせいだわ、と唐突にスティーヴィは思った。タイプライターは時代遅れなのよ。そう考えると、少し慰められた。タイプライターを生贄にして不調に陥ったいいわけにしようとしていることはわかっている——が、いまは、不合理とわかっていても、このいいわけが魅力的に思えるのだ。彼女はぶざまなつぎはぎだらけの企画書とその付録の自由につなぎあわせたののしり言葉とをいっしょにポイッと投げ捨てて、デスクを離れた。

色褪せたディアボーン製ヒーターのまえで背中とうしろで組んだ両手を温めながら、彼女は自分の行き詰まりの元凶である扱いにくいマシンをじっと見つめた。動きは完璧だが、行き詰まりを克服しようとする努力をことごとく水泡に帰させてしまう。おつにすました気むずかしい雰囲気を発散している。文字によらない表音法で、にやりと冷酷な笑みを浮かべている。言葉は生来、人の意に服従すべきもの——そう、それが義務——なのに、そうはさせまいとしている。

「タイプライターは時代遅れ」とスティーヴィはマシンに教えてやった。

ここ数年で、経済的に多少ゆとりがある程度の人も含めて多くの作家がワープロを使いはじめている。ディスプレイとキーボードがあって、プリンターと接続できるコンピュータ・システムだ。コロンバスにある〈レジャー〉のニュース編集室にはスティーヴィも編集長とフリーランス契約の話し合いをするためにたまに行くことがあるが、もうタイプライターよりディスプレイ画面のほうが多くなっている。記者は、二重打ちもボールペンも修正液も小さくてぺらぺらのコ・レク・タイプ社の修正用ラベルも使わずに、まちがいを削除したり、文章を挿入したり、一段落まるごとあっちからこっちへ移したりできるのだ。作家はワープロを使えばいやおうなしに行き詰まりを解消できるし、生産性もあがる。この気の利いたシステムは、いまはまだ（最低でも）三千ドルくらいするけれど、投資して減価償却していけば、涙なしにタイプライターに永遠におさらばできる。スティーヴィは、レミントンやロイヤルやスミス・コロナそしてPDEエクセルライターのまえにすわっているのは頑固なセンチメンタリストか無一文の初心者だけという日が来ることを思い描いてみた。こうした哀れな暗愚の衆は、ヴィーナス鉛筆のHBを持った裁判所の速記者とおなじくらい時代に遅れた不利な立場の人間に見えることだろう。そして、その日はそう遠くないにちがいない。

とりとめもない空想だ。スティーヴィはワープロが問題を解決してくれると本気で思っているわけではなかった。彼女は行き詰まっているのだ。ちびた羽根ペンを使おうが、アップル・コンピュータを使おうが、行き詰まりは解消しない。ディケンズ、コリンズ、エリオット、トロロープ——みんなヴィクトリア朝の大作家だが、かれらは無表情でまばたきひとつしないワープロはおろかタイプライターも見たことがないのに、驚くほど質の高い作品群を生みだし、大傑作をものしている。彼女の問題はテクノロジーの問題ではない。感情的、精神的な問題だ。

行き詰まり、クソ、にっちもさっちもいかない。なぜ行き詰まっているかというと、このくだらない企画にまるで自信が持てないから。こんなのはくだらない本のためのくだらないアイディアで、いくら飾り立てようと、こぎれいに見せる細工をしようと、くだらないアイディアであることに変わりはない。ワープロは、わたしのアイディアという無学なイライザ・ドゥーリットルにとってのエンリー・イギンズにはなりえないのだ（どちらも『マイ・フェア・レディ』の登場人物）。

それとも、なれるのだろうか？

スティーヴィはエクセルライターのまえにもどって、まっさらな用紙をセットし、ひとつのボタンを叩いただけでマシンの（存在しない）ランダムアクセスメモリーから原稿の数段落が抜き取られるさまを空想した。もう一回叩くと、曖昧な言葉使いがあっというまに適切な単語に入れ換わる。さらにもう一回叩くと論理の流れが整理されて、文句なく力強いパターンに再編成される。基本的アイディアは悪くない――クスクス笑いながら、はたまたハーハー息を切らしながらベストセラーの地位にたどりついたアイディアのあれこれを考えてみれば、それははっきりしている。だめなのは提示の仕方だ。そして提示の仕方に問題があるのは、まさにこのばかなマシンにはまちがいを訂正できる信頼のおける機能がそなわっていないからだ。ワープロならそこを補ってくれる。

スティーヴィはたまらずオン／オフ・キーを叩き、指に失望を語らせた――

TYPEWRITERS ARE PASSE.（タイプライターは時代遅れ。）

エクセルライターにはアクセント記号のキーがないので、本来はpasséなのに発音区別記号がついていないから妙な単語に見える。（ワープロのキーボードにはこの記号のキーがあるのかどうか、スティーヴィは知らなかった。）用紙を送って、アクセント記号がいらない類義語を考える。すぐに思いついた。

TYPEWRITERS ARE OBSOLUSCENT.（タイプライターはすたれかけている。）

どうよ。すごくいいじゃないの。この言葉の選択に満足して、さらに二回おなじ文章を打つと、行き詰まりが原因でつのっていた不安がだいぶ解消された。これまでなんの助けにもならなかったエクセルライターをそれ自体の愚かしい力を使ってけなすなんて、愉快、愉快。

TYPEWRITERS ARE OBSOLUSCENT.
TYPEWRITERS ARE OBSOLUSCENT.

もちろん、ばかげた理屈だが、セラピーの一種ともいえるし、気ままにふるまうことで自分をなだめすかして、やる気をとりもどすことができるかもしれない。無辜のタイプライターを生贄にするほうが、二二口径のロームRG14でパントロニクス・データ・エクイップメントの社長をつけ狙うより理にかなっている。それに絶対に誰にも知られなくてすむし。

TYPEWRITERS ARE OB

ブルルルルル！　エクセルライター79が抗議の声をあげた。ぞっとするほどのけたたましさだった。スティーヴィは反射的にキーボードから両手をあげて肩をつかんだ。混乱した気持ちをほぐして電源を切ろうとしたが、彼女がエクセルライターに触れていないにもかかわらず、タイピングエレメントがさらに八つの文字とピリオドを繰りだした。彼女はその結果をじっと見つめた。

TYPEWRITERS ARE OBNIPOTENT.

あきらかにomnipotent（全能）の意味だろう。マシンがobsolescentのbの代わりにmを打つ前に機械的な問題――短いブロンクスチアー――が起きるはずが、まにあわなかったのだ。たしかにエクセルライターは主張を正しく表示しそこなった。だが、エクセルライターがいまやったことは、いいしれぬ恐怖と好奇心を巻き起こし、スティーヴィを悩ませた。エクセルライターは勝手に数文字を、意味をなす順番で打ちだした。その文字列は彼女の利己的な主張に異議を唱え、もっと大きな力を持っていることを匂わせている。前もってプログラミングしたわけでもないのにこんな芸当ができるタイプライターなどあるわけがない。当然そうなのだが、いま彼女の目のまえでそれが起きてしまった。

「いいえ、ちがう」彼女は声に出していった。「そんなものは見ていない」

エクセルライターの心地よい低い作動音が、この評価は正しいといっているように思えた。とはいえ気味が悪くて、スティーヴィはマシンのスイッチを切った。しかし用紙に残された主張――**TYPEWRITERS ARE OBNIPOTENT**――は作動音とともに消えてはくれなかった。じっとそこに残っている。ばかげたジョーク。脅威。なにか潜在意識が働いて起きた偶然の出来事にきまっている。

タイピングエレメントが派手な音をたてて反抗する直前に、彼女が猛スピードでうっかり**NIPOTENT**とキーを叩いていた。そしてタイピングエレメントが正常にもどったあとでその文字列がプリントされた。そう考えれば合点がいく。エクセルライターは彼女が操作していないのに勝手に動いたように見えただけ。この妙な文字列にかんしていえば、朝からまるで作業が進んでいないことにたいする、自分を嘲笑する意味でのフロイト的虚飾が具体化されたものと考えればいい。彼女は、プライドの高さや優柔不断さ、責任のがれをしようという逃げの姿勢をどうにかしろ、と自分で自分をつねっているのだ。

あるいは、ヒーターのせいで小さな部屋が酸欠気味になって、幻覚でも見ていたのだろうか。バークレイ建材のドン・ウィリンガムは、ヒーターに排気口をつけたほうがいいといったのだが、スティーヴィは利便性と費用を理由に断っていた。もしかしたら二階にある書斎のプロパンの匂いと酸素不足とがあいまって、頭がどうかしてしまったのかもしれない。あのブルルという嘲りのような音をほんとうに聞いたのだろうか？　タイピングエレメントがこの癇に障る最後の八文字を勝手に繰りだすところをほんとうに見たのだろうか？

そうであったにしろなかったにしろ、彼女が、あるいはエクセルライターが、それを書いたという事実は疑いようがない。二十何文字かのくっきりとした黒い活字は、たしかにそこにある。壁に書きなぐられた卑猥な言葉のように人を困惑させる人間味のない落書き。スティーヴィは思った。わたしが書いたものは、わたしが書いたもの――

TYPEWRITERS ARE OBNIPOTENT.

VII

「ママはご機嫌斜めなんだ。一日中、仕事が進まなかったから」テディがいった。

「だから晩ごはんがチキン・ポットパイなの？」マレラがたずねた。

「ご機嫌斜めなのは認めるわ」スティーヴィはオーブンのまえでかがんでポットパイのベージュ色の溶岩が黒く焦げた天板にしたたり落ちるようすをのぞきこみながら、不機嫌そうにいった。「でもそれが晩ごはんのメニューとなんの関係があるのかわからないなあ。ポットパイでぜんぜんいいじゃないの。安くて、ちゃんと栄養があって、二人とも好きっていってたし」

「たまにはいいけどさ」テディがいった。

「あたしは好きじゃないもん」マレラが母親の言葉を訂正した。「あたしは好きなんていったことないもん」

「ママはさあ、不機嫌なときはいつもそれつくるよね。で、気分がいいときに誰かがそれを出すと、急に不機嫌になっちゃう。ママとポットパイはそういう関係だね」

「あのねえ、きみ、もしこの家で誰かがなんでもいいからつくって出してくれたら、ママはうれしくて側転しちゃうわよ。バスケのシーズンが終わったら――シーズンて、すばらしい言葉よね、試合なんかひとつもしなくてもシーズンはシーズンなんだから――まあ、とにかく夕方の練習がなくなったらすぐにシェフの仕事を引き継いでくれていいのよ」片手にキルトのミトンをはめたスティーヴィは天板をテーブルに運び、ポットパイの器を傾けて銘々の皿にのせていった。「物乞いはえり好みできないし、でんとすわってるだけの人は文句はいえないの。不機嫌なんて疑いをかけられても、この神聖なルールは変わらないし、もうこの話はうんざり」

「疑いじゃないよ」テディがいった。「ママ、自分で認めたじゃない」

スティーヴィは少年を凄味のきいた眼差しで長いこと見つめ、三人はしばらくのあいだ無言で食事をつづけた。そのうちスティーヴィは、マレラが食べ物をもてあそんでいることに気づいた。ひと口大のチキンをフォークで刺しては、いちいち顔のまえで疑わしげにぐるっと回して食べたり、フォークからはずしてサラダの横に置いたり。ウイルス性疾患はちゃんと治ったのだろうか？　顔はやつれが目立つし、透きとおるように青白い。ポットパイにかんしては、まあ、ジュリア・チャイルド（米国の料理研究家）や〈グルメ〉誌からべたぼめの評を引きだすことはまずありえない。そう考えると、なんだか娘がかわいそうになってきた。

「なんでぜんぜん片付かなかったの？」テディがたずねた。「サムとエルザの知り合いにタイプライターを直してもらったと思ってたのに」

「タイプライターがいうことを聞かないの」マレラがいった。「直してもらったけど、ママにへんなことを書いちゃったんだよ」

「ママ、ちょっとふざけてたのよ、マレラ。おかしなことが起きているみたいに、ママに抵抗しているみたいに見えただけ。そういう日だったのよ。もちろん、すごく不機嫌だっていわれたり、おいしい食事を侮辱されたりして、ぐっと気分があがったから、今夜はお仕事しようと思ってるけどね」

「うーん、ママ」マレラがいった。声に元気がない。「だめだよ」

「どうして？　このテーブルにまたサーロインの細切りとか、もっと豪華に極上牛もも挽肉を登場させてほしいっていうんだったら、ママは必死に働くしかないの。でなきゃ、ビタミン・バーとチキン・トライプ（臓物）よ永遠なれ、になっちゃうわよ」

　子どもたちは、ぽかんと彼女を見つめている。

「シャレよ。ママはそこまで猛烈に不機嫌なわけじゃないってことを証明するためのシャレ。バーズ・アンド・トライプ・フォーエバー。スターズ・アンド・ストライプス・フォーエバー（星条旗よ永遠なれ）。わかった？」

　マレラがいった。「〝すばらしい二月〟の寸劇のせりふを覚えるのを手伝ってもらおうと思ったのに」

「きのう一日、おうちにいたじゃないの」とスティーヴィは指摘した。「どうしてきのうのうちにいわなかったの？　寸劇の話なんてはじめて聞いたわよ」

「病気のふりをするのが面白すぎちゃったんだよ」

「ちがうもん！」マレラはテディをにらみつけていいかえした。「忘れてたんだもん。きょうカークランド先生にいわれて思い出したんだもん」

「あれ、不機嫌なのは誰かなあ？」

　主よ、とスティーヴィは思った。こういう厄介な口げんか、勘弁してください。やっと抜けだせると思ったのに、この二人が延々つづけるようなら、教えにそむいて誰かの膝にポットパイをぶちまけそうです。

　幸いなるかな、そのとき電話が鳴った。テディが席を立って電話に出た。「ママにだよ」テディはそういって、くるくる巻いたコードをのばし、受話器を差しだした。「長距離みたい。なんか、こだましてる感じ」スティーヴィは受話器を受け取ると、もしもし、と引き気味にささやいた。

「ミセス・クライ」聞き覚えのある一本調子。「ミセス・クライ、シートン・ベネックです。コロンバスの。あのう……タイプライターの調子はどうかと思ってお電話しました。修理を担当した者です。会社のきまりでお訊きしてるんですけど。修理の翌日か翌々日にはお訊きすることになってるんで」

「ああ」意外な人物からの電話だったし、子どもたちは不審そうな顔をしているし、スティーヴィはどぎまぎしながら返事をした。「ああ、大丈夫です。ちゃんと動いてるわ。チューンナップが必要なのは、わたしのほうみたい。ちょっと頭がぼんやりしてて、きょうは仕事が進まなくてね。でもタイプライターは、大丈夫、ちゃんと動いてます」

「それはよかった」

その言葉はただ宙に浮いたまま、スティーヴィの不同意あるいは同意を待っていた。「ええ、よかったわ」彼女は若者の願いどおりの答えを返した。「あのマシンがないとお手あげなのよ、いくらうまく使いこなせなくて自分に腹を立てているときでもね」

「はい」

「あのう」彼女はいった。「ご用件はそれだけかしら？　ゆっくりお話したいところだけれど、いま食事中で」

「チップを五ドルいただいたお礼をいいたかったんです。きのうの午後、親父から受け取りました」

「わざわざお礼なんていいのよ、シートン。それだけのことをしてもらったんですもの。わずかばかりでごめんなさいね」

「作家さんのマシンは最高の状態でなくちゃいけないと思って」またしても、彼女の返事をうながすためか、自分が考えるためか、じれったい間があく。が、スティーヴィがもう一度、食事中だということをあからさまにほのめかす言葉をつぶやく前に、彼のほうがやっと口を開いてくれた――「だから、もしなにか問題があったら、ミセス・クライ、車で乗りつけて直しますから。金はたいしてかかりません。バイク持ってますから」つぎの間は、さっきよりも短かった。「でも、たぶん、そんな必要はないと思いますけどね」

「気にかけてくれてありがとう、シートン」

「おやすみなさい、ミセス・クライ」

「おやすみなさい。電話、ありがとう」

シートンが電話を切ると、スティーヴィは受話器をテディにわたした。テディは受話器を置くとチェシャ猫のようなニヤニヤ笑いを浮かべてテーブルにもどってきた。

「なんなの？」スティーヴィは問いただした。

「そろそろ恋人候補ができたっていい頃だよねえ？　マレラもぼくも、あたらしいパパが来たってかまわないよ」

「ウウー」少女がいった。「オエッ」

スティーヴィは身震いした。マレラはスティーヴィのあたらしい夫候補にたいするスティーヴィ自身の感情を簡潔に明瞭に表現していた。とくにきわだっていたのは、恐れ。彼女はこの、どこか悲しげな、彼女より十歳近く若い有力候補（この言葉をシートンに使うのは、とうてい受け入れがたいけれど）を恐れているのだ。

「きみ、ベースから離れすぎよ。まるで見当ちがい」

「ママ、ぼくはバスケットボールだよ。そこんとこ、まちがってるよ」

「そうかもね」スティーヴィは素直に認めた。「そうかも」

VIII

子どもたちがベッドに入り、二月なかばの湿った寒さに抗して電気毛布に心地よくくるまると、スティーヴィは書斎にもどってヒーターをつけた。マレラはいつものように、ミス・カークランドの古臭いけれど善意に満ちた寸劇で演じる役をちゃんとおさらいしていたので、夕食後のなかば義務的なリハーサルはそう長くはかからなかった。が、あいにくスティーヴィの書斎の温度は日暮れ前とくらべると二、三十度下がっていて、はたしてずっとエクセルライターのまえにすわっていられるほど温度があがるのかどうか心もとないほどだった。ソックスを二枚はいていても足はかじかんでいるし、鼻や口から出る息は、燃えさかるビルからあがる煙さながらだ。

ここは高価なタイプライターを置いておくような場所じゃない、とスティーヴィは自分を叱った。問題が起きてあたりまえだわ。

実際、朝はタイプライターのウォームアップに時間がかかる。ディアボーン・ヒーターをつけてエクセルライターのスイッチを入れてから下におりて子どもたちの朝食をつくるようにしていても、ほんとうに冷えこむ朝には、エクセルライターがトップスピードで動いてくれるのはダブルスペースで一枚半くらい打ってからだったりする。そのことをＰＤＥのまぬけどもに話さなくて正解だった。話していたら連中は、不適切な場所に置いてろくにメインテナンスもしなければ具合が悪くなるのはあたりまえ、故障は因果応報、とかなんとかうだうだいっていたにちがいない。

スティーヴィは震えながら椅子にすべりこんでタイプライターの埃よけカバーをはずした。あの〝ぞっとしない一文〟が書かれたページはまだプラテンに残っていた――**TYPEWRITERS ARE OBNIPOTENT.** いや、そうとはいいきれない。いくら背後にPDEのような大企業がぬっと聳え立っていようと、寒さや使う人間の指はしばしばタイプライターに妨害工作をしかけるものだ。

スティーヴィは印字されたページをタイプライターから抜き取って、あたらしい用紙をくるくるとセットした。あすはあたらしいスタートを切ろうと固く決心してはいたけれど、たんなるベルト車やレバーやワイアやキーやカムの寄せ集めを支配しているのは自分だということをもう一度、胸に刻むには、この書斎に来るという行為が欠かせないステップだったのだ。本格的に仕事をする気はなかったが、この電気の悪魔のはったりにたいして、やれるもんならやってみろといってやる心積もりだった。昔から、嘲りは相手より一枚上手に出る策のひとつだ。エクセルライターにやられたお返しに、こんどはこっちがエクセルライターを嘲笑ってやる。そしてスティーヴィはまっさらな用紙のいちばん上に、怪物を徹底的に愚弄する文章を打ちだした――

TYPEWRITERS ARE OBNIPOTENT.

TYPEWRITERS ARE OBNIXIOUS!

TYPEWRITERS ARE OBNOXIOUS!!! (タイプライターは嫌なやつ!!!)

どうよ。このページをはずすことも、埃よけのカバーをかけることもなく、スティーヴィはオン／

オフ・キーを叩いて椅子の背にもたれ、作品を愛でた。しばらくして支配者としての権威がふたたび確立されると、彼女はヒーターに流れこむプロパンガスの流れを止め、天井の明かりを消して爪先立ちで寝室に入り、電気毛布の下にもぐりこんだ。温かい。贅沢と思えるほど温かい。凍えていた足が溶けてやわらかくなると、彼女はこの二日間の失意や苛立ちを忘れて、深い眠りに落ちていった。

IX

スティーヴンソン・クライは見た夢を覚えていたためしがなかった。が、この夢は彼女をたくさんのいつもながらの不安そして少数のまったくあたらしい不安でムチ打ち、彼女はそれに耐えつづけた。夢に出てくるぞっとする光景を、またしてもつかみきれずに逃してしまったことが悔しかった。自分はいまどこにいるのか、手がかりを探すうちに目が覚めた。全身汗まみれだった。その棘で彼女を苦しめた悪夢というクラゲの大きさも数もわからぬまま、彼女は浜辺でずぶ濡れになっていた。毛布をわきにけとばし、極寒の暗がりのなかに横たわったまま懸命に心を落ち着かせる。汗が乾きはじめると、身体が小刻みに震えだした。ベッドの足元にある着古した部屋着をつかみ、いそいで肩にかける。

そのとき、隣の部屋——書斎——からエクセルライターの音が聞こえてきた。珍奇なおもちゃを売っている店に置いてあるグロテスクなプラスチックの総入れ歯がカタカタ鳴るような音……でなければ彼女自身の歯が鳴るような音。

「ちがうわ」スティーヴィはいった。「なにかべつの音よ」

人の耳なんて、あてにならないんだから。ほかの部屋で掃除機をかけているウィーンという音が救急車のサイレンに聞こえることもあれば、フライパンでベーコンがジュージューいう音が夏の舗道を叩く雨音に聞こえることもある。このタイプライターのようなカタカタいう音は、枝が書斎の窓をこすっているだけなのかもしれないし、リスが防音されていない壁をなんとかよじのぼろうとしているだけなのかもしれない。しかし、スティーヴィも充分承知しているとおり、どちらの音にもマージンストップ・ベルのチン！という音や、キャリッジがもどるときのガシャーン！という音はついてこない。彼女の耳は彼女を欺いてはいなかった。エクセルライターはひとりで勝手に異質の狂気を叩きだしていたのだ。

　電源を入れたままにしちゃったんだわ、とスティーヴィは思った。電源を切るのを忘れていて、たまたまキーがひとつ押されたままもとにもどらずに、車の壊れたクラクションみたいになっていた。あたしはそのまま寝てしまった。奇妙だけれど単純な機械的な問題にたいする機械学的説明。もちろんこれだけではキャリッジが定期的に折り返す音の説明はつかない――でも、あそこで起きていることは、おおよそそんなようなことだろう。そうにきまっている。

　スティーヴィは書斎へようすを見に行く気にはなれなかった。エクセルライターがひとりでに止まってくれればいいのだが。またベッドにもぐりこんで、すべて忘れてしまいたかった。夜は――ことに冬の夜は――ごく単純な現象をも謎めいた色に染めあげてしまう。朝になれば、そうそうぼんやりした頭からばかげた考えを引きだすこともなくなるだろう。だが、エクセルライターは止まらなかったし、いまはスティーヴィもしっかりと目が覚めていて、それがなにかにとり憑かれたさま――考えると気が狂いそうになる深夜の営み――は夜明けの寒々しい光のなかで見ても、不可解さは色褪せないだろうと自覚していた。遅かれ早かれ、最後には書斎の敷居を越えなければならない。

　彼女が廊下の電気をつけると、タイピングの音が止まった。テディとマレラの部屋を素早くのぞくと、二人ともなにも聞いていなかったようで、それぞれＧＥの電気毛布をかぶって丸くなっていた。

電熱線にまもられた眠り。ありがたいことに、彼女の危惧などどこ吹く風だ。よかった。

ほっと安堵のためいきをついて、スティーヴィは書斎のドアを内側へ押しあけた。廊下から洩れる光で、タイプライターに無造作に残されていた用紙がキャリッジからうしろへくるりと垂れているのが見えた。ほぼ全長が繰りだされている。エクセルライターがそこまで進めたのだ。その青白い表面にアルファベットの活字がみっしりと打ちだされている。スティーヴィは用心深くロールトップデスクに歩みよって、真鍮製の電気スタンドのスイッチを押した。スタンドの明かりが生みだす光輪の向こうへ彼女の息が白く漂っていく。彼女はマシンからぎごちなく用紙をはずし、明かりのなかにかかげて読みはじめた……。

X

トモグラム、サーモグラム、ソノグラム、マンモグラム、そして透視〝動画〟。

こうしてずらりと並べられたものを見ると、なにやらウェスタンユニオン（米国の電報会社）が将来、消費者に提供するようになるサービス一覧のように思えるが、これらあまり聞き覚えのない〝〇〇グラム〟は、レディスミスにあるウェスト・ジョージア癌クリニックで実際に疾患の発見・診断に不可欠なものとして使用されているものばかりだ。

バークレイ近郊に住むスティーヴンソン・クライ、三十五歳――友人たちはスティーヴィと呼んでいる――は、治療の甲斐なく亡くなった夫の闘病中に、これら診断の要となる高性能精密機器の存在を知ることになった。同クリニックには癌の診断用はもとより治療用の機器類も豊富にそろっていたが、ミセス・クライの夫は潔くあきらめることをよしとして、治癒の可能性に望みをかけることを拒否した。

「夫はあっさりあきらめてしまったんです」とミセス・クライは火曜日に語った。「わたしたちを見捨てたんです」

一九八〇年に三十九歳で亡くなったセオドア・クライ・シニアは、本日早朝、この非難に答えた。

クライはバークレイ墓地にある一族の区画を離れて、妻に会うため、レディスミス・クリニックの地下の治療室にもどってきていた。かつてクリナック18の腫瘍破壊ビームで放射線治療を受けた場所だ。舌は腫れあがり、目も見えない状態で、クライはこの床から天井まである装置に腐敗のはじまった手を置き、恐れおののく妻に、この装置の特徴を説明していった。

「クリナック18はカリフォルニア州パロアルトのバリアン社が開発した装置で、製作者は〝定在波直線加速器〟と呼んでいる」とクライはいった。「内部の通路で電子を走らせて加速し、ビームをつくって、最終的にX線を発生させるんだ。そしてX線のある強さのものだけが装置の外に出てきて、患者に当たる」クライは説明をつづけた。「臓器によっては一定量の放射線に耐えられるし、人間が耐えられる量は人によってちがう。すぐ日焼けする人とそうでもない人がいるのとおなじことだ」

ナイトガウンをまとい、パウダーブルーのスリッパをはいたミセス・クライは、死んだ夫が話しているあいだ中、心乱れ、注意散漫といったようすだった。ウェスト・ジョージア癌クリニック院長エルザ・ケンジントンは、友人であるミセス・クライは、もしその場に線量測定士シートン・ベネック（二十六歳、コロンバス在住）がいなければ、治療室から飛びだしていってしまったのではないか、彼の存在が彼女の気持ちを落ち着かせてくれた、と語った。

「わたしは毎朝、クリナック18の〝出力チェック〟をひと通りやって、射出線量が一定かどうか、ちゃんと調整がきくかどうか確認しています」とベネックはミセス・クライに語りかけた。「〝患者輪郭線〟――方眼紙に針金で腹部の輪郭を描いたものですが――それをつくって患者さんそれぞれに最適の線量をきめる作業もします。線量の決定には放射線治療計画コンピュータを使います。以前は手作業でやっていましたが、何時間もかかるし、とにかく正確さを要求されるので、ほんとうに神経のすりへる仕事でした」

「あなたはテッドじゃないわ」とミセス・クライは夫の遺体を告発した。「あなたのしゃべり方はシートン・ベネックとはちがう」彼女はクリニックの線量測定士にも厳しい言葉を浴びせた。

妻の異議申し立てを無視して、クライはいった。「ベネックはぼくの放射線耐性がとても低いことを発見した。クリナック18のビームは健全な細胞を通過して腫瘍に届くんだが、その健全な細胞内でイオン化が起きてしまったんだ。その結果、ぼくの身体は内部から崩壊しはじめた」

そしてクライは妻にクリナック18の可動式の目の下に横たわるよう促した。彼女が拒否すると、彼とベネックは装置の目の下の固いベッドに彼女をしっかりと押さえつけた。クリニックには最新の防音設備がほどこされていたので、彼女の悲鳴は治療室の外へは届かなかった。

「ちょっと特別な設定をしています」ベネックが加速器のスイッチを入れながらいった。「わたしは深いのが好きでね。クリナック18のビームは十五センチの深さまで届くんです。〝爆発〟しながら、腫瘍のある部分まで到達するんです。そこがとても気に入っているんですよ」

「ぼくは奥の深いところがばらばらに壊れてしまった」死んだ手を妻のひたいに置いて、クライがいった。「もしぼくがあきらめたように見えたのなら、スティーヴィ、その理由はただひとつ

XI

金曜日、ドクター・エルザはウィックラースのいまにも倒壊しそうなクリニックで仕事をしていた。ドクター・サムはケンジントン診療所のバークレイ分院で薬も慰めの言葉もせっせと出していたが、未明の数時間を無意識への入り口をもう一度見つけようとあがいてすごしたスティーヴィは、どう考えても彼に秘密をうちあけることはできないと思っていた。そこで、テディとマレラを学校へ送りだしたあと、彼女は車でウィックラースまで行き、ほかのインフルエンザの患者や健康を気にしすぎる心気症気味の日雇い労働者にまじって受診者表に名前を書いた。頭が痛かったが、もっと気になるのは、かろうじて鼓動しているような心臓のほうだった。疲労困憊がもたらす凪《なぎ》状態はまだ訪れてはくれない。

「こんなに定期的に顔を出してくれるとはねえ」ドクター・エルザは十分後にそういいながらスティーヴィに向かって診察台を指差した。「この分じゃ、大幅ディスカウントでもしなくちゃいけなくなりそうね。またタイプライターが壊れたの?」

「これを読んで、エルザ」

「『TYPEWRITERS ARE OBNIPOTENT./TYPEWRITERS ARE——』」

「ちがうの、それじゃないのよ、エルザ。その下のシングルスペースのやつ。黙読して、感想を聞かせて」
一、二分後、ドクター・エルザはタイプ用紙をスティーヴィに返した。「そうねえ、レディスミスのドクター・カレーはわたしに自分の仕事をとられるような真似をされて大喜びするとは思えないわね」
「それ以外のことで、エルザ」

「同業者に背を向けるわけにはいかないなあ。わたしは癌クリニックの院長じゃないんだし。まさかこの怪談を〈レジャー〉に送るつもりじゃないでしょうね？」

「エルザ、読んだ感想は？」

「病的？　なにかにとり憑かれてる感じ？　誇大妄想的？　わからないわ。わたしはいつも頭のお医者さんみたいな役割を期待されてるけど、実際に診てるのは舌ごけとか腱膜瘤とか骨折とか、ほとんどそんなのばっかり。専門用語が出てこないのよ、スティーヴィ」ドクター・エルザは年下の女の髪をなでた。「あなたは死んだ男を狂おしいほど愛している。でもその男のことは尊敬できない。心理学用語でなんていうんだったか、浮かんでこないの」

「死体愛好症《ネクロフィリア》？」

ドクター・エルザは片眉をあげた。「ちょっとちがうわね、ミセス・シェークスピア。それは精神的な苦悩ではないと思うの。でもあなたのはたぶんそう。とにかく部分的にはそう。わたしのジークムント・フロイトごっこはそれでぜんぶよ」

診察室のすりへったリノリウムの床、ガラス栓つきのビンに入った綿棒やアルコール、ウィックラース・クリニック全体が醸しだす質朴な雰囲気が、スティーヴィの気持ちを和らげてくれる。ドクター・エルザの知的で気さくな人柄もそうだ。彼女といると憂鬱が薄らいでいくのがわかる。スティーヴィは白い紙がかけてある診察台のうしろのほうへ身体をすべらせて、隅っこでまっすぐに起きあがった。こんなに居心地のいい、殺菌剤でぴたぴたになるほど消毒の行きとどいた、こんなに古めかしい場所なら、恐怖に苛まれるなんてありえない。ここにずっといられたら……。

「出だしのところ、気がついた?」とスティーヴィはたずねた。「リードの部分」

「とってもよく書けてるわ」

「あのね、最初の二つの段落は、火曜日の午後に〈レジャー〉に送った記事の一部で、一言一句変わっていないの」

「自己剽窃なら許されるんじゃないかしら?」

「でも、あとの部分はなんだかわかる?」

「クリナック18の有料広告とか?」

「だったらいいんだけど」スティーヴィはタイプ用紙をまたドクター・エルザに手渡した。「もう一度見てみて。あとの部分は、あたしがゆうべ見た悪夢なの。それを新聞文体で書いてるのよ。ヨセフ――聖書のヨセフ――が〈ニューヨーク・タイムズ〉に一年いて夢を記事にしたら、こんな感じだと思うわ」彼女は少し間をおいた。「あたし、夢を覚えていたためしがないの。エクセルライターがこれを書いたのよ、エルザ。あたしの脳をつついて見つけたものをニュース記事のかたちにまとめあげたの」

「そういうふうに考える作家はたくさんいるわよ、スティーヴィ。タイプライターのまえにすわって、けっこうなスピードで勢いよくカタカタやっていると、口述筆記しているような気分になるの。言葉が自分という道具を通過して紙に着水する感覚。潜在意識のなせる業よ。しゃべるのが商売の人でもおなじことが起きるわ。不動産の競売人とか、木曜の朝、ウィックラース郡裁判所でしゃべっているような弁護士はたいていそう」

「客観的に見るとそうなるのかしらね」スティーヴィは少し皮肉めかしていった。

「べつにあなたをくさしてるわけじゃないのよ。ただ、なにもかもタイプライターの手柄にする必要はないってこと。受容‐伝導体もだいじなの――というか、いちばんだいじなのよ。わたしはいくら頑張ってもなれないと思う。才能と訓練が必要だから」

「エルザ、タイプライターがこれを打ちだしたとき、あたしはそのまえにすわっていなかったの。隣の部屋にいたのよ。タイプライターは、これを勝手に打ちだしたの」

「なるほど、シートン・ベネックは魔法使いってことね」ドクター・エルザはタイプ用紙をスティーヴィの膝の上にふわりと落とした。「タイプライター修理人兼パートタイム線量測定士」

「信じてないのね？」

ドクター・エルザはすっと目を細めて訪問者を見た。「まじめな話なの？」

スティーヴィは証拠品をかかげてみせた。「テッドの話の途中で止まってる――ちょうど彼がどうして降伏してしまったのか説明しているところでね。なぜかというと、スペースがなくなってしまったからよ。いいわけが途中で途切れちゃってるの。それがたまらないのよ、エルザ。そもそもタイプライターがこんなものを打ちだしたというのとおなじくらいたまらないの。気が狂いそう」

ドクター・エルザはでっぷりとしたお尻を診察台の端によいしょとのせた。「ねえ、わたしになにをしてほしいの？」

「あたしを信じるといってほしい」

「あなたがそれをタイプライターがひとりで勝手に書いたと信じているってことは信じるわよ。いまはそれでいい？　あとはもう少し時間がかかりそう」

「いまはそれでいいわ」スティーヴィは静かにいった。「そろそろ精神病院行きなんじゃないかと思ってる？」

「向こうはあなたを受け入れる準備ができてないわよ」

二人の女は声をあげて笑った。どちらが先に動きだしたのかスティーヴィにはわからなかったが、診察台をおりようとした二人の肩とお尻がぶつかってしまった。スティーヴィはごめんなさいとあやまり、二人とももう仕事にもどらなくちゃといってから、ふと自分が診察台にかけられた幅の広いつやつやの白い紙を見つめて考えこんでいることに気づいた。

「それ、どこで売ってるの？」

「これ？　二カ月に一度、電話してくる医療用品の営業の人から買ってるのよ。どうして？」

「料金を払うときに、一枚か二枚、売ってもらえないかしら？」

「なんの料金？　それにこんなつるつるのソーセージの包み紙みたいなもの、買うなんてとんでもない。患者さんがお尻をのせるたびにポイ捨てしてるのよ。これと、なんならあと五、六枚、持っていって」ドクター・エルザは診察台の細長いシートをたたんでスティーヴィに持たせると、アルミニウムのカートの下から数枚とりだした。「これで足りる？」

「充分、充分」

「なにに使うの？　バンをバークレイ・イースター・パレードの山車《だし》にでもするつもり？」

「棚に敷くの」スティーヴィはとっさに答えた。「いつも買うのを忘れちゃうのよ。これでまにあうと思わない？」

「たしかに」ドクター・エルザはいった。「ゴキブリはこの上でスケートするのが大好きよね。おたくの棚をゴキちゃん用の常設ローラースケートリンクにしてあげるといいわ」

XII

彼女は、なにが起きたのかちゃんとわかっていた。彼女は狂ってはいない。エクセルライターのタイピングの音は聞いたし、実際、途中までだが、その労働の成果も見つけた。もしこれがワープロ機のプリンターのような機能をそなえているマシンなら、このふるまいは前もってプログラミングされていたからと考えることもできる――が、彼女のタイプライターは標準型で、高価な接続機器もついていなければ、改良がほどこされているわけでもないから、彼女が目撃したようなことができるはずはないのだ。ドクター・エルザに話しても――とてもありえない発見を友人の勤務日の小さな渦のなかに投げこんでみても――これといった結論は出なかった。エルザとのつきあいはかれこれ十二年になるけれど、スティーヴィは彼女がこの手の話を両手をひろげて受け入れることはまずないと思っていた。それなのに愚かしくもこんな眉唾と思われて当然の話を彼女に押しつけてしまった。

けっきょく心配をかけさせただけじゃないの、と彼女は自分を叱った。スティーヴィはついにプレッシャーに負けてしまった、とエルザは思っているわよ。遁走の症状が出て、そのあいだに自分でタイプしたのを覚えていないのだろう、と思っている。

でなければ、狂ってしまったと思っているか。

スティーヴィは自分が精神異常をきたしたのは……ひょっとしたらマシンに恐怖を抱かなかったからかもしれないと考えた。人が見た夢を微に入り細にわたって打ちだす電動タイプライター。これは充分、畏怖に値する。人生を造り変えられてしまうかもしれない。いちばん恥ずかしい秘密を暴露されてしまうかもしれない。身の破滅もありうる。ひとつひとつ可能性をあげながら、彼女は内心、苦笑していた。いくら可能性の話とはいえ、大袈裟すぎる。

現実問題、愉快なことにタイプライターは——どれほど能弁で低俗で悪意に満ちていようと——討論の場を与えられないかぎり、討論はできない。部屋から部屋へと歩きまわって人の持ち物を調べることも、じつはエロ本が好きだという個人的嗜好を警察署長に告発することもできなければ、最新の原稿の隣にある修正液のビンに一インチ這いよってひっくりかえすことさえできない。タイプライターは置かれたところでじっとしている。書斎のドアを閉めて入室禁止にしてしまえば、完全な捕虜状態だ。

スティーヴィはこうした事実をうまく利用しようと考えた。どうしてタイプライターを恐れる必要があるのだろう？　持ちあげるのはたいへんだけれど、それ以外、物理的にどうということはない。手垢で汚れたプラテンのノブからも穏やかなキーボードの笑みからも、なんの脅威も伝わってこない。それにドクター・エルザのところへ行く前に、プラグを抜くという単純な方法でマシンを無害化しておいた。もしマシンが彼女を排除しようとか彼女の評判を落とそうとか考えているなら、彼女がふたたび電気を供給してくれるまで待つしかないわけだ。プラグを差すとき、彼女は強く確信していた。運転席にすわるのはＰＤＥエクセルライターではなくスティーヴンソン・クライだと。マシンがたまたま見せた自給自足の能力を逆に利用してやるのだ。

ドクター・エルザにつるつるで真っ白な細長い診察台カバー用の紙がほしいと話したのは、そのためだった。ウィックラースからもどって以降、彼女は書斎に足を踏みいれていなかった。午前中ずっと、ドクター・エルザいうところの〝ソーセージの包み紙〟をはさみで幅約八インチに――エクセルライターにセットできるサイズに――切る作業にかかりきりになっていたのだ。まっさらな細長い紙をくるくる巻いたものがキッチン中に――朝食用カウンターにもオークの円卓にも彼女のぐらつくキャプテンズチェアの座面にも――置かれていて、まるでキッチンを中世の図書館に変身させようとしているかのようだ。彼女が用意した写本に欠けているのは言葉と凝った彩飾だけ。少なくとも言葉は、これから記されることになるだろう。

そのときテディが高い防寒ジャケットをひきずってキッチンに入ってきた。紙だらけのキッチンをじろじろ眺めまわしている。

「早かったのね」スティーヴィは、あせっていった。ストーブの上の時計を見ると、正午を数分すぎたばかりだ。

「先生の研修日だよ、ママ。きょうは半日でおしまい」

「ああ」すっかり忘れていた。

「小学校も早く終わるよ。マレラはまだ帰ってきてないの？」

きょうの予定――その一部はあの奇妙な発見が示唆するものをなんとか消化しようとあがきながら朝食をとっているあいだに形になったものだ――がふたたびはっきりと頭に浮かんできた。「ティファニー・マクガイアのママがお迎えに行ってくれてるのよ、テディ。マレラは今夜、ティファニーのところにお泊まりなの」

「もうそんなによくなったの？」

「けさはそういってたわ。学校に行けるならお友だちの家にも行けると思うけど？」

「そんなこと知るかよ」ぞんざいな口のきき方に、彼女が鼻をひっぱってやろうとするより早く、テディが先をつづけた。「きのうの埋め合わせに、ずっと二階で仕事してるのかと思った」

「飢え死にするんじゃないかって心配？」

「まさか」面食らっているテディを見て、スティーヴィはきついいい方をしたことを後悔した――怠慢な一家の稼ぎ手としての一面が母親らしい気づかいに勝ってしまったという自責の念。

意識的に穏やかな口調で、彼女はいった。「ある意味、たしかに仕事してるのよ」

「誰かに飾りつけでもたのまれたの？」

「これにタイピングしようと思って。マシンにセットできるように半分に切ってるの」

「タイプ用紙に打ってるんだと思ってた」

「これは草稿用。下書きの段階ではこういう長い紙を使ってみることにしたの」

「なんで？」テディがきつく巻いたロールをひとつ取ってトントンとあごを叩いた。

「気持ちの問題」とスティーヴィは答えた。「用紙のいちばん下までくると、休みたくなっちゃうのよ。でも長さ四フィートの紙ならいちばん下まで行くのにしばらくかかるから、そうしょっちゅう休みたい誘惑にかられることもなくなると思って」

「ふうん」

「生産性があがるんじゃないかな」

テディはにやりと笑った。「もしあがらなかったら、とりあえず今年の夏はハエ叩きを買わなくてすむね」彼は朝食用カウンターにいる見えないハエをバシッと叩くと、へこんだ紙のロールを母親の膝に投げてよこし、ピート・ワイトマンの家の中庭でバスケットの勝負をしてくるといった。昼食は学校で食べてきている。テディのことはなにも心配しなくていい。

テディが出掛けてしまうと、スティーヴィはキッチンにひろがった手仕事の成果を眺めわたした。長い紙が欲しかったほんとうの理由は、いうまでもなく、エクセルライターの自発的な行為が標準的な長さ十一インチの紙のいちばん下で自動的に止まってしまって、重要な、ひょっとしたらなにか暴露的な内容を含んでいるかもしれない文章の途中で終わってしまうのを防ぐためだ。マシンは彼女の捕虜、彼女の奴隷。彼女はそいつを彼女自身のきわめて重大な目的を果たすために奉仕させるのだ。これほど凄い力を秘めたウィジャボード（欧米版こっくりさんで使う文字板）を持っている人間がいると聞いたことはないし、もしあのマシンが彼女自身の夢の真意を探る力になる、あるいは死んだ夫との精神的コンタクトを確立する力になる可能性があるのなら、なんとしても試してみなければ。

エクセルライターの能力のことは、ドクター・エルザには二度と話すまい、と彼女は心にきめた。テディにもマレラにも内緒だ。誰にもいうまい。なにが起きたのかちゃんとわかっている。わたしは狂っていない。

XIII

その日の午後、スティーヴィはエクセルライターを使って仕事に励んだ。過去四日間の一筋縄では行かない出来事などまったく存在しなかったかのように。人とマシンはそれぞれ独自の本質《クウィディティー》（スティーヴィはこのラテン語由来の言葉が持つ哲学的な強さが好きだった）の境界面で出会い、ほぼ三十分に六百語のペースでドクター・エルザ提供の肉屋の紙に草稿が吐きだされていった。もちろんアンソニー・トロロープはもっとずっと速かっただろうが、このところひどいスランプに陥っている若い女としてはそう悪くないスピードだ。スティーヴィはなめらかな流れがもどってきたこと――いや、むしろ前よりなめらかになったこと――に静かな喜びを覚えていた。

三時には『二つの顔を持つ女――ある女家長の省察』の企画書完成まであと一、二段落というところまで漕ぎつけた。と、甲高いブーッという音が鳴り響いた。スティーヴィの両手がキーボードから跳ねあがる。しかしタイプライターのケーブルがまた切れたわけではなく、音源は階下のドアベルだった。よかった。仕事を中断されるのはいつだって嫌なものだが、火曜日の災難にくらべたらドアベルのほうがましだ。ＳＯＳよろしく、ドアベルはたてつづけにもう三回鳴って、スティーヴィは、いま行きます、ちょっとお待ちくださいと大声で返事をした。

玄関で顔をつきあわせることになったのはティファニー・マクガイアの母親で、マレラを支えるようにその肩をしっかりとつかみ、すまなそうな笑みを浮かべていた。「なんだかあまり具合がよくないみたいなのよ、ミセス・クライ。ほかの子どもたちはいっしょにお泊まりしたいっていってるんだけど、万が一、みんな具合が悪くなっちゃったりしたら困るし。ブラッドリー家のキャロルとドンナも預かってるもんだから」

「それはもう当然」歩道の端のサラサモクレンの木の下にミセス・マクガイアが乗ってきたフォード・ピントのステーションワゴンが停まっていて、後部座席で小学校三年生の女の子たちがピョンピョン飛び跳ねているのが見える。「送っていただいて、ありがとうございました」

そうはいったものの、マレラが腕に飛びこんでくると、スティーヴィの心は重く沈みこんだ。マレラはやつれ顔で肌は透きとおるように白く、頰やまぶたに青い血管が浮きあがり、眉骨がぞっとするほど出っ張っている。二月はいうまでもなく危険だが、この一年、マレラはしばしば体調を崩している。(最近は、頑張ってそれほど具合が悪くないふりをしたり、自分でなんとかしようとしたりすることもある。)たぶんただの神経性のものだろう。火曜日は風邪気味だったけれど、きょうはティフといっしょのお泊まりで興奮して——でなければあまり仲のよくないドンナ・ブラッドリーと口げんかでもして、それが軽いトラウマになって——体調を崩した、というところか。神経性の胃炎というのはおかしなもので、どんな感情の変化が引き金になるかわからない。朝食のとき気分がいいとか悪いとかマレラははっきりいっていたかしら、とスティーヴィは考えてみた——彼女自身はもう感じていないけれど、けさの彼女の不信感や無力感にたいする反応があとから病気という形で出てきたのかもしれない。共鳴して起きた余震のようなものなのかも。

「ああ、かわいそうに。さ、なかに入って」

ミセス・マクガイアが声の聞こえないところまで行ってしまうと、マレラがいった。「あたしは帰りたくなかったのよ。ちゃんとお泊まりできたのに。おばさんたら、あわてちゃってさ」か細い声に禁句のアッカンベーのニュアンスが隠されている。「おばさん、あたしがカーペットに吐くんじゃないかと思ったのよ」

「それは誰だって困るわ。おばさんを責められないわよ」

マレラが泣きだした。「ママ、あたしまたやっちゃったの？」

「大丈夫よ。泣かない泣かない」

スティーヴィは居間のソファベッドをひろげてマレラを寝かせ、たよりになる嘔吐用バケツと迷路本を何冊か置くと、企画書を仕上げに二階にもどった。驚いたことにマレラの体調不良が気になっていたにもかかわらず、仕事を再開するとさっきまでの意気込みがそこそこもどってきて、わずか二十分ほどで企画書を完成させることができた。見てらっしゃい、ブライアー・パッチ・プレス。彼女はマシンにセットされた細長い紙から草稿部分をはさみで切り取ると、残りをはずし、真夜中をすぎてからエクセルライターがつくりだす文章を受け止めるためにあたらしい紙を挿入すると、前髪にフッと息を吹きかけた。プラグは抜かずにおいた。

その晩はマレラの世話をし、夕食の食器を洗いおえると、テッドのささやかなSF図書館から『イナゴ身重く横たわる』（P・K・ディック『高い城の男』に登場する〝高い城の男〟が書いた本）とかいうタイトルのよれよれのペーパーバックを出してきてパラパラと目をとおしてすごした。子どもたちを寝かしつけるずっと前から、彼女はあれこれ考えて期待をつのらせていた。テディもマレラもぐっすりと寝入ってだいぶたった頃にベッドに入りはしたものの、二人のまどろみの世界に仲間入りするのはとてもむりだとわかっていた。エクセルライターのプラグはちゃんと差してあっただろうか？　紙は足りるだろうか？　はじまったらちゃんと音が聞こえるだろうか？　いったいなにを書くつもりなのだろう？

彼女はフランネルのナイトガウンを羽織って、最後にもう一度セッティングを確認しようと、重い足音を響かせて書斎に向かった。エクセルライターの電源を入れたい誘惑にかられたが、なんとかしりぞけた――ゆうべは勝手に電源を入れたのだから、もし今夜もおなじことをするつもりなら、すでに確立したパターンをなぞるにちがいない。そのつもりがないのなら、パターンをなぞるもなにもない。彼女にできるのはお膳立てをすることだけで、マシンの非タイプライター的ふるまいにかんしては指図することも命令することもできないのだ。

それでも彼女は書斎を出る前にマシンにこう指示した。「テッドのことを教えて。彼に最後まで告白させてやって。どうしても知りたいの」

XIV

起きているのか、眠っているのか？　まちがいなく起きている。なぜなら、みずからの運命の支配者にしてタイプライターの調教者たる機知に富むスティーヴンソン・クライは、漆喰壁をはさんで少し弱まった演奏会の音、エクセルライターのタイピングエレメントが能率的にカタカタと動く音を聞いていたからだ。彼女はベッドの上で起きあがった。抜け目なく前もって手の届くところに置いておいたローブを素早く羽織る。パウダーブルーのスリッパはベッド脇の脱いだままのところにある。その見るたびにしゃくにさわるつっかけに足をすべりこませると、彼女は立ち止まって電気をつけることもせずに、カーペットの上をよろけながら進み、廊下に出た。

スティーヴィは、動きがぎごちないのは興奮しているせい、寝室の電気も廊下の電気もつけそこなったのはこっそりやろうと思ったから、と自分にいいきかせた。じつをいうと、彼女はエクセルライターが誰も手を触れていないのにカタカタと文字を打ちだしている現場を目撃するのを恐れていたのだが、よろけた拍子に書斎のドアにぶつかって、思わず「ああ、クソッ！」と叫んでしまい、現場を押さえて知覚力のあるマシンを驚かせるという野望は潰えてしまった。

タイピングの音が止まった。

スティーヴィは一瞬、躊躇した。ひょっとしたら、また打ちはじめるかもしれない。とにかくタイプライターが動いている現場を押さえたかった。〝現行犯で〟と法律家ならいうところだ。いや、ほんとうはそんなことは望んでいないのかもしれない。身体の奥がむずむずするような相反する二つの思いが彼女を苦しめていた——安全な隠れ場所からとはいえ、両親がいつもとはちがう姿に変身して激しく愛し合っている姿を盗み見よう、いや見たくないと二つの心のあいだで揺れている好奇心旺盛な子どものようなものだ。しかしエクセルライターは誰の助けも借りない単独作業を再開せず、スティーヴィが書斎に入ろうかどうしようか迷っているうちに、マレラの部屋から甲高い悲しげな声が聞こえてきた。

「熱いよう、ママ。ああ、ママ、身体がすごく熱いよう……」

家のなかは身を切るように寒い。一、二分ベッドから出ていただけなのに、スティーヴィの足はかじかんでいる。それなのに熱いとはどういうことだろう？　ただもし、午後は神経性で気分が悪かっただけなのが悪性微生物が原因の体調不良に変わってしまったのだとしたら。かわいそうに。どれだけ苦しい思いをしなければならないのだろう？　こんな奇妙な身も心も疲れ果ててしまうような攻撃に暮らしを掻き乱される日々はいつまでつづくのだろう？　スティーヴィはドアの側柱にぐったりともたれかかった。勝手に動くタイプライターと、風邪のウイルスや根深い不安と無縁でいられる状態が十二時間とつづかない頭のいい八歳の娘。スティーヴィにとって、テディが目を覚まさないのは驚きだったが、心なしか絶望感が和らぐ気もした——この奇妙な深夜の災難のページェントで唯一、明るく輝いている。

「あたし溶けちゃうよう」マレラがさっきよりもはっきりとした口調でいった。「ママ、熱くて熱くて溶けちゃいそう」

スティーヴィは狭い廊下を歩いて娘の部屋に向かった。屋根窓が二つある、二階でいちばん大きな寝室だ。「起きてるの?」と彼女は声をかけた。「それとも寝言?」

「起きてるよ」弱々しい声が返ってきた。「起きてて熱いの。ねえ、ママ――」

「いま行くわよ。心配しないで。すぐ行くから」スティーヴィは床に散らばった服やぬいぐるみのあいだを縫うようにして進むと、部屋の北端に置かれた二台のシングルベッドのあいだの狭い隙間に入りこんで空いているベッドに腰をおろし、マレラの常夜灯(プリーツがたっぷり入ったピンクのドレス姿の南部美人の磁器人形)のスイッチを入れて、やさしくささやいた。「心配しなくていいのよ。ママが来たからね」子どもは常夜灯の光がまぶしくて目をつむり、枕の上で顔をそむけた。

熱いといっていたくせに、掛けていたものをはねのけてはいない。電気毛布から這いだそうとする気配もなく、しっかり首元まで掛けている。スティーヴィはマレラのおでこに指を三本当てた。燃えるような熱さではなく、微熱という感じだ。頬は赤いというほどではなく淡いピンクだし、耳たぶは常夜灯の淑女が持つ磁器の小さなクチナシの花束のように白い。

「わたしのいい子ちゃん、熱はないみたいよ。とっても元気そう。熱くなんかないでしょ?」

「熱いもん」マレラはいいはった。まだ目をつむったままだ。「溶けてる」

「じゃあ、ちょっと毛布をとりましょう。ママはぶるぶる、ふ、ふ、震えてるんだから、あなたもさ、さ、寒くてぶるぶるになるわよ」娘の思いこみをほぐそうと、スティーヴィはぶるぶる震える手をかかげてみせた。「ぶるるるる」馬のいななきのような声でいう。

「頭しか動かせないよ、ママ」

「それはおかしいわねえ」恐怖が降りてくるのを感じながら、スティーヴィはいった。「どうしてそんなことをいうの? いったいどうしたの?」

「閉じこめられちゃってるの。毛布が上から押さえつけて、あたしを溶かしてるのよ、ママ」マレラは顔をぐるりとスティーヴィのほうに向けて、目をあけた。目がぎらぎら光っている。「あたしが悪いの、あたしが悪いの――あたしぜんぜんだめなの」

「なにいってるの、あなたはいい子よ。そんなこといっちゃだめ。あなたとテディを授かったことはね、ママの人生で最高の出来事なんだから」スティーヴィは娘のクモの糸のように細い髪からのどの敏感なところへと手をおろした。「麻痺なんかしてないわよ、マレラ」用心深く触れながら彼女はいった。「まだ半分寝てるのよ。毛布を押しのけてごらん、どんなに寒いかわかるから。毛布の外の世界は冷たくて凍えそうよ。毛布を押しのけたら、ぜんぶすっかりよくなるから。あなたにはなにも悪いことは起こらない。ママが起こさせない。あなたは大事な大事なママのいい子ちゃんなんだから」

「熱いよ、ママ」と娘はいった。「熱くて熱くて、もう溶けちゃったかもしれない」

「動いてごらん。毛布を押しあげてごらん」

「できない」

「いいから、動いてごらん！」スティーヴィはなおもいった。「自分で悪いことが起きたと思いこんでいるだけ。悪いことなんか起きてないのよ、マレラ。起きてないの！」

だが、もしなにか滅多にないタイプの麻痺が起きているのだとしたら？　スティーヴィのなかに漠然と生まれた懸念がみぞおちのあたりで腫瘍のようにしこりはじめた。理不尽だ。マレラが自分で毛布をはぐことができれば――どんな小さな動きでもいい、電気毛布をずらそうとする努力が見えさえすれば――そうすれば、妄想の産物の呪縛が解けて、二人ともまたぐっすり寝られる。そしてエクセルライターは……。

「ママ」マレラがいった。「ママ、あたし頑、張、っ、て、る、んだよ」

「でも、ただ寝てるだけじゃないの。こんな毛布、蹴とばしてはがせるはずよ」スティーヴィは指でぽんとはじく動きをしてみせた。笑みは三重に巻いた輪ゴムのように固い。

マレラが叫びはじめた。「もう溶けちゃったよ。あたしが悪いの。すごくすごく熱いよ、ママ。ほんとにぜんぜんだめなの」

「いいかげんにしなさい！」

「ドクター・エルザに電話してよ、ママ。どうして動けないのか、ドクター・エルザに訊いて」

「マレラ、こんなことでいちいちドクター・エルザをたよるわけにはいかないのよ。ましていまは真夜中なんだし。もういやというほどママの顔を見てるしね」

「ママ、お願い――毛布をとって」

　スティーヴィはくるっと身体を回して娘から視線をそらし、両手でひしと顔を覆った。わたしは――一応は大人なのに――理不尽なふるまいをしている。マレラはほんとうに重病で身体が麻痺しているのかもしれないのに、今朝、あの寛大な女性のウィックラースのクリニックでばかな真似をしてしまったという、たったそれだけの理由で親友の家庭医に電話するのを拒否している。こんな状況でもしも電話しなかったら、ドクター・エルザは怒るにちがいない。これはどう見ても緊急事態だ。スティーヴィは立ちあがった。

「マレラ、先生のお家に電話をかけてくるわね」

目の隅に涙を光らせて、子どもは弱々しくうなずいた。「毛布をとって、ね？　電話する前に。ちょっとでいいから、ママ。まだ熱いの。もう溶けちゃったのに、まだ熱いの」

しつこくくりかえすマレラに腹を立てて、スティーヴィはＧＥの電気毛布のサテンのへりと、その下のシーツをいっしょにつかむと、いっきにベッドの足元までめくりあげた。そして悲鳴をあげはじめた。

娘の身体は首から下がどろどろのものにまみれた骨格だけになっていた。肉も内臓も液化して下に敷いたシーツの浸透膜からなかば溶けかかったマットレスの下のスプリングへと滴り落ち、みすぼらしい肋骨や骨盤、足の骨がひくひく震えるシーツの上に取り残されている――まるで古代の地層から洗いだされた化石のようだ。このなんの匂いもしないどろどろの惨状からは二月の冷気のなかへと湯気が立ちのぼり、スティーヴィが悲鳴をあげるたびに出る湯気がそこに加わっていった。

マレラは、なすすべもなくヒステリックに泣き叫ぶ母親には目もくれずに、いった。「まだ熱いよ。ねえ、ママ、まだ熱い……」

XV

スティーヴィは慎重にエクセルライターから紙を破りとった。そしてこの悪夢を記した長尺の紙を辞書台にかけ、寒さもシンコペーションのリズムを刻む心臓の鼓動も無視してふたたび一行一行読み直していった。マシン——そいつの皮肉ないい方になぞらえていえば、彼女が現行犯で逮捕しそこなった相手——は、彼女を嘲っている。夫のテッド・シニアについての答えが欲しくて、そういう文章を打ちだして欲しくてあれこれ準備したのに、マシンはまるでちがう内容のものを紡ぎだした。彼女がマレラを案じる気持ちを、家庭内を舞台にしたグランギニョル（恐怖と残虐性を強調した芝居）に書き換えてしまった——

起きているのか、眠っているのか？　まちがいなく起きている。なぜなら、みずからの運命の支配者にしてタイプライターの調教者たる機知に富むスティーヴンソン・クライは、漆喰壁をはさんで少し弱まった演奏会の音、エクセルライターのタイピングエレメントが能率的にカタカタと動く音を聞いていたからだ……

エトセトラ、エトセトラ。だが、いちばん悪趣味で不快なジョークは、諷刺的な軽いジャブのなかではなく、情け容赦なく生々しく描写された最後の驚愕の場面に潜んでいた――

……どろどろのものにまみれた骨格だけになっていた。肉も内臓も液化して下に敷いたシーツの浸透膜からなかば溶けかかったマットレスの下のスプリングへと滴り落ち、みすぼらしい肋骨や骨盤、足の骨がひくひく震えるシーツの上に取り残されている――まるで古代の地層から洗いだされた化石のようだ……

エトセトラ。おぞましいだけでなく、細やかな人間感情を心底見下したクライマックスの一節。タイプライターはなんらかの理由で彼女の人間性を嘲ってやりたいと思っている。彼女のマレラへの愛情を冒瀆し、心の底からマレラの精神的、感情的健全さを案じていることをからかいの種にし、スティーヴィ自身を鈍感で優柔不断な人間として描くことで、その目的を達しようとしたのだ。実際、この胸の悪くなる短篇で一筆一筆描かれてできあがった彼女の肖像は、マレラの朽ちた身体の描写に負けず劣らず醜悪だ。

が、スティーヴィははたと気づいた。これは自己中心的な解釈だ。それに短篇に描かれたあなたの姿はルクレチア・ボルジアにはなりきれていない。となると、あれはたぶん、いまいましいマシンがキーを連打する音が聞こえて、その裏切り行為を目撃してやろうとふわふわのスリッパをつっかける前にあなたが見ていた悪夢を修正して書き起こしたものではないだろうか。

あなたはここにくるのが間に合わなかった自分に腹を立てている。あなたが大切に思っている関係を見下したような陰惨なジョークを書いたマシンに腹を立てている。

こうして理性的に考えていると、気持ちが落ち着いてきた。あたりに轟くような心臓の鼓動はゆっくりとしたものになり、手の震えは恐怖と怒りからというよりは寒さから来るものに変わった。ふ、ふ、震えてる、とおどけていえるものに。

マレラ、マレラの具合は？

砂時計のくびれを砂が滑り落ちていくように、悪夢のことはスティーヴィの意識から抜け落ちていった。いったん目が覚めてしまうと、悪夢のことはなにも覚えていない。夢にかんして覚えているのは楽天的か、ふつうか、絶望的かという雰囲気だけだ。もし、エクセルライターが長尺の紙に打ちだした一連の情景や会話が彼女が実際に夢で見たものだとしたら、その邪悪な勤勉さを示すタイピングの音は彼女から悪夢を見たあとの憂鬱な気分まで盗んでいたということになる。犯人に気づかれないよう寝室から書斎へ行くことに、彼女は全神経を注いだ。が、失敗に終わった。エクセルライターは彼女が目的を達する前に物語を終わらせ、電源を切ってしまった。

マレラ！　彼女の意識のなかのしっかりと揺るがぬ部分が、彼女にマレラのことを思い出させた。エクセルライターにこの残虐な諷刺作品を書かせるもとになった夢のことは思い出せないかもしれないけれど、スティーヴンソン・クライ、その夢は失われてしまったわけではない、そうでしょ？　それは白黒のチクチク刺す棘だらけのものになって、こうしてあなたの手元にある。そこでは、あなたの娘は肉の溶岩流の上に建つローラーコースターの骨組みみたいに描かれている——それなのにあなたは廊下に出て娘のようすを見に行こうともせず、ここに突っ立って、よくもこんな汚らわしいものを書いた、あたしのことを堪え性がなくて自己中心的でうじうじした人間のように書いた、と腹を立てて、頭のなかでタイプライターを罵っている。ほら、いまこの瞬間、あなたはあっぱれなことにというか残念なことにというか、そこに書かれた人物像に恥じない行動をとるという信じがたい過程をたどりつつあるのよ。

「マレラ、いま行くからね」スティーヴィは声に出していった。「心配しなくていいのよ。ママがすぐ行くから」

彼女は暗い廊下を手探りで進んで娘の部屋に入り、床に散らばった服やぬいぐるみのあいだを縫うようにして進んでいった。二つの屋根窓にはさまれた二台のシングルベッドのあいだの狭い隙間に入りこむと、スティーヴィは空いているベッドに腰をおろして、マレラの磁器の常夜灯のスイッチを入れた。

娘は毛布に包まれ、幅の狭いマットレスのまんなかでクエスチョンマークの形に身を縮めて横たわっていた。顔すら見えない。これにはある意味ほっとさせられた。いま現在の現実はタイプライター・バージョンの空想世界とはだいぶかけ離れている。マレラは無事だ。けっきょくマレラの体調不良は、テディもお気に入りのテレビ番組『爆発！　デューク』――気のいい男たちのユーモアと、はちゃめちゃなカー・クラッシュが売り物のコメディ――を見ているうちに奇跡的によくなっていた。そのあとおとなしくベッドに入って、ずっとぐっすり眠っている。このことからしても、ほかのいくつかの点から見ても、タイプライターが書いた内容は完全に嘘だったということになる。

毛布をとってたしかめるのよ、とスティーヴィは自分に発破をかけた。

手が電気毛布のつやつやしたへりにかかったが、力強くどころかそっとつかむことすらできない。指が決断しかねている。

さあ、早く。早く。

ついにスティーヴィが電気毛布とシーツをめくると、思ったとおり、マレラの姿が見えてもなんの驚きもなければ耐えがたいほどの衝撃もなかった。少女はほんの一瞬、目をあけたが、なにを見ているわけでもなく、ナイトガウンをまとった身体をいっそう小さくまるめた。眠っている。熟睡している。スティーヴィは上掛けをもとにもどして、そっとマットレスの下に巻きこんだ。タイプライターが書いた内容は嘘だった。あたりまえの話だ。

　スティーヴィは書斎にもどったが、なかに入る前に立ち止まってテディの部屋をのぞいた。マレラの部屋とくらべるとこぢんまりしていて、二階の寒い南西の角——廊下をはさんで、本がびっしりと並ぶスティーヴィの聖なる私室の正面——に位置している。テディは眠りが深くて、妹のようにすぐに目を覚ましたりはしないから、スティーヴィはなんのためらいもなく天井の明かりをつけた。まぶしい光に彼の姿がさらされる。

　テディはGEの電気毛布の上半分をはいでベッドに大の字になり、左足がベッドから出て宙に浮いている。無精してか恰好悪いと思っているのかパジャマの上も着ていない。いくら電気毛布があるから安心とはいえ、華氏四十度（摂氏約四・五度）以下のところでどうして半裸で寝ていられるのか、スティーヴィには見当もつかなかった。まったく度しがたい。

　父親そっくり、と彼女は思った。ジョージアで生まれ育ったのに、テッド・シニアは北極熊みたいに寒さに強くて、寝るとき裸になることに肉体的にも心理的にもなんの抵抗もない人だった。手首、足首までおおう長い下着を着て毛糸の靴下をはいてもぶるぶる震えていたスティーヴィは、この無口な夫は雪の吹きだまりでも裸で寝られるのではないかと思うこともあったほどだ。

　とはいえ、息子のテディは寒そうにしていた。上は裸で毛布をはねのけているので小刻みに震えていて、震えながらムニャムニャと冬の冷気に悪態をついている。実際、片手は消えた毛布の端をあてずっぽうで探していたが、けっきょく見つけられずに、うーんと唸って左に寝返りを打った。

　スティーヴィは毛布をかけてやろうと部屋に入っていった。テディは驚くべきスピードで成長して、ハンサムな若者になりつつある。一年前は子どもだった――それがいまは体重が増え、筋肉がつき、これまでつるんとしていた場所に体毛が生えてきている。

彼が右腕を頭の上にほうりだした。腋の下に繊細なブルネットの巻き毛が、時計のぜんまいのような毛が一本、見える――大人になりつつある象徴といっていいかもしれない。顔はまだ子どもっぽくて、わかったふうな口をきくかわいい少年というイメージだ（かわいいというのは家族のひいき目で、他人が見たらそれほどとは思わないかもしれないと、スティーヴィも自覚してはいる）が、身体には力強さと見事に古典的な純粋さのようなものが備わりつつある。毛布を肩までかけてやりながら、スティーヴィは息子のおでこに軽くキスをした。

「じゃあね、おやすみ」

テディの部屋をふたたび闇に沈めると、彼女は廊下を横切って書斎に入った。エクセルライターめ。狂った電気の魔法に気づいたあと彼女がなにをしたか、そいつが書いたインチキな話は、まだ辞書台にかかったままになっている。彼女はその紙をとりあげて読み直した。これで三度めだ。隅に置けない表現がちらほら目につく――「動きがぎごちないのは」というくだり……「現場を押さえて」……「知覚力があるマシン」……「ばかな真似をしてしまったという、たったそれだけの理由で」等々――なんとはなしに人をいらつかせる洞察力、さらにはユーモアまで含んだ軽いあてこすり、皮肉の数々。面白い、とても面白い。電気で動くマシンが彼女を罵っている。

もうひとつの話はどこへやっただろう？　きのうの朝の悪夢を新聞記事ふうに仕上げたやつはどうしたっけ？　あたりを捜すと、エクセルライターの薄気味悪い文学的才能が最初に記されたものが、ロールトップデスクに置かれたタイプ用紙の包みの上にあった。スティーヴィはその一葉を読み直した。言葉遊びでまとめた三行の見出しは、事態を先読みした断定的な文章で終わっている――

TYPEWRITERS ARE OBNOXIOUS!!（タイプライターは嫌なやつ!!!）。これはたしかに彼女が宣言したことだ。

あなたがいわなかったのは——とスティーヴィは記憶をたどった——今夜見る悪夢の主題。マシンにあたらしい紙を与えたら、マシンはあなたより一枚上手の答えを出してきた。まったくあたらしい話を書いてみせた。もしマシンがゆうべ書きはじめて途中で途切れていた話を完結させたいのなら、頭を使って、もっときめ細かく設定する必要があるのかもしれない。あなたはこんないまいましいエクセルライターより頭がいいんだから。

　彼女は考えを巡らせた。エクセルライターは——このエクセルライターは——ＰＤＥ社の同胞たちよりずっと頭がいい。まさに天才だ。邪悪な天才。そう、それが問題なのだ。彼女は、ＰＤＥのテクノロジーの産物ではなく、彼女のタイプライターのありふれた金属とプラスチックの部品にとり憑いた得体の知れない知性と知恵くらべをしようとしている。なんだかんだいって、こいつもかつてはお行儀のいいスミス・コロナやロイヤル、オリベッティ、ゼロックス、レミントン、あるいはオリンピアといったマシンとおなじように予想どおり従順にふるまっていた。ところが火曜日に故障して、翌日ハムリン・ベネック&サンズに持っていってからというもの、ジキルとハイド的性格があらわれるようになり……いいわよ、スティーヴィ、はっきりいっちゃいなさい、ばかげたおまじないみたいな言葉を吐いちゃいなさい……悪魔がとり憑いてしまったって。

　彼女のエクセルライターは、故障がきっかけで電動機構を悪魔に引き渡してしまったのかもしれない。なぜそんなことになったのかといえば、この古来の概念——憑き物——のパワーに感応しやすい現代のマシンたちがついにそいつとつながってしまったからだ。そしていちばん感応しやすいのは、故障して、シートン・ベネックのような精神が不安定な素人の手で修理されたマシンだったのだ。べネックがなによりも好むのは深く掘り下げること、そして恐怖や暗い欲望について書くのを恐れないこと。そういう本質的なものについて書くことだ。スティーヴンソン・クライがどんな教訓を得たかは火を見るよりあきらかだった。

「PDEのろくでなしどもに五十二ドル払っていれば、こんなことにはならなかったのよね」

彼女は陰気な笑い声をあげた。高圧的な出方をしてきたパントロニクス・データ・エクイップメントに負けてなるものかと修理代を節約したのはいいけれど、そのつけがまわって、いまや精神的に追い詰められ破綻の危機にさらされているのだ。

エクセルライターに宿っているのはシートン・ベネックの悪霊なのか？　亡き夫のか？　彼女自身のか？　それとも単純に――いやちがう、ややこしいことに――とある多国籍企業の恐るべき悪鬼なのか？　もしかしたら復讐心に燃えるPDEの幽鬼が、彼女を狂わせるというまったく無益な目的のために途方もない精神力を注ぎこんでいるのかもしれない。ならば、そいつの――といっても正体は不明だけれど――やりたいようにやらせておくまでだ。彼女はまだわけのわからないことを口走るポンコツになりさがってはいないし、この悪魔から情報を得てやろうと固く心に誓っている。その思いの強さは、彼女を崩壊させせようという悪魔の決意にも負けないほどだ。

この忌まわしいタイプライターの一枚上手を行かなくちゃだめよ、スティーヴィ。

マシンが彼女の最初の悪夢を打ちだした八・五インチ×十一インチの用紙に、スティーヴィはさらに五枚、タイプ用紙をテープでつけたした。この六枚つながった扱いにくい紙をエクセルライターに巻きこんで、途中で終わってしまった箇所から再開できるようにタイピングエレメントの位置を調整してやる。誰だって文章の途中で中断するのは嫌にきまっている。こうしておけば、マシンにとり憑いたいたずら好きな悪魔はきっと最後まで打ちだすだろう。

「ぼくは奥の深いところがばらばらに壊れてしまった」死んだ手を妻のひたいに置いて、クライがいった。「もしぼくがあきらめたように見えたのなら、スティーヴィ、その理由はただひとつ

「ただひとつ、なんなの?」とスティーヴィはたずねた。「ただひとつ、なんなの?」なんたることか、オン/オフを切り替えるレバーが勝手に〝オン〟の位置に入ってエクセルライターがブーンと作動音を立てはじめた。そしてひとつの文章を叩きだすと、唐突にカチリと止まった

――

つけを払うときが来たからだ」

しばしのあいだ、その言葉はスティーヴィにとってなんの意味も持たなかった。この瞬間を迎えるために周到に準備したというのに、彼女はいま目のまえで起きたことにただ啞然とするばかりだった。驚きのあまり口もきけず、恐怖に怯えていた。両手がジンジン痺れている。背骨が氷のように冷たい針金になり、そこに鈴なりになった何十個もの小さな銀のベルがチリチリと鳴っているようだ。

どこかの誰かが遠隔操作でエクセルライターを動かしたとか、タイプライターがコンピュータ・プログラムの指示に反応したとかいう感じではない。そうではなくて、まるで目に見えない存在が彼女の横をすりぬけてこの文章をタイプし、軽やかにスイッチを切って闇のなかにもどっていった、というふうだった――目には見えないのだから、彼女から隠れるためではなく、ただ彼女にその存在が訪れたことの秘された意味を考えさせるために消えていった、という感じだ。ブラインドタッチでタイ

プする夜盗。一分間で六十ワードの早打ち攻撃をしかけて、あっというまに姿を消した亡霊。その攻撃に彼女は不意を突かれて手も足も出なかった。もしかしたら永遠に太刀打ちできないのかもしれない。

背骨の小さなベルの音がやっと鳴り止むと、スティーヴィは拳を固めて挑戦的に書斎を眺めまわし、「あなたは誰なの？」とたずねた。「なんの権利があって、あたしの部屋に、あたしの家に、あたしの人生にずかずかと入りこんできたの？」空中からもタイプライターからも、なんの答えも返ってこないので、彼女はマシンに視線をもどして、そいつが打ちだした謎めいたフレーズを凝視した。

「つけを払うって、なんのつけなの、テッド？　どうして人が気を揉むようなことばかりするの？どうして自分でしゃべってくれないの？」

しかし姿なき訪問者――テッドの悪魔かシートン・ベネックの悪魔か、それとも誰かべつの思いがったやつの悪魔か――はすでに立ち去ってしまっていた。もう今夜はもどってこないだろう。そいつは彼女とテープでつないだ五枚のまっさらな用紙を宙ぶらりんのままにして、彼女がそいつの再訪をじりじりしながら待ちわびるように仕向けたかったのだ。そして、その思いはすでに彼女のなかに芽生えていた。

それでもスティーヴィは用紙をエクセルライターからはずしてばらばらにすると、心を掻き乱す二つの話――テッドのものとマレラのもの――をマニラ・フォルダーに収め、デスクの横にあるぎゅうぎゅう詰めのファイリングキャビネットに素早く押しこんだ。見えなくなれば忘れていく――去る者は日々に疎し。ハッ！　これほどばかげた警句があるだろうか――これはテッドの葬儀以来、じわじわと感じてきたことだ。見えなくなれば、気が狂う。こっちのほうが現実に近い。だがスティーヴィは、永遠に完全に狂ってしまうのではなく、ときどき正気を失うということもありうると思っていた。

彼女は狂人ではない。

それが証拠に、彼女は寝室にもどり、ぐっすり眠るのよと自分にいいきかせて、やすらかな、そして（一見したところ）夢などひとつも見ることのない深い眠りに落ちていった。

XVI

土曜の朝は冷えこんだが快晴だった。空は野球の夏の青、空気はアメリカンフットボールの秋のようにぴりっと爽快。スティーヴィにとってはありがたい晴天だった。週末で子どもたちが家にいる、しかし仕事はしなくてはならない。テディがマレラを外に誘いだして家のまえの静かな通りでローラースケートをするとか、いっしょに自転車を乗りまわすとか、ピート・ワイトマンのところに行くのにくっついてくるように説得してくれるとかすると、哀れなママは『二つの顔を持つ女』の企画書の提出用原稿をタイプできるというわけだ。これはどうしても仕上げてしまわなくてはならない。郵便局は土曜日は十二時半までだし、郵送するのを月曜まで待つ気にはとてもなれなかった。レディスミスの癌クリニックの記事以外（といっても、これも当初予定していた締め切りを大幅にすぎてしまっていたが）、今週は、陳腐ないい方だけれど、救いようのないご難つづきだったというほかない。企画書をブライアー・パッチ・プレス社に送れば、少しは救われるような気がするのだ。

朝食時、子どもたちはそろってごねた。テディは子守りを嫌がり、マレラはきのうの午後ティファニー・マクガイアの家での集まりから途中で帰らなければならなかったのだから、きょうは彼女を家に呼びたいといいだした。二人で部屋のなかでお人形さん遊びとかキングズ・イン・ザ・コーナー

（トランプゲームの一種）とかする、〝絶対に静かに〟しているからお願い、というのがマレラのいい分だった。かたやテディはピート・ワイトマンの妹はきょうは家にいない（アトランタのおばあちゃんの家に行っている）、それに金曜の夕方に暗くなって途中で終わりになっていたH・O・R・S・E（バスケットボールの定番ゲーム）トーナメントのつづきを最後までやってピートと決着をつけるのに、マレラがピートの家の中庭の端っこに立って足が冷たいとか文句をいわれたらかなわない、という。だからテディとしてはマレラがティフを家に呼ぶのが〝完璧な解決策〟というわけだ。

「あなたにとってはね」とスティーヴィはいった。「そうすれば、あなたの妹の相手はママにまかせて、あなたはどこへでも遊びに行けるものね」

「ママ、マレラとティフは二人でちゃんと遊べます」テディは朝食用カウンターでトーストにマスカットのジャムを塗りながらいった。そして彼はこの意見を、ろくな教育も受けていない田舎者の陪審のまえで最終弁論を締めくくる大物の都会派弁護士のように自信満々の口調でいい放ったのだった。

「それは建前、あなたの意見。でもね、実際はそうはいかないの。けっきょくはママが口げんかの仲裁をしたり、〝お茶会〟の後片付けをしたり、お人形やぬいぐるみを捜して階段をドシンドシン行ったり来たり大移動するありえないほどの騒音を聞かされたり、急に静かになったらなったで、いったいなにをやってるのか心配になって、本来なら集中できるはずの仕事が手につかなくなっちゃったりするの！」スティーヴィは大きく息を吸いこんだ。「わたしたち一家が生きのびることをお望みなら──お坊ちゃん、お嬢ちゃん──あなたたちにも協力してもらわなくちゃならないのよ。ほんの少しでいいから力を貸してちょうだい。この話は前にもしたわよね。もううんざり」

テディの表情──いまは一時的に高飛車な女の支配下に置かれている、将来もてもての男になりそうな少年の顔に浮かんだ隠しきれない冷笑──に、スティーヴィはぎょっとした。ありとあらゆる偏屈な考えを雄弁に物語る冷笑。ゆうべ彼の寝顔を見ていたときには愛おしい思いが満ちあふれていたのに、その思いが干あがっていく。まるでいつもの息子らしくないし、ひとり身の女の絶望感と思慮のなさがこんな結果をもたらしたのにちがいないと考えてはみても、彼女の怒りはいっこうにおさまらなかった。こんなことがわからない子ではない。きちんと思い知らせてやらなくては。

「よく聞きなさい、年間最優秀H・O・R・S・Eプレイヤーの大先生」スティーヴィは息子のうなじの毛をひっぱりながらいった。「わたしはね、わたしが稼いだお金を使って、わたしが材料を買ってきて料理した食事を食べてるくせに生意気な口をきく子どもたちに、このわたしの家のなかで侮辱されるなんて耐えられないの。自分は神さまからのこの世への贈り物だと思ってるんでしょうけど、それは小生意気な口をきかない頃の話。あなたたちはもうとっくに生意気になってるんですからね！わかったの、生きてるほうのセオドア・マーティン・クライ？」

テディは母親の指からうなじの毛を抜こうと首をすくめ、キッチンテーブルでボウルに入ったチャリオス（朝食用シリアル）を食べていたマレラは、ただぽかんと口をあけていた。母親がここまでかっとなることはめったにない。

「わかったの？」

蚊の鳴くような声で――「はい、ママ」

「なにかいった、クライ大先生？」

「はい、ママ」少し大きな声でテディはいったが、この言葉の速射砲にどう対処したらいいものか、まだつかみかねていた。「はい、ママ」

「あなたは自分が必要不可欠な人間だと思ってる？」

「え？」

「必要不可欠な人間なんていないの。もしそうなろうなんてばかなことを考えているんだったら、その価値があることを証明しなくちゃだめ。ただすわってるだけじゃ、必要不可欠な人間にはなれないわよ。自分の家が野蛮人に襲われてるときにピート・ワイトマンの家でバスケをしてるのもだめ」

「あたし、静かにしてるっていったよ」マレラが憤然と割りこんできた。「静かにしてるっていったじゃない、ママ。嘘じゃないもん」

「あなたはね、いい子ちゃん、お兄ちゃんと出掛けるの。二人でいっしょにお出掛け。少なくともお昼までは。もしもとか、でもあたしたちはとかは、なし」彼女はテディの髪をつかむのをやめて、これみよがしの大仰な動きでミルクが入ったプラスチックのジャグを持ちあげると、ドンと勢いよく冷蔵庫にもどした。「そうでなくたって、きょうはいいお天気。すばらしい上天気。できることならママだって出掛けたいわよ。でもママは仕事をしなくちゃならない。そしてあなたたちはママが仕事できるように協力しなくちゃならない。わかった？」

子どもたちは二人とも無言だった。

「わ、か、っ、た、の？」

「はい、ママ」二人そろって小声で答える。見るからに神妙な態度だ。二年前だったら、こんなふうに叱れば——こんなふうに派手なパ、フ、ォ、ー、マ、ン、スをすれば——マレラの目からは涙があふれ、テディはお定まりのすねた表情を見せていたことだろう。しかしテッド・シニアの死は二人に立ち直る力を授けた。スティーヴィはそれぞれの顔を見ながら、二人がすぐさま立ち直ろう、自分たちは母親に従属しているのだから母親の目的、母親の優先順位に自分たちが合わせよう、と努力しているのを感じた。当然のことだ。とはいえ、ちょっとやりすぎたかもしれない。ナパーム弾何発かですむところを、核攻撃してしまったような気がする。やりすぎ航空統制官スティーヴィ・〝キラー〟・クライ……。

「二人でフリスビーやるよ、裏のブランコ・セットの横で」テディがいった。「持ち方を覚えさせないと。女々しい持ち方だからさ」

　スティーヴィは辛辣さのにじむ含み笑いを洩らした。マレラはお願いだからアニメを見させて、そうすればママに厄介をかけなくてすむから、と訴えたが、テディが、おまえはもう土曜の朝のアニメ二時間と金曜の夜の番組をトレード済みだし、ママは外の新鮮な空気を吸ってほしいと思っているんだから、と指摘した。こういう物事をじっくり考える理路整然としたところは薄気味悪いほど父親そっくりで、さすがのマレラも反論のしようがなかった。〝兄〟と〝女家長〟に反対されたら、もう味方はいないのだ。

　スティーヴィはといえば、数分後にはキッチンのシンクの上にある窓から外を見つめて、子どもたちのゲームに参加できないのを残念に思っていた。フリスビーを投げるのは楽しそうだ。忌まわしい——そう、忌まわしい——タイプライターのまえにすわって最終稿を仕上げる単調な仕事をするより楽しいにきまっている。とはいえ、子どもたちが協力してくれているおかげで、昼までにはなんとか片がつきそうだった。

XVII

仕事は十一時半には片付いた。おまけに企画書に添え状をつけることもできた。これまでの仕事をリストアップし、この〝パッケージ〟企画の妥当性、市場性の高さを訴え、もし契約担当部署の心を動かすところまでは行かなくても、編集担当者が現在のラインナップに食指を動かされるようであればサンプルとしてさらに数点、コラム記事を送る用意があると記したものだ。スティーヴィは、プロとして完璧な仕事ね、と自分を褒めながら、午前中の仕事の成果を厚手の封筒にすべりこませた。真夜中すぎにあらわれる化け物、エクセルライターは、なんと子どもたち同様、申し分なく協力的だった。実際これまでも、日中のほとんどの時間はいい子にしている。

そろそろ出掛けないと郵便局が閉まってしまう時間だ。スティーヴィはデスクをざっと整理してマシンに埃よけのカバーをかけると、はずむ足取りで階段をおり、家のなかを抜けてＶＷのバンのほうに向かった。

テディとマレラはもうフリスビーをやめて（あきらかに、この遊びの楽しさは三時間はもたなかったようだ）、近所の犬とたわむれていた。恋の病にとりつかれたバセットハウンドで、テディのズボンをはいた足にエロチックな執着心を抱いている。少年はペンキが飛び散った掛け布を犬に嚙ませてふりまわす遊びをしようとしているが、犬のほうはプラトニックな遊戯に興じるより見当ちがいな性的興奮を満たしたい一心らしい。マレラは、かわいそうに、犬がテディにばかり興味を示すのでやきもちを焼いているとみえて、バセットハウンドのだらりと下がった首筋をつかんだまま、さらにだらりと下がった耳に甘い言葉をむなしくささやきつづけている。

「あらまあ」スティーヴィは口に手をあてて笑いながらそういうと、二人に声をかけた。「テディ、シラノをお家に帰してあげなさい！　郵便局に行って、すぐもどってくるから、それからお昼ね！」バンをバックで公道に出す彼女に、子どもたちは手をふって応えた。

郵便局は週末の閉局前で混雑していた。みんな切手を買ったり郵便物を受け取ったり郵便為替を購入したり小荷物に保険をかけたり割引料金についてたずねたり――というわけで、狭い局内に並んで局長のミスター・ハイスのまえに立つまでに二十分もかかってしまった。やっとのことで企画書を出しおえると、スティーヴィは大急ぎでバンに乗り、線路を越え、驚くほど混んでいるバークレイの大通りを通って三ブロック先のクライ家にもどった。クライ一家の家は大恐慌の時代からテッドの一族が所有しているヴィクトリアン様式の歴史的建造物で、貧困と不安定な暮らしをしりぞける確固たる防壁だった。この家はスティーヴィと子どもたち同様、すでに亡くなったり引っ越したりしてしまった先代、先々代のクライ家の人びとも守ってきたのだ。

テッドはお金にずさんなところがあって、信じられないほど金遣いが荒くていい加減だったが、持ち家を手放さないだけの分別はあった。もしかしたら、スティーヴィがフリーランスの仕事で自分と子どもたちの暮らしを立てていこうという、どちらかといえば無謀な試みに踏み切ることができたのは、彼が能天気とはいえ、とくにたよれる先もない個人事業主だったがゆえに、家を処分することにはためらいがあった、そのおかげといえるかもしれない。もしいまの家で月々家賃を払うとか、バークレイの安アパートでも借りるとかしなければならない状況だったら、ウィックラースの中学でふたたび教職につくなり、このバークレイでファーマーズ・アンド・マーチャンツ銀行の窓口係の仕事でも探すなりするしかなかっただろう。じつをいうと、そのほうがタイプライターに向かう仕事より魅力的な気がするときもある。いまの仕事はつねに不安がつきまとうだけに、こんなに長いことしがみついているのは傲慢なのではないかと思ったり、とにかくそれができているのはたんに幸運の賜物だと思ったりするのだ。きょうはそんな日々のなかの、ある種ハイライトといっていい——書籍の著者になるための重要な一歩を踏みだしたのだから。ブライアン・パッチ・プレスが企画を受け入れてくれたら、不安の霧はしだいに薄れて、二度と職業の選択に思い悩まなくてすむかもしれない。

クライ家の砂利を敷き詰めた私道に車を乗り入れる頃には、うまくいけばエクセルライターをワープロかもっといいタイプライターに替えられるかもしれないとちらっと思ったりもしていた。でもPDEでは買わない——あそこは日和見主義の強欲非道な会社だ。

それにしても子どもたちはどこにいるのだろう？　二十分か二十五分前にはシラノと遊んでいたのに（あの犬がテディの足をむなしく押しつづけるのを遊びと呼べればの話だが）、いまはガレージの横手にはマレラの自転車と雨ざらしの木挽き台が一対あるだけで、がらんとしている。

もしかしたらテディもマレラも昼食の準備をしに家に入ったのかもしれない。ホットドッグなら子どもたちも得意だし、家の手伝いをしなさい、自分の役割を果たしなさいと日頃からいい聞かせているから、母親の機嫌を直そうと頑張っているのかも。この手の自覚的行動はせいぜい一日、二日しかつづかないが、それでもスティーヴィはうれしかったし、子どもたちにたいするやさしく寛大な気持ちが湧きあがってくるのを感じながら、気分よくバンをおりた。まだ陽射しの明るい爽快な午後がまるまる残っている。昼食のあとはルーズベルト州立公園を抜けてウォームスプリングスの国立魚孵化場までドライヴしてもいいかもしれない。テディもマレラも喜ぶだろう。

そのとき、娘のどこか不安げな笑い声が聞こえてきた。面白がっているけれど疑ってもいる、というようなくすくす笑い――キッチンからではなくガレージの角をまわりこんだブランコ・セットのあるほうからだ。テディはシラノを家へ追い返せなかったのだろうか？　マレラがくすくす笑っているのは、バセットハウンドが膝がしらに夢中になっている意味をテディが教えたから？　楽しい気分が一転、苦いものに変わってしまった。マレラはまだ八歳なのに。テディったら、ただじゃおかないから。

スティーヴィはそっとガレージの角にしのびよった。裏庭のペカンの木の下にあるガタピシのブランコ・セットのほうをのぞいた彼女は、突然凍りついた。見知らぬ男が裏庭までオートバイを乗り入れて、キーキー音を立てるブランコ・セットのグライダー（一本のロープや鎖で吊り下げられたブランコ椅子）の横に停めている。

そして赤と白のフットボールシャツを着た人のような姿の小動物が、グライダーとブランコがぶらさがっている横棒の上を行ったり来たり敏捷に動きまわっているではないか。子どもたちはその動物を魅入られたように見つめ、マレラはなかば隠れるように兄にしがみついている。

スティーヴィは全体像をとらえようとしたが、目はどうしても横棒の上で動きまわるものを追ってしまう。白い顔、深くくぼんだビーズのような目、鼻孔はしゃれこうべのそれを思わせる、小さな悪鬼のような姿。その獣には尻尾もあって、スティーヴィも猿の一種かと思いはじめてはいたが、それでも勝手に人の敷地に入りこんでいいわけはないし、その獣とそれを連れてきたにちがいない見知らぬ男にたいする怒りと不安が薄れることもなかった。

「なんの御用かしら？」スティーヴィは大声で呼びかけた。「そこでなにをしてるの？」身体が震えている。こんなふうに直接とがめだてするより、バークレイ警察に連絡したほうがよかったかもしれない。だが、もう遅い。第一、子どもたちの身に危険が迫っているのだから、いくら電話をかけるためとはいえ、この場を離れるわけにはいかない。

　テディ、マレラ、猿、そして得体の知れない侵入者、全員がスティーヴィのほうを向いた。どの顔も刻印のないコインのように無表情だ。一瞬、三人の人間が、横棒の上の白い顔をした軽業師とおなじ悪鬼のように見えた。

「お帰り、ママ！」テディがいった。一転、笑顔になっている。「ほら、タイプライターを修理してくれた人だよ！　ペットの猿を連れてきたんだ」

　ほかに誰がいるっていうの？　スティーヴィは憂鬱と不安を覚え、これは面倒なことになると確信した。ほかに誰がいるっていうの？

　シートン・ベネックはといえば、きょうはコンバットブーツと軍の作業服といういでたちで、恥ずかしそうにごく小さく会釈してよこすと、二月の空のように穏やかな遠い目で、スティーヴィの背後の虚空を見やった。

XVIII

「シートン」少し気をとりなおして、スティーヴィはいった。「家に来る人は車をたいていドライヴウェイに停めるのよ、裏庭じゃなくて」

シートンは肩ごしにちらりとオートバイを見た。黒光りする怪物はハンドルがばかでかくて、長いシートのうしろにはつくりつけのキャリーバッグが一対そなわっている。「すぐ動かします」彼は怪物の角をつかんでスティーヴィの横を通りすぎ、ドライヴウェイのほうに向かっていった。

「ブランコ・セットの下から離れなさい」スティーヴィはテッドとマレラに手で合図しながらささやいた。「その猿がなにをするかわからないんだから」

猿はしゃれこうべのような頭を傾げてスティーヴィを見つめている。避けがたい最期をここまではっきりと予言する顔立ちの生ある存在は（最後の二カ月間のテッドのように、来たるべき死を漫然と待つ病人や高齢者を除いては）見たことがなかった。彼女は猿より先に視線を落としてしまった。ふつうはどちらが先に目をそらすか競争すると、人間よりも動物のほうが先に降参するものだ。が、こんどばかりはちがった。猿は悪魔を味方につけているのだ。

「あの人、いつからいるの？」スティーヴィはベネックをあごで指しながらテディにたずねた。「なんの用で来たの？」

「ママに会いにだよ」テディはいった。まだニヤニヤしている。「恋人候補」

マレラは「オエッ！」という論評をつけたすのを控えている。シートンはつややかなクロムの金属線細工《フィリグリー》をほどこしたオートバイで乗りつけたうえに醜悪なペットの猿を連れてきたことで、まんまと子どもたちを味方につけてしまった。こんなびっくりするほど刺激的なものに親が太刀打ちできるわけがない。

「いつからいるの？」スティーヴィは重ねてたずねた。自分が郵便局に出掛けたすぐあとに来たのではないかと、それが心配だった。もう三十分ものあいだシートンが子どもたちを〝楽しませて〟いたかと思うと、身体が震えた。ベネックがベビーフェイスの暗殺者のように、そして猿が毛皮を着た小さなノスフェラトゥ（吸血鬼の総称）のように見える。いくら可愛いフットボールシャツを着ていても、猿の不吉さは少しも和らいではいない。

「三、四分前だよ、ママ。来たばっかり」

「お猿さん、あの人の背中に乗っかってたの」マレラがいった。「ヘルメットをかぶってたんだよ。ヘルメットを脱がせてもらったら、すぐにブランコに飛び乗ったの。それで上までのぼっていったの」わざわざ指でさしている。

「アトランタ・ファルコンズのヘルメットだよ、ママ。あのシャツ、見た？　スティーヴ・バートコウスキの番号だ。あいつ、クォーターバックだよ」

「とにかく、帰ってもらいたいわ。生まれ故郷へ。どこだか知らないけど」

「コスタリカです」シートン・ベネックがいった。オートバイを置いて、彼女のうしろから近づいてきていた。「あいつの先祖はコスタリカから来たんですけど、あいつは行ったことないと思いますよ。

アトランタのペットショップで買ったんです」両手をポケットにつっこんで、シートンはいかにも買ってよかったといいたげな眼差しでじっと猿を見ている。「もともとヤーキズ霊長類研究所にいたらしいんですけどね。はっきりとはわかりませんが。とにかく、年寄りなんですよ。もう五、六年、飼ってますから」

「シートン、なんの御用なのかしら?」

闖入者はもじもじと枯草のカーペットに足をこすりつけている。「きょうは休みなんです。土曜日だから。バイクを芝生に乗り入れたりして、すいませんでした。この子たちが裏にいるのが見えたもんだから――」彼はそこまでいって黙りこんでしまった。

「でも、バークレイでいったいなにをしてるの、シートン? ふだんは休みの日にジョージアの田舎をぶらついたりはしないでしょう?」

右ポケットから出した彼の手には、くしゃくしゃになった紙幣が握られていた。「このあいだいただいたチップです、ミセス・クライ」彼は紙幣を差しだした。「やっぱりいただくわけにはいかないと思って。親父はみんなに給料を払ってます。ほかの連中は誰もチップはもらってないんで、ぼくももらうべきじゃないと思って」

この若い男、本気でいってるのかしら? スティーヴィは自問した。それともあたしを操ろうとしてるの? だとしたら、なんの理由で? いずれにしても、彼の指のあいだにある紙幣は、彼女がシートンに渡してほしいとベネック&サンズの会計係に預けた、まさにその紙幣だ。リンカーンの図柄の横に赤インクでくねくねした線が書いてあるのでまちがいない。つまり彼は二日間、使わずに持っていたということだ。くすんだブロンドの髪に丸ぽちゃの可愛い顔立ちで、怪物めいたオートバイを乗りまわす若い独身男にしては上出来。友だちとかガールフレンドはいないのだろうか? お金のかかる余暇の趣味はないのだろうか？　たしかにちょっと変わっている（猿がその証だ）けれど、まだ自分というものがわかっていない、いまどきの若者はだいたいこんなものだろう。

「シートン、わたしがチップをあげたのは、それだけのことをしてもらったからなのよ。その七、八倍のお金を節約できたんだもの」

「ぼくはこれを返しにきたんです」

「受け取れないわ、シートン」

「だったらひと晩中でも、ここに立ってます」彼女の顔ではなく紙幣を見つめたまま、シートンはいった。「受け取ってくれるまで帰りません」

　これも本気でいってるのね、とスティーヴィは思った。フランス人の娘に自分の愛は不滅だと納得させるためにロウソクの炎にてのひらをかざしつづけたフィンセント・ファン・ゴッホみたい。もしわたしがお金を受け取らなかったら、物干しロープの支柱か小鳥の水浴び用の水盤なみに永遠にそこに据えつけられたものとしてこの裏庭にいすわるんでしょうね。そしてもしわたしがお金を持って帰るよう説得できたとしたら、こんどはそれを箱に入れて送り返してくる――タイプ用紙のギフト券と切り落とした耳を添えて。猿の耳ってこともあるかもしれないわね。いまのところは五分五分のにらめっこだけれど、先にまばたきするのはわたしということになりそう。わかってる。

「ねえ」テッドが不意に声をあげた。「もしその人がその五ドル欲しくないっていうんだったら、喜んでぼくが代わりに受け取ってあげるよ」猿、オートバイ、恋人候補、お金をめぐる諍い――なんてことはない、息子にとってはまさにアミューズメントパークの乗り物めぐり。自分の家の裏庭にシクス・フラッグス・オーバー・ジョージア（ジョージア州にあるアミューズメントパーク）があるようなものだ。にかっと笑ったその顔は、事の展開に驚いているというより、強欲さをむきだしにしているように見える。

シートンがテディのほうを向いた。

「この子はちゃんとお小遣いをもらってるの」スティーヴィはいった。「そのお金をあげようなんてばかなことは考えないでね」彼女は一歩まえに出て、訪問者から金を受け取った。「あなたどうかしてるわよ、シートン。まちがいなくあなたのものだったのに」

シートンは戦いに勝利したことに満足しているようだった。両手を作業服のポケットにもどし、踵に体重をかけて前後に身体を揺らしている。「でも、それだけのために来たんじゃないんです」

「そうじゃないの？」

「はい、ミセス・クライ。もしよかったらタイプライターをチェックさせてもらえると、これがアフターサービスの点検てことになるんですが。ちゃんと動いてますか？」

「そうにきまってるじゃないの」声にあらわれた敵意にスティーヴィ自身、驚いていた。「あなたが直したのよ、そうでしょ？」

「はい、そうです」

「だったら、わざわざもう一度見る必要はないんじゃないの？」

「見なくていいとおっしゃるんなら、いいんですが、ただ――」

「なんなの？」

「道具を持ってきてるんです。タイミングがちょっとずれてるかもしれないと思って。ちょっと見るだけでいいんです。もちろん無料ですよ。あの五ドルを返して、なにかほかのことでそれ以上の額を請求しようってわけじゃありません。そんなことはしません。ぼくはただ――」

「――親切心でね」

シートン・ベネックはコンバットブーツの底でいじけた芝生をこすりながら地面を見つめている。

「きのうの〈レジャー〉の夕刊に載ってたレディスミス癌クリニックの記事、読みました。すごくよかった。すごく深く掘り下げてて——あのサーモグラムのこととか核医学のこととか、いろいろと。ほんとによかった。ぼくは、あなたがなにをしてるのか、いつも読むようにしてるんです」彼は目をあげたが、スティーヴィと視線を合わせようとはしなかった。「ちょっとあなたがものを書いている場所を見てみたいという気持ちもあったんです。作家さんの仕事場なんて見たことないから、タイプライターとか、どんなふうに置いてるのかなってね。でも、仕事場じゃなくてキッチンとかどこかほかの場所で見たほうがいいのなら、それでもかまいませんよ——見る必要があるならってことですけど。きっちりチェックしてさしあげます。ちょっとおかしくなったり完全に壊れたりする前にわかることもありますから」

テディがいった。「お昼、食べていってもらえば？」

ああ、神さま、この子ったらまた勝手なことを。スティーヴィはテディをにらみつけた。友だちを家に呼ぶときは、まずママにこっそり相談してからと口を酸っぱくしていっているのに。当人が聞いているのにだめだといったりしたら、無作法な人間だと思われるにきまっているのに、テディはまるで学習していない。まるで紙吹雪をまくみたいに派手に招待しまくってくれる。

「四十マイルも離れたところから来てくれたんだよ」とテディは指摘した。「タイプライターをチェックするだけのためでも平気で来てくれちゃうなんてさ」

「遠くから来てくれてるのはわかってるわ。ママも何度か行ったことがあるから」テディはわざとやっているのだろうか？

「いいんです」シートン・ベネックがいった。「家に帰って食べますから。猿を連れてると、なかなか寄り道ができないんですよ」

「よかったらどうぞ」まだ息子にママは怒っているのだと伝えたくて、スティーヴィは硬い口調でいった。「ホットドッグか目玉焼きサンドくらいでよければ。そんなものしかできないのよ」

「ぼくら、目玉焼きサンドは大好きです」シートン・ベネックがさらりといった。「家ではね、ミセス・クライ、ぼく、そればっかりつくってるんですよ」

「シートン、いま〝ぼくら〟っていった？」

「はい、いいました」

「あのね、無作法だと思わないでほしいんだけれど、あなたのことは喜んでお客さんとしてお迎えするけれど、お猿さんのほうは喜んでというわけにはいかないわ」有毒廃棄物を載せた列車がバークレイの中心部で脱線するのを歓迎できないのとおなじように。テッドのこの世での最後の二カ月を二度と目にしたくないのとおなじように。

「あいつはちゃんとしつけができてます、ミセス・クライ。あいつほどきちんとしてない人間もけっこういますよ」

そういう人間は無作法なふるまいという毒を洗礼の水みたいにふりまくのよね、とスティーヴィは心の内でつぶやいた。

「ねえねえ」マレラが猿に話しかけている。「ねえねえ、お猿さん。この枝をつかんで。ここへ飛びおりて」

少女はブランコ・セットの横棒の上で行ったり来たりしているフットボールシャツ姿の白い顔に白いひげを生やした猿に向かって、折れたペカンの枝を差しだしている。猿は横棒に届くほど長くはない枝を無視していたが、マレラに向かって口をあけると歯をむきだしてシャーッと声をあげた。しゃれこうべの笑顔。猿は両手両足だけでなく尻尾も使って横棒をつかみながら、右へ左へと横ばいで往復をくりかえしている。まるで生きたゼンマイ仕掛けのオモチャのようだ。

「お願いだから、つついたりしないで」シートンがマレラに声をかけた。「そいつはほんとにおチビさんだから、きみが自分を傷つけようとしてると思っちゃうからね」

「遊んでるだけよ。お昼を食べるんだから、おりてきてほしいの」

ああ、あたしもよ、とスティーヴィは思った。まさにそれがあたしの望み。彼女は声に出していった。「マレラ、棒をひっこめなさい」

マレラがいわれたとおりにすると、ブランコ・セットの上の軽業師は思いもよらない行動に出てスティーヴィをぎょっとさせた。猿が横棒の上を走ってマレラの頭の上を飛び越え、ペカンの木の股に移ったのだ。一瞬、ほんの一瞬、スティーヴィは娘が襲われるのではないかと恐怖を覚えたが、猿はたんにより上のほうの避難所に移っただけだった。

相変わらず両手をポケットにつっこんだまま、シートンはぶらぶら木の下まで歩いていくと、小さな獣におりてこいとうながした。

「名前はなんていうの？」テディがたずねた。

「クレッツ」シートンがうわの空で答える。

「おりてらっちゃい、クレッツ」マレラが赤ちゃん言葉で呼びかける。「おりてらっちゃい、クレッツィちゃん」

「なんでそういう名前なの？」テディがシートンにたずねた。

「冗談みたいなもんなんだけどね。見ててごらん、いまおりてこさせるから」シートンは五ドル札を入れていたのとおなじポケットからのど飴の小さな缶を取りだすと、ひとつつまんで包み紙をはずし、猿に向かって差しだした。「スクレッツが大好きなんだ。スクレッツをやれば、たいていなんでもするよ」

　クレッツはペカンの木から彼の肩に飛び移ってシートンの言葉が嘘ではないことを示し、のど飴を口にほうりこむとカリカリ嚙み砕いた。

「でも、舐めるわけじゃない。食べるんだ。小腹がすいてるんだろうな、たぶん。けさはバナナを少し食べただけだった。もう五時間もたってるからね」

「かわいそうに」スティーヴィはいった。

　マレラはシートンのうしろにまわりこむと、背伸びして猿のしなやかな尻尾をやさしくなでた。白ではなく焦げ茶色の尻尾は、体長より一、二インチ長い。クレッツは尻尾をなでられても気にならないようでカリカリとのど飴を食べつづけ、食べおえるとおかわりをねだった。が、シートンはそれには応じなかった。

「すぐに昼ごはんなんだから」とシートンはいった。

XIX

カリカリしっぱなしの苦々しい一日になってしまった。スクレッツを山ほど舐めても苦さを取り除いて甘い後味を残すことはできそうにない。一時間前までタイプライターがもたらした災難もマレラの体調の心配もどうにか忘れることができていたのに。著作の企画書を郵送した高揚感の余韻に包まれていたのに。

いまはシートン・ベネックがキッチンにまで侵入してきている。しかも、事もあろうに、フットボールシャツを着せた毛深い小さな悪鬼を連れて。そして彼女は料理をしている――なんたることか、料理を！――このただ飯食いの連中のために。自分は歓迎されているとお気楽に思いこんでいるシートンと、クレッツに夢中の子どもたちに屈服したのだ。しかしこれは彼女のほんとうの気持ちからは程遠い、歓待を装った茶番劇であり、彼女はここまで入りこんできたシートンを心底苦々しく思っていた。

ダイニングのオーク材の丸テーブルにはテディとマレラとシートンがすわり、シートンの膝にはクレッツがいる。スティーヴィがいるガスレンジのところからは右を向けば朝食用アイランド・カウンターの全長ごしに客の顔を見ることができる。ちらりと見たシートンの顔は青白い敬虔そうな仮面、猿のそれはテニスの試合の観客のようにテディとマレラを交互に見ているので不気味にぶれている。テーブルの縁から上に出ているのはその小さな頭——大きめのペンチで潰せそうなサイズ——だけで、身体のほうは見えない。あえていうなら、シートンは太鼓腹に時計仕掛けで生きいきと動くしゃれこうべをのせた温和な布袋像のようだ。スティーヴィとしてはダイニングに動物を入れたくはなかったが、シートンがクレッツを下におろしてキッチン中、駆けまわるようなまねをさせていないことだけはありがたいと感じていた。屋根裏に子ども用の食事椅子があるけれど、家に入れるつもりもなかった客のためにわざわざ出してくるなんて、彼女よりよほど出来のいい女主人でなければできない芸当だろう。

「こいつは寒いのが苦手なんだよ」シートンが子どもたちに話している。「だからこの服を着せてるんだ。ぼくの母親がつくったんだよ——しばらく前、病気になる前に」最後のひとことをつけ加えるべきだったかどうか斟酌するかのように、シートンはふと言葉を切ったが、すぐにこうつづけた。「こいつはテレビでアメフトの試合を見るし、プラスチックのボールを——小さいオモチャのやつだけど——投げることもできる。バートコウスキみたいに……といったらいいすぎかな。うしろに投げちゃうこともあるからね」

子どもたちが笑う。

スティーヴィはフライパンの卵を裏返した。ふとクレッツがテニスの試合の観客の動きをやめているのが目に入った。クレッツはじっと彼女を見ている。黒い輪っかで縁どられた眼窩が無をのぞきこむ小窓のようだ。

「それ、なんていう種類の猿なの？」弱みを見せまいと、彼女はたずねた。「ああ、彼」

「カプチン・モンキー（オマキザル。頭頂部の毛がカプチン会修道士のフードに似ている）です」シートンが答えた。「カプチンは手回しオルガン弾きの猿といわれることもあります。でも手回しオルガン弾きなんて、もうあまり見かけませんよね。クレッツもオルガン弾きと仕事をしたことはないし」

「タイプライター修理人とだけってことね？」

「はい、そうです」シートンは控え目に笑った。「クレッツはぼくが修理するのを見るのが好きなんですが、親父が仕事場に猿を入れるのを嫌がって。つまりその、血のつながりのないやつはだめってことで」彼はまたおざなりな笑い声をあげた。これは父親とのあいだのおきまりのジョークということなのだろう。

シートンの性格の粗野な部分と感傷的な部分がころころ入れ替わるので、軽蔑すべきなのか憐れむべきなのか、スティーヴィにはわからなくなってしまった。いまは邪悪な一面は――猿が体現している漠然とした脅威を無視すれば――浅薄な穏やかさに道をゆずっている。クレッツは相変わらず心乱す存在だが、スティーヴィはもうその飼い主を恐れてはいなかった。カプチンを飼うのも大型の黒いオートバイに乗るのも、タイプライターの修理の腕以外なにひとつ取り柄のない人生を見栄えのあるものにしようという見え透いた試みにちがいない。二十五だか六だかになっていても、シートンはまだ思春期まっただなかなのだ。

「はい、テディ、マレラ」スティーヴィはいった。「立ちあがってテーブルの用意をして。家ではお手伝いをしてもらうことになってるんだから」

「クレッツとぼくはひとつのお皿で」テディが食器を、マレラが銀器を取りにいこうとすると、シートンが声をかけた。「客二人分の食器を洗ってもらうのは申し訳ないですから、ミセス・クライ」

「予備のお皿があるから大丈夫よ、シートン」

「いえいえ。ほんとうにいいんです。一枚で」

ちょうどいいんだ」

「彼はフォークを使うの？」銀器が入った引き出しをあけて、マレラがたずねた。

「カクテルフォークはあるかな？」シートンがいった。「クレッツにはカクテルフォークの大きさがちょうどいいんだ」

スティーヴィはガス台のまえを離れて、銀器がごちゃごちゃに入った引き出しからカクテルフォークを探すマレラを手伝いにいった。この分じゃクレッツには銀の象嵌細工のナプキンリングや輸入物のクリスタルの脚付きグラスやフィンガーボウルも必要なのかも。そうだ、フィンガーボウルは悪くないアイディアかもしれない。シートンや猿が見ていないうちにライソールを二、三滴、水に落とせば。だが本音をいえば、キッチンの幅木から天井蛇腹（天井と壁が出合う部分の帯状の突出部）までごしごし磨いたうえで郡の公衆衛生課の人に検査してもらわなければ、これまでどおり安心してキッチンを使うことはできないような気がする。

食事はそこそこ順調に進んだ。クレッツは目玉焼きサンドのパンなしのほうが好きなのだが、スティーヴィが料理しているあいだにシートンがそのことをいいそこなったので、けっきょく目玉焼きの外側のパンをはずし、目玉焼きをなんとなくのど飴のような菱形に切り分けて、やっとクレッツが食べる準備がととのった。シートンはこのちょっとした急場をなんなくしのぎ、はずしたパンを皿の横のナプキンの上に置いた（このパンはあとでシートンが食べた）。スティーヴィが驚いたのはクレッツのカクテルフォークの使い方だった。目玉焼きのひと口分を上品に刺しては口元へ運び、フォークの歯をきれいに舐めてから皿にもどしている。おまけに嚙むときは口をきちんと閉じている。この几帳面なふるまいにかぎっていえば、クレッツはテディより上だ。

「書くのとおなじくらい料理もお上手ですね」椅子をうしろに引いて紙ナプキンで口をぬぐいながら、それまで無言だったシートンがいった。

「褒められてるんだか、けなされてるんだか」

「ああ、いえいえ。おいしかったです。クレッツも喜んでます」

「まあ、コロンバスに帰るまでの腹の足しにはなるでしょう」わりあい気がまわるけれど、シートンが感受性が強いとはとうていいいがたい。彼は彼女が不快感を抱いていることに気がついていないし（あるいは、もっとひどいけれど、気がついていても無頓着とか）、クレッツはまたあの空洞にしか見えない眼窩の奥から彼女を見つめている。

「帰る前にタイプライターを見てもらわなくちゃ」テディがいった。「じゃないと、せっかく来たのがむだになっちゃうよ」

「たしかにわたしのお料理とあなたたちとのおしゃべりだけじゃむだになっちゃうわね」

「そんなつもりでいったんじゃないよ、ママ、わかってるくせに」

「タイプライターは大丈夫」

「でも、喜んで見させてもらいますよ。印字する前にもとにもどってしまう活字がひとつ、二つ、ありませんでしたか？　エクセルライターはときどきそういうことがあるんです」

「問題ないわ」

「中心からずれて印字されてしまう活字はありませんか？」

「tだけね。たまにtがうまく打てないことがあるの。でも、ごくたまによ。心配するようなことじゃないわ」

「タイミングの問題ですね。直しますよ」

「直してもらえば」テディが勧める。「タダだっていってるんだし」

マレラも口を出してきた。「贈り物の馬の口のなかを見るな（馬は歯で年齢がわかることから、人の好意にけちをつけるなの意）、でしょ、ママ」

「その格言はこの状況にはあわないと思うわよ」とスティーヴィはいった。「ギリシア人の贈り物には気をつけろ（トロイの木馬の故事から）、のほうがいいんじゃないかな」

容赦なく見つめるカプチンの視線と若いベネックののらりくらりとした押しの強さにスティーヴィはうんざりしはじめていた。五ドルのチップを返すことで家に入りこむ権利を買って、これ以上、なにが欲しいのだろう？

そのときクレッツがスティーヴィを見つめるのをやめた。猿はシートンの膝の上でくるりと回って作業服のまえをつかみ、懇願するように若者の顔を見ている。クレッツは小さな尖った歯のあいだからキーッと鋭い叫び声を洩らした。マレラがのりだして尻尾をなでる。

「デザートの時間か？」シートンがいった。「デザートが欲しいのか？」

スタンダップコメディアンの集団も口がきけなくなるほどのあつかましさだ。スティーヴィはデザートをつくっていなかったし、シートンの猿の甘いものが欲しいという欲求を満たすためにバナナクリームパイだのシナモンロールだのを手早くつくってやる気はさらさらなかった。情なし女のいい分をわかりやすくいうとこうなる——スクレッツでも食べさせれば？

だがシートンは猿の欲求を満たすためにスティーヴィのほうを見ると思いきや、猿を力づくで膝にすわらせ、右手の人差し指を猿の口に持っていって、クレッツが指先を乳首かポプシクルのように吸うにまかせた。と思うと、シートンのこぶしにひと筋の血がうねうねと流れ落ちてきた。シートンはその血を左手でぬぐったが、猿の口から指を出そうとはしない。クレッツは黒い輪っかで囲まれた目を閉じて恍惚とした表情で吸いつづけている。

「キャーーッ！」マレラが金切り声をあげた。「なにしてるの？」

「きのう、タイプバー（タイプライターの活字がついている薄い金属の腕）で切っちゃったんだ。そのマシンのyの先っちょが一カ所折れててね。けっこう切れちゃって。クレッツはその傷を治そうとしてくれているんだよ」

「かさぶたを剝がして?」スティーヴィは嫌悪感を抱いてたずねた。「じゃあ、デザートっていうのはどういう意味?　面白いと思ってるの?」こんなぶしつけな訊き方は無作法だったかもしれないが、テディでさえ無意識のうちにしかめっ面になっている。

「ええ、そうですけど」シートンは彼女が暗に異議を唱えたことにびっくりしているようだった。「ほんの冗談ですよ。じつはこの傷はもう何年も前からあるんです」まだ指を吸わせたままだ。「クレッツは傷を吸うのが好きなんです。ぼくはべつにかまわないし。ぜんぜん痛くないんですよ。正直いうと気持ちがいいくらいで」

「やめてちょうだい」

「はあ?」

「わたしはね、心ならずも、夢にも思っていなかったことを、猿をキッチンでもてなすという常識では考えられないことをしたのよ、シートン。これ以上わたしを困らせないで。はっきりいうけれど、もう帰ってちょうだい」

「やめろというんですね?」彼の視線は方向がさだまらず、まだ彼女の確固たる視線を受け止めていない。ほんとうにそこまで鈍いのだろうか?

「そういったでしょ。もし両方とも——指フェラチオだかなんだか知らないけど——やらずにはいられないんだったら、お願いだからコロンバスにもどってやってちょうだい。自分のモンキーハウスのなかでそっとやる分には敗血症だか貧血だかが二人を分かつまで、気の合う霊長類同士でいられるんだから。でもね、ここでは許される範囲を越えているの」

「すいません、ミセス・クライ」彼は親指と中指で猿の頭をうしろへ押しやると、その口から出血している指をひっぱりだし、その指をこれみよがしに作業服の胸ポケットでふいた。

クレッツがスティーヴィにひたと怒りの眼差しを据える。家のなかに入ってはじめて、スティーヴィはその奥深い眼窩のなかの目そのものを見た。敵意に満ちた紅玉髄の一対の火花。たとえスクリメージラインの十ヤードうしろで倒されてしまったアトランタ・ファルコンズのクォーターバックでも、タックルした相手にこれほど非難がましい視線を送ることはないだろう。スティーヴィはぶるっと身震いしたが、それでも視線をそらしはしなかった。

やがて、クレッツがまばたきしてシートンの膝に寝そべってしまった。まるで勝たせてやったといわんばかりの態度だ。

しかしシートンは神妙な顔をしている。彼はクレッツを膝から肩へひょいとあげて立ちあがり、テーブルにある空のカットグラスの花瓶に向かって話しはじめた。「エクセルライターのtを直したらすぐに失礼します、ミセス・クライ」

「その必要はないわ、シートン」

「はい。ですがお昼をご馳走になったお礼にせめてそれくらいはさせてください。クレッツのことやなにかで嫌な思いをさせるつもりはなかったんです。ぼくはあまり人とのつきあいがなくて。いつのまにか習慣のようになってしまっていたんです。お互いに好きで信頼しあっているというしるしなんです。これまでのところ、ぼくにはなんの害もないし。寒い時期はとくに、こいつにすまないという気がするんですよ。コスタリカは遥か彼方ですからね、ミセス・クライ。これをやると、こいつは身体が温まるんです」

「賢明な方法とは思えないわね」

「はい、わかります、人前ではそうですよね。考えが足りませんでした」彼は頭の横をとんとんと叩いた。「あのう、クレッツとぼくが早く帰れるようにマシンを見にいきましょうよ」

　スティーヴィは怒りが再燃したように見せて彼を思いとどまらせようと考えたものの、「いいえ、絶対に上へは行かせないわ」とはいえなかった。断固たる態度をとることができなかった。ベネックがかわいそうという気がした。テディとマレラは彼の側についているし、スティーヴィ自身、エクセルライターを見てもらいたいという気持ちがあることに遅ればせながら気づいたのだ。もし彼があのタイプライターをおかしくしてしまったのだとしたら、もし偶然に人間のものに匹敵する自主性を与えてしまったのだとしたら、その状態をもとにもどすことができるかもしれない。(もちろん、タイプライターの独立独行の才能をなくしてしまえば、重要な事柄がわからずじまいになってしまうだろうし、けっきょくのところ、本心では、エクセルライターがもとの機械としての正確さをとりもどすことを望んでいないのかもしれないという気もする。)たとえそれがシートン・ベネックのような変わり者でも、誰かと重荷を分かち合うというアイディアはなかなか魅力的だ。それにシートンならドクター・エルザが(礼儀正しく)ばかにしたことも信じてくれそうだ。

「クレッツがいっしょに上に行くのは困るわ。しつけができているかいないか、わたしの書斎でそれを証明してもらうつもりはないから」

「ぼくらがブランコ・セットのところへ連れていくよ」テディがいった。

　それでいいの？　スティーヴィは自問した。テディとマレラにクレッツを見させておくほうが、我慢してクレッツを上へ連れていくよりいいっていうの？　クレッツは白いフードつきの修道士服を着たヴァンパイア、人の生き血を吸う悪魔なのよ。たとえクレッツがカーテンや東洋の手織り絨毯に粗相をしまくろうと、子どもたちから遠ざけておくほうがいい。二人はがっかりしてもすぐに忘れてしまうだろうけれど、どちらかひとりでも怪我をさせたりしたら悔やんでも悔やみきれない。絶対に……。

「シートン、この近所は犬がたくさんいるのよ。小さい町のなかを勝手に走りまわってるの。ここではみんなそうなの。だからクレッツをあなたがしっかりそばに置いておいてくれるなら、いっしょに上へ行ってもいいわ。子どもたちとクレッツだけで外にいさせるより、そのほうが安全だから」

地団駄踏んでマレラがいった。「ママ！」

「ねえ、ママ、ぼくらでちゃんと面倒を見るよ」テディがいった。

「よく聞きなさい――二年前、ばかなアイリッシュセッターが家のフロントポーチにやってきてモルモットを殺してしまったのを忘れたの？　ケージの網を破って、一匹ずつ引きずりだしたのよ」

「ママ、クレッツはモルモットじゃないよ。それにぼくはもう大きいんだし、あの日は誰もポーチを見張ってなかったんだから」

だがシートンは（スティーヴィにははっきりとわかったのだが）もはやクレッツの安全を子どもたちに託そうとは思っていなかった。彼女は勝ったのだ。いいかげんな話を持ちだして。もしこの忌まわしい獣の一時的管理権を子どもたちからもぎとったことを勝利というならば、だが。テディとマレラが無力なモルモットの死から立ち直るのには長い時間がかかったというのに、彼女はシートンにクレッツを子どもたちと残していくのはまずいと思いこませるためだけに、あの痛ましい事件を掘り返した。いや、そのためだけではない。驚くべき母親の直観を演じて、警告を発したのだ。

「ちぇっ！」彼女の策略に気づいたテディがいった。そしてキッチンのドアをあけると、うしろでバタンと閉めて出ていってしまった。マレラもおなじ断固たる態度でドアに向かい、テディのあとにつづいた。いい子たちだ、二人とも。

XX

「これが作家さんの部屋だぞ」シートンがクレッツにいった。二階の書斎だ。猿は彼の肩にのっている。「あれがデスク……そしてタイプライター」猿は書斎を見てもなんの感銘も受けていないようだ。

「こういう色の壁ははじめて見ました。なんていう色なんです？」

「バーガンディよ」スティーヴィはいった。

「暗い色だなあ。すごく暗い色ですね」

「この色だとじっくり考えられてクリエイティヴになれる気がするの。カーテンや絨毯もそう」

「いいですね。なんていうか、エドガー・アラン・ポー的で。本棚の上に大鴉を飾ってもいいくらいだ」

「パラス（ギリシア神話の女神アテナのこと）の胸像がないから？」

「あなたがここにすわって自分の心の奥底へ入っていくのが、心を深く掘り下げていくのが、目に見えるようです。想像をふくらませるのにぴったりの部屋ですね」

「独居房みたいなものよ」

「いや、そんな、ミセス・クライ。狭くても、ここではあなたは自由だ。広い修理部屋でタイプライターを直している人間よりずっと自由です」

「わたしはデスクに鎖でつながれてるの。あのタイプライターに鎖でつながれてるのよ。手回しオルガンにつながれてる猿といっしょ」（クレッツがさっとスティーヴィを見た。猿という言葉を知っているのだ。）「鎖のたるみは、ブリキのコップを差しだしてぐるりと取り囲んだお客さんのまえを回るだけの分しかないの。わたしの自由なんてそんなものなのよ、シートン。あなたの仕事もおなじようなものよね。いえ、わたしよりましかもしれないわ。土日は休みですものね。わたしなんか、ブリキのコップを満たすために土日を使っていないと罪悪感を感じちゃう」

「まあ、ぼくもこれから仕事しますけどね」シートンは作業着のポケットから小さなドライバーを出した。「きょうは土曜日ですよ、ミセス・クライ、でも仕事です」

クレッツを首にまとわりつかせたまま、シートンはPDEエクセルライター79の上にかがみこんでリボン・キャリアの下のケーブルをいじると、こんどはトップ・カバーをあげて、レバーや歯車やカムで構成されたマシンのきらりと光る臓物が詰まった洞穴を外科医よろしくのぞきこんだ。スティーヴィは彼のうしろに立って、その仕事ぶりを見まもった。なにをしているのだろう？　マシンをさらに破壊しようとしているのか、それともマシンがひとりで勝手に動けるようになってしまった問題を正そうとしているのだろうか？

「シートン？」

「はい」

「あなた、このあいだ、わたしのエクセルライターになにかしたわよね。わたしをひどく動転させるようなことを。わかってるはずだわ。あなた、特殊なひねりを入れてるっていってた。そのちょっとしたひねりのおかげで、わたしは大混乱。親友に話したら頭がおかしくなったと思われてしまったのよ、シートン。不満やら不安やらを子どもたちにぶつけないようにするために、そんなことしかできないなんてね。けさは、煮えくり返って、子どもたちの膝に不満やら不安やらを三ガロンもふきこぼしちゃったわ。タイプライターのせいよ。タイプライターがわたしを人質にとってるの」

「子どもたちのことはよくわかってるでしょう」シートンはふりむかずにいった。「なにか、すぐにやめさせたいようなことをしてたからですよね、きっと。下でぼくとクレッツを止めたみたいな状況だったんでしょう。ぼくはそれだけのことをしてしまったと思ってますよ、ミセス・クライ、ほんとうに。でも子どもって柔軟なものだから、がっかりしてもすぐに立ち直ります」

「そういう話をしているんじゃないのよ、シートン。水曜日にあなたはタイプライターになにかした――タイプライターを修理したはずだった――でも、じつはわたしを修理したのよね。なんの話をしているか、わかるわよね。きのうの朝ドクター・エルザのところに行ってからずっと、どうにか心を強く保ってきたつもりだけれど、もうばらばらになりそう。これがあなたが望んでいた結果なの？」

マシンの外科治療にとりかかっていたシートンの指の動きが止まった。彼は身体を起こして、彼女のほうを見た。なんとも異色なつきあいがはじまって以来、彼が意図的に彼女と目を合わせたのは、これが二度めだ。カプチンがするすると動いて、白いひげの生えたあご先をシートンの頭にのせた。そしてその不安定な位置から、頑として譲らない強固な視線で飼い主とともに彼女を見すえている。

「ばらばらになりそうなんて、とてもそんなふうには見えませんよ、ミセス・クライ。とても元気そうだ。内側が、ということですよ。ずっと奥深くが」

「あなた、人の内側が見えるX線の目でも持ってるの？」スティーヴィはこんな質問をしたことを後悔した。これでは恐ろしい力の源はシートンということになって、いっそう不安が高まってしまう。彼女は気力をふりしぼってシートンの目をじっと見すえ、生意気な猿の視線は無視しつづけた。

「クリナック18の目ですか？」表情ひとつ変えず、シートンがいった。

「あれはただのレントゲン撮影の機械じゃないわ。ビーム加速器よ。いったいなにがいいたいの？」

シートンはふっと目を横にそらせて、彼女の足元の絨毯の模様に視線をさまよわせた。「〈レジャー〉の記事で書いてましたよね。クリナック18のことを。ビームが奥深くに届いて腫瘍をばらばらに破壊するって。ぼくはただ……だから、そのう、たとえでいってみただけですよ。なにかがべつのなにかみたいだって、うまいことたとえるの、作家さんはなんていうんでしたっけ？」

「比喩」

「そうそう、それです。あなたは〝ばらばらになる〟といった。そして〝X線の目〟といった。それで、あなたが書いた癌の記事のことを思い出したんです、それだけですよ。比喩ってやつをやってみたんです、ミセス・クライ。でも、だめだったかもしれないなあ。こういうのは苦手で。だから頭のなかにストーリーが——気味の悪い、心底ぞっとするようなのが——あって、それをとりだしたいと思っていても、ぼくは作家にはなれないんです。ほんとうに作家さんがうらやましいです」

「あなたはわたしのタイプライターが勝手にものを書くようにした。マシンを動かしているのは、あなたのどこかの部分ということなの？」

「ぼくがなにをしたっていうんです、ミセス・クライ？」彼は眉根を寄せた。

「あなたはこの忌まわしいエクセルライターがひとりで勝手にものを書くようにした。真夜中、わたしがまえにすわっていないときに、こいつは文章を打ちだすのよ。あなたのしわざだと、わたしは思ってるの。あなたのどこかの部分がやっていることだと思っているのよ」

クレッツがそれ以上彼女を見つめないよう、くるりとまわしてうしろを向かせると、シートンは肩ごしにタイプライターをふりかえった。そしてまたスティーヴィのほうを向いた彼の視線はディアボーンのヒーターのほうへ漂っていき、クレッツが腕から腰へするすると這いおりるあいだも、息を殺したようにじっとヒーターに据えられていた。眉間のしわはまだ消えていない。これが演技だとしたら、混乱と当惑が複雑にないまぜになった状況をじつに達者に表現しているといっていい。

「はい？」

「なんの話かわかってるでしょうに」

「ミセス・クライ、それはぼくの一部ではないと思います。ぼくがこの家に来たのは、きょうがはじめてなんですから」

「あなたはこの家のなかに入らなくてはならなかった、そうでしょ？　この二階の部屋がどんなようすなのか見る必要があった。あなたの陰謀がもたらした衝撃の大きさをたしかめるために。要するに、そういうことなんでしょ？」

けっきょくのところ、彼はふつうの人間なのかもしれない。子どもっぽいぽっちゃりしたほっぺたを少し赤らめてスティーヴィの詰問に答える彼の声はしゃがれていた――「ぼくは……ぼくはtを直したかっただけです」顔が赤らんでいるのは罪をあばかれたからか、それとも彼女のことを慮《おもんぱか》って寛容であろうとあせっているせいか？　スティーヴィにはわからなかった。彼女は両の拳を固めて肩に当て、意味もなく鎖骨をとんとんと叩いた。

「じゃあ、さっさとできそこないのtを直したら？」

「直してたんですよ、ミセス・クライ。もうすぐ終わります」

外では太陽が煌々と輝くすばらしい二月の真昼だというのに、書斎は冷えきっている。取り乱した両手になにかさせなくてはと、スティーヴィはカーディガンのたったひとつのポケットから小さなマッチ箱を出してヒーターに火をつけた。そしてそこに立ったまままうしろにまわした手をヒーターで温めながらシートン・ベネックの仕事ぶりを見まもった。またしても魔力を使っているのか、それともメカ版の悪魔祓いをしているのか？　スティーヴィは、どっちだろうと気にするなと自分を説き伏せた。とにかく早く仕事を終わらせて彼自身と不快な相棒が家から出ていってくれればそれでよかった。彼が直そうとしているtはtactic（作戦）のtだ。この作戦は成功したのかもしれないが、彼が帰ってしまえば、彼を心から追いだし、二度と家の敷居をまたがせないことで、より大きな戦いに勝利することになるのだ。

「これで大丈夫だと思いますよ、ミセス・クライ」彼は金属のカバーをもとにもどし、タイプ用紙をくるくるとセットすると、tが入った単語を打ちだしていった——tactic、temperature、ticket、toothpaste、turtle、そしてteeter-totter。「はい、もう大丈夫です。前よりよくなっているくらいだ。あなたにぴったりのタイプライターになりましたよ」お世辞のつもりなのだろう——シートン・ベネック流のお粗末なお世辞。彼は彼女におずおずと微笑みかけると、（一般的には扱いやすいと評判の）マシンに向き直り、最後にもうひとつタタタタと単語を打ちだした——typewriter。

「ご苦労さま、シートン。あなたの主張が正しいことが証明できたようね。さあ、もう帰ってちょうだい。わたしは子どもたちのようすを見なくちゃ」

「前よりさらにいい状態になっていると思いますよ、ミセス・クライ」

「そう？」

「はい。もともとどんなにいい状態のものでも、ぼくはそれ以上の状態になるように手間ひまかけますから。それがぼくのやり方なんです。あなたが書きあげた話や記事を少しでもよくしようとするのとおなじです」

スティーヴィはあえて無言を通した。それ以上なにかいうとまたシートンを調子づかせることになると思ったからだ。彼女は書斎のドアをあけ、くちびるを固く結んでかすかに震えながら、シートンが小さなドライバーをポケットにしまい、ジャケットで両手をぬぐい、修理道具やタイプライターの部品が残っていないかどうか確認するのを見まもった。廊下からの冷たい空気が足首のあたりを吹き抜けても、スティーヴィは書斎のドアをあけたままにして、二人の話は——二人のつきあいはこれですべて——終わったことを示してやった。彼が階段をおり、幹線道路にのって帰っていけば、すぐさま骨髄の氷は融けて健康な人間にふさわしい温もりがもどってくるはずだ。

ところがなんたることか、クレッツがシートンの腰から絨毯の上に飛びおりると、四つん這いでスティーヴィの足元を駆け抜け、ミニカーのように角を曲がって……主寝室のほうへ走っていった。スティーヴィは驚きのあまり猿に向かってどなることもできなかった。彼女とシートンはあいまいな視線を交わし、猿を追って肩をぶつけあいながら書斎の外へ出た。自室の入り口に立つと、クレッツがキルトのベッドカバーによじのぼっているのが見えた。テッド——ジュニアのほう——がよちよち歩きだった頃、マレラはまだできる気配もなかった頃に手づくりしたベッドカバー。猿には鋭い爪があるゆえ。この将来家宝になりそうなベッドカバーをだいなしにされてしまうかもしれない。そう思うそばから、猿がキルトのまんなかを蹴ってイーサン・アレン製のヘッドボードに跳び移った。そのはしゃぎよう——考えなしの小型霊長類の無礼千万なふるまい——に、スティーヴィは思わずかっとなった。

「寒いのは嫌いだと思ってたのに」スティーヴィはきつい口調でいった。「ここはずっとブラインドをおろしてカーテンをひいたままだから二階でいちばん寒い部屋なのよ。シートン、彼はこんなところでなにをしてるの?」

「子どもたちがもっと小さいときに『ひとまねこざる』を読んであげたこと、ありませんか? クレッツはあの絵本のジョージという猿とおなじで、好奇心が旺盛なんです。寒くても少しのあいだなら我慢できるんですよ、ミセス・クライ。心配はいりません」

「わたしが心配しているのは家具やなにかのことよ、クレッツのことじゃないわ」

「はい」

「早くここから出してちょうだい、シートン。部屋をめちゃくちゃにしないうちに外へ出して」

お猿のクレッツは薄暗い寝室の奥に置かれたベッドのヘッドボードの上から二人を見つめている。ポーの大鴉の猿版だ。フットボールシャツの大きな白い10という数字が、彼こそは完璧なカプチンである、この種類で彼以上にすばしこくて頭がよい猿、未知の脅威の象徴となる猿はいないと宣言しているかのようだ。シートンはクレッツをつかまえようとするでもなければ、ベッドからおりろと声をかけるでもなく、薄暗い部屋を値踏みするかのようにじろじろと眺めまわしている。

「ここでお休みになっているんですか？」

「さっさと彼をヘッドボードからおろして！」

「ずいぶん大きなベッドですね、ミセス・クライ。前はご主人といっしょに使ってたんでしょうね。こんな大きな部屋のこんな大きなベッドで、横にご主人がいないんじゃ寂しいだろうなあ」

スティーヴィはぽかんと口をあけてブロンドの若者を見つめた。ほかの男がここに入りこんできてそんなせりふを口にしたら、レイプの前触れか、あらずもがなの見え透いた誘い言葉に聞こえたことだろう。ところがシートンの口調は、ぶしつけながら愁いを含んだ同情心のこもったものだった。とはいえ、その言葉には、まるで酒臭い舌で耳の穴をひろげられるような、武骨な手で胸をまさぐられるような、ぞっとする響きが感じられた。もし後者のような荒っぽいなりゆきになっていたら、一瞬も躊躇することなく大声で助けを呼んでいたところだ。

そのときシートンがたずねた。「ご主人を愛していたんですか？」

「もちろん愛していたわ」あまりにも思いがけない質問で、それ以外に答えようがなかった。

「ご主人もあなたを愛していた？」

心の動揺が、クリナック18から発射された電子の連続爆撃を受けた腫瘍さながらにばらばらに砕け散った。「あの忌まわしい猿をさっさとわたしの部屋から出して！」

シートンは平然と忌まわしい猿に目をやった。「おいで、クレッツ。おいで、クレッツ」口笛を吹く。「スクレットをあげるよ、クレッツィくん」銀紙に包んだスクレッツを差しだしながら、ベッドに近づいていく。口笛でうながし、エサを見せびらかして、おびきよせようとしている。「甘いやつだよ、クレッツィ。とっても甘いやつだよ」

ルーズベルト州立公園の岩のプールで足から飛びこむ子どものように、クレッツがヘッドボードから極彩色のキルトのまんなかに飛びおりた。そして一度跳ねあがってシートンの手からスクレットをつかみとると、スティーヴィから二フィートほど離れた絨毯の上に両足で着地した。その目ならぬ目は彼女をあの世の深淵にひきずりこもうとする黒い大渦巻のようだ。スティーヴィが思わずたじろいで視線をそらすと、クレッツは書斎から廊下に出て、マレラの部屋のほうへ走っていった。

胸の奥で心臓がバクバクと暴れる。スティーヴィは歯を食いしばって獣のあとを追った。「早く来て！」彼女は大声でシートンを呼んだ。「あなた、こんなことにはならないといったのよ。さっさとつかまえて」

マレラの広々とした寝室で、彼女は立ち止まり、あたりを見まわした。どこかにクレッツがいるはずだ。娘はぬいぐるみを集めている——熊、プードル、鰐、アルマジロ、コアラ、山羊、アザラシ、アヒル、そしてセサミストリートのキャラクター。ほんものそっくりのもあれば、架空の動物や、水玉模様や多色使いの、実在する地球上の生物のパロディもある——が、それが室内の隙間という隙間、隅という隅、タンスの上にあふれていて、たとえクレッツがこの命なき動物園のまんなかで飛び跳ねることに同意してくれたとしても、すぐに見つけられるとは思えないほどだ。

スティーヴィは部屋の奥の、マレラがフラシ天の動物たちを詰めこんでいる三段の組み立て棚を凝視したが、どうやら生きた猿はそこにはいないようだった。どちらかのベッドの下にでももぐりこんだか、スティーヴィの横十二フィートほどのところにあるステップダウン・クローゼット（部屋と段差のあるウォークイン・クローゼット）のなかに隠れているのか。このクローゼットのなかには小さな扉――というかハッチ――があって、キッチンの上の屋根裏に通じている。前にチェックしたときには、この扉は大きな焼き串のような釘の頭に木片がついたものでしっかり閉ざされていた。だが、いま見るとステップダウン・クローゼットのドアはたしかにあいているから、もしテディかマレラが屋根裏をのぞきこんで、そのあと木片つきの釘でもとどおりに閉じておくのを怠ったとしたら、クレッツは屋根裏に怪しくひろがる闇のなかに逃げこんで二度とつかまえられなくなってしまうかもしれない。そのかび臭い迷宮はキッチンからの熱で冬でも暖かいからそこに住むこともできるし、見ようによっては下にあるはずのダイニングキッチンより広く感じられる。はじめて入りこんだ侵入者にとってはなおさらそうだろう。しゃれこうべ顔のカプチンが屋根裏に出没し、蜘蛛の巣だらけの散歩道をうろついて、近所のセブンイレブンみたいに便利にマレラの部屋に出入りすることなど絶対にあってはならない。スティーヴィは小さな怪物が夜になると忍び出てきて娘の枕にちょこんとすわり、娘の頸動脈で生気をよみがえらせる光景を想像した。たとえマレラが寝る前にフラシ天の動物を枕に立てかけていたとしても、その姿を真夜中に薄暗がりで見たら、ぬいぐるみをほんもののカプチン・モンキーと見まちがえて心臓が止まってしまいそうだ……。

「シートン、こっちに来て」

「ここにいますよ、ミセス・クライ」

「ベッドの下を見て。それからクローゼットのなかも。屋根裏に逃げこんでいないことを祈るのみだわ。あなたたちには、もう我慢の限界よ」

シートンはいわれたとおりに動いた。クレッツはどちらのベッドの下にもいなかった。なぜなら、ステップダウン・クローゼットのなかに隠れていたからだ。シートンは夏物の衣類がずらりと掛かっているうしろに置かれた革張りのトランクの上でクレッツを見つけた。彼はキーッという叫び声（クレッツィの声）とイテテッという声（彼自身の声）の非音楽的な伴奏つきで猿をマレラの部屋に引きずりだした。カプチンのひげには銀紙の切れ端がくっつき、その長い切り傷のようなくちびるにはスクレットのかけらがキラキラ光っている。眼窩がたたえているのは相変わらずの人を欺く虚空だ。

「彼をここから出して、シートン。早くあの時限爆弾みたいなオートバイでコロンバスへ連れて帰って」

「はい、わかりました」

ほのめかしたり、あてこすりをいったり、命令したり、二時間近い奮闘の末についに、クライ家の招かれざる客たちは帰っていった。テディとマレラはかれらを悲しげに見送り、オートバイに乗ったうしろ姿に手をふって、また来てねと声をかけた。スティーヴィは家のなかでキッチンのシンクのまえに立ち、火傷《やけど》しそうなほど熱いお湯で手を洗っていた。

XXI

一時間ほどたった頃、彼女は書斎で立ったままエクセルライターを再評価していた。シートン・ベネックは、こんどはなにをしたのだろう？　部屋は快適といっていいほど暖かくなっている。もしマシンが〝前よりさらにいい状態になっている〟のなら、こんどこそなんらかの答えを得られるはずだと確信しつつ、彼女はキーボードの上の中空で指をさまよわせた。望むような答えではないかもしれない。心の安らぎにはほど遠い答えかもしれない。それでも自分自身そして愛する人たちのことがもっとよくわかるようになるだろうし、いまいちばん大事なのは、現実をしっかり見すえたうえで、タイプライターの超自然的な教師的能力を通じて知識を得ることだ。正面玄関の上に〝ヴィックラース郡の狂女、スティーヴンソン・クライ〟と書かれた看板をかかげる気は毛頭ない。だが、いったいどうやってこの強情で非協力的なマシンから答えを引きだせばいいのだろう？

正面から立ち向かうのよ、とスティーヴィは自分にいいきかせた。質問して、会話を成立させるの。シートン・ベネックが一連の単語を打ちだしたタイプ用紙に、彼女は酸性雨のような軽いタッチでキーボードを叩いて質問をタイプした。結果は成長か腐食か、どちらかになるはずだ。

あなたは誰？

五つの文字と疑問符。それは彼女の心のなかでかたちづくられ、神経組織を通り、運動器官を通って、まるで魔法のように純白の小さなスペースに芽を出した。エクセルライターという媒体を通して、彼女は思考を紙に移し替えたのだ。なにもおかしなことはない。毎日、無数の人びとがおなじ移し替えの技を使っている。それも「あなたは誰？」よりもっと革命的な概念やもっと複雑な質問を移し替えることもしばしばだ。もちろん、この特別な五文字の質問に潜む恐ろしく複雑な事情を知っているのは世界中で彼女ひとりだけだが。スティーヴィが打ちだした文章を読み直していると、エクセルライターが自分のシフトロック・キーを押しさげて疾風のごとく打ちだしていった――

わたしはあなたの想像の産物、ウィックラース郡の狂女、スティーヴンソン・クライ。わたしはあなた。

真っ赤な嘘。なぜなら彼女は固く手を組み合わせたままで、この答えを打ちだすべくキーボードに向かって手をのばしてさえいなかったのだから。そんな考えが浮かんですらいなかった。勝手に動きだしたマシンを見おろしてじっと立ったままで、考えもしていないことを紙に移し替えるなどできるはずがない。おそらくシートン・ベネックとクレッツとこの悪魔のようなタイプライターが共謀して彼女を狂わせようとしているのにちがいない。前にちらっと思い浮かべたことから〝ウィックラース郡の狂女〟というフレーズをひっぱりだすことで、エクセルライターを動かしている知性が――どんな要素で構成されているにせよ、その知性が――なんとしてもその目的を達しようとしているようだ。

スティーヴィはキーを叩いた——

お気の毒さま。それはまるでちがうわ。

それにたいしてエクセルライターが応じる——

ならば、あなたがわたしの想像の産物なのだろう、スティーヴィ、なぜなら、どちらかがどちらかに属していなければならないから。わたしはあなたもしくはあなたの伴侶がこのマシンの代金を払ったと仮定して、疑わしきは被告の有利にの精神で話している。

そのあとは駆け引きなしのやりとりがつづいた——

もしあなたが〝わたしの〟想像の産物なのだとしたら、わたしたちはこんな口論をしているはずはないわ。あなたを買ったのはテッドだけれど、あなたがわたしから定期的に支配権をもぎとるなんて、誰にも予想できないことだもの。

誰に向かっていっているんだ、スティーヴィ？　ＰＤＥエクセルライター79か、それともその背後にあると考えている知性に向かってか？

さあ、どっちかしら。嘘、嘘。後者よ。

わたしがあなたを操っているのかな？　あなたがわたしを操っているのかな？　それとも、ことによると、わたしたちは生体力学的共生状態のパートナーなのかな？

そんな質問をする知性に力学なんてなんの関係もないわ。

わたしは、あなたはわたしの想像の産物だと想像している想像の産物だ。あるいはその逆でもいい。

この最後の言葉をすんなり受け入れるわけにはいかなかった。青臭い学生たちがよくやる人を煙に巻く言葉遊びのようなものだ。この世界は現実なのか？　夢はべつの現実から侵入してきたものなのか？　われわれが神を創造したのか、それとも神がわれわれを創造したのか？……こうした疑問にたいする答えは、どんなに入り組んでいようと鮮やかなものだろうと、どれひとつとして、前回の比較文学の試験でBマイナスをとってしまった、しかも最終試験が間近に迫っているというあせりを解消してくれるわけではない。そういう答えを聞いたからといって、リンドン・B・ジョンソンはハリウッドの性格俳優みたいだという思いは消えないし、いまベトナムで米兵が死んでいるという意識が消えてなくなるわけでもない。顔の色つやをよくするにはやっぱりエスティ・ローダーで大がかりに修復するのがいちばんという思いも、生理が終わったはずなのに三日たってもまだぽちっと出血があるなという思いも脳裏から消えない。〝片手の叩く音はなにか？〟だの〝蝶として飛んでいる夢を見て目覚めた荘子は、じつは蝶が見ている夢なのか？〟だの、そんなものクソ喰らえ。たとえ錯覚だろうと、世界は手当りしだいにお触れを出しまくるし、人はそれに追従しまくる。そこから逃げだすことはできないのだ。

エクセルライターの最後の主張の下には、あと二インチほどの余白しか残っていない。無意味な謎かけではなくちゃんとした答えが聞きたいなら、しっかり本題に取り組まねば。スティーヴィは余白にタイプしていった――

テッドのことを教えて。お願いだから、あの悪夢を最後までつづけて。もしあなたが夫のテッドなら、テッドらしい話し方でしゃべって。

もちろんテッドがタイプライターの仲介を得て話しかけてきたことなどこれまで一度もなかったし、マシンはスティーヴィの訴えにスイッチを切るという行動で応えた。スティーヴィが物は試しとマシンのハム音を復活させるキーを叩くと、マシンはふたたびスイッチを切ってしまった。もう一度キーを叩いて復活させると、またスイッチを切って断固たる反撃の意思を見せることこそなかったものの、ただハム音を響かせるだけで一行も打ちださない。

と、ノックの音がして、ドアの陰からテディが顔をのぞかせた。「ママ、忙しい？　ドクター・エルザが来てるんだけど。下に来て話せる？」

スティーヴィの心臓がぎこちなく宙返りした。こんどマシンのスイッチを切ったのは彼女だった。罪悪感に襲われたのだ。何気ないふうをよそおって、タイプライターのまえに立ち、エクセルライターとの対話を隠す。テディには有罪の証拠は見ようと思っても見えないのだが、スティーヴィは彼の目を見て、彼にはそもそも見たい気持ちなどないことに気がついた。とたんに異様な速さで波打っていた心臓が落ち着きをとりもどしはじめる。

「あの人が直したんでしょ?」テディがいった。「コロンバスからきたシーリー・ベネットとか、なんかそんな名前の人」

「そう」スティーヴィはいった。「直ったわよ」

「あの人、いい人じゃない、ママ。お相手として若すぎるってことはないと思うよ。年はちょうどパパとぼくとのあいだくらいかな」

「テディ、あなた精神年齢はシーリー・ベネットより上かもしれないわね」

「また来てもらうつもり?」

「テディ、下へもどってドクター・エルザとママのためにコーヒーを用意してちょうだい。ポットでね。もう少しだけ手を入れたら、すぐに下へ行くから」

「はい、奥さま」

XXII

　ドクター・エルザが来たのは、その日の昼すぎにたまたま食品雑貨店でティファニー・マクガイアの母親と出くわして、マレラがまた具合が悪くなったと聞いたからだった。ドクター・エルザはキッチンでいいからすぐに手早く、でも念入りに診察すると力説し、マレラはおとなしく診てもらった。というのも、兄がピート・ワイトマンの家へ行ってしまって見物人がいなくなったし、ドクター・エルザが好きだったからだ。バークレイの子どもで、頼んでもいないのに往診してもらえる子はそうそういない。パーコレーターで淹れたてのコーヒーの香りが漂う自宅で、舌をぎゅっと押し下げてもらうのは名誉なことなのよ、とスティーヴィにいわれて、良い子のマレラは不満を持ちながらもその意見を受け入れたのだった。

「じゃあ、きょうは気分がいいのね?」目尻や目頭をじっと観察しながらドクター・エルザがたずねた。

「ミセス・マクガイアに家に送ってもらったら、すぐに平気になっちゃった」

「また、いつものお腹の不調かしら、お嬢さん?」

「そうみたい」

「それだけじゃなかったの」スティーヴィがいった。「夜中に熱があるといって起きてしまったのよ」

「そんなことしてないよ」マレラがとんでもないという顔で抗議した。

「したのよ。『熱いよ、ママ。ああ、ママ、すごく熱いよ』っていって。動けなかったのよ。ドクター・エルザを呼んでっていったんだから」

「ママ、あたしそんなことしてない！　ひと晩中ずっと寝てたもん」

スティーヴィはドクター・エルザを見た。「わかるでしょ、子どもってこうなのよね、エルザ。夜中に目を覚まして、しゃべっているのに、朝になったらなんにも覚えてないの」

「でも、具合が悪いときはたいてい覚えているものよ」

「ドクター・エルザ、あたし、ゆうべは具合なんか悪くなかった、のよ。『爆発！　デューク』を見て、もう寝なさいっていわれて、ちゃんと寝たの。眠れないかと思ったけど、大丈夫だったの。ママはベッドの横にバケツも置かなかったし」

「上にあがったときには大丈夫そうだったのよ。でも、熱い熱いって唸って、あたし起こされちゃったんだもの。身体が溶けてるっていってたわ。毛布をはいでごらんっていったら、動けないって。最後には、あなたを呼んでっていったのよ」

マレラはドクター・エルザがすわっている椅子のすぐそばに立っていて、腰にはドクター・エルザが軽く腕をまわしている。マレラが目玉をぐっと上にあげて、首をふった。下唇を噛んで、なにもいうまいとしている。

「どうして呼んでくれなかったの？」ドクター・エルザがたずねた。

「今週ずっと、迷惑のかけどおしだったから。火曜日にタイプライターを借りて、その晩は長いおしゃべりを聞いてもらって、きのうはきのうでウィックラースまで押しかけてしまったし。往診してなんていえなかったのよ、エルザ、まして真夜中だったし」

「娘の身体が麻痺してるのに？　なにがあったら呼ぶっていうの？　狂犬病？　それとも腺ペスト？」

「麻痺なんかしてなかったもん。寝てたもん」

「寝てるか麻痺してるか、見ればわかります！」スティーヴィは娘に向かってぴしりといった。そしてドクター・エルザに、「自分で問題を解決できたの。あなたを呼ぶ必要はなかったのよ」

「なにをしたの？」

「毛布をとって……」

「それから？」

「それから……」スティーヴィはいきなり抑えがたい困惑を覚えて、ちらりとマレラを見た。この子があのとき見たと記憶している娘であるはずがない。生きている頭の下は肋骨が見えていてなかはぐしゃぐしゃ。そんな状態からひと晩で内臓も皮膚もぜんぶ再生するはずがない。翌日、起きて、歩きまわれるはずがない。「また、掛け直してやったわ」スティーヴィはぎこちなく締めくくった。「あとはひと晩中、なんの問題もなかった。心配するようなことはなにもなかったの」

「ちょっと待って」ドクター・エルザがいった。「毛布をはいで、また掛け直しただけで動けるようになったって、自分で納得できたの？」

「納得する必要なんかなかったわ」スティーヴィはいった。荒れ狂う意識の入江から吹いてきた強風に抗するには、針路を変更するしかない。「見にいったときには、ぐっすり眠ってたの。動けない、なんていいもしなかった。あたしはそんなこと心配する必要もなかったのよ」

「ママ、しっかりしてよ！」

ドクター・エルザはマレラの腰にまわしていた手をひっこめて陶器のマグカップにまたスプーン一

杯の砂糖を入れた。「スティーヴィ、あなたのせりふを書いた脚本家はサルバドール・ダリかグルーチョ・マルクスか、どっちかね。これっぽっちも意味をなしてないわ」

そう、そのとおり。彼女はしばしのあいだ脇道にそれてしまっていたのだ。一直線につづく現実は、その脇道からのアクセスを拒否していた。彼女はその脇道をたどりつづけて、この道は現実とはつながっていないという反駁しがたい事実にぶちあたり、驚愕した。もとの道にもどるのもひと苦労だった。周囲は、彼女がかれらのもとへもどろうと這いずりまわるさまを、ソ連からの亡命者でも見るような目で、信用ならないスパイなのではないかという目で見ている。

「脚本家は二階にいるわ」とスティーヴィはつぶやいた。

「ママ、ママはあたしがそんなことをいった夢を見ただけだよ。夢のせいで頭がごちゃごちゃになっちゃったんだよ」

スティーヴィは娘に微笑みかけた。「そのとおりだわ。すごくはっきりした夢だったの。嫌な夢。もう少しで信じそうになっちゃった」

「まちがいなく信じてたわよ」ドクター・エルザが容赦なく指摘した。

「でも、もうもどってきたわ、エルザ。フランツ・カフカ王国を通ってもどってきたから、あなたもマレラもあたしのことはほうっておいてくれて大丈夫よ」彼女はテーブルを離れてパーコレーターからカップにもう一杯コーヒーを注いだ。不健康なカフェインをもう一服。ドクター・エルザとマレラはなにやら小声で冗談をいい合い、それが途切れるとマレラはコートをつかんでまた外に出ていった。

「なにを話してたの?」テーブルにもどりながらスティーヴィは問いただした。

「健康証明書をあげたの」

「あたしにもちょうだいよ、エルザ。あなたにはいろいろと借りがあって――」

「あのねえ、わたしへの借りなんて、とても返せるようなものじゃないわよ。とにかくあなたは厄介な人なんだから」ドクター・エルザはつくづく嫌になったという、テレソン（寄金集めなどのための長時間テレビ番組）最後の一時間の見事な笑顔で、スティーヴィに向かってマグカップをかかげてみせた。「ほかの証明書ならともかく、あなたに健康証明書をあげるなんて狂気の沙汰だわ。あなたにはそんなものをもらう資格なし。大声で助けを呼ばない罪で頭にキック一発の刑だわね。それにかんしては、きのうちゃんとあなたを診察しなかったということで、わたしもキック一発に値するけれどね」

スティーヴィはコーヒーをすすった。砂糖をスプーン二杯入れたのに苦かった。ものうく回転する銀河渦状腕のようなカフェインの油膜がマグカップのなかで鏡になっている。その鏡のなかに自分の顔が、少なくとも目が見える。そのげっそりとやつれた鏡像が多少なりと実際の顔に似ているとしたら、たしかに彼女は病人といっていい。それも救急医療の対象。ただちに手当が必要だ。クリナック18の治療台にストラップで固定して放射線を撃ちこまねば。ほんとうに重篤な病人という顔をしている――父親がいっていた風変わりな表現を借りれば、もう少しよくならなければ死ぬこともできないほどひどい。もちろんマグカップのコーヒーの虹色に光る表面を、実物よりずっとよく映る鏡とはとうていみなせない。でもドクター・エルザの表情は、コーヒーの冷酷な診断が正しいことを裏付けている。ドクター・エルザは彼女の状態がきのうより悪化したと思っている。ドクター・エルザは彼女が〝ヴィックラース郡の狂女〟だと思っている。

二人とも黙ったままだ。ただコーヒーをすすり、スティーヴィが出したバニラウエハースをかじるだけ。とくに気まずいということもなく、その静寂は五、六分つづいた。

スティーヴィとドクター・エルザは互いを敬い、互いを支え合う間柄だ。ドクター・サムは二つの診療所での担当分を懸命にこなしてはいるけれど、体調はあまり芳しくないから、時折、医者として夫としてスタミナ切れを起こすと、スティーヴィの友人には大きな肉体的、精神的負担がかかることになる。ドクター・エルザの話だとドクター・サムとはこの三、四年、夫婦関係はないし（そもそも二人ともベッドではスーパースターどころか、人並みのパフォーマンスもおぼつかなかったという）、最近ではドクター・サムは妻よりもチェロキー族やクリーク族の人工遺物のほうにご執心気味で、妻をコロンバスのレストランやレディスミスの大学の劇場で上演される芝居に連れていくよりマスコギー郡の遺跡発掘現場をうろつくほうを優先しがちだそうだ。いまベッドの下には、もう少し若い頃にはシークのコンドームを置いていたまさにその場所に、矢じりや石の尖頭器が詰まった箱があるという。

スティーヴィはこうした愚痴に共感を持って耳を傾け、ドクター・エルザはおなじようにテッドの死の前後、何カ月間かのスティーヴィの悩み、苦しみに耳を傾けてくれた。だからいま二人はなにも話さずとも、友情に身をゆだね、互いの存在にほんのわずか元気づけられているのだ。五分、十分、いや二十分近くもたったろうか、どちらもなにかいわなければ、なんとなくなにかいいたい、という気分になりはじめていた。スティーヴィはかつて男たち——テッドとドクター・サムと彼女の父親とその狩猟仲間——がこんなふうに何時間もじっとすわっているのを見たことがあるが、どんなに若かろうと年をとっていようと、女友だちとのつきあいのなかではつねに、なにか話さなければ、どんなくだらないことでもいいからしゃべらなければという切迫感に邪魔されて、こうした長く静かな沈黙の時間を持つことはなかった。実際こういうことがあるのだという事実を、彼女は夫を亡くしてはじめて知ったのだった。

ついにドクター・エルザが口を開いた。「棚に敷く紙はうまく使えた？」

スティーヴィはびくりとした。「え？」

「棚に敷く紙。きのう、あげたやつ。もう敷いたの？」

「いえ、それが――」

「どこにあるの？　手伝うわ。手伝わせてもらえれば、三十分もかからないわよ」

「ああ……二階にあるの」

「二階？　本棚に敷くんじゃないんでしょ？」

　スティーヴィは、診察台用の使い捨ての紙は草稿に使おうと思って切ってしまったと話した。実際は横幅を半分にして長くつなげればエクセルライターが通常の十一インチの用紙には打ちきれないことも延々と打ちだすことができるからそうしたのだが、それはいえなかった。その事実を認めるわけにはいかない、それが心苦しかった――そんなことをいったらドクター・エルザとのあいだに築いてきた近しさの土台が崩れてしまうような気がしたのだ。

「そんなにお金に困っているの？　草稿用に紙をもらってきてタイプライターにセットできるように切らなくちゃならないほど？」

「そこまでじゃないわ。ただ……ただ、あの感触がいいなと思って」

「ゴキブリといっしょね」

「タイプライターにセットするといい感じに動いてくれるのよ」二人の女はじっと見つめ合った。きのうのウィックラースでの会話が二人のあいだにちらちらと浮かび、二人の目のなかで再現される。ドクター・エルザがなにを考えているのかスティーヴィにはわかっていた。ドクター・エルザは、スティーヴィがグロテスクな幻覚を肩車していてその重みでふらついていると確信しているし、診察台用の紙になにか秘密が隠されていることも見抜いている。「タイプライターといえば、きょうシートン・ベネックがここに来たのよ」

「マレラに聞いたわ。マレラもテディも彼の猿にすっかり夢中になってしまったみたいね。彼がそんなペットを飼っているなんて知らなかったわ。わたしの記憶が正しければ、彼の母親はペットを飼うことに賛成するような人じゃなかったし」

「エルザ、シートンのことをもっと教えて」

ドクター・エルザは、じつはベネック一家のことはあまりよく知らないと答えた。二十年前、ドクター・サムがバークレイのクリニックで使う中古タイプライターを求めてコロンバス中、探しまわっていたときに、一族の家長ハムリンと出会った。その当時、ベネック家のいちばん下の息子シートンは五、六歳でまだ学校にあがっていなかったので、父親は事務用品の会社によく彼を連れてきていた。シートンはホワイトゴールドの髪にひびの入った青いビー玉のような目をした、丸ぽちゃの男の子だった。ドクター・サムがはじめて彼を見たとき、彼は中古品や壊れたタイプライターが置いてある店の裏で、比較的あたらしいモデルのメカの動きをのぞきこんだり、半円形のオーケストラピットにおさまったタイプバーをつついたりしていた。サムはその作業場をちらりと見て、ハムリン・ベネックは繊細な修理をこなすのにしわくちゃの小人かノームでも雇っているのかと思ったが、すぐにあやまちに気づいて五歳の白髪のルンペルシュティルツキン（ドイツ民話に登場する小人の名前）を驚きの眼差しで見つめた。その姿はサムの記憶に深く刻まれ、色褪せることがないという。

その日、サムが買ったタイプライターは、まさに彼が店に入ったときにシートンがいじっていたマシンだった。以来二十年、そのタイプライターは七人の秘書に全身全霊を捧げてきた。さすがに抜群の動きとはいえなくなっているものの、依然としてそこそこ使えるバックアップとして役に立っていて、ドクター・サムは、これだけ長い年月、信頼に応えてくれたのは、あの運命の出会いの日にマシンをいじっていた五歳のシートン・ベネックの熱のこもった手当のおかげだと思うことがよくあるそうだ。シートンがいまはフルタイムのタイプライター修理人になっているのは、ドクター・エルザにとってなんら驚くにあたらないことだった。彼はタイプライターのリボンを口にくわえて生まれてきた、掛け値なしに凄腕の修理人なのだ。

「エルザ、彼、変わってるわね」

「ああ、たしかに彼は、よくあるちょっと一杯ひっかけてきた修理人というタイプじゃないけれど、わたしだってドクター・キルデア（米国の人気TVドラマの主人公）とはまるでちがうし」

「変わってるって、そういう意味じゃないのよ、エルザ、変だっていう意味」

「うん、わかるわ。話すとき、ぜんぜんこっちを見ない。猿。オートバイ。凄腕なのに自分の仕事にけっして満足しない。不幸な子よ、シートン・ベネックは」二人の女は互いに見つめ合った。「子どものときの家庭環境が影響しているんだと思うわ。ハムリンとリネットはずっといっしょに暮らしていたわけじゃなかったの。彼はこっちにいて、彼女はあっちにいて、みたいなね。離婚したとか正式に別居していたとか、そういうことじゃなくて、ただ自分たち流の暮らし方をしていたということでね、突然思い立って、何カ月か夫と妻としてふるまう暮らしをして、また別居状態にもどって、というのをくりかえしていたの。それでシートンが混乱したということはあるでしょうね。そのせいでちょっと変わったところがあるのかもしれない。でもね、スティーヴィ、タイプライターが勝手に動くようにできるほど変わってはいないわよ。あくまでも地元育ちの変人。火星人並みの変人じゃないわ」

　スティーヴィはマグカップを力まかせにテーブルに置いた。濃い闇のような液体がはねてテーブルに飛び散る。

「それってあたしが火星人並みの変人ってこと？」

「言葉の選択が悪かったわ。置きちがえ修飾語句。懸垂先行詞。なんかそんなのよね。昔から英語は得意じゃないの」

「シートン・ベネックがどれほどとんでもない変人か、教えてあげるわ、エルザ」スティーヴィは勢いこんで、あの若い男とクレッツが食事のあとになにをしたか、事細かに説明した——彼が、きのう指を切ったと真っ赤な嘘をついたこと、その指先からカプチンに血を吸わせたこと、その吸血行為を〝クレッツがしたがるからしているだけ〟と、まるでこの共同行為が公園でチェッカー（チェス盤で各十二個のコマを使って二人でするゲーム）をするのとおなじくらいありふれたことのように話したこと、そしてあの猿が虚空のような眼差しでこちらをじっと見つめる行為が、シートンが苦手としている相手と目を合わせる行為の代わりをしているように思えること。シートンはこれほどとんでもない変人なのだ。もしこれが火星人並みの変人でないというなら、いったいどんな人間がその呼称にふさわしいというのか、スティーヴィには見当もつかなかった。

しかし、こうして熱弁をふるったにもかかわらず、彼女はシートンがエクセルライターを故意に破壊したと非難することはなかった。どう考えてもその可能性が強いのに、非難はしないと冷静に判断したのだ。

ドクター・エルザがずばりとたずねた。「それって絶対的真実なの、スティーヴィ？」

「あたしは火星人並みの変人——信用のおけない目撃者よね、でもテディとマレラに聞いてみて。あたしが話したとおりだってことがわかるから」

スティーヴィがこぼしたコーヒーをペーパータオルで拭き取ると、ドクター・エルザはなにかを思い返すかのようにしゃべりはじめた。「昔は、そういうことをする女は——男だと、まさに変人だと思うけど——魔女だという噂をたてられたのよ。この話には太陽系外宇宙は入ってこないわ」

「なんの話なの、エルザ？」

「オーガスタ・メディカル・カレッジの教授の話を思い出したの。解剖学の授業でね、そのおっさん先生、ときどき逆もどりしたり脱線したり、リスがドングリを貯めこむみたいに頭の奥に貯めこんでいたものを持ちだしてくるの。なんか比喩がおかしい？　とにかく、なんでこの余談を覚えているかというと、乳房について話しているときに出てきた話だからなの」

　スティーヴィは顔と眉を同時にきゅっとあげた。

「その先生がいうには、女だけでなく男にも、副乳がある人がいる。これができるのはたいてい乳腺に沿ったところで、片方の胸から股間のほうへおりて、もう一方の胸へあがっていく大きなU字ラインを描く。ほとんどの場合小さいもので、肉がきゅっとすぼまって炎症を起こしたような感じに見えて、それほど珍しいものではないそうよ。田舎のほうでは、昔はそれを魔女の乳首っていっていたの。どうしてだかわかる？」

「死ぬほど知りたいわ」（本心だった。）

「魔女はそれで使い魔を養っていたからよ。中世の迷信だけれど、ピューリタンがそれをアメリカに持ちこんで、すぐに大西洋岸を南下してアパラチア山脈沿いにジョージアの植民地にまで伝わってきたわけ」

　ドクター・エルザは、使い魔というのは下っ端の魔物で、小動物——猫とかヒキガエルとかコウモリ——の姿をとることができて、主人の魔女が悪魔になりかわって人を悩ませる仕事をするときにつきしたがうのだと説明した。使い魔は主人である魔女のホクロやイボ、かさぶた、あるいは神のはからいによって隠された魔女の乳首（おなじものを隠すとはいえ、ここはやはり、神のはからいというより魔王のはからいというべきかもしれない）から血をすすって栄養を得る。魔女狩りに情熱を燃やす連中は、ひたすら〝邪悪なやつ〟の寵愛を受けているとおぼしき女の服を脱がせて証拠の乳首を探すことにつとめた。そしてその乳首を持っていた女たちは、火焙りにされたり、半分凍ったニューイングランドの池に追い落とされたりした。そして忌まわしい使い魔たちもまた、こうした女性たち同様、手ひどい清めの犠牲になっていた。〝古き悪しき時代〟には副乳があるのは引き合わないことだったのだ。

「シートンは女じゃないわ」スティーヴィはいった。

「男の場合は魔法使いっていうのよ。あの若い修理人は魔法使いなのかもね。で、猿が使い魔」

「やめて、エルザ」

「妙な動物を副乳で養ってなくたって、かまわないのよ。指はりっぱに乳首の代わりになるもの。乳首みたいにつんと飛びだしてるものならなんだっていいんだから」

「エルザ、あの忌まわしい猿、カクテルフォークで目玉焼きをきれいにたいらげたのよ。血を吸う悪魔たちは目玉焼きを食べたりしないでしょ?」

「両面焼き、それとも片面焼き?」

「黄身ぐじゃぐじゃ焼き。エルザ、あたしのことばかにしてるでしょ。あの壊れたタイプライターみたいに、あたしのことをばかにしてる」

ドクター・エルザは身をのりだしてスティーヴィの手首をつかんだ。「たしかにあの子は変わってるわ。ほかの兄弟はもっとましよ。ひとりはクレムゾン大学で会計学の学位を取ってベネック&サンズの営業部長をやってるわ。もうひとりはイースタン航空のパイロット。そしてシートンはオルガン弾きの猿に指の傷をちびちび齧らせている。安全とはいえないし、衛生的でもないし、見ていて気持ちのいいものじゃない。でも、もうひとついえばね、超自然的なわけでもないわ」

「あなたが使い魔だの副乳だのいいだしたのよ。あたしじゃありません」

「それもこれも、なにもかもがとんでもなくばかげてるってことをわかってもらうためよ。あなた、仕事を休まなくちゃだめ。あした、教会のあとでテディとマレラを家へ連れていって日曜ランチとかトランプとかするから。サムが『コロンブスより先に』とか『ラクロスのスティックを探して』とかにどっぷりになっていなければ、魚釣りにでも連れていってくれると思うし。あなたはとにかくゆっくりしなさい。コロンバスへ行って買い物でもして――お店はあいてるから――でなければ州立公園までドライヴするとか。自分のためにそうしなさい。少しは楽になるわよ」

「ううん、エルザ、そんなこと――」

「それできまり」ドクター・エルザはスティーヴィの手首をはなした。「あした十二時半に寄るわ。いいわね？」

スティーヴィはうなずいた。

XXIII

テッドのことを教えて。お願いだから、あの悪夢を最後までつづけて。もしあなたが夫のテッドなら、テッドらしい話し方でしゃべって。

これはドクター・エルザが来たので階下におりる前に書いた文章だ。エクセルライターは彼女がいないあいだにその返事を打ちだしていた。四行のへぼ詩だ。この四行連は用紙の下に残っていたスペースを使い果たしていた――

テッドはしゃべれない。
テッドは歩けない。
誤解してはいけない――
テッドは死んでいる。

「そんなこと、わかってるわよ！」スティーヴィはそういい返すと、用紙をマシンからぐいと引き抜いて細かく破り、ゴミ箱に捨てた。

　そして食事の支度をしに階下へおりた。ハンバーガースープとピタパン。ピタパンはマレラのリクエストだった。

XXIV

スティーヴィが娘をなだめすかしてベッドに入れると、もう十時半近くになっていた。テディはさらに時間がかかった。彼は、ティーンエイジャーたるもの週末は夜中まで、いやそれ以上遅くまで起きている権利がある、この権利は絶対に譲れないと思っているのだ。スティーヴィとしては認めるわけにはいかない。しっかり食べてたっぷり寝ろというバスケットボールのコーチの言葉を引き合いに出したり、いつまでも生意気をいってうだうだ時間をむだにするようなら二週間外出禁止にすると脅したりしたものの、テッドがやっとのそのそと二階の寝室へ向かったのは、もうすぐ十二時という頃だった。彼の時間引き伸ばし作戦のなかには、やたら熱心に台所の手伝いをしたがるとか、面白いものもあったけれど、『サタデー・ナイト・ライブ』かべつのチャンネルでやる古いロン・チェイニー・ジュニアの映画を見るのはだめといいわたしたときの生意気な口答えにはくすりとも笑えなかった。そこで外出禁止という脅しを持ちだして一気に掛け金をあげ、はったりをかけて彼を二階に追いやったというわけだ。

ふだんのテディはいい子なのだが、頑固に楯ついてスティーヴィの意志の強さを試すような真似をしたときにはどうすべきか？　モラルに訴える手法が有効なのは、相手のモラル観がこちらと一致するときだけだ。一方、ティーンエイジャーはモーゼがシナイ山から持ち帰ったのち叩き割った石板の破片のまんなかで、軟体人間の踊りさながら言葉の意味をくねくねと勝手な方向にねじ曲げるようなことをしたりする。

まあ、そこまでひどくはないかもしれない、と階下のバスルームでバスタブに湯をはりながらスティーヴィは思った。ドラッグやアルコールに手を出しているわけではないし、女の子への関心もちょっとからかったり遠くからじろじろ見たりする程度のものに限られている。と思う。とにかく、ふだんは生意気に口答えしたり派手に逆らったりするようなことはない。ただ翼をひろげようとしているだけだ。十二フィート×二十フィートのキッチンに朝食用カウンターがあってヒーターが置いてあって強情なママがいる状態では、それもなかなかむずかしいだろう。彼に必要なのは……彼に必要なのは父親だ。

——テッド、テッド、こういう肝心なときにあなたはあたしを見捨てた。あたしは十代の男の子のとんでもなくひねくれたうぶな心をまえにして、どうしていいかわからず手をもみしぼっているのよ。あなたにはそうなることがわかっていたはずなのに。よくもあたしたちを見捨てたわね、とあなたに悪態をつくことになるのはわかっていたはずなのに。

スティーヴィは冬が嫌いだった。キッチンと居間のヒーターでバスルームも暖めなければならないので、ドアをあけっぱなしにして風呂に入らなければならないからだ。きちんと閉めたドアの奥で湯気をたてるバスタブに浸かれるなら、あんなに急いでテディをベッドに行かせる必要はなかったかもしれない。手早く風呂に入れば凍えずにすむけれど、ドアを閉めたらバスルームはあっというまに冷えこみ、冷酷な熱伝導のせいでお湯は冷めきってしまう。バスタブから出たら身体はわなわな震えだし、朝、泣く泣く電気毛布から出て以来はじめて手にした温もりに包まれる楽しみは、精肉業者の冷凍貯蔵庫のなかを裸足で行進させられる責め苦に一変する。けれどドアをあけておけば、十月の〝トリック・オア・トリート〟で近所をひとまわりするとき以上の寒さを感じずに三分間よけいにお湯に浸かれるし身体を拭くことができる。

　冷めていくお湯に浸かったまま、スティーヴィは足に石鹼の泡を塗ってむだ毛を剃った。ドクター・エルザがあすの午後、子どもたちを預かるといってくれて、スティーヴィもその気になりかけていた。もし今夜エクセルライターの実験がうまくいったら、あしたは元気回復療法に取り組むつもりだった――買物をして映画を見て中華料理を食べて、カクテルぐらい飲んでもいいかもしれない。なにが起ころうと、その結果について考える時間は必要だし、ドクター・エルザの献身的な申し出のおかげでその時間が確保できるというものだ。スティーヴィの入浴は全身を美化し浄化する儀式に変貌していた。まるでデート前のようだ。

　風呂からあがってフランネルのナイトガウンを着ると、胴体も手足も官能的なほどしなやかに感じられた。中年のぱっとしない体型を覆い隠してくれるキルトのローブを羽織って、スティーヴィは暖房を切った一階を通って階段をあがり、書斎へと向かった。彼女はモスクワから退却してきたフランス軍兵士が着ていた防寒コートを羽織ったゴダイヴァ夫人（夫の圧政を諌めるため、裸で馬に乗り、町中を行進したと伝えられる）。一方、エクセルライターは裸なだけでなく温かくなっていた。埃よけのカバーははずしてあった。おまけにわざと用紙をセットしておかなかったのに、マシンは彼女がいないあいだに文字を打っていた――とにかく用心深くその能力を彼女以外には見せないようにしているから、おそらく子どもたちが寝たあとだろう。なぜ文字を打っていたといえるかというと、金属製のカバーが温かくなっていたし、わかりにくいけれど黒いプラテンの上に黒い文字が打たれていたからだ。幾重にも重なった、判読不能の文字。

「こんちくしょうめ」

スティーヴィは、テッドと〝線量測定士〟としてのシートン・ベネックとクリナック18が登場する話をファイリングキャビネットから取りだした。もう一度やらなくては。彼女はその話が打ちだされたタイプ用紙の端にあと四枚、用紙をテープ留めして足していった。最後に書かれていた文章は――

「ぼくは奥の深いところがばらばらに壊れてしまった」死んだ手を妻のひたいに置いて、クライがいった。「もしぼくがあきらめたように見えたのなら、スティーヴィ、その理由はただひとつ、つけを払うときが来たからだ」

彼女はつないだ用紙をエクセルライターにセットした。マシンが用紙なしで彼女の夢の話を完結させてしまったのでなければ、書き起こしを再開するだろうと思ったからだ。つけを払うときとは、どういうことなのだろう？　テッドはいったいどんな借りがあって柄にもなく病に降伏してしまったのか？

「今夜」とスティーヴィはタイプライターに告げた。「あたしがしてほしいといったことをするのよ。今夜、この仕事を片付けること」

子どもたちのようすを見に行くと、二人ともぐっすり眠っていた。自分の寝室に入って、もっと早くにやっておけばよかったと思いながら電気毛布の温度をいちばん高いところまであげ、しぶしぶローブを脱ぐ。そして冷たいシーツのあいだでほっとひと息つき（まるで冷凍のピタパンのなかに入った生ぬるい鶏の胸肉）、毛布がこんがりと焼いてくれるのを待つ。これには少し時間がかかる。爪先がジンジンしてきて、素足を上下にこすり合わせる。この程度の摩擦では上掛けのなかの温度はわずかばかりあがるだけとわかっていても、やらずにはいられなかった。まったく！　冬なんて大嫌いだ。

長い一日だった。その一日の終わりが仰向けに寝て百メートルダッシュさながらに足を動かすことだなんて、とうていしあわせとはいえない。作家のなかには熱帯地方に冬の家を持っている人もいる。サントロペより北には絶対に住まないときめている作家もいる。ジョージアはサンベルト（米国南部・南西部の温暖地帯）に含まれることになっているけれど、ほんとうにそうなら凍てつく爪先にそういってやってほしい。

　やがてベッドが温まってきて、スティーヴィは目的志向の精神的奮闘ともいうべきその場駆け足を終わらせた。今夜はあの悪夢を確実に見ることで、その不気味な話を順を追って最後までエクセルライターに書き起こさせるのだ。どんな夢を見たいか想像することで前もって脳をプログラミングしてやれば、夢の内容に影響を与えることは可能だ。眠りに落ちる直前の曖昧模糊とした非常に影響を受けやすい精神状態にあるときに見たいものを強くイメージすればいい。もちろん、この非現実的な時間帯に意識的になにかを考えつづけていると、どうしても覚醒している時間が長引いて有効性が薄れがちになる。だから、意識的な思考と、霊感のような夢想とか無意識の欲望とのバランスをうまくとることが肝要だ。方向を見失わずに漂っていかなければならない。

　スティーヴィは漂っていた。バークレイ墓地での墓前葬。棺台にのったテッドのクロームメッキをほどこした鋼色の棺。そのそばを漂っていく。人びとの顔は雨のなかで溶け、にじんでいる――ユリの花が頭を垂れるさまは、羽毛が抜け変わる最中の白鳥の群れのようだ。そして、ときに死にかけた人間が半蘇生状態になったりもする防音された地下室へおりていき、怒れる真紅の痛みのような自身の困惑と幻滅に深く沈みこみ、レディスミスの治療室へと進んでいったスティーヴィは、クリナック18の幾筋ものレーザー光のあいだを漂いはじめた。

　すると、レーザー光が交わる焦点にセオドア・マーティン・クライ・シニアが浮かんでいるではないか。夢を見るために半蘇生状態になっている。直線加速器の目の下でもとの姿に返り、重力に縛られた肉体から離脱した彼女の目と基準を合わせるべく無重力の死の世界からぐるりと回って抜けだし、生きている人間のように彼女のほうへ近づいてくる……。

XXV

スティーヴィは、ぎくりとしてベッドの上で起きあがった。ドアのところに誰か立っている。ずっとそこに立っていたのではないかという気がして、ぞっとした。人影はしゃべりもしなければ動きもしない。だが頭と手足の位置がどこか物悲しげで、その人影が発する何か良からぬ兆しは身体的危険とか見境のない暴力といったものではないような気がしてきた。それでもやはり良からぬ兆しは感じられて、すっぽりと恐怖に包まれていたが、その名状しがたい脅威がなんなのかはわからないままだった。彼女は目を細めて寒い部屋の戸口を見つめ、ようすを伺っていたが、ついに口を開いた。「テッド？」

戸口の人影が動いた。

「テッドなの？」その声は恐れとともに苛立ちを含んでいた。「テッド？」

「ママ？」

「テディ！」彼女は声をひそめて叫んだ。「びっくりするじゃないの。なにしてるの？　どうしてブリーフ一枚でそんなところに立ってるの？　神さまがアオヘビに与えた程度の分別もあなたにはないの？」

少年は動かない。胸の前で腕を交叉させて両手で肩をつかんでいるが、この姿勢が寒さに対抗する彼の唯一の戦略なのだ。そんな彼の姿が、ヘイゼル通りとオコナー通りの角のアーク灯から部屋に入ってくる黄緑色の光のなか、ビキニのブリーフをはいたミケランジェロのダビデ像のように見える。どう見ても、おばかな田舎者。

「テディ、いったいなにをしてるの?」

「ママ」彼はおずおずと話しはじめた。そして――「ママ、ママがあがってくる音が聞こえたんだ、ぼく、まだ寝てなくて、眠れなくて――」

ああ、なんてこと、とスティーヴィは思った。この子、エクセルライターがタイプする音を聞いたんだわ。この子は怯えている、そして説明してほしいと思っている。なんていえばいい? テレタイプライターとかコンピュータ接続だからとかいってごまかすか、それとも真実を告白してエルザのときのように距離を置かれてしまう愚を犯すか。いや、案外、信じてくれるかしら? 信じて、あたしが精神の均衡をとりもどすのを助けてくれるとか?

「テディ、タイプライターの音が聞こえたの?」

彼の声には当惑の色がにじんでいた。「ううん。ママは二、三分、書斎にいただけじゃない。仕事をするつもりだとも思わなかったよ」

「そのとおりよ」いまのやりとりでテディの彼女にたいする尊敬の念が高まったとは思えなかった。唐突に妙な質問をして、当惑気味とはいえ正直な答えが返ってきたところへ、もとの質問の必要性を否定するようなことをいってしまった。「じゃあ、なにが問題なの?」

「ママ、さっきは生意気なことをいってごめんなさい。ほら、時代遅れだっていったり、ぶつぶつ悪態をついたりして」

「時代遅れは聞いたけど、悪態は聞いてないな」

「『ああ、クソッ、ナンセンスもいいとこだ』っていったんだ」

「罪を告白すればそれで充分——もう一度くりかえしてくれる必要はないわ。どんどん老人の域に近づいてはいるけど、まだ想像力はそこそこ残ってるから」

「うん、わかってる。ごめんなさい。ぼくはただ——」最後のところで感情があふれて、テディは言葉に詰まってしまった。片足に体重をかけ、裸足の足でもう片方の足の甲をこすりながら、そっと上腕をさすって温めている。寒さに無頓着なのにもほどがある、とスティーヴィはあらためて驚嘆した。だが、まだ口に出してはいないものの、寒さと不安は、彼のお粗末な防備を突破し、十代の少年の無謀なタフガイ気取りの内側にじわじわと入りこんでいく。

「それだけの理由でここに来たわけじゃないでしょ？」

テディは無言だった。

「なにか悩みがあるのよね。あなたはいい子だけど、いつもはママが傷ついているんじゃないかなんて心配して眠れない、なんてことはないもの」

ほの暗いシルエットが、勘弁してよといいたげに首をふる。両腕から拳が突きでていて、ギターのネックのペグのようだ。「パパがいてくれたらなあ、と思うんだ。クソッ！　すごくそう思うんだよ」

「パパがいてくれたら。ママだってそう思うわ、テディ。わたしたち二人のためにね」

テディが踵《きびす》を返すと同時に、スティーヴィは不安になった。このままではテディは眠れないほどなにを悩んでいるのか明かさないまま部屋にもどることになってしまう。悩みを内に秘めて苦しむことになる。悩みという潰瘍がどんどん悪化していく。息子は父親と話がしたいのに、母親しかいない。闇のなか彼女のところへ来たのは、真昼の鋭い皮肉な陽光のもとよりも来やすかったからだ。心配事は理性に支配される陽光のもとでは慰めきれなくても、夜なら少なくとも多少のごまかしはきく。いま引き止めないと、テディは動揺の原因を永遠に隠しとおすことになってしまうだろう。

「テディ、もどってらっしゃい――いますぐ」

テディは億劫そうにもどってきた。その姿が近づくにつれてシルエットになったり、アーク灯の光に照らされた彫刻になったり。どちらの姿も美しい。部屋の闇は彼がまとったなかなか粋なマント、部屋の冷気は彼を取り巻く光輝となり、彼はその光輝のなかを彼女の命令にしたがって無言で進んでくる。彼が冷たいベッドの足元で立ち止まると、スティーヴィは自分の意識が生みだした幻影、欲望の黄泉《よみ》の世界から蘇った亡霊と霊的に交わっているような感覚にとらわれた。テディは生きているが、いまは彼の亡父の若き亡霊に見えるのだ。亡霊は寒さなど気にしない。

「なにか思っていることがあるんでしょ」スティーヴィはいった。「ちょうどいい機会だから話をしましょう。ここへいらっしゃい」

「ママ？」十代の少年に必須のしぶしぶという口調が、生意気な若造に必須の信じられないという口調に変わっていた。

「寒いじゃないの、テディ。ペンギンも肺炎になりそうなくらい寒いところに九十パーセント裸で立たせておくわけにはいかないわ。ベッドのなか、やっと温まったところよ。入ってらっしゃい。ちょっとおしゃべりしましょう」

テディがいわれたとおりにすると、たちまちのうちにぬくぬくと温かい上掛けの向こうから彼の身体が発散する冷気が伝わってきた。よく耐えられるものだ！　こんな冬の夜に下着一枚でうろつくなんて信じられない。スティーヴィは彼のほうにすりよって首のうしろに腕を回し、ぐっと引きよせた。彼のあご――雪のように白くてなめらかな大理石のこぶ――が彼女ののどのすぐ下の胸骨にのり、彼の目がとらえられた動物のそれのように疑いと恐怖の光を宿して彼女を見あげている。まるで生きた目を持つ彫像を抱きしめているようだ。スティーヴィはしばらくのあいだ、少年の腕をさすって温めてやった。二人とも無言だった。

　やがてスティーヴィはいった。「さあ」少年はくるりと背を向け、スティーヴィは少年の身体の下で圧迫されていた腕を抜いた。「ママのことを誰でもいいから話したい相手だと思って、悩みを打ち明けなさい、テディ」

「ママ」テディは枕の上で首をふった。「ママ。そんなのきまり悪いよ。無理だよ。ばかみたいだし、きまり悪いし、たぶんしばらくほっとけばなんでもなくなるよ」

「いいから話してよ、テディ。ぽろっとしゃべっちゃいなさい。バークレイ在住のストア派哲学者の役を演じるために、じりじりとここまで来たわけじゃないでしょ？」

　洞穴から響いてくるような大きなため息を洩らして、テディは全身をぶるぶるっと震わせた。頭をぎりぎりいっぱいまでうしろにそらせている。「ぼくは子どもなんだ」とテディはつぶやいた。「まだほんとにガキなんだ」

「そりゃそうよ。ティーンエイジャーになったばかりだもの。クリストファー・リーヴ（米国の俳優。映画でスーパーマンを演じた）とかカリーム・アブドゥル＝ジャバー（米国のバスケットボール選手）とか、とにかく今週のヒーローみたいな人にいきなりなれるわけないじゃないの。〝鋼鉄の男〟だって、最初はスーパーボーイだったのよ。そこからちゃんと進歩していくの。それが自然なことなんだから」

「ぼくはスーパーボーイじゃない。ただのガキだ」

　スティーヴィはテディの前髪をなでてあげて頭をさすった。「ママはそうは思わないわ。あなたは人の役に立つりっぱな若者になりつつある。ママから見たら文句のつけようのない速さでそうなっていってるわよ。あなたはそうでも、ママはまだお祖母ちゃんと呼ばれる覚悟はできてないけどね」

「そんなことには永遠にならないかもしれないよ」苦々しげにテディはいった。「心配する必要なんかないんじゃないかな」

スティーヴィはその辛辣さに驚きを禁じえなかった。片肘をついて半身を起こし、テディのあごをつんとあげた横顔をつくづく眺める。「テディ、きちんと説明してちょうだい。どうもよくわからないのよ。腋の下に毛が生えてきたばっかりなのに、もうちゃんと父親になれるかどうか心配してるの？　そういうことなの？」

またしても怒りを含んだ苛立たしげなため息。「うん、まあ、そんなようなこと」

「きみねえ、その年で心配すべきなのは、どこかのだまされやすい子とのあいだにほんとうに赤ちゃんができちゃったらどうしようってことよ。真剣に心配すべきなのは、そっちのほう」

「ママはわかってない」

そのとおり、わかっていなかった。これまでのところ、スティーヴィが母親として息子に話したことはお互いのフラストレーションを高めただけだ。息子は自分の問題の根っこを推測できない母親に失望し、母親は息子が心の内を吐きだしてくれないことに困惑している。息子が思春期の悩みに直面しているのはまちがいない。この時期の変化がもたらすトラウマを癒すのに必要なのは、たとえ完全に理解しきれなくても、親身になって共感してやることだ。こういうときにこそテッドにいてほしいのに。テッドのばか！……。だめ、それはいいすぎ。それにテディは彼の忘れ形見なのだから、少なくとも神秘的な意味では、テッドはいまこの瞬間、ここにいっしょにいる……悩む息子の生霊のなかにいるともいえる。

「詳しく話してちょうだい、テディ。話すのは辛いだろうけど悩みそのものより苦痛は少ないわよ」

「なんか、ちゃんと成長できてない気がするんだ」

「それはたしかに心配ね——でも、よくあることよ。たいていの人は、どこかの時点で、形がおかしいんじゃないかとか、ちゃんと機能してないんじゃないかとか悩むんだから。でもね、テディ、そういうのはいつのまにか気にならなくなるの。あなたは一月にドクター・サムに全身くまなく診てもらって、なんの問題もなかったんだから。診断結果によると、あなたは生きているうちに惑星の植民を目撃することになるし、世界政府初代大統領の宣誓就任式だって見られる。ひょっとしたらあなたが世界政府初代大統領になっちゃうかもしれないわね」

「診察室はシャワールームじゃないんだよ、ママ」

「知ってるわよ」

「デクスター・ジョンソンもソニー・エリクソンも、ピートも、親友のピートまで——もう大人の男なんだよ、ママ。ぼくはみんながシャワーを浴びおわるのを待つようにしてるんだ。あいつら、タオルでピシャピシャ叩きあったり、サポーターを頭にかぶったり、お尻に石鹸をはさんだりしながら、チームのできそこないのトウモロコシのことで冗談をいいあってる。ピートがいったことなんだけどさ。ぼくは学校ではできそこないのトウモロコシで、近所ではあいつの親友なんだ」

「なるほど、みんなは一端の大人みたいな口をきいてるわけね」

「意味わかるでしょ」

「ママにわかるのは、あなたは性器の大きさイコール大人の男だと考えているってこと。それがどんなにばかげたことか理由を千一個あげることもできるけれど、いいたいのはこれだけ。心配するのはよしなさい。これからも、足のあいだに五ポンドの振子をさげた、おふざけが好きな人たちのあとでシャワーを浴びるようにして、心配するのはよしなさい」

「いうのは簡単だよ」テディは彼女のほうに顔を向けた。「とくにママにとってはね。ママは女だもん」

「そうね。そしてあなたはたとえペニスが手押し車に乗せて押して歩かなくちゃならないくらい大きいとしても、まだまだ男の子だわ。誰に認めてもらいたいの？　サポーターを頭にかぶったピート・ワイトマンたち？　『ギネスブック』？　誰なの、テディ？　いますぐ誰に褒めてもらいたいの？」

テディはまた天井に目をやった。「ぼくだよ」よりいっそう苦しげな口調だった。「自分はまだガキだって思うのは、もう嫌なんだ」

「だったら、ガキみたいなことはしなければいいのよ」

「おやすみ、ママ」テディは横にすべってベッドから出ていこうとしたが、スティーヴィは彼の手首をつかんで仰向けの姿勢に引きもどした。テディはダイヤモンドのように輝く目で彼女を見つめた。いきなり引きもどされたこと、そしてその力の強さに驚いている。「ママ、もうベッドに行かせてよ。話すのはもういいよ」

スティーヴィは息子の上にかがみこんで、ひたいにキスした。キスはさりげなくまぶたへ、鼻へ、頬へとおりていき、最後にやわらかく冷たいつぼみのような唇にたどりついた。彼女は下唇を甘噛みし、片手で電気毛布を二人の上にかぶせると右手を磁器のようになめらかな彼の胸から腹へとすべらせていった。彼女の指が彼のしなやかなビキニのブリーフ（いろいろな雑誌の全面カラー広告でボルチモア・オリオールズのピッチャー、ジム・パーマー――たしか大柄な筋骨たくましい男――がはいている、まさにそのブランド）のなかでくるりとまるまり、舌がさっと出てテディのあごからのど元へと唾液が尾を引いた。やがて彼女の指はしっかりとした手がかりを得た。亀頭を包みこむと、亀頭はそれに応えてたちまち圧を発し、てのひらが燃えるように熱くなる。

「ママ」少年がささやいた。「ママ、なにしてるの？」

「テッド、あなたはこのままじゃ笑顔になれないわ。発情期の、なかば理性を失った状態、太古の昔から受け継がれてきた状態になって、大人の男なんだってことを〝証明〟しないかぎりね。でも、大丈夫。それならそれで、あたしが力を貸してあげるから。あたしがやれば絶対に安全よ。そうすればなんの心配もなくなって、ちゃんと成長していけるわ。リラックスして、自分を解き放つのよ、テッド。ぜんぶあたしがちゃんとやってあげるから」

「ママ、ぼくはそんな――」

「シーーーッ。あたしはあなたのママじゃない。恋人よ。あなたはあたしのハンサムで情熱的でどこまでも誠実な、悪魔のような恋人。あたしたちはこうしてまたひとつになれる日を二年近くも待っていたの。ついにその日がきたのよ、テッド。ついに」

毛布がずり落ちないように注意しながらスティーヴィは悪魔のような恋人に馬乗りになり、幼な子をあやすようにやさしく揺り動かした。恋人は喜びに満ち、なかばわけのわからないまま身体を痙攣させる。温もり、水、休戦。痙攣の直後、熱帯の沼地のなかで迎える停戦。オルガスムの瞬間、意識が遠のくことを、イギリスの形而上派の詩人たちは、小さな死、すなわち昇天と呼んだ。そう、それが、二人がふたたびひとつになるためにテディの肉体を借りたテッドと彼女とがなしとげたことだった――まさに、言葉にできないほど心地よい、小さな死。温もり、水、復活、すべては二月の寒い夜明けに起きたこと……。

テディが目を大きく見開いて、彼女を見あげている。

スティーヴィは彼にキスして隣にだらりと身を横たえると、両手で抱きしめてふたたびやさしく揺すりはじめた。こんどは痙攣させるためではない。眠らせるためだ。遥か昔に愛した、いまは亡き男。

その男を追いかけ、つかまえようというときに、彼との愛の結晶であるこの子がいてくれる。これほどうれしいことはない。彼女は意地の悪いモラルの天使たちをだしぬき、中産階級の価値観を、世間一般が信じている平凡という教義を、自分自身の田舎臭い偏狭さを、打ち負かした。そして息子を救ったのだ。こうしていくつもの戦いに勝利したスティーヴィは、あっというまに眠りに落ちていった。

隣では息子が、恋人が、眠っている。

XXVI

タタタタという音で彼女は目を覚ました。圧倒的な困惑と罪悪感のなかで、彼女は思った――あたしのエクセルライターがせっせと文字を打ちだしている。

いくらテディを慰め安心させるためとはいえ、こともあろうに異常な恥ずべき手段を選んでしまった。もしテディがこのマシンのキーとタイピングエレメントがカタカタ動く音を耳にしたら？　恐れおののくにちがいない。闇のなかで二人して顔を見合わせる。罪悪感と恐怖とが混じり合う。そして二人は、ジョナサン・エドワーズ（米国のカルヴァン主義の神学者）が唱えたピューリタンの底なし地獄にむさぼり食われる邪悪な者たちの魂さながら、夜に呑みこまれてしまうだろう。たしかに彼女はその運命に値することをした――が、テディは、息子は、ちがう。彼女はどうにも説明しようのない身勝手で自堕落な衝動に突き動かされて彼を誘惑し、貞操を奪い、彼の人生をめちゃくちゃにしてしまったのだ。

そしていま、あの忌まわしいエクセルライターが小さな、車輪のない機関車のように全速でピストンを動かし、カタカタとキーを叩いている。いったいどんな熱を、異臭を、謎めいた文学的汚染物質を吐きだしているのか？　あのタイプライターの悪魔的ふるまいに延々と苦しめられてきた経緯さえなければ、たとえテディを救うためだとしても近親相姦の犠牲者にするなどという愚行には及ばなかったはずだ。絶対に。そもそもそんな考えすら浮かびもしなかったにちがいない。そんな考えは、たとえ絶対にありえない、とんでもなくおぞましい可能性のひとつとしてさえ、彼女の脳裏に浮かぶことは——十億年たとうと——なかったはずだ。

タッ、タッ、タッ、タッ——タタッ——タッ。

あの怪物を、やつが勝手に祭壇にしてしまったオーク材のロールトップデスクから持ちあげて、窓から正面のポーチの上の傾斜のきつい板葺屋根へ投げつけてやろう。やつは屋根から歩道へ落ち、コンクリートの上で砕けて金属とプラスチックの破片になる。いい厄払いだ。

タイプライター？　というより、たわごと《トライプ》ライターといったほうがいい——あいつはそれになりたいんだから。

スティーヴィが横を向くと、テディはもうベッドにいなかった。マシンの音で起きてしまったのだろうか？　書斎でマシンが極上の嘘を紡ぎだすのを見ているのだろうか？　テディが寝ていた場所に手をのばしてみると、シーツは冷凍したスライスハムのようにつるんとして冷たかった。そうだ、電気毛布のそちら側はスイッチが入っていなかったんだっけ。アイスホッケーのパックのような形のコントローラーは二年前、タンスのいちばん下の引き出しに入れたきり、出したことがなかった。毛布のそちら側のスイッチが入っていたのは、いましがたふらふらになって抜けだしてきた悪夢のなかだけのことだったのだ。

つまり、なんとありがたいことか、テディと近親相姦におよんではいなかった、ということだ。あの忌まわしい出来事は夢だったのだ。テディは自分の部屋で寝ている——テレビ番組と生意気な十代の少年にふさわしい就寝時刻について勝ち目なしの議論をしたあと、ベッドに入ってずっと寝ている。ああ、よかった、神さまに感謝、感謝……。

とはいえ、マシンはまだ騒々しい音をたてている。ぺちゃくちゃしゃべっている。いくら子どもたちの眠りは深いとはいえ、これではテディもマレラも目を覚ましてしまうかもしれない。書斎に行って、マシンがなにをしたのか確認しなくては。書斎のドアの掛け金をかけて、エクセルライターにとり憑いた悪魔と対決しなくては。

スティーヴィは立ちあがり、ぱっとしない部屋着を羽織って、マシンが邪悪な労働にいそしむ現場を押さえようと書斎に急いだ。うまくいった。スイッチをはじいて天井の明かりをつけると、エクセルライターは文章を打ちだしている真っ最中だった。見えない指が見えるキーを猛然と押しさげ、タイピングをつづけている。マシンにセットしておいたテープでつないだ用紙がデスクの上で果てしなくくるくると丸まっている。ジャック・ケルアックやミッキー・スピレインが喜んでふってくれそうな、あたふたと叩きだされた物語の旗。その日の午後、短時間とはいえタイプライターの悪魔と隔行対話（一行おきに書いた対話。古代ギリシア劇の一形式）を交わしたにもかかわらず、スティーヴィはこの光景に愕然となった。

「ストップ！」と彼女は叫んだ。

エクセルライターは一瞬、動きを止めて段落を区切ると、さらに二行カタカタと活字を打ちだし、そこでストップした。

抑えのきかないエクセルライターが彼女が衝動的に発した命令にしたがったのは驚きだった。どうしていうことを聞いたのだろう？　もし、したがうという選択肢を選んだのだとしたら、それはなによりもまず、こいつが彼女の支配下にあるというパラドックスを示すためだったにちがいない。彼女が動揺して口走った命令どおりにストップしたことで、彼女はいっそう自分の欠点を強く意識し、苦しみが深まることになった。エクセルライターはタイピングすることで彼女を嘲り、操り人形のように揺さぶる。このタイプライターのふるまいを彼女がどこまで支配できるかは、タイプライターが彼女の言葉にどこまで服従する気になるかにかかっている。いままさに服従したわけだが、そこにはそう装うだけの秘めた動機があるのはまちがいない。おそらく彼女を追い詰めるのはここまで、と見定めたのだろう。これ以上ふてぶてしく一行また一行と打ちつづければ、彼女は自制心を失ってプラグを引き抜き、忌まわしいマシンを二階の窓から投げ捨てるという復讐心に満ちた空想を実行に移してしまうかもしれない。知覚力のあるＰＤＥエクセルライター79にとっても、自己保存は強い動機になるのだ。

スティーヴィはぶるぶる震えながらデスクに近づいていった。テープでつないだ用紙をタイプライターからはずして、なにが書かれているのか見ていく。二日前の夜、夫のものとして書かれた言葉（〝もしぼくがあきらめたように見えたのなら、スティーヴィ、その理由はただひとつ、つけを払うときが来たからだ〟）の下に、エクセルライターは少し余白をとって、中央にXXVというローマ数字を記していた。

どういう意味なのだろう？　もちろん、二十五、というのはわかる――でもなにが二十五なのか？　章？　半ページの行数？　実際に文章を綴っていた分数？　まあ、二十五章ととるのが妥当だろう――とはいえ、どんな物語にせよ、構成ユニットを二十五番めまで書き進める時間はエクセルライターにはなかった。シートンが邪悪な仕事を遂行したのは水曜の午後だったが、マシンが意図的に彼女の正気の土台を削りはじめたのは木曜の夜だ。いまは日曜の未明。ジョルジュ・シムノンなら（もし生きていれば）三日で一冊仕上げてしまうかもしれないけれど、彼女のタイプライターは勢いこそすごいものの短時間動いているだけ。やはりローマ数字の意味は謎だ。

その謎の下、一行分のスペースをあけて、エクセルライターの深夜労働の成果がはじまっていた――「スティーヴィは、ぎくりとしてベッドの上で起きあがった。ドアのところに誰か立っている。

ずっとそこに立っていたのではないかという気がして、ぞっとした……」ローマ数字の下の文章は、行間をあけずにタイプ用紙四枚半、すべてがテディにいい聞かせる母から息子への話とその後の卑しい行為とに捧げられている。いかにも現実の話を書き写したかのような、もっともらしい文章だ。もちろんスティーヴィはそんな話はしていないし、卑しい行為におよんでもいない。とんでもなく忌まわしい悪夢を見ているあいだに潜在意識が荒れ狂った。そしてタイプライターはその悪夢をわかりやすい告発状に変換しただけ。そう。彼女は告発されたのだ。避けては通れないセックスの秘密を子どもに手ほどきする方法として、近親相姦は褒められたやり方ではない。ここでもうひとつ穏やかならぬことにスティーヴィは気づいた。

あなた、悪夢を覚えているじゃないの、と彼女は自分に話しかけた。夢から覚めたとき、テディと話したことも口にしたくない出来事も実際に起きたことだと思っていたじゃないの。目が覚めたとき、スティーヴンソン・クライ、あなたはただ夢に見ただけのことを現実のことと信じて自分を責めた、そしていまは人にいえない大罪を犯した夢を見たことで自分を責めている。驚くべきは、おぞましい夢を見たということではなく、起きたときにその生々しい記憶が残っていたということよ。これまで夢の中身を覚えていたことなんか一度もなかった。それがどうして急に？

それはＰＤＥエクセルライターが夢を形づくり、色をつけ、補強しているから。あなたは、あなたの精神《プシケ》の動物的な部分の奴隷なのだと自覚するようにエクセルライターが仕向けているから。だからこそ、こいつはたわごとライターなのよ。だからこそ、こいつを優位に立たせちゃいけないのよ。

「遅すぎる」スティーヴィはつぶやいた。「もう手遅れ」

悪夢を詳述した章は、中央にXXVIと打ちだされた章へとつづいていた。この章は一ページしかない。書き出しは――「タタタタという音で彼女は目を覚ました。」

そのあとには目覚めたときの困惑、自己非難の言葉がつづき、エクセルライターが小さな、車輪のない機関車のように全速でピストンを動かし、カタカタとキーを叩いていると書かれていた。この章——章と呼べるならばだが——の終わり方はいささか唐突なものだった。最後の部分は——

「ストップ!」と彼女は叫んだ。

エクセルライターは一瞬、動きを止めて段落を区切ると、さらに二行カタカタと活字を打ちだし、そこでストップした。

XXVII

寒さを無視して、スティーヴィはドクター・エルザの診察台用紙を縦半分に切ったものをエクセルライターにセットした。もしいま相手が優位に立っているのだとしたら、こんどはこちらが支配権をとりもどす番だ。この非人間的なマシンに、支配権は人間の側にあるのだと、いま一度、宣言してやる。そもそも、自分の心ひとつでどうにでもなる道具の手先になることなどありえない。心をしっかり持っていさえすれば、そんなことになるはずがないのだ。そこでスティーヴィは、こう打ちだした

――

　このゲームはもううんざりよ、エクセルライター。わたしの潜在意識をレイプしたいなら、わたしが犯していいと許可してある領域でやってちょうだい。テッドのことを話して。このあいだの悪夢を最後までつづけて。

あなたの望みはわたしに支配されることだ。

屁理屈はいわないで。もういいかげんにしてちょうだい。キーボードにはさわらないわ。あなたに明け渡すから。

自分のものではないものを明け渡すことはできない。

歩道で最期を迎えたいの？　メープルシロップと二年前のスライム（これは登録商標よ）とよく泡立てた卵の白身をまぜたやつをなかにぶちまけるのはどう？　それとも大ハンマーで叩いて金属スクラップにするのがいい？

ホラーだ！　ホラーだ！

ばかにするならすればいいわ。わたしの我慢ももう限界。忍耐力には限度ってものがあるの。いまは窓の外へ投げ捨てるなんて力仕事はしたくないし、大ハンマーで叩いたら子どもたちが起きてしまう。唯一の選択肢は緑褐色の臭いドロドロをたっぷり注ぎこむことだわね。

わかっていると思うが、ミセス・クライ、その膿みたいなものはわたしのボディを通り抜けて、あなたの大事なロールトップデスクの上塗りをだいなしにしてしまうぞ。残念ながら卵の白身のアルブミンは、たいていの木製品の仕上げ塗料にたいしてそういう効果を持つのでね。

はっきりいって、ぜんぜんかまわないわ。ここまで来てしまったらね。あなたが甘ったるいスライムのカクテルでむせる光景は、この混乱つづきの一週間でも指折りのハイライトになるでしょうね。

ミセス・クライ、金の卵を産むガチョウを殺すことになるんだぞ。

あのねえ、いまから下に行って、あなたのためにその飲み物をつくってくるわね。キーボードから手をはなすわよ。もどってきたら、ガチョウ料理のできあがりですからね。

これ以上ばかげたやりとりは想像するのもむずかしい。それはスティーヴィもわかっていた。それでも脅しを脅しだけですませるつもりはなかった——シロップとスライムと卵の白身でなくても、カップ一杯半のサラダ油にベーキングパウダー入りの小麦粉を少し入れてドロドロにしたのでもいい。彼女がしたことを目にしたら誰だってこの女はイギリスの婦人帽デザイナーくらいイカれていると思うにちがいないが、スティーヴィはこの強敵を黙らせるためならどう思われようと甘んじて受け入れるつもりだった。敵は彼女のいうことを信じていない。問いかけに答えようとさえしなかった。「こんちくしょうめ」スティーヴィはいった。最近、気に入っている表現だ。「じゃ、行くわ」椅子をうしろに押して部屋着の裾を合わせ、ドアに向かう。ドアノブに手をかけたところで、エクセルライターがいやいや答えを打ちだしている音が聞こえてきた。よしよし。彼女はデスクにもどってマシンのメッセージを読んだ。

あなたの勝ちだ。わたしはあなたのものだ。

テッドの悪夢を最後までつづけてくれるわね？

さっきもいったとおり、けっしてからかいなどではなく、あなたの望みはわたしに支配されることだ。少なくとも、この件にかんしては。

わかった。さっさとつづきを頼むわ。

ミセス・クライ、まずはベッドにもどってくれ。わたしに紙をセットして、電気を消して、とにかく眠るようにしてくれ。

どうして？

あなたの亡夫の悪夢のつづきはなにもないところから書けるわけではない。切実な願いがなければ書けない。すべてはあなたが見る夢しだいなのだ。あなたの心の奥底をさらけだす、やむにやまれぬ抑えがたい欲望は、起きているときに夢想できるようなものではない。心を責め苛む悪夢の奥底で姿をあらわすものなのだ。

じゃあ、あなたがわたしを操っているのではなく、わたしがあなたを操っているというの？

わたしはたったいまあなたの不条理な脅しに屈したんじゃなかったかな？　あなたの思いどおりになる存在だと、二度も宣言したんじゃなかったかな？

そうだったわね。でもその宣言には、少なくとも、この件にかんしては、というただし書きがついていたわ。わたしの推理では、あなたにはわたしの力がおよばない秘密の目的があるんじゃないかと思うの。あると思っているだけかもしれないけれど。

ベッドに入りなさい、ミセス・クライ。

入りたくないといったら？

ならば夜明けまで語り合おう。美しいレディと親戚のおじさんのようにやさしいPDEエクセルライターとで。

あなたは何時になったら電気カボチャに変身するの？

ベッドに入りなさい、ミセス・クライ、ベッドに入りなさい。

スティーヴィはこれが現実に起きていることとは信じきれず、タイプライターとのやりとりを読み返した。彼女がタイプして、相手がタイプして……それがマシンのうんざり気味の警告までつづいている。もちろん、いくら高性能なエクセルライターとはいえ、勝手に文章を綴れるはずはない。パ《P》ントロニクス・デ《D》ータ・エ《E》クイップメント社のマニュアルにも、このタイプライターの自律的に自己表現したがる厄介な傾向などという項目はない。ひょっとしたら、彼女自身がこの会話の二つのパートを両方ともタイプしたのかもしれない。

ジョアン・ウッドワードが主演の、あの映画、タイトルはなんだったっけ？『イヴの三つの顔』？もしイヴが、偶然だけれど南部生まれのイヴが、三つの顔を持っていたのなら、二つということだってありうる。実際、『二つの顔を持つ女』というタイトルの本の企画書を送ったばかりだ。この二重の意味を持つタイトルは、彼女の苦悩を思わず知らずのうちに表現していて、タイプライターとの会話を認めたものということなのだろうか？ スティーヴィの脳は頭蓋骨のなかで左右に揺れたけれど、彼女自身にはマシンの答えをタイプした記憶はないということか？ 映画の主人公は特異な人格の持ち主で精神が不安定だったけれど、そこまで素早く人格が切り替わることはなかった。

　　あなたの勝ちよ。もう行くわ。とにかく約束は守ってよ。

スティーヴィはエクセルライターが最後のコメントをつけ加えるのを待った。そしてその間、自分の心の状態を見定めようとつとめた。マシンの視点が彼女のそれと差し替わる瞬間を確定しようと決意していたからだ。しかしそんな瞬間は訪れず、数分後には彼女はエクセルライターのスイッチを切って寝室にもどった。

いま何時だろう？ 午前三時頃？ 遅くなりすぎた。もうすぐ夜が明けてしまう。空想の世界でテディを誘惑し、現実の世界でタイプライターと対話するというトラウマを負ったあとで、すやすやと眠れるわけがない。きっとエクセルライターのキーがカタカタ鳴る音を待ち受けて耳をそばだてながら、眠っていないからその音を聞くことはできないという状態のまま、一睡もせずに朝を迎えることになってしまうにちがいない。キャッチ＝22だ（ジョーゼフ・ヘラーの小説。パラドキシカルな状況をさす）。望みが叶うようにと期待すると、マシンがその求めに応じる状態が成立するのをさまたげることになってしまうのだ。一時間が経過し、どこか遠くで雄鶏がいつもより二時間早く弱々しい鳴き声をあげた。

　スティーヴィはベッドから這いだしてリネン類を入れてある戸棚を探り、睡眠薬のビンを見つけた。ディスカウントで買った忘却薬。悪夢への導入薬。三錠飲んでベッド――しわくちゃの孵化器――にもどると、十分後、心が不格好なキメラたちを卵から孵しはじめた。そしてエクセルライターがせっせとそれを記述していき……。

XXVIII

「ぼくは奥の深いところがばらばらに壊れてしまった」死んだ手を妻のひたいに置いて、クライがいった。「もしぼくがあきらめたように見えたのなら、スティーヴィ、その理由はただひとつ、つけを払うときが来たからだ」クライの顔にはぞっとするほど陰気で憐みに満ちた表情が浮かんでいたが、妻をクリナック18のカウチに深々と押しつけている手の力は一向にゆるむ気配がなかった。

「つけを払うって、なんの？」とミセス・クライはたずねた。抑えようとしても抑えきれない恐怖で、目が大きく見開かれている。「いまごろになって、なにを払わなくちゃいけないっていうの、テッド？」

「線量測定士の費用だ」

「それはケンジントン夫妻がうまく始末をつけてくれたわ。あなたが入っていた生命保険の内容じゃカバーできなかったのよ。あなた、向こうが勧める入院保険には目もくれなかったし。ほんとに恥ずかしい話だわ――」

「スティーヴィ」セオドア・マーティン・クライ・シニアがつぶやいた。

「――ドクター・サムとドクター・エルザが資金調達に奔走してくれなかったら、あたしと子どもたちはまだ癌クリニックへの返済に必死になっていたところだったのよ。あなたが支払いをしないくていい人たちのなかにはね、テッド、線量測定士も放射線技士も核医学技術者も入ってるの。第一、あなたみたいな自信過剰の人をよれよれの敗北者に変えてしまうほどのつけって、いったいなんなの?」

「死ぬべき運命という、つけだ」クライがいった。

「自責の念という、つけですよ」クリニックの線量測定士、シートン・ベネックがいった。

「でも、あなたはその人たちになんの借りもないのよ。説明したでしょ? ましてシートンには、これっぽっちの借りもないわ。彼はタイプライターの修理人なのよ、テッド、放射線の線量測定士なんかじゃない。彼がここでなにをしているのか、あたしには想像もつかないわ」

「ぼくのつけを回収しにきたんだよ」

「つけって、なんの?」

「彼はきみを欲しがっているんだよ、スティーヴィ」

ミセス・クライはタイプライター修理人の、なんとでもとれるあいまいな表情を浮かべた青白い顔をまじまじと見つめた。そして夫を見る。生き返った死体の目も鼻も口も記憶にあるとおりになめらかに動いている。息は無菌無臭。ひんやりじっとりした手は彼女を治療台に押しつけたままだ。心を和らげる気配はない。シートン・ベネックがミセス・クライと目を合わせることもなく治療台に近づいてきて、白衣のボタンをはずしはじめた。

「あたしはあなたの妻よ」ミセス・クライは夫の亡骸に訴えた。「あなたの借りを返すために貸したりあげたりできる道具じゃない。あたしたちはエスキモーじゃないのよ、テッド。ここは北極圏じゃないわ」

「でも、寒いぞ」クライがいった。

シートン・ベネックが氷のように冷たい床に白衣を脱ぎ捨てて、シャツのボタンをはずしはじめた。

「テッド、まさか本気じゃないわよね。どうかしてるわよ、あなた。ベネックみたいないけすかないやつが妻をレイプするのに手を貸すなんてありえない」

「いいんだよ」とクライはいった。「ぼくは死んでいるんだから」

「いいんですよ」ベネックがいい添えた。「ぼくは手回しオルガン弾きですから」シャツのボタンをはずしていくと、白い毛がみっしりと帯状に生えているのが見えてきた。のどからへそまでつづいている。指が素早くベルトのバックルに移動していく。「いや、手回しオルガン弾きの猿だ」と彼はいい直した。

ミセス・クライは目をつぶって、身体を押さえつけている死体の手から逃れようと身をよじり、悲鳴をあげた。甲高い悲鳴は空気をつんざき、アヴァンギャルドなフルートソナタの音符のようにつぎからつぎへとあたりに響きわたった。

「悲鳴なんかあげても、なんの役にも立たないんだよ」死体が、彼女の背中を診療台に手荒く押しつけながらいった。その声はもはやセオドア・マーティン・クライ・シニアのものではなく、まるで映画『2001年宇宙の旅』のコンピュータの異様に落ち着き払った声のようだった。

「テッド!」心乱れた女は叫んだ。「テッド、やめて!」ふたたび悲鳴をあげる。

一方、巨大なカプチンのような生き物は、診療台の上をじりじりと這い進み、ミセス・クライの顔のほうに近づくにつれて、スカートの裾がめくれあがっていく。ミセス・クライは顔を左右にふっているが、裏切り者の夫からも、彼女にまたがって膝で押さえつけている猿男からも逃れることができない。

「ちょっと特別なことをしてあげるからね」ふわふわの毛が生えた前脚で彼女の胸をさすりながら、

ベネックがいった。「ぼくは命を生みだす闇のなかで〝爆発〟するまでに、十五センチの深さまで行ける。それがたまらなく好きなんだ」

「ぼくは奥の深いところがばらばらに壊れてしまった」死んだ手を妻のひたいに置いて、クライがいった。「もしぼくがあきらめたように見えたのなら、スティーヴィ、その理由はただひとつ

もう自分の悲鳴は聞こえなかった。ミセス・クライが目をあけると、地下の探知・診断室にクライの死体と二人きりだった。死んだ夫が小さなディスプレイ画面に接続された装置の使用目的と機能を説明している。

「放射線科医はこのユニットで患者の胃腸が硫酸バリウムでいっぱいになっていくのを観察する」と彼がいった。

「あなたがやったときに勉強したわ」ミセス・クライはいった。「〈コロンバス・レジャー〉にクリニックの記事を書くときにも、もう一度、調べ直したし。どうしてまたおなじことを聞かせるの？」

「硫酸バリウムは単なる造影剤だ」クライがいった。「胃腸内《GI》の異常がはっきり見えるようにするために使われる。検査するほうは、まるで映画でも見るように実態を分析していくことができる」

「あたし、そのとおりのことを先週、記事に書いたわ、テッド。クリニックの放射線科医から聞いた話をそのまま使ったのよ」

「この装置はX線透視の原理を用いているが、クリニックにはほかにも熱感知で腫瘍を検知するサーモグラフィーや音波を使って癌腫を識別する超音波装置がある。診断装置はそれ以外にもいくつもそろっている。治療区画にあるクリナック4やクリナック18は、きみも見ているしね」

「そんなすばらしい装置の数々も、当人が死にたいなんて思っていたら、なんの役にも立たないわ」

ミセス・クライはいった。「癌という概念に降伏してしまったらね」

クライがくるりと妻のほうを向いた。妻への思いやりから、彼はからっぽの眼窩によくできたガラスの義眼を入れていた。だが顔色は青白いままだ。「離婚してくれ」と彼はいった。

「あなたは死んでいるのよ」ミセス・クライはあらためて念を押した。「離婚する必要なんかないじゃないの。あたしは未亡人だから離婚判決がなくても再婚できるし、あなたは――」

「地獄で腐るだけ」

ミセス・クライは両手に顔を埋めた。「お願い、テッド、やめて」というなり顔をあげて、両手を膝に置く。「地獄というのは精神的な状態をさすのよ。地獄にいるのはあたしのほうだわ。あなたはいい人だから――いい人だったから――地獄になんか行くはずないもの」

「いくら善良な人間でも地獄のような精神状態になることはあるんだよ、スティーヴィ。離婚してくれ」

「生きている未亡人が死んだ旦那さんとどう離婚するっていうの？」

「解放してやればいいんだ」とクライはいった。「クリニックに連れていってX線検査を受けさせるのをやめればいい。硫酸バリウムを飲ませるのをやめればいい。この小さなテレビ画面で旦那のはらわたを判読するのをやめればいい」

「テッド、あたしはそんなこと一度も――」

「きみは資格を持った腸卜《ちょうぼく》官（いけにえの獣の腸を調べて神意を占った古代ローマの公職）じゃないんだぞ、スティーヴィ。放射線測定士や放射線科医の資格をとるにはたいへんな努力が必要なんだ。離婚しない気なら、医療過誤訴訟を起こすしかない」

「でも、どうして離婚したいの？　あなたを愛していたのに。なにもかも愛していたからしたことなのよ……あなたを愛していたからこそ」

「ほかに女がいるんだ」とクライはいった。

「やめて、テッド。そんなの嘘。いいわけを捜してるだけだわ」

「女がいるんだよ、スティーヴィ。彼女とやっていきたいんだ。離婚してくれ。彼女とやっていけるように、ぼくを解放してくれ」

ミセス・クライは小さな部屋を横切って死んだ夫の手首をつかんだ。手のなかで肉が崩れていく。「あなたはあたしをつかめるのに、テッド、あたしはあなたをつかめない。あなたの気がすむのなら、これで離婚ということにすればいいわ。あたしはあなたをつかんでいられないいんだもの」

彼女はひんやりじっとりした長いペニスのような肉をずるりと床に落とした。「でも、ほかに女がいるなんていうのはよして。あたしは絶対に信じないから」

クライはきわめて慎重に妻を押しのけるようにして横を通り抜けると、廊下沿いに並ぶ各検査室を残らず回り、トモグラフィー、ラジオイムノアッセイ、超音波検査などの結果とX線写真をひと束かかえて、X線透視装置のところにもどってきた。そして目のまえにある可動式のマンモグラフィ装置を押してミセス・クライの間近に移動させると、さっきまで彼女がすわっていた椅子の横の診療台に、かかえていた資料をばさっとひろげた。骨と皮だけの指で各検査結果を一枚ずつ妻の鼻先十五センチのところにつぎつぎとかかげていく。

「ほかの女の動かぬ証拠だ」とクライはいった。「核医学検査画像、内臓の音響スペクトログラム、サーモグラム、どれも最後の密会のあと十分から十五分クールダウンしてからのもので、もちろん高速低線量の胸のX線写真も数枚撮ってある。これはとくに印象的でね。ぜんぶ合わせると〝あいじん〟と読める……」

そのとき、まるで発電機が壊れたかのようにクリニックの地下の照明がいっせいに消えると、いまクライがころころと移動させたばかりのマンモグラフィ装置の裏側に奇妙な女の3D像がすわっていた。女の身体のなかは——脳から爪先の骨まで——透けて見えていて、青、緑、赤紫そして黄のまばゆい斑点でできている。女はテクニカラーのしゃれこうべの奥からミセス・クライをじっと見つめ、その視線を受けて恐れおののくミセス・クライは片腕をあげて

彼女のベッドにいる死者の裸体を温めようとした。電気毛布のコントローラーをタンスのいちばん下の引き出しから取りだしていちばん高い温度に設定すると、彼女はベッドにあがって死んだ夫に寄り添い、毛布が分け与える熱に自分の体温を足してやった。動くことができず、なにひとつなすすべもない夫は、空っぽの眼窩で天井を見つめている。その息は無菌無臭。こんど死ぬときにはもっとずっとうまくやってくれないと困る。

「オレンジジュースでも飲む?」とミセス・クライはたずねた。「ハチミツとレモンを入れた熱々のトディはどう?」

「身体を通り抜けて下のマットレスがだいなしになってしまうよ。クエン酸はたいていの寝具をだめにしてしまうんだ」

「かまやしないわ。あなたによくなってほしいの。この二年間というもの気が滅入ることばかりだったから」

「きみは再婚すべきだ」

「『男のいない女は自転車がない魚みたいなもの』」

クライが笑いながらいった。「『悲鳴のまんなかで死体をとりかえるな（「流れのまんなかで馬をとりかえるな」のもじり）』か？」

「まあ、そんなようなものね。でもたとえ方が残酷。あたしがいいたかったのは——遠回しだけど——あなたと結婚したのは、ただひたすら男を探していたからじゃない、あなたを愛していたからだってことなの」

「男探しに一意専心なんて、そんな女いないだろう」

「やめて、テッド。あたしは問題解決の答えは再婚じゃないっていってるの」

「あのベネックってやつとデートしろよ、スティーヴィ」

ミセス・クライは夫から身体を離した。「ぜんぜん笑えない。ベネックとデートするくらいなら自分の息子を誘惑するほうがましよ」

「なにがそんなに嫌なんだ？」

「あいつは言葉で自分を表現できないスヴェンガリ（悪意をもって人を操る人物）よ。あなたを説得してあたしをレイプするのに手を貸すように仕向けたし、テーブルマナーは最悪だし」

「サラダ用のフォークをメイン料理に使いでもしたのか？」

「いつだったか、ランチのときに、猿に自分の指の傷から血を吸わせたのよ。それでデザートだっていったの。テディとマレラのまえで」

「まだ若いからなあ。ほかには？」

「なにをいえっていうの、テッド？　彼の学校の先生の素行評価？　交通違反通知のリスト？　最後に起訴されたのはいつか？　あんなやつ、あたしのタイプじゃないわ！」

「彼はケチなやつで、きみはエリートだからな」

「ハッ、ハッ」ミセス・クライはふたたび夫のほうに向き直った。「いいから、なんのつけを払わなくちゃならないと思っているのか、いってちょうだい、テッド。いったいなにが原因で、あんなに弱気になってしまったの？　どうしてレディスミスの癌クリニックのすばらしい治療法やあなたを助けようとしてくれた人たちに背を向けてしまったの？」

「死ぬときが来たからだ」

「そんなこと信じられない！」ミセス・クライは拳でベッドを叩いて抗議した。

死んだ夫はわずかに残っていた生命の躍動《エラン・ヴィタール》をいっきに呼び起こして上掛けをはねのけると、ジェイムズ・ホエール監督の映画『フランケンシュタイン』のボリス・カーロフさながらにむっくりと起きあがった……埋葬されたときに着ていたスーツを身につけている。汚れているし、しわくちゃだ。彼は大股で歩いて鏡のまえに行くと、ぎごちない手つきでネクタイの結び目をまっすぐに直した。部屋が暗くてもおかまいなし。たとえ明かりがついていたとしても、彼には骨と皮だけの指を見ることはできないのだ。

「それに、ぼくはきみとベッドをともにするにふさわしい男ではない」しゃがれ声でクライはいった。「ぼくはきみが才能を発揮する機会を奪ってしまった。あのべらぼうなエクセルライターをプレゼントしたのに、それを使う時間を与えなかった。だから死ぬことにしたんだ」

「あたしがタイプライターのまえで一生すごせるように？」

「経験を重ねて、才能を磨いて、逆境に立ち向かうんだ」

「生きていたときには、そんな話、いっさいしなかったじゃないの」

「最期を迎えるときになって、やっとそう考えるようになったんだよ、スティーヴィ。きみがぼくの鬱陶しい影から抜けだせるように、ぼくは死ななくちゃならなかったんだ」

「影から抜けだして亡霊の腕のなかへ入れるように？」

クライはくるりとベッドのほうをふりむこうとしたが、片足がうまく回らなかった。ダイヤモンドのネクタイピンが、外のアーク灯の黄緑色の光を受けてきらりと光る。ネクタイの結び目が親指の長さほど中心からずれている。ジャケットのボタンがとれてシーダー製のチェストのほうへころがっていく。彼は内側だけでなく外側もばらばらになりつつあった。

「ぼくはいま一点の曇りもない気持ちで話をしている。心底思っていることを話しているんだ。すべて心の底から出ている嘘なんだよ……。キスしてくれ、スティーヴィ。キスして、ぼくを信じていると証明してくれ」

ミセス・クライは夫に近づき、キスした。夫のくちびるは牡蠣のディップを塗った乾いたクラッカーのような味がした。ところが身体を離してみると、彼女が見つめているのはオルガン弾きの猿の顔で、二階の部屋の薄暗がりのなか、その骨格は緑や青、赤紫や黄に輝いていた。のど元のアスコットタイは白い毛皮だ。猿が口をあけると、燐光を発する歯のキーボードが騒々しい音楽を奏ではじめた。ミセス・クライも口をあけた。そこから出た音が思い起こさせたのは

XXIX

壊れたタイプライターの憤怒に満ちたカタカタという音だった。

スティーヴィはさんざん手探りしてやっと目覚まし付きラジオのプラスチックのスイッチを見つけ、アラーム音を消した。いつもは金曜や土曜の夜に目覚ましをセットすることはないのだが、少しでも眠ろうとバスルームで睡眠薬を飲んで寝室にもどったときに、ついセットしてしまったらしい。平日の習慣が無意識のうちに週末にも出てしまったのだ。いまは真に迫った苛烈な夢で疲れ果てて、すっかり目が覚めている。

いくつかたてつづけに夢を見たわね。しっかり事実を見極めようとふりかえりながら、スティーヴィは思った。最後の夢は目覚ましの音で中断された。それはひどく耳障りなブンブンいう音で、エクセルライターのケーブルが切れたときの音みたいだった。悪い夢の連鎖を断ち切る目覚めの悪夢。もう朝よ、スティーヴィ、静かな日曜日の朝。

どんな夢を見たの？

じつをいえば、悪夢のことは覚えていた。その夜、もっと早い時間に見たテディを誘惑する夢も覚えている。ちがいは、あとで見たほうの悪夢の内容を目覚めているときの現実と混同することはありえないということ。これは気強い事実だ。テッドはたしかにバークレイの墓地で眠っているし、シートン・ベネックは実際には人間になりすましたカプチンではない。彼女――スティーヴィ――はレディスミスの超現代的な癌クリニックで一夜をすごしてはいない。自分の大きなベッドで断続的に夢を見ていただけだ。

そろそろ起きて、エクセルライターがこの断続的な夢――動画として表現された精神の頭痛とでも名付けようか――の筋立てや情景をどんな法則で配列したのか見にいかなくては。スティーヴィは安物のごわごわのジーンズをはいてフランネルの長袖シャツを着ると、前髪をブラシで二回バシッバシッと叩き、テニスシューズをつっかけ、書斎に入っていって、悪夢を書き起こした、前の章と一言一句たがわぬものに最後まで目を通した。

「ミセス・クライ?」彼女は声に出していった。「いったいどうして、どの夢のなかでもわたしのことをミセス・クライと呼ぶの?」

マシンが答えを打ちだした。それが礼儀というものだ、ミセス・クライ。

「堅苦しすぎてへんよ。わたしは自分のことをミセス・クライだなんて思わない。夢のなかで自分をミセス・クライと呼ぶなんて、ありえないわ。とにかく堅苦しい敬称をつけるなんてことはしない。あなたは人を嘲笑って、恩着せがましく、ばかていねいないい方をしてるだけよ」

いやいや、とんでもない。失礼のないよう、かつジャーナリスト的表現を忠実に厳守した結果だ。もう少し寛容になってほしいものだな。

「あなたみたいな泥棒に、どうして寛容になれるっていうの? あなたはわたしの眠りに土足で入りこんでいる。わたしの夢を盗んでいる」

きみに夢を返しているんだぞ、スティーヴィ。こうしてきちんとタイプして、もう一度、体験できるようにしているんだ。

「すばらしいわね。亡き夫がべつの男がわたしをレイプするのに力を貸すのを、もう一度、体験できるなんて。わたしはそのレイプに込められた象徴的獣性をもう一度、経験できるわけね。そして亡き夫が離婚してくれと訴えるのも、もう一度、経験できる。それから――」

ぜんぶファイルしてしまいこんでくれ。ぜんぶ忘れてくれ。

スティーヴィは返答しようとして口をつぐんだ。彼女は声に出してしゃべっている。エクセルライターはタイプしている。彼女とマシンとのやりとりをふりかえってみると、この情報交換手順の変化は重大なものといえる。マシンは、話すことが情報交換の正当な手段だと自発的に認めたのだ。彼女がマシンに向かって「ストップ！」と叫んだとき以来、彼女が口に出していった言葉にたいしてマシンがこれほどすんなりと反応したことはなかった。ただ、この会話におけるスティーヴィのパートは、紙の上では二、三行、あるいは四行分の空白になってしまう。その空白はスティーヴィを落ち着かない気分にさせた。マシンのお情けなしには自分は存在できないような気がしたのだ。そこで彼女はつぎの返答をタイプした――


あなたがわたしにしていることを忘れるなんてありえない。忘れたくない。ただやめてほしいだけ。

あなたの望みはわたしに

支配されることだ――永遠なる完全主義者のスティーヴィは、シフトロック・キーを押して、エクセルライターがなにも打っていない空白部分にこの言葉をタイプした。が、紙上にあらわれたのはインクがついていない圧痕だけだった。エクセルライターがリボンをステンシル・セッティングに変えていたのだ。相変わらず小生意気なやつめ。最後のきめ言葉は自分でいわなくちゃ気がすまないのね。たとえそれをいわないというかたちであっても。

「日曜なのに早起きなんだね」

スティーヴィがふりむくとドアのところにテディが立っていた。すでに着替えていて、目もぱっちりあいている。スティーヴィはエクセルライターのスイッチを切って、わざとらしく胸に手をやった。この驚きをあらわすしぐさはD・W・グリフィスの時代の演技のなごりだが、彼女の心臓は掛け値なしに早鐘のように脈打っていた。

「あなたもね」彼女はどうにか返事した。「早起きじゃないの」

「けさはほんとにすごいね、ママ。一時間くらい前からタイプの音が聞こえてたよ」

スティーヴィはエクセルライターに埃よけのカバーをかけようとしたが、プラテンにセットされた長い紙がひっかかって、カバーが傾いてしまった。「いま終わったところ。ちょっとメモをつくってたの。べつにたいしたものじゃないのよ。ただのメモ」

「気を使うことないよ」テディがいった。

スティーヴィは、きっと鋭い眼差しで少年を見やった。「気を使う？　どうしてあたしが気を使わなくちゃいけないの？」

「必要ないから、ママ。気にしないで。気を使わなくちゃなんて思ってほしくないんだ。そんな必要ぜんぜんないから」

「なにをいってるの？」

テディは書斎に入ってきてドアを閉めた。「ゆうべママがしてくれたこと、感謝してるんだ。それで母親を嫌いになったり、理解できなかったり、混乱したりする子も多いと思う。でも、ぼくはちがう。ぼくはありがたいと思ってる。自分に少し自信が持てるようになったよ」

「母親に口答えするなといわれて、母親を嫌いになる子がたくさんいるってこと？」

テディははにかんだ笑みを浮かべたが、そのはにかみには、ぐるになっている仲間に向けられたようなニュアンスが感じられた。「朝から晩まで口答え。悪いのもあるし……それほど悪くないのもある。ママのお陰で、自分のことがちょっとわかったんだ」

この告白の言外の意味に唖然となって、スティーヴィはじっとテディを見つめた。怖くてなにもいえなかった。息子に言外の意味を吐露してほしくなかった。（エクセルライターがでっちあげた二人の真夜中のやりとりでは、なにが問題か打ち明けろといっていたのに。）なぜなら率直に話し合うことで、近親相姦はでっちあげだと信じられる余地がなくなってしまうかもしれないと思ったからだ。もちろんでっちあげにきまっているが、テディの話しぶりはエクセルライターが書いた胸の悪くなるような話がクライ一家の既成事実になってしまったことを前提としているように見える。でもテディがそんなことを前提に話すわけがない。いったいなにがどうなっているのだろう？

「とにかく」テディがいった。「大丈夫だから、ママ。ぼくもいろいろ自分で解決できる年になったからさ。親身になってくれてありがとう。それだけいいたかったんだ。もう二度といわないよ」

スティーヴィはいった。「いつでも好きなときにいってちょうだい。ママに生意気な口をきいたら、遠慮なしに叱ってあげるから」

「うん。了解」テディは視線をあげて、沈思するかのように小首を傾げた。「ありがとう、ママ。ほんとにありがとう」彼の吐く息が宙におぼろな羽毛のように漂っていたが、彼がドアノブに手をかけてひょいと廊下に出てしまうと、羽毛は夜明けの最初の光を受けた亡霊のように消え失せてしまった。

しかしテディの言葉は、底冷えのする午前中いっぱい、スティーヴィの胸のなかでこだましていた。

XXX

ドクター・エルザの親切心は口先だけのものではなかった。スティーヴィが家で〈アトランタ・ジャーナル・コンスティテューション〉紙のずっしり重い合併版に眉まで埋めているあいだ、テディとマレラは三ブロック先にある第一合同メソジスト教会の日曜学校に参加していた。そして教会のあとはケンジントン夫妻が二人をアラバマ・ロード経由で人里離れたスコッツデール湖のほとりにある下見板を張ったバンガローに連れていってくれた。スティーヴィは厄介な頭痛の種たち（テッドは子どもたちを愛情たっぷりにこう呼んでいた）を深く愛していたが、このひとりの時間もとてもありがたいものだった。自身、多忙な身なのに友人のために仕事だけでなく親としての義務からも解放される時間をつくってくれたドクター・エルザには、尊敬と驚きあるのみだ。最近は、こうして自治権を堪能できる至福の時間はめったにない。

火曜日からこっち、彼女の生活は七百ドルのマシンの指示――雑なものもあれば巧妙なものもあるが――を中心に回っているようなものだった。彼女がとった行動のすべて、彼女の身に起きた出来事のすべて、そしていま彼女の心を占めていることのほとんどが、エクセルライターの故障とその後の修理から派生したものだ。（「修理」と括弧つきにすべきだろう。ベネックがエクセルライターにしたことは、害意ある、周囲に大きな影響をおよぼす呪いをかけたとおなじことなのだから。）現実に、火曜日以降マレラは二度も具合が悪くなったし、テディは子どもながらに知ったふうな口をきいたと思えば男らしい性徴が出るのが遅いという痛切な悩みを真夜中に打ち明けたりで、スティーヴィの心を騒がせた――こうしたことはどこの家でも起こるきわめてありふれた問題だが、どうしても彼女とタイプライターとの厄介な関係と複雑に絡み合っているように思えてならない。事実、彼女は狡猾なエクセルライターに惑わされて、現実の出来事と完全に想像上の出来事とのあいだにはっきりした境界線を引くのがむずかしくなっている状態だ。キッチンにすわって三杯めのコーヒーをすりながら日曜の書評欄を読んでいても、パンケースくらいの大きさのマシンは彼女の気持ちをかたちづくり、感情を左右し、ふるまいを書き取っている。

あんないまいましいやつのことは考えちゃだめ、とスティーヴィは自分に忠告した。

彼女は書評に集中しようと努めた。きょうの文芸欄は――二ページすべて――真冬のホラー小説十二冊の寸評に当てられている。タイトルは以下のとおりだ――『後産』『卑しきもの地に伏し』『ドリッピング』『浮腫』『不吉な赤子たち』『ルクレチアは笑った』『ナイトスクリュー』『後光』『ピスカタウェイのパペット』『天罰』『震撼の町』そして『タイローンの怖い話』。寸評は、これらの作品をすばらしく読みごたえのある傑作と褒め称えるか、際限なく積み重ねられていく日和見主義のクズ作品の山のてっぺんに投げ捨てるべき駄作とこきおろすかのどちらかだった。

数えてみると八対四で酷評が絶賛を上回り、絶賛は、日曜に架空の墓地や存在しない幽霊屋敷をうろつく悪鬼の担当業務を放棄したいという魂胆が見え見えの死亡記事担当ライターと、救急車のあとを追いかけて事故を商売の種にするようなあくどい弁護士が書いたもの。一方、酷評のほうは各作品の行きすぎた表現や厚顔無恥な借用、文体の欠点、信じがたいキャラクター、テーマの極端な類似、口当たりのいい安っぽいスリルを俎上にのせて熱い議論を展開していた。現代のウィルキー・コリンズたち、サキたち、M・R・ジェイムズたちは何処に？

だが今週のベストセラー小説ランキングにざっと目を通すと、書評で取りあげられた小説のうち四作品がハードカバー部門でランクインしているではないか。ほかのペーパーバックの書き下ろし二作品もペーパーバック部門の二位と五位に入っている。これら六作品のなかで、書評で称賛されているのは一冊だけだ。

スティーヴィは舌の裏にコーヒーを含んで、アメリカ読書界の狭量な折衷主義と選り好みの極端さに苦々しく思いをめぐらせた。もちろん彼女が書いているのはノンフィクションだが、ベストセラー作家連が札束で築いた障壁をぶち破るような鳥肌ものの作品を世に出したいという熱意などこれっぽっちもない、地元の新聞に記事を書くだけのライターにどんなチャンスがあるというのだろう？　良かれ悪しかれ、彼女の著述家としての充実度は銀行口座の残高の上下と愕然とするほどきれいな平行線を描いている。その観点から見ると、編集者や数少ない遠い親戚のお褒めの言葉はさておき、彼女はしがない売文業者としてさえ失格というしかない。

『二つの顔を持つ女――ある女家長の省察』スティーヴィは、声に出していいながら、その言葉の響きを味わった。

けっして悪くはないタイトルだ。〝二つの顔を持つ女〟は読者の興味をそそる。そのあとは、〝女〟と〝家長〟が並んでいることで読者が眉間にしわを寄せ好奇心をつのらせることを狙ったものとはいえ、ファジーな社会学用語の領域にぴたりとはまっている。ほんとうに狙いどおりになるかもしれない。だが、もしジョージア州アトランタのブライアー・パッチ・プレス社が彼女の本を出してくれたとしても、〈アトランタ・ジャーナル・コンスティテューション〉のベストセラー・リスト、ノンフィクション部門にタイトルが出てくれれば幸運という程度のことだ。〈ニューヨーク・タイムズ〉や〈ワシントン・ポスト・ブック・ワールド〉を読んでいる都会の人間は彼女の名前など聞く由もない。大手紙書評欄のノンフィクション担当者は、アメリカ人の性的道徳観の研究書や来たるべき不況を見すえた市場投資指南書、一線から遠ざかって久しい老映画俳優の自伝、そして生態学者から、軍幹部、引退した政治家、生物科学者、クレムリノロジスト（ソ連の政治・政策研究者）、自動車産業界のトップ、サンベルトの福音主義者、序文で中産階級壊滅のために印税を全額寄付すると誓う疑似知識階級テロリストにいたる多種多様な著者の手になる終末シナリオ本を紹介するので手いっぱいなのは目に見えている。

となれば当然、人はホラー小説を読むことになる。それ以外に逃避先としてすぐにたよれるメディアはテレビだけだ――が、ときどき目玉にテレビから送信された光点が充満しているように見えるティやマレラでさえ、見て満足というものはそう多くない。お金を儲けたいなら、名を成したいなら、（学究界のカビ臭いホールや天国の光り輝く牧草地ではなく）この世で労働の成果を収穫したいなら、大衆が欲しがるものを提供するに限る。でなければ大衆があなたが提供できるものを欲しがるように仕向けるしかないが、それはとんでもなくリスクの大きい、時間のかかる一大事業だ。スティーヴィはそんな時間の余裕があると感じたことはほとんどないし、知的ポン引きの才能磨きを優先順位の上のほうに置いたこともなかった。なんてばかだったんだろう。

本の企画はどうなる？　ブライアー・パッチ・プレスは二、三カ月決定を先送りしてから、文体はいいけれど主題に〝商業的可能性〟があるかどうかは大いに疑問だという添え状をつけて送り返してくるだろう。

亡くなられたご主人が大臣だったとか、浮気の絶えない国際的セックス・シンボルだったとか、ボルネオの奥地か暗黒の地テキサスで働く医師だったとかいうのでないかぎり（と断り状には書かれていることだろう)、ＡＲＰ――米国読書界《アメリカン・リーディング・パブリック》――は現代の未亡人のいかにも南部的な苦労話になんとしても金を払いたいとは思わないでしょう。いまの大統領の政権下ではフェミニズムは時代遅れなのです。けっきょくは好き勝手ができるのは最高裁の女性裁判官とボー・デレクということなのです。『二つの顔を持つ女』はタイトルはキャッチーですが、今年の『ルーツ』や『将軍』にはなりえません。正直申し上げて、たとえ当社が出版したとしても、部数の大半はウィリー・シェークスピアの戯曲やエドガー・Ａ・ゲストの詩、ジャック・ロンドンの南海物語などの選集といっしょにディスカウント・コーナーに置かれることになるでしょう。しかも、ミセス・クライ、選集のほうが売れるのは目に見えています。

『ドリッピング』を軽蔑的にくさしたポール・ダーシー・ボールズの書評に添えられたペン書きの狼男らしきイラストを憂鬱な気分で眺めながら、スティーヴィは思った。ああ、ポジティブ・シンキングのパワーを。マンハッタンにある大手につながる水路にはクズが散乱しているだろうが、そこ相手ならまだしも、その水路からはずれた一出版社に企画書を送ってまだ二十四時間もたっていないというのに、もう編集界の難破船に乗せられてしまったような気分になっているなんて。ほんとうは、仕事の心配をしたり、ぶざまな敗退を予想したりするんじゃなくて、このひとりきりの時間を楽しむはずだったじゃないの。

「家になんかいないで、外へ出なくちゃ」

人気のないキッチンにきっぱりとした声がこだました。スティーヴィは書評のページを、いつもバンに乗せている道路地図より雑に折りたたむと、そのかさばる紙束を大きなヤナギ細工のバスケットに入れたプラスチックのゴミ箱に逆さにつっこんだ。書評といっしょに悲観論と根拠のない恐れも捨ててしまったかのように、パンパンと威勢よく手を叩く。ドクター・エルザのアドヴァイスどおり車でコロンバスに行こう。アーサー・ミラーがどこかでいっていたように、買い物は憂鬱にたいする、アメリカ人にとって定番の文化的反応だ。テレビの淡い魅力が薄れて消えてしまったときにも買い物に行くわけだし、いまは『不吉な赤子たち』だの『タイローンの怖い話』だのといったホラー小説の海から浮上して空気を吸う必要がある。

スティーヴィはヒーターのスイッチを切って、着替えをしに二階にあがった。寒いけれど、きょうもいい天気だ。ネイビーブルーのスラックスに純白の網目織りのセーター、そしてオフホワイトの七分丈のオーバー――十年前のファッションとはいえ、この組み合わせならJ・C・ペニーで身を固めた軍団のまえに出ても恥ずかしくないはず。なにをいってるの。大事なのは暖かいかどうか。最新モードなんて関係ない。コロンバスの上流社会――その集合精神に祝福を――は気づきもしないだろう。いずれにしろエレガントに髪をセットしたその手の人種の半分は、アトランタのおしゃれなショッピングモールを歩きまわっているんだし。

階段をあがりきったところで、スティーヴィは立ち止まった。エクセルライターは動いていない。よかった、よかった。

が、そう思いながらも彼女は書斎に入り、タイプライターに歩み寄って昨夜の悪夢を書き起こしたものを読み返していった。マシンとの会話で自分がしゃべった部分を頭のなかで再現しながら読み終えると、長尺の用紙をプラテンからはずし、あたらしい用紙をセットする。そしてエクセルライターの最新の作品を折り畳んでマニラ・フォルダーに入れ、ファイルキャビネットからエクセルライターがいちばん最初に書いた文学作品をおさめたフォルダーを取りだした。この二つの物語、この二つの小説は、持っていこう。なぜなのか、はっきりした理由はわからないけれど持っていくのだ。この二つはしっかりと抱えておきたかった。目に見えるところに置いておきたかった。この二つが存在することは幻覚などではなく現実なのだという、まごうかたなき証拠として。

XXXI

コロンバスに入ると、スティーヴィは二つのフォルダーを運転席のシートの下に置いて、バンを離れるたびに几帳面にドアをロックした。午後の時間は順調にすぎていった。チャイナ・スターという中華料理店で食事をして、コロンバス・スクウェア・モールの迷宮をウィンドウ・ショッピングして、ミッドタウン・ショッピング・センターのウィン・ディキシーで保存のきく食料品をしこたま買いこんだ。（チキン・ポットパイは三つでたったの十ドルだったけれど保存がきかないから、いさぎよくあきらめた。）途中、何軒か本屋もあったが、あえて入らないようにした。家には読むべき本が山ほどあるし、小説の棚で読みたい本を見かければ、自動的に十ドルから十二ドル程度の出費が生じてしまうからだ。今月は必需品以外にお金をかけている余裕はない――必需品を買うのすらおぼつかないのだから。

四時半になる頃には、疲れの元になるネガティヴ思考傾向はほぼ消え失せていた。気分は上々――幸福といってもいいくらいだった。肌を刺す二月の空気と午後の晴れやかな青空が憂鬱さを一掃してくれたのだ。歩道やモールのコンコースを歩く人はおろか、店の入り口で人にぶつかっておいてコートの襟につけた〝しかめっ面バッジ〟を見せつけるような相手にまで、にっこり微笑むことさえできた。こういう気むずかしそうな押しの強い相手には、わたしたちはみんなおなじ虐げられた低所得者層の消費者じゃないの、といってやりたい気分だった。Kマートはわたしたちの神殿、マクドナルドはわたしたちの兵站部、バート・レイノルズはわたしたちの破壊願望を叶えてくれる預言者。ハレルヤ。

その日の午後、最後にバンにもどってシートの下からマニラ・フォルダーの角がのぞいているのを目にするまでは、タイプライターにまつわるごたごたはすっかり忘れていた。フォルダーの角を見たとたんに思い出したけれど、彼女は踵でフォルダーをシートの下に押しこんでVWのギアを入れた。何であろうと、この外出をだいなしにさせるわけにはいかない。彼女は人に伝染するくらいのハイな気分でバークレイに帰るつもりだった。

自分がなにをしているのか完全には理解しきれないうちに、スティーヴィはメイコン・ロードに入って、ブラッドリー記念図書館方向、チャタフーチー川沿いの古くからある商業地域方向に向かっていた。ほんとうはこの道を通るはずではなかったのに。図書館をすぎてすぐにバンをぐいっと右にふり、ほどほどの交通量の、すみずみまで美化がいきとどいた坂道を下って、込み合う交叉点に入る。角にあるのはカクテルラウンジと花屋、そして互いにはす向かいに位置する二つの公共施設。スティーヴィが向かっているのは個人住宅とさまざまな店とが交互に立ち並ぶ並木道だった。CBS支社のスタジオもそう遠くないところにある。（いま頃はポスト・アメフト・シーズンの番組を放送しているだろう——体操の競技会とかフィギュアスケートの選手権とか。ワオ。テレビのまえにいなくてよかった。）

そのときスティーヴィは気づいた。自分はハムリン・ベネック&サンズに行こうとしているのだと。うわあ、びっくり、あなた犯罪現場にもどろうとしてるのよ。

そのとおりだった。どうしようもなかった。愚かで理不尽で、逆効果とさえいえるだろう――エクセルライターを永久に完全無欠の状態に直す望みが絶たれることになってしまうかもしれないし、町できょう一日すごした意味がなくなってしまうかもしれない。それでも、どうしようもなかった。けっきょくのところ、買い物をしても不安を一掃することはできなかった。ただ問題を地下に追いやっただけだった。そして問題は、地下にとどまっていてはくれない。地表に鼻を突きだし、間隔の狭い空疎な目で彼女を見つめている。ベネック&サンズに行ってもう一度シートンに会い、マシンを元どおりにさせることができれば、彼女の人生は元のレールにもどり、ここ数日の悪夢も朝霧のように消えていくことだろう。

彼女の足がアクセルを踏み、手がハンドルを操り、バンは裸の木々と荒廃が目立つ建物が建ち並ぶ道をバッバッと低速のエンジン音を響かせ、事務用品会社めざして進んでいった。ベネック&サンズの向かい側にあるドラッグストアの駐車場に車を入れる。どちらの店もきょうは休みだ。事務用品会社の煉瓦壁はグリーンに塗られている。スティーヴィにいわせれば〝頭痛グリーン〟とでも名づけたくなる色だった。午後のまぶしい陽射しのなか、まるで塗りたてのように蛍光グリーンに輝いている。スティーヴィは小手をかざして道路の向かい側のけばけばしい建物をじっと見つめた。

建物の外壁に、荷重の一部をキックスタンドにかけた形でもたせかけてあるのは、シートン・ベネックの黒い大型バイクだ。どうやら宿敵はなかで知らぬが仏の誰かのタイプライターをいじっているらしい。スティーヴィは建物から目を離さずに、シートの下からマニラ・フォルダーをひっぱりだした。ここはやはりつかつかと歩み寄ってドアを叩き、あの薄気味悪い若者に声をかけて、悪意に満ちた細工をした証拠をつきつけてやるべきだろう。請求された修理代は十一ドル足らずだった。パントロニクス・データ・エクイップメント社だったらさらに四十ドル以上は請求されていたはずだ。とはいえ、あの修理なるものは（いくらエクセルライターが、一応はちゃんと動いているにしても）計り知れないほどの精神的苦痛をもたらしたのだから、修理代の返金をもとめる権利は充分にある。

スティーヴィは車のドアをあけて歩道に片足をおろした。

と同時にハムリン・ベネック&サンズの一枚ガラスのドアがパッとあいて、白のつなぎにインターンが着るような上着を羽織ったシートンが姿をあらわした。右肩にはジャージーを着たあのすばしこい猿がのっている。スティーヴィはおろした足を車のなかにひっこめ、ドアをゆっくりと閉めてシートに沈みこんだ。ここに来るなんて、どうかしていた。あの男と話なんかしたくない。返金なんかしてもらわなくていい。事務用品会社のまえで無意味な対決なんかしないで、子どもたちが待っている家へ帰りたい。もちろん、タイプライターがまた正常に動くようになってくれれば、きょう一日が完璧な日になるし、彼女も喜んでそれを受け入れるつもりだ。

お願い、とスティーヴィは心のなかで祈った。どうか彼に姿を見られませんように。ここに来るつもりはなかったんです。どうか彼に姿を見られませんように。

車の窓の下のほうから、彼女はシートンのようすを窺った。彼は鍵束をいじって、背後の店の戸締りをしようと鍵を探している。寒いなか、ぼってりした指はもたつくばかりで、ありふれたビジネス機器を危険な精神画線器に変身させてしまう熟練の技の片鱗も見受けられない。一見、ボウルに入ったコーンフレークみたいに人畜無害だ。鍵が指をすり抜けてコンクリートの上に落ちた。それを拾おうと彼がかがみこむと、クレッツが肩から飛びおりて縁石沿いに走りだした。まるで追手を逃れて川を疾走するボートを、さもなければふくれあがった水死体を見失うまいと土手の上を走る人間のようだ。

スティーヴィはぐっと頭をさげた。猿に見つかってシートンに気づかれてはまずい。

そのとき事務用品会社の電話が鳴りはじめた。「嘘だろ！」とシートンがつぶやく声が聞こえた――きょうは水面を渡る砲声のように音が遠くまで届く。顔をあげると、シートンが暗い店内へ電話をとりにもどるのが見えた。「すぐもどるからな」と店内から猿に声をかけている。「逃げるなよ」一枚ガラスのドアが閉まると、クレッツは低い縁石から飛びおりて人気のない駐車場に入った。

まちがいない、とふたたびシートに沈みこみながらスティーヴィは思った――あのえげつない獣はあたしの姿を見たんだわ。誰のせいでもない、自分のせいよ。さっさと家へ帰ればよかったのよ、スティーヴンソン・クライ。こんなばかな寄り道をする必要はなかったのよ。

カプチンがなにをしているのか見ようとフォルクスワーゲンの窓の縁からのぞくと、クレッツはまっすぐに彼女を見つめていた――あの小さなしゃれこうべのような顔、インディゴブルーの渦巻のような目のない目。だからなに？　低能な猿が彼女がここにいることをシートンに教える可能性などあるだろうか？　あの修理人は外に出てきたらクレッツを呼びもどしてバイクにまたがり、轟音を響かせて、どこだか知らないけれど彼や親たちが家の近所と呼ぶリッチな雰囲気のところへと走り去るだろう。猿は通りの向かい側の車のなかにいる女を見たかもしれないけれど、半分以上隠れているその顔をきのう二階の寝室から追いだした女の怒り顔とおなじと判断できる猿などこの世にいるはずがない。それともクレッツにはわかるのだろうか？　霊長類の視力は犬や猫よりずっといいのではないかという気がしてきた。それに鼻のつくりは人間とおなじだけれど、匂いの識別能力は人間より上だ。クレッツは彼女のことがわかっていて、彼女がのぞき見していることを知らせる簡単な方法を見つけだしてしまうかもしれない。そうなったらシートンと顔を合わせることになり、これまですごしてきた午後の楽しいひとときは、食器洗いの汚れ水のようにシンクの排水口にゴボゴボと吸いこまれていってしまうにちがいない。やっちゃったわね、サマンサ・スペード（米国のＴＶシリーズ『ＦＢＩ失踪者を追え』の主人公）。

この危惧が自己を正当化しはじめた。猿が駐車場を横切って道路のほうに出てきたのだ。歩道の際の傾斜した側溝の上にちょんと腰をおろして、ちらちらと車の往来を見ている。すると国産小型車に乗った男がクレッツに向かってクラクションを鳴らした。歩道の縁石に思いもかけない不気味なものがいるのを見て困惑したからにちがいない。が、猿はそこにすわりこんだまま男に向かってキーッと鋭い叫び声をあげた。こんなことでびくつくクレッツではない。ジャーマン・シェパードならともかく、ピーピー鳴くだけの小型車などものの数ではないのだ。

どうしよう、こっちに来そう。ほんとうに道路を渡ろうとしている。どうして？　いったいなにをするつもり？

スティーヴィはくるくると窓をあげてドアをロックした。そうしているうちにもクレッツは器用にジグザグに跳びながらバンのほうに近づいてくる。またべつの車がクラクションを鳴らしたが、猿は動じるふうもなく車に轢かれる危険などどこ吹く風で、ついに道路のスティーヴィがいる側まで来てしまった。アトランタ・ファルコンズのクォーターバックでもスクランブル（パス相手が見つからないままボールを持って走ること）であそこまで距離を稼ぐのは無理だ――残念ながらバートコウスキの膝は猿には遠くおよばない。こんな浮ついたことを考えていたせいで、クレッツが自分めがけてきている、それも悪意ある目的を持って向かってきていると自覚するのが一瞬、遅れてしまった。

助手席側にどさっと倒れこんでドアをロックし、ドラッグストアの穴ぼこだらけの駐車場に目をやってぎょっとした。空っぽだ。クレッツがいない。バンのすぐそばまで来ていて見えないのかもしれない。

すでに強い不安感は漠然とした恐怖に変わっていた。セーターの下は汗ばみ、昔のアイロンみたいなずっしりとした重みが腹にしこっている。シートンの忌まわしい猿があとを追ってきている。ニフィートに数インチ足りない背丈の、プロスポーツ選手の生まれ変わりみたいな恰好をした、りっぱなテーブルマナー（吸血好みはべつとして）のクレッツはまだスティーヴィを脅かしていた。

　彼女はこのいかがわしい生き物が超人ハルク並みの身体になってバンの重いスライドドアを引きちぎってしまうのではないかと恐れていた。そうなったらなにをしでかすつもりか想像もつかないが、暴力的で、たぶん耐えがたいほど悲惨なことにちがいない。でなければ、なぜあの小さな肩に毛の生えたしゃれこうべがのっているというのか……？

　スティーヴィは這うようにして運転席と助手席のあいだから後部座席に移った。それでもクレッツの姿は見えない。スライドドアのハンドルを押し下げてロックし、大急ぎですべての窓のラッチを確認する。やはりクレッツがいる気配はない。シートンはといえば、まだ頭痛グリーンの建物から出てきていない。もしほどなくして薄暗い店内から出てきたら、猿を捜してあたりを見まわし、彼女のバンに気づくだろう。そうなったらあれこれ聞きに、騒々しい通りを渡ってこっちにやってくるにちがいない。いまとるべき最良の行動は、この古ぼけたバンに活を入れて一刻も早く町から出ることだ。スティーヴィはすぐにそうしようとあわてて前部座席にもどった。

　事務用品会社の一枚ガラスのドアの向こうにシートンの顔があらわれた。薄暗がりにぼうっと白く浮かびあがっている。なんと恐ろしいタイミングだ。どうして電話の相手はあと二分、彼を引き止めてくれなかったのだろう？　スティーヴィはまたシートに沈みこみ、横目で窓の外を見ながら待った。もう顔を合わさざるをえないと覚悟していた。どんなに深くシートに沈みこもうと、どんなに必死に見つかりませんようにと祈ろうと、見られずにすむわけがない。なにかいいわけを考えなくてはならない。といっても、なにも思いつかないのだが。なにもかもシートンが鍵を落として、あのまぬけな猿が通りを渡ってきてしまったせいだ。

とはいうものの、これは彼女が望んでいたことだった。こうなるよう念じていたといってもいい。

グリーンの建物のドアがあいてシートン・ベネックが出てきた。手には鍵を持ち、肩にはちょこんとクレッツがのっている。まちがいない、クレッツが彼の肩に！　目立つことをしてはいけないはずなのに、スティーヴィは思わず起きあがり、ぽかんと口をあけて見惚れていた。シートンも猿も、彼女を見てはいなかった。ベネック青年はドアを閉めて鍵をかけると、べったりへばりついた親友を腰のあたりに移して店先の金属製の日除けの下を大股で歩き、すぐそばに停めてあるオートバイにまたがった。そして両足のあいだにクレッツをしっかりとすわらせて大型のホンダのエンジンをかけ、二、三回ふかすと、狭い通りの車の流れにすんなりと乗って走り去っていった。スティーヴィの姿など目に入っていなかった。エクセルライターを操る悪魔のように、彼女は目に見えない存在になっていた。彼女自身も、バンも。ついいましがた、猿が通りを渡ってこっちに来たと思っていたのに、それは空想にすぎなかった。もしかしたら、彼女もバンもここにはいないのかもしれない。

「ばかげてるわ」スティーヴィは声に出していった。「見たものは見たんだし、ハムリン・ベネック&サンズの向かい側に車を停めているのは絶対にまちがいないんだから」

ハンドルを握るとひんやり冷たいし、アクセルを踏むとわずかに抵抗があるし、ドラッグストアと事務用品会社のあいだの通りを走る車には輪郭も中身もしっかりそなわっている。スティーヴィはとまどい恐れおののきながらフォルクスワーゲンのエンジンをかけ、メイコン・ロードにつながるカーヴした上り坂の道に乗り入れると、さあ、こんどこそ家に帰るのよ、と自分にいいきかせた。もう二度と脇道にそれたりしないわよ。

XXXII

スティーヴィはバークレイへもどるのに、あたらしい州間高速道ではなく、古い二車線の州道を使うことにした。州間高速道は五十マイル近くものあいだサービスエリアひとつないからだ。暗くなりはじめたら、近くに民家やガソリンスタンドや田舎の小さな店舗があるほうがいい。州間高速道は美しいけれど人気のない農業地帯のまんなかを通る交通量の少ないアウトバーンといった感じだが、くねくねと曲がりながら行く州道は薄汚れた町やら絵のように美しい町やらがつぎつぎにあらわれて、不便なこともあるけれど安全にバークレイまで帰れる。無事に目的地まで行くには松林と変化に富んだ町や村を交互に通り抜けることになるが、万が一、州道二七号線でタイヤがパンクしても、ピックアップトラックのおじさんやウィックラース郡保安パトロールが車を止めて助けてくれる。だが州間高速道では何時間も救いの手を待つか、不良どもの餌食になる危険覚悟で自分でなんとかするしかない。だからスティーヴィはカタウラからバトン・シティ、クズ・バレーを通って帰ることにしたのだ。

二月は日が暮れるのが早い。まだ五時を少しまわったばかりだというのに、左手につづく松林の針のような葉をくっきりと浮かびあがらせている太陽は見る見るうちに沈んでいく。木間からチカチカと洩れる陽光が消えゆく灯台の灯りのようだ。東の空が、麻のナプキンに水をこぼしたように灰色に変わっていく。寒さもいちだんと厳しくなってきた。スティーヴィは暖房を強めにした。その低い唸りと吹きだし口から出てくる暖気が、凝結しつつある闇が心におよぼす影響をいくぶん和らげてはくれるものの、スティーヴィはコロンバスでの出来事を思い返さずにはいられなかった。

　あのときクレッツが通りを渡るのを見たのに、そのあとシートンが店から出てきたとき、クレッツは彼の肩にのっていた。あの猿が一度に二つの場所にいるなんて、そんなことがあるはずはない。どちらかは想像の産物にちがいない。論理的に考えて、猿が二匹いることはありえない。なぜならシートンは、最初に店から出てきたときにいっしょにいた猿が見当たらなくて当惑しているといったそぶりなど微塵も見せなかったからだ。だとしたら、あの猿は幻覚だったということになる。あの猿が器用に通りを渡ったというのは、彼女の想像にすぎなかったのだ。それから数分後にシートンといっしょに店から出てきたのがほんもののクレッツだ。

「ばかげてる」とスティーヴィはいった。

　彼女はパンクするとかロッドが折れるといったメカニカルな問題が怖くて四車線の道を避けたわけではなかった。二七号線を使うことにしたのは、シートンが彼女のバンを見ていて彼女を震えあがらせようとクレッツを放ったのではないかと恐れたからだった。シートンはまずクレッツにスティーヴィに姿を見られないようにしろと指示しておいて、クレッツそっくりのぬいぐるみを肩にのせて店を出た。（マレラはほんものそっくりの動物のぬいぐるみを三つ、四つ、持っている——ありえない話ではない。）そして彼女がうろたえ、恐怖に震えながら車を出したあとで、策略が成功したうれしさにわかりやすい得意げな笑みを浮かべてペットを連れにもどってきたのにちがいない。もしそうでないとしたら、考えられるのはただひとつ、とてもありそうもないことだが、クレッツが破壊工作を企てて彼女の車の横かうしろにしがみついている可能性だ。

これはもう完全に誇大妄想といっていい。

だがスティーヴィはクレッツはいっしょに旅しているとなかば信じていた――だからこそ、荒野を行くような州間高速道ではなく、道路パトロールがすぐに駆けつけてくれるルートを選んだのだ。

カタウラを通過した。すぐにバトン・シティ。トレーラーハウスがちらほらあって、そのあいだに軽食堂が二軒、コンビニ、つぶれた煉瓦造りのモーテル、そして自動車の墓場――へこんだ金属の背骨が錆びて、枯れて葉の落ちたクズに埋もれている。

バトン・シティの北の端、道路がまたお伽話のように美しい荒野を抜ける隘路へとうねりはじめるあたりに、これまで見た覚えのない照明つきの看板があった。見た覚えがないといってもこの前コロンバスへの往復に二七号線を使ったのはクリスマスの頃だったから、もう二カ月たっているし、どんな小さな町でも、ある程度時間がたてばなにがしか驚くような変化は起きるものだ。それにこの変化は大地をゆるがすほどのものではない。薄暗い松林と裸のニレの木立のなかで、はっと目を引くという程度のことだ。

左手の、ぐるりを金網のフェンスで囲まれた、なかば木立に隠れた小さな木造家屋の正面に、その可動式の看板は立っていた。四辺を縁取る色とりどりの豆電球がちかちか点滅していて、たくさんのプラスチックの文字が型どおりに並んでいる。まだなんと書いてあるのかは読めなかったが、以前ここには粗末な木製の掲示板が出ていたことをスティーヴィは思い出した。大きな赤い手と、〝マダム・ポーリーン、手相占い〟という文字が書かれたやつだ。そこで車を止めたことはなかったが、通りすぎてからちらりとバックミラーを見ると、いつも大きな赤い手がまるでさよならしているみたいにかすかに動いていた。道路の凹凸のせいだが、ニューサウスと呼ばれる時代になっても、まだ占い師が繁盛しているのは面白いと、いつも思っていた。なかには職業別電話帳に番号をのせて宣伝している占い師もいるのだ。

　スティーヴィは、もともとあったなんの工夫もない文句に代わってどんな気の利いたことが書かれているのか見てみようとスピードをゆるめた。もしかしたら、これまで深く探ったことのない分野だけに、特集記事のネタにできるかもしれない。もしブライアー・パッチ・プレス社に出した出版企画が返送されてきたら――そうなるだろうと予想しているのだが――家族を養うためのなにかべつの材料があればありがたい。ひょっとしたら現代の手相占いをテーマにした記事が〈アトランタ・フォートナイトリー〉――最近はあつかう題材の幅広さと格安原稿料が特徴になっている隔週刊の雑誌――に売れるかもしれない。

　そんなことをとりとめもなく考えながら看板の文言を読もうとしたが、文字数が多くて横を通りすぎるだけでは読み切れず、スティーヴィは木造家屋を百ヤードほどすぎたところで車をバックさせた。読みそこなった内容をたしかめようと、ほかの車の姿も見えないことだし、二車線の道をわざわざもどったのだ。看板の裏にもおなじ文言が書いてあった。スティーヴィは路肩に駐車して身をよじり、ビックのボールペンでフォルダーに看板の文句を書きとった――

シスター・セレスティアル
女占い師／治療師
毎日（日曜も）午前7時～午後11時
専門として：恋愛――仕事――結婚
問題の解決、お手伝いします　どんな質問にもお答えします

あなたに導きの手と気づきをお届けします
料金は良心的／祝福は無料

門戸を叩け、さらば開かれん

完璧な品揃え。おまけに誤字脱字ゼロ！　**専門として**のあとのコロンの使い方は適切ではないけれど、道端の占い師の看板はだいたいが〝手相占い〟が〝手相古い〟のような誤記の宝庫だ。たいていの女占い師が正しい文字を予測するのもおぼつかないとあっては、肝心の仕事のほうもそうだろうと思わざるをえない。辞書を見ればすぐわかることなのに、こういう女たちはそもそも辞書を持っていないか、水晶玉代わりに金魚鉢を逆さにしたのをのぞきこんだり裏にしるしをつけたカードをめくったりするのに忙しくて辞書を見るひまなどないのだろう。

八行、誤字脱字なし。ワオ。

シスター・セレスティアルの下見板張りの家の窓のひとつにオレンジ色の明かりが灯っている。後光の射す木々のあいだをひと筋の煙がうねうねと踊りながら立ちのぼっていく。スティーヴィは車を路肩に停めていたが、北からやってきた反対車線の対向車がぐっとこっちへ近寄って、走行車線にはみだしているぞと警告のクラクションを鳴らした。クラクションの響きが、すぎさる機関車の警笛のようにドップラー効果で高音から低音へと移ってゆく。スティーヴィの手が震えだした。オレンジ色の明かりが灯る窓の薄っぺらいカーテンが開いて、また閉じたのだ。誰かに見られてしまった。

「クソ」うんざり顔で彼女はいった。うしろのフェンダーにしがみついているかもしれないクレッツのことをまた思い出してしまったのだ。

四、五十フィート先の金網のフェンスの向こう、木造家屋のポーチに人影があらわれた。黒っぽいストンとしたラインの服にショールをかけた堂々たる体躯。顔は見えないけれど十中八九シスター・セレスティアルにちがいない、とスティーヴィは思った。天人という意味の名のシスターは、いまは巧妙に割り当てられた脂肪過多な世俗の肉体に閉じこめられているようだ。自分の家の横に見知らぬ車が停まった、客なのか、それとも敷地に入りこんでなにかいたずらをしようと企んでいる不届き者なのか、彼女は薄闇ごしに見定めようとしているというわけだ。占い師は若い連中のへらず口にもじっと耐えなければならない。

スティーヴィは車の窓を三インチ（クレッツくらいの大きさの猿が入りこもうとしても無理な幅）下げて、大きな声でいった。「看板が見事なので見てたんです。すぐ行きますから。バークレイで子どもたちが帰りを待ってるので」

「なにか困り事がおありのようだね」ポーチに立ったままシスター・セレスティアルがいった。巨体のわりに妙に甲高い声——それに妙に音楽的だ。「困り事のない人は、わ、ざ、わ、ざ車を止めて看板を見たりはしないよ。ただ笑って通りすぎるだけだ」彼女は傲然と階段をおりて、埃っぽい庭の石畳の通路に出てきた。

「いえいえ、なにも困ってなんかいません」

「なんにも？　じゃあどうしてなにか相談されているような気がしたんだろうねえ？」

どうしてこんなことになってしまったんだろう、とスティーヴィは自問した。こんなことしなくていいはずなのに。さっきは事務用品会社に寄り道して、いまは黒人の占い師兼治療師という女としゃべっている。彼女はいわば、ぼったくり屋だ。ま、と、も、な仕事に背を向けて、いかさまで身を立てているペテン師。あたしとおなじだ……。

スティーヴィは大声でいった。「うしろのフェンダーに猿がいませんか？　屋根の上とか？」

「あんた、猿を連れてるのかい？」

「いいえ、わたしは――」

シスター・セレスティアルが笑いながらいった。「あたしがジェーン・グドール（イギリスの動物行動学者）に見えるかい？」両手をひろげた。「ここがグラント・パーク動物園に見える？」

「いいえ、まさか。車に猿がいるなんて本気で思ってたわけじゃなくて。ただ――」ただ火曜日以降、自分の身に起きたことをすべてタイプで打ちださなければ、自分のことが説明できないというだけのことだ。

「だったら、猿のことは心配しなくていいよ。ライオンのことも犀のこともね。犬だっていやしない」

「あのう、すいません、お手間をとらせちゃって。もう行きます」

シスター・セレスティアルは円形の赤い反射板がついた二列の金属製のフェンスのあいだの通路を進んできた……まるで暗い太古の海に浮かぶ島から島へと歩を進める女神のよう――反射板は彼女の足元で跳ねまわる神話世界の両生類の目だ。このおぼろな幻覚を追い払うにはこれしかないと、スティーヴィはふたたび金網のフェンスとちかちか光る看板に視線をもどした。

シスター・セレスティアルがいった。「あんたはあたしと話したかった。だから車を止めた」

「車を止めたのは看板の文句を書きとろうと思ったからです。それだけ。前はマダム・ポーリーンが住んでいたでしょ。だから、どうしたのかなと思って」

「あんたが見てるのがマダム・ポーリーンだよ。あたしは七年かそこらごとに生まれ変わるんだ。最初は女占い師ジョイで、つぎがデルフィニア・プロミス、それからマザー・ミラクル、マダム・ポーリーン、でシスター・セレスティアル。つぎは誰に生まれ変わるか、もうだいたいわかってる。そのつぎもね。この看板はいままでのなかで最高のできだ。でもつぎはネオンになりそうだし、そのつぎは道路の上で文字がぞろぞろ行進するやつになりそうなんだよ。見たいのを見て、書きとりたいのを書きとるといい」

「もう終わりました。書きとらせてもらいました」

「あたしが聞きたいのは、なんで書きとりたいのかってこと。答えとくれよ。なんで頭のいかれた占いばあさんのインチキ臭い看板なんか、書きとりたいんだい？」

「わたし、記者みたいなことをやってるんです。なにか面白い話が書けるかもしれないなと思って」

「もちろん、書けるさ。急に気が変わりでもしたのかい？」

「いえいえ。ただ……バークレイに帰らなくちゃならないんで」

「帰れるさ。もうすぐそこだもの。お入んなさい。入って話を書きとって、困り事を解消しなさいな。この前、あたしのことが記事になったのは三年以上前でね、しかもエラズリーの白人男が、あたしがそいつにスヌーク（親指を鼻にあててほかの四本の指をひろげてみせる軽蔑の動作）したってゲイツ保安官にいったたってんで、書かれちゃっただけでさ」

　スヌークという動詞が自分に向かってスヌークしているようにスティーヴィには聞こえた。シスター・セレスティアルの話しぶりははっきりしていて歯切れがよく、語尾を呑みこむことはめったにない——が、それでいておまじないのようなリズムやときおり混じる興味深い表現のせいで、スティーヴィの心のガードはゆるみがちだった。彼女は油断した隙を突かれてスヌークされるのを恐れていた。軽く会釈して車を出してしまえばいいものを、中流階級の礼儀知らずと思われたくないという意識と、欲得ずくの職業的本能とが彼女をその場に引き止めていた。シスター・セレスティアルからとんでもない話が聞けるかもしれないのだ。ジョーン・ディディオンの疲れ切ったジャーナリスティックなクールさ、あるいはトム・ウルフの熱い先進性をもって取り組める、フラナリー・オコナー的なすごい題材が引きだせるかもしれない。〈アトランタ・フォートナイトリー〉のブロック・ファイウラーならそういう記事に飛びついて、もっとジョージア南西部をうろついてネタを探してくれといいそうだ。そうなったら、アーチェリーのチャンピオンの自動車修理工とかダルシマー（米国アパラチア地方の民族楽器）をつくっているクークラックスクランの団員とか、このあたりにしかいないタイプを隅から隅まで網羅して――。

「来るんだろ？」

「ええ、それじゃあ」スティーヴィはいった。「七時をちょっとすぎてもドクター・エルザはそう怒らないでしょうから。きっとわかってくれるわ」

「わかってくれるとも」シスター・セレスティアルがいった。

スティーヴィは車のドアをあけたがすぐにはおりず、クレッツがいはしないかと左右の路肩に視線を走らせた。そして躊躇したことをごまかそうと、彼女はいった。「でも、占ってもらうつもりはありませんから。それもあって、まっすぐドアをノックしに行かなかったんです」

「そんなこと、たいした理由になりゃしないよ」と黒人女はいった。「看板の下から二行めに、なんて書いてある？」

「料金は良心的。祝福は無料」

「そのとおり。わかっただろ。さあ、寒いんだからなかに入って、我がおんぼろ館の椅子におすわんなさい」

スティーヴィがバンからおりかけると、シスター・セレスティアルがいった。

「そのボックス・カーは道路から完全にはずしといたほうがいいよ。でなけりゃ、相当の保険をかけとくかだ」

　そこでスティーヴィはＶＷのバンを傾斜のついた路肩からおろして、シスター・セレスティアルの客のほとんどが停めていると思われる狭いスペースに移した。シスター・セレスティアルは家に入っていった。スティーヴィは車からおりて彼女のあとにつづく前に、マニラ・フォルダーのなかを改めて、悪夢を書き起こしたものが入っているのを確認した。これを持って、門を抜け、石畳の通路を通り、陽気な意気揚々たる女占い師から話を聞くという予期せぬ会見の場へと向かうのだ。

XXXIII

　こぢんまりとした居心地のいい家だった。ドアをあけて目に入ってきた部屋は、シスターの娯楽と仕事用のスペースというだけでなく、彼女の子どもたちの美しさと業績を称える神殿の役割も果たしているようだった。片隅には日曜の外出用に着飾った四、五人の若い子たちが写った額入りの写真や大学の角帽、軍服などが宗教的偶像のように吊り下げられている。ふっくらとしたペイズリー織りのソファとアップライト・ピアノが部屋をより小さな〝部屋〟に分けていて、スティーヴィはシスター・セレスティアルがその空間を記憶や運命や意思に導かれて気の向くままにふわふわと漂っているさまを空想した。ピアノの隙っ歯の笑顔にさえぎられてその奥のようすは見えないので、スティーヴィは立ち止まって薄汚れたアイボリーの鍵盤を見つめた。

　シスター・セレスティアルはピアノの奥の狭い空間にいた。ピアノの上に並んだ赤い陶器の鉢に入ったシダの向こうから、彼女がいった。「この子の演奏、聞きたいだろ？　ひとりでポロポロ弾くんだよ」

「ええ？」スティーヴィは目を丸くした。

「ドアを閉めて入っておいで。これ、自動ピアノなんだよ。ピアノ・ロールで演奏するんだ。ときどきロールをセットして、ゆったりすわって、W・C・ハンディとかレッドベリーでブルースに飢えた心を満たすのさ。自分じゃ童謡ひとつ弾けないんでね。あんた、自動のジャスでも聞くかい？」彼女はジャズではなくジャスといった。スティーヴィは、シスターはピアノのロールで演奏する能力と自分のステレオタイプな音楽の好みの両方をネタにして彼女をからかったのだという印象を持った。

「べつにピアノを聞きに来たわけじゃありませんから」

「そりゃそうだろう。あんたは面白い話が見つからなくて困ってる。その問題を解決するために、ここに来た。だったら、さあさあ。こっちへ来て、なにかできるかやってみようじゃないか」

シスター・セレスティアルのきちんと整えた鉄灰色の巻き毛の頭が、ふわふわした羽毛のような緑色のシダの向こうに消えた。スティーヴィがピアノの縁をまわると、シスターはワニス仕上げのオーク材の椅子に腰をおろしていた。まえにあるトランプ用テーブルはぐらついているうえに表面のビニールが何カ所か破れてマスキングテープが貼ってある。ビニール自体はヴァレンタインのキャンディを溶かしてシートにしたみたいに、真っ赤でべとついている。女占い師の右側には壁に押しつけられたかたちでタイプライター台が置かれ、その上にはうやうやしく年代もののレミントンがのっている。六、七十年前のもののようだ。出版社にタイプ打ち原稿を提出したのはマーク・トウェインが最初だというが、そのとき使われたのもこれと似たようなモデルだったのではないか、とスティーヴィは推測した。マークじいさん、ほんとうにとんでもないことをしてくれたものね。いまやワープロの出現でタイプライターは過去のものになろうとしているけれど、スティーヴィが見たところこの骨董品はいまも使われているようだった。彼女はピアノを見たときとおなじように、ぽかんと口をあけてこのタイプライターに見惚れた。

「タイピングするんですか？」と彼女はたずねた。

「指二本で小走りペースだけどね。さあ、そこの折り畳み椅子にすわって。二人であんたの満足度を計って、九十八・六までもどすよう努力してみようじゃないか」

スティーヴィはすわらなかった。「あなたのところへ来る人たちって、ちょっといかれた人たちなんですか？」スティーヴィは、このかさばるレミントン——誰もが認めるタイプライターの理想形——はシートン・ベネックの肩からとびおりた猿とおなじ幻覚なのではないかと疑っていた。ひょっとしたらタイプライターなんか見えていないのかもしれない。また心があたしを欺いているのかもしれない。

「いかれてるわけじゃないよ、たいていは。熱が出てるのもいれば、凍えてるのもいる。あんたは凍えてる口だね。骨の髄まで凍えてる。息をするたびに骨髄のなかの氷の音が聞こえるよ」

「どうしてタイプライターを持ってるんです？」

「それはエマニュエル・ベルトローのものだったんだよ。レディスミスのベルトロー製作所の初代の社長だ。あたしの父親はその運転手をしててね、一九三六年にエマニュエルが亡くなったときに形見分けでもらったんだ。で、父親が亡くなったときにあたしが引き継いだんだよ」

「わたしが訊きたかったのは、なにに使うのかってことで。仕事用ですか？」

「手紙を書くとか以外にってことかい？　そうだねえ、あたしはファイルをつくってるんだ。話した相手はひとり残らず事例を記録してるんだよ。できるだけ詳しく。熱病の連中のなかにはＩＲＳのおとりもいるからね」

「ＩＲＳ？」

シスター・セレスティアルはにっこりと笑った。澄んだ茶色い目の横にカラスの足跡ができている。

「国税庁さ。こんな戯れ歌をつくったんだ——

I R Ass,（あたしはバカ）
U R Ass,（あんたもバカ）
If Us Do Sass The I-R-Ass.（ＩＲＳのバカに口答えするならね）

だからファイルをつくってるんだよ。ファイルがあると、きちっとしてて公式なことをしてる感じになる。タイプライターできれいにつくってあれば、当然、信用できる感じだし。この古めかしいバッテリーボックス、きれいに打てるんだよ。さあ、すわって、でないと、ほら、話も聞けないだろ？」

スティーヴィは椅子に腰をおろし、ぐらつくテーブルに悪夢の記録が入ったフォルダーを置いた。だが聞くのは彼女のほうで、シスター・セレスティアルが彼女の話を聞くわけではない。ここに立ち寄ったのはあくまでも記事用の題材を得るためで、そうでなかったら、この居心地のいい暖かい家で、ドクター・エルザを思わせる、人の気持ちを落ち着かせてくれる皮肉な物言いの黒人女性と赤いつやつやしたビニールのひろがりをはさんで向かい合っている説明がつかない。だったらなぜ、悪夢の記録を持ってきたのだろう？　聞いてもらうためだろうか？　たぶん、そうなのだろう。だが、この記録に書かれている、彼女にとり憑いた妄想と縁を切れるか、それともそこに示唆されているより邪悪な意味合いに気づかされて精も根も尽き果ててしまうか、それはやってみなければわからない。

シスター・セレスティアルはレミントンにタイプ用紙をくるくるとセットして、キーボードの上に左右の人差し指をかざした。「名前は？」

「あなたのほうでお客さんのことを話してくれるものだと思ってました。客のほうからいわなくちゃならないとは思ってなかったわ」

「メアリー、スティーヴン、ソン、クライ」シスター・セレスティアルはそういいながら彼女のフルネームを二本の指で打ちだしていった。「年は？」

「どうして知ってるんです？」

「三十、五、住所は？」

「ちょっと待って、シスター。わたしは――」

「三一八二〇、ジョージア州、バークレイ、私書箱六〇九。職業は？」

「シスター・セレスティアル、ちょっと――」

「物書き」シスターは慈悲深くタイピングの手を止めて顔をあげた。「まあ、最後のやつは簡単さ。あんた自分でそういっただろ？　ほかのは……ほかのはいろいろと知る手立てがあってね。そこんところはあたしもＩＲＳのバカと似たようなもんだ」

「わたしの声に出ていたという困り事のことも知ってるんですか？」とスティーヴィはたずねた。「わたしがどうしていわれるままになかに入ったのか、ほんとうの理由を知ってるの？」

「そうだろうと思うよ。でも、あんたがしゃべる前にあたしが小走りペースで紙に打ち出さなくてすむんなら、そのほうがどっちにとってもいいんだ。しゃべるってことも答えの一部だからね。あたしじゃなくて、あんたがしゃべるってことが」

「アトランタのやり手の精神科医《シュリンク》なら、いまのささやかな分析だけでも五十ドルは請求するでしょうね」過去を思い返しながら、スティーヴィはいった。

「あたしはそこまで高いことはいわないよ、ミズ・クライ。それにあたしは縮んだり《シュリンク》しない。ふくらんじゃう。あたしはドアをあけて、ひだをひろげて、縁縫いをほどくんだ。あんたもここを出る頃には、ゆったりした気分になってるよ」

「そうでなかったら、お金を返してくれるんですか？」

「一ペニー残らず。それにあたしの人を見る目が正しければ、ゲイツ保安官がやってきて、あんたのためにお金を回収するだろうさ。クリスマス以来、この商売をやめさせるチャンスを待ってるんだから。あのあたらしい看板が気に入らないみたいでね」シスターはタイピングに使っている指の先を鼻の下でひらひらとふってみせた。「あいつの看板は古いんだ。魚類だね、あれは。永遠の昔から、永遠の未来まで匂いっぱなし」

　シスターの才気ある権威のけなし方――さっきはＩＲＳでこんどは郡保安官――に、スティーヴィは肩の力が抜けるのを感じた。もしかしたらシートン・ベネックといっしょで、シスター・セレスティアルも〈コロンバス・レジャー〉を愛読しているのかもしれない。もしそうなら、過去十四、五カ月のスティーヴィの特集記事に注目していれば、手相見が彼女の身元を知る手がかりになったことだろう。年齢当てにかんしては、カーニバルの大道商人はいつもそんなことをやっているし、スティーヴィ自身、どこに住んでいて、どうして急いで帰らなくてはならないかシスターに正直に話している。洗礼名や私書箱の番号まで知っていたのはたしかに心穏やかではないが、こうした小さな謎はエクセルライターが制御不能の生命を獲得してしまったことに比べればさほど切迫した問題でもなければ驚くべきことでもない。それにエクセルライターは邪悪な知性となにやら得体の知れない悪しき運命の前触れの流出口になってしまったけれど、シスター・セレスティアルは脅威とは正反対のものの象徴のように思える――光とか希望とか温もり、そして人間性の象徴のように。とにかくスティーヴィはシスターをそういうふうに見たいと思い、その思いを行動に移したのだった。

「三十分でおいくらなんですか？」

「いいから、あたしにまかせなさい、ミズ・クライ。こんど来たときに払ってもらうよ。きょうは無料。あんたとはまた会える気がするんでね」
「どうして？」
「理由なんかどうでもいいんだ。どんなに鋭い心の目の持ち主だって、あしたが極上の一日になるかどうかなんてわかりゃしない。なんとなくそういう気がするってだけのことさ」

なんて面白い手相見‐占い師‐治療師！　手を見せろともいわなかったし、水晶玉をテーブルの上に出しもしなかった。カードも並べなければスティーヴィの頭をさわって骨相を見るでもなく、市販のティーバッグを破いてウーロン茶の茎だのペコーの磁石だので砕けた茶葉を選り分けようとしたりもしなかった。ただ年代ものの麗しいレミントンの上に指を浮かせたまま客のほうに顔を半分向けて、指が断続的にキーボードを叩くあいだもじっと耳を傾けていただけだ。スティーヴィは女の仕事熱心な秘書のような物腰や二本指の素早くて几帳面な動きぶりに驚きを禁じえなかった。まったく予想外のことだったが、不思議と心が落ち着いた――うれしい気分になったといってもいい。自分の困り事はけっしてささいなことではない――気がかりな話題という程度の扱いで、世界で起きているさまざまな災難に圧倒され、かき消されてしまうことはないのだ。ここでは。

スティーヴィはマニラ・フォルダーに両手を置いたまま話した。あえてその中身には触れず、代わりに一家の稼ぎ手で父親代わりも務めているけれど立ち位置が不安定だと打ち明けた。挫折の連続だし、自信が持てないし、試練の日々だと。これは出版企画のための素材だが、ここでは文学的修飾は無用だし欠点を補うために計算ずくでユーモアにたよる必要もないし、根底にある金銭的動機とも無縁だ。これはなんの飾りもない叫びであり、それを受けてシスター・セレスティアルのタイプライターはカタカタと鳴り響き、その音のあいまの時間は疑惑と皮肉に満ちた自己非難の哀調を帯びた音楽が鳴り響いていた。夫の死、二人の子どもの養育、けっしてずば抜けているとはいえない才能、その才能と見合わない大望、褒め言葉にさえ傷ついてしまうもろい自我、そしていまは女のなかの男らしさというがちがちの概念の溶岩ドームでふたをされている火山性の気質。これこそが、シスター・セレスティアルが彼女の声から聞きとったという困り事の正体。これこそがこの二年近く、ときおりぐんと高まる自意識過剰の克己心で耐えてきた困り事の数々だ。おそらくそれがはっきりそうとわかるほどの声の抑揚になり、根深く憂鬱そうな声音となってあらわれ、女占い師はつねに消えることのない痛みを聞きとったのだろう。どれほど容赦なく波音が轟いていようと腹をすかせたカモメの鳴き声が聞こえるように、スティーヴィのもどかしさ、苛立たしさの奥に痛みを聞きとったのにちがいない。こうして悩みを詳しく話すうちに、スティーヴィはすっかり疲れ切ってしまった。どこで終わらせようかと思案しはじめる頃には手の甲に涙の粒が落ち、マニラ・フォルダーにしみができていた。純粋な自己憐憫の情がどっと湧きあがってきたのだ。〃あたしのために涙が川になるほど泣いてよ《クライ・ミー・ア・リバー》、あたしはあなたを思って涙が川になるほど泣いたんだから《アイ・クライド・オーバー・ユー》〃的な、悲しい屈辱的なほどの感情の爆発。まいったわね、スティーヴィ、まいったわ……。

「まだぜんぶ吐きだしてないね」黒人女がいった。

「もう充分でしょ？」スティーヴィはカーコート（七分丈のコート）の袖で涙をぬぐった。

「ぜんぜんだよ、ミズ・クライ・ベイビー。まるでなんにも」シスター・セレスティアルはいつのまにか身体をまわしてレミントンからスティーヴィのほうへと向き直っていた。厳しい否定の言葉はさておき、その顔には冷静な憐憫の情がきらりと光っている。彼女はあごで小さな部屋の奥を指した。

「あそこにギャラリーがあるだろう？」

「あの聖堂ですか？」スティーヴィはそういって肩ごしにふりかえった。

シスターはくすくすと皮肉まじりの笑いを洩らした。「呼び方はなんでもいいけどさ。あれ、あたしのベイビーたちなんだよ。男の子二人、女の子三人、みんなおむつから晴着を着る日まで一歩一歩、育っていった。かなりのあいだ片親でね。女占い師のジョイは問題を解決する方程式を見つけだしたんだよ、ミズ・クライ。で、彼女と子どもたちはとーーーーんでもなく辛い日々をすごした。マザー・ミラクルは子どもたちのうち二人をコロンバス大学に入れた。あとひとりもサスカチェワンにとんずらしなきゃあ、大学に入れるところまでいってた」

「あなたにできたんだから、わたしにもできるっていうんですか？」

「そうはいかないだろうね。あたしのまねをするのは相当たいへんだ。あたしのほうが乗り越えなきゃいけない山がでかかったからね。うちの亭主は死んでなかったし。五番目の子がおなかにいるときに逃げやがったんだ。お父《とう》は早くに死んじゃったし、お母《かあ》は車つくってる男と出ていっちゃった。あたしが二十二のときだった。女占い師ジョイと名のったのは、楽しいことを予言したかったからさ。みんなだって楽しい予言を聞きたがる。たとえそれがかなり望み薄のことでも、真っ赤な嘘でもね。ジョイ《よろこび》がプロミス《やくそく》を生み、プロミスがミラクル《きせき》を生み、ミラクルがポーリーン（聖パウロ由来の名）を生み、ポーリーンがこの天人《セレスティアル》を生んだ。これぞアメリカ式、誰にでもチャンスがある国のやり方だ。ロナルド・レーガンがあたしのとおなじようなチャンスをあんたにも与えようと頑張ってるから、あんたにもできるかもしれないね。可能性はある」

「励ましていただいてありがとうございます」

「励ましなんていった覚えはないよ、あんたを励ましてなんかいない。そう思ったんだとしたら、あんた、自分で思ってるより重症だね」彼女はまたくるりとタイプライターに向き直った。「まだぜんぶしゃべってないよ」

　スティーヴィはポケットからティシュを出して涙をふき、鼻をすすった。それをねじってふにゃふにゃのコルク抜きにする。シスター・セレスティアルのところへは話を聞きにきたつもりだったのに、どういうわけか話を聞かれている。この見知らぬ相手――いや、もう見知らぬ相手ではなく、聴罪司祭、秘密を打ち明けられる親友――に、ありえない出来事がつぎつぎに起きていること、そのせいで人生がこのクリネックスのようにねじれてしまっていることを話していいものだろうか？　スティーヴィはねじれたクリネックスをコートのポケットの奥深くにつっこんで、シスターを見つめた。

「本名はなんていうんです？　あなたはわたしの名前を知ってる。あなたの名前は？」

「ベティ・マルボーン」シスター・セレスティアルは即答した。「どうして？」

「あなたが実在の人間で、わたしの心がつくりだしたものじゃないってことを知る必要があるから」

「自分をつねってごらん、スティーヴィ。そう呼ばせてもらっていいかい？　自分をつねったら、こんどはあたしをつねってごらん」ベティ・マルボーンは赤いビニールの向こうから腕を差しだした。

　スティーヴィはまず自分の左脇腹をつねった。無用な試みだ。死すべき運命の肉体をつねったりつついたりねじったりしなくとも、彼女は痛みを感じている。その痛みは雲のようにまとまりなく漫然とひろがっている。自分は取るに足りない存在だという、なんとはなしにつきまとって離れない意識の上に雲のように横たわっている。われ痛む、ゆえにわれあり。われ思う、ゆえにわれあり的なことだが、これは考えるという行為とはなんの関係もない。痛みは、はじめの一歩を踏みだしてから倒れて最期を迎えるまで、すべてにかかわってくる。たとえ痛みを誇張して表現していたとしても――それはシスターはじめ無数の人びとが味わってきた痛みとはなんの関係もないのだが――こと痛みにかんしては、スティーヴィなどけちな小者というしかない。絶え間なく不幸に見舞われつづける聖人たちこそが、選ばれし者なのだから――かれらに神の祝福を。

「そうそう。さあ、こんどはあたしをつねって」

スティーヴィは二本の指でベティ・マルボーンの手首の肉をつまみ、クリネックスとおなじようにねじった。

「まいった!」ミズ・マルボーンが叫んだ。「まいった!」スティーヴィは手をはなした。「これではっきりわかっただろ? それともあたしが痛くもないのに痛いふりをしてると思ってるのかい? あたしにとって、あたしはリアルな存在だ。あんたにとってあんたがリアルな存在なのとおなじようにね。もしかしたら、あたしのほうがリアル度が高いかもしれないね」

「そうね。それが怖いんです。ときどき、夜、ベッドに入ってもまだ起きているときとか、うとうとしかけたときとかに、自分が消えてしまいそうな気がすることがあって」

「ああ、わかるよ。夢を見てるんだ」

「夢だけじゃないんです。だんだんぼんやりとしていくの。消えていくの。意識が盗まれて、誰かに利用されているんです。でも、この一週間は、とうていありえないことが起きて、その感覚がよけいに強くなって。ドクター・エルザは、親友なんですけど、信じてくれなかった。わたしは信じているけど、それも自分が狂っているか、なにか誇大妄想狂的な力にとらわれているか、どちらかだと思いたくない一心からだという気もしていて」

「話してごらん」

シスターの温かい声と巨体とに励まされて、スティーヴィは話しはじめた。まずはパントロニクス・データ・エクイップメント社の価格設定をめぐる厳しい交渉、コロンバスにあるハムリン・ベネック&サンズに出向いたこと、そして最後にそれ以降のタイプライターのふるまい、と話していったのだが、最後のところは長いばかりで、まるでまとまりがつかなかった。細大洩らさず話そうとしたのに、自分で考えてもとっちらかっていたし、突拍子もないし、先へ飛んだり、あとへもどったりの連続だし、シスターの心の琴線をアルペジオでかき鳴らしつづける話しぶりだった。テディとマレラのことも話した。シートン・ベネックとクレッツのことも。そしてもちろん三十九歳で癌で亡くなったテッドのことも。最後に、スティーヴィはフォルダーをあけてファイルを取りだし、悪夢を書き起こした長い紙を女占い師に差しだした。

「わたしが見た夢です」と彼女はいった。「でも書いたのはエクセルライターなんです。ぜんぶテッドがらみのことです。三つめの夢で、彼は自分が死んだのは、わたしが自分の能力を充分に発揮できるようにするためだったといってるんです――まるで自分が死ぬことで彼の人生という独裁国家からわたしが解放されるみたいないい方なんです。でも、彼は独裁者なんかじゃなかった。わたしにとってはぜんぜん筋が通らない話なんです、シスター。ぜんぜん筋が通らない！」涙がこみあげてきそうだった。こんどのは怒りの涙だ。

「読んでいいのかい？」スティーヴィがくちびるをきっと結んでうなずくと、黒人女は診察台用の紙を半分に切ったものをひろげてタイプライター台から拡大鏡を取りあげ、一行一行読み進めていった。眉間にしわを寄せてゆっくり根気よく読んでいた彼女が、ある箇所に来たところで用紙を人差し指でぽんぽんと叩いて、にっこり微笑んだ。「資格を持った腸卜官」と彼女は読みあげた。「絡み具合を読むやつだね。この占いはあたしはやらない。いまでもときどきブタだのニワトリだのの内蔵をいじりまわしてくれっていわれることがあるけど、デルフィニアの時代に引きうけてやったきりで、いまはやってない。あのドロドロと匂いが似合うのはうすのろだけだ。いっとくけど、うすのろって仇名の鳥がいるんだからね」彼女はふたたび眉間にしわを寄せ、高い調子でぶつぶつつぶやきながら読み進めていった。『ほかに女がいるんだ』ふうーーーん、そうかい。ほかに女がいるっていったんだ」彼女は考え深げに口をつぐんだままその悪夢を最後まで読み、つぎの悪夢もほぼ読み終えた。「彼は、あんたが才能を発揮できるように死ぬんだというのは嘘だっていってる。でも心からの嘘なんだね。真情あふれる嘘。すてきだねえ。心からの嘘ってやつは甘い。ぱっくり割れた頭の傷にシロップを注ぐみたいなもんだ」

「生前はわたしに嘘をついたことなんかなかったんです」

「あんた、この話、信じてないのかい?」

「だって夢なんですよ、シスター――うちのろくでもない嘘つきエクセルライターがわたしの頭から盗んだ夢。どうしてそれを信じなくちゃいけないんです?」

「タイプライターから出てきたから信じないっていうのかい?」

「そのとおりですよ。あのマシンが紙に打ち出したことなんか、なにひとつ信じられないわ。マレラを生きた骸骨にしちゃったんだもの。わたしには息子を誘惑させるし」

「でも、タイプライターはあんたが夢で見てることをタイプしてるだけなんじゃないのかい?」

「と思うけど。よくわからないわ。エクセルライターが打ち出したものを、わたしが夢で見ているのかもしれない。どっちとも考えられるんです」

「問題はね、ミズ・クライ――スティーヴィ――夢がどこから出てきたかってことと、そのあんたじゃない夢を見ている存在が嘘をついているのか、それともなにかヒントを与えようとしてるのかってことだ。その答えがわかれば解決法が見えてくる、試練を切り抜けて、一件落着ってことになる道筋がつくと思うよ。とにかく夢を分析すること、それに尽きる」

「意味を解釈するってことですか?」

「あんたの困り事はぜんぶその悪夢のなかにある。ご亭主はなんであんなかたちであんたを見捨てたのか、そもそもの理由はなんなのか、つぎはなにが起きるのか? この悪夢、置いて帰ってくれないかい？　あたしが分析するから」

「どのくらいのあいだ？　料金は？」

「料金は気にしなくていい」シスターはくるりと身体をまわしてスティーヴィの住所の下に一行打ちこんだ。「あんたの電話番号だ。夢判断の結果がどう出たか、一日二日のうちに電話するから。たぶん火曜日までにはきっちり片付いて、あんたの〝どんでもなく頭に来る〟マシンはこのリウマチ持ちのレミントンみたいに素直になってると思うよ」

「夢判断？」

「夢占いのことだよ、スティーヴィ。腸卜はだめだけど、手相は得意、ホロスコープも星占いも夢判断も水探知もお手のもの、あと、くじ占いも何種類かできる。自動書記も使うし、テレタイプ占いはその分野のパイオニアになりたいと思ってる。あんたはほんとうに魅力的な人だよ、スティーヴィ、だから無料でやらせてもらう。茶葉と金魚鉢と魚のはらわたはあたしのスタイルじゃないけど、夢タイプ占いをちょっとかじらせてくれるんなら――」ベティ・マルボーンはにっこりと笑った――「あんたに料金を払いたいくらいだ」

　彼女は用紙を巻きあげて二本指で四、五行、スティーヴィの事例について個人的なコメントを打ちこんでいった。「いっとくけどねえ、あたしは本気であんたのことを心配してるんだよ」

「ありがとうございます」スティーヴィはいった。「その記録はお預けします」

　シスター・セレスティアルはくるりとスティーヴィのほうを向くと、大きな手をテーブルに置いた。

「あたしの記事を書くのはやめておくれ、いいね？　七九年以来、新聞にのってないとはいえ、宣伝はあのあたらしい看板だけで充分なんだ。いまだって、アホどもにはうんざりなんだから。クラクション・ブーブー野郎だの、トイレットペーパー野郎だの。みんな生意気なクズ連中だ」

「書きませんよ。なにかほかのにします。わたしは仕事をしなくちゃならないのにまだなんの企画も浮かんでなくて——でも、なにか考えつくと思うわ」

「そうとも」

「気が狂いそうになるの——ほんとに気が狂いそう——なにか思いつくまではね。でも、考えてみます。ブラウン社のジョージア観光ガイドブック用の旅行ネタとか」

シスターは彼女のほうを向いてあまり自信のなさそうな計画にうなずいているというのに、突然、レミントンがひとりでにタイプしはじめた。カタカタと一行打ちだすと自分でキャリッジ・リターンの操作をし、そのプロセスをさらに三回くりかえしてふたたび沈黙した。スティーヴィと女占い師は、キーが上下しタイプバーが列からひょいひょいと出たり入ったりするのを信じられない思いで茫然と見つめていた。カタカタという音が止むと、二人の女は顔を見合わせた。

「あなたがやったのよね、そうでしょ？」とスティーヴィはたずねた。

「あのねえ、あたしはあんたとおんなじように、ここにすわってるんだよ。このマシンは気のいいやつだけど、動かすにはちょっとはさわってやらなくちゃならないさ。なんにだってはじめてってことはあるけど、まさかタイプライターが勝手に動くのを目撃することになるとは思わなかった」

それとわからぬほどのかすかな震えがしだいに速く小刻みな震えになっていくのを感じながら、スティーヴィは立ちあがった。「なんて書いてあるんです？」

シスターはシリンダーから用紙をはずしてテーブルごしに差しだした。

「いいえ、いりません。読んでください」

シスター・セレスティアルはレミントンが書いた詩を読みあげた——

〝てんとうむし、てんとうむし、
お家へお帰り。
お家が火事だよ、
子どもたちが焼け死ぬぞ。〟

「やだ」スティーヴィはいった。「エクセルライターだわ。エクセルライターがあなたのマシンを通してしゃべってるのよ。あたし、帰らなくちゃ」彼女はカーコートをしっかりと腰に巻きつけ、ピアノの向こうへまわりこもうとして肩をぶつけてしまった。「もしテディとマレラになにかあったら、あたし死ぬわ」肩をつかんでピアノから跳ねかえり、ドアのほうへ向かう。「これ、いいかげんな脅しじゃないんです、シスター。あたし本気です。神さま、あたし、またあの子たちの期待に背いてしまいました。あたし……あたし死にます」

シュミーズドレス姿のシスター・セレスティアルは、顔色ひとつ変えずにピアノの横に立った。「あんたの子どもたちは友だちが面倒を見てるんだよ、スティーヴィ。二人とも無事さ。問題のマシンが、あんたをかついでるんだよ」

「あたしの家が火事なのよ、シスター。あたしの子どもたちが焼け死んじゃうの」スティーヴィは内側の防風ドアをぐいっとあけ、外側の松材の鏡板をはめこんだドアを押して寒い戸外に出た。二七号線の脇に立つシスターの看板が投げる色とりどりの光が、黒光りするアスファルトの上でちらちら瞬いている。「聞いていただいてありがとうございました。これで失礼します。あたしの子どもたち——あたしの可愛い子どもたちのことなんですもの」

スティーヴィはよろめきながらポーチからおり、埋め込まれた踏み石を伝ってバンを停めてある当座しのぎの駐車場に向かった。

「運転、気をつけるんだよ」うしろからシスターが声をかけた。「運転、気をつけてね、電話するから！　電話するからね！」

XXXIV

ドラッグストアに押し入って全速で逃走するティーンエイジャーさながら、スティーヴィは車を急発進させた。砂利のスロープにバンをぶちあてるようにして幹線道路にもどり、バトン・シティの北の暗い道を驀進する。ヒーターがウィーンと抗議の声をあげている。心臓がシスターの看板のカラフルな豆電球とシンクロしてチカチカと点滅する。じつをいえば、バンが左へ急カーヴを切ってバックミラーにうつる看板が真っ黒い葉叢のカーテンで覆い隠されてしまうまで、バークレイの手前のしけた町クズ・バレーまでの五キロの道のりを生きて走り抜けることができないのではないかという気がしていた。そしていざ漆黒の荒野に入りこむと、こんどは不安と二人連れになってしまった。

てんとうむし、てんとうむし、お家へお帰り。お家が火事だよ、子どもたちが焼け死ぬぞ。

てんとうむし《レディバグ》はあたしのことだ。レミントンがエクセルライターの不穏なメッセージを伝える前、あたしはなんといっていたんだっけ？「気が狂い《バギー》そうになるの——ほんとに気が狂い《バギー》そう」バギーとバグをひっかけたんだわ、まちがいない。とにかく、あたしがそういったからエクセルライター——たわごと《トライブ》とライター、精神筆記者、悪魔のマシン——はその言葉にひっかけてあたしをパニックに陥らせようとした、すでに重くのしかかっていた恐怖にもうひとつ残酷な恐怖をのっけて、あたしを押し潰そうとしたんだわ。十四マイル離れていてもあの現代の拷問道具はスティーヴィのそばにいて、スティーヴィにはそいつが彼女のドクンドクンという血流の一音一音のなかに**お家が火事だよ子どもたちが焼け死ぬぞ、お家が火事だよ子どもたちが焼け死ぬぞ**と打ちこむ音が聞こえていた。亡き夫の一族が代々住んでいた家が二月の夜空を背景に炎に包まれている光景が見えるような気がした。白熱に輝く天使の翼が星々に向かって小刻みに波打ち、切妻が崩れ落ち、手すりの小柱が台所用マッチのように黒焦げになっていく。その青と朱の地獄のなか、小さな人影がもだえ苦しんでいる、火のついたマッチ棒のような子どもたちの人影が……。

あの子たちはドクター・エルザといっしょにいるのよ、スティーヴィ。クライ家ではなく、ケンジントン家の湖畔のバンガローにいる。

いるはず……。

クズ・バレーは寂れ果てている。スティーヴィはこの小さな集落を通るのが嫌でしかたなかった。一九七六年四月三十日、ガイアナのジョーンズタウンでの集団自殺事件の約二年半前、クズ・バレーの高齢の住民数人が町から一、二マイル北で予定されていたカセッタ・ダムの建設に抗議して郵便局まえの芝地で集団自殺した。このあたりの住民でこの奇怪な事件の詳細を知る人間はごくわずかだったが、地元の匿名の人物を介して事態を知ったカーター政権は州にこの一大土木工学プロジェクトを中止するよう迫り、けっきょくダムは建設されることなく終わった。もし建設されていたら、スティーヴィは水中に沈んだクズ・バレーの廃墟の上をモーターボートで突っ走るか、バンでダム沿いの土手道を行くかしていたことだろう。

現実には、彼女はこの瀕死の商業地域に（ファーマーズ&マーチャンツ銀行の支店のデジタル表示板によると）午後七時十三分に入り、（腕につけたレディ・タイメックスの光る文字盤によると）その約二分後に悪名高い赤煉瓦造りの郵便局の芝地を通過した。果たしてバークレイでなにが起きているのか、その不安が、かつてここで起きた事件に関する曖昧な知識と複雑に絡み合う。が、さいわいなことに芝地に幽霊はいないし、クズ・バレーの住民は賢明にもかれらの救世主たちの劇的な自己犠牲を称える抽象的なブロンズ像を建てたりはしていなかった。この間に建てられたのは、レーガンが当選する前の黄金期に経済開発局が出した助成金総額十六万二千ドルを投じた市役所だけだ。

スティーヴィはこの現代的な角張った建物——教会のような窓はみんな暗くなっている——を通りすぎて冬枯れのクズの回廊に入った。道端のクズはすっかり葉を落とし、蔓がもつれあっていて、まるで無能な電気技術者の集団が作業したあとのようだ。あたりはふたたび荒涼としてきた。二月の荒野がひろがっている。この奇妙な町の北のはずれで、スティーヴィのバンのヘッドライトが巨大な赤い鳥居をとらえた——が、道路をまたいだこの神道の門をくぐり抜けてしまうと、バンはクズ・バレーの不吉な雰囲気から解放されて、暴走するパエトンの日輪の車さながら、山間の追い越し車線を突き進んでいった。家まであと数マイルだ。

アクセルを踏みこんだまま、スティーヴィはカーヴを曲がり、坂を下り、急勾配をのぼった。ほかの車とは一台も出会わず、土手上の線路と平行に走る道からバークレイに入ったとき、地元銀行の気温・時間表示は三十八度（華氏）、七時二十三分（午後）を示していて、一瞬のちに七時二十四分になった。スティーヴィは家と子どもたちを滅ぼそうとする火事の気配はないかと左手に目をやった——薬局と安物雑貨店とバークレイ・レストランが入った建物のおおげさなコーニス（壁面の突出した水平帯）の向こう。

なにもない——火事は起きていない。

薬局やレストランの北にある信号を曲がると、家がはっきりと見えた。正面にニレとハナミズキが植わった、パゴダのようなシルエット。別棟のガレージか竜巻避難用地下室のビン詰が入った箱がくすぶっているのでもないかぎり、どこも燃えてはいない。エクセルライターは、レミントンを通して、嘘をついたのだ。

またしても。

ああ、でも嘘でよかった、とスティーヴィは思った。もちろんうれしいわけではないけれど、あわてて帰ったら大惨事なんてことにならなくてよかった。

彼女はキッチンのそばの未舗装路に車を停め、安堵のあまりハンドルに突っ伏してしまった。ヘッドライトが、あけっぱなしのガレージのなかにごちゃごちゃと置かれたガーデニング用品やベニヤ板の切れ端、壊れた家具、ペンキ缶、トランク型収納ボックスを照らしだしている。いいかげん片付けないと車を入れることすらできないし、冬場にはたまに近所の犬がガラクタのまんなかに寝そべって延々昼寝をしていることもある。でもそんなことはどうでもいい。テディとマレラはまだケンジントン夫妻といっしょにいるし、家は崩壊をまぬがれたのだ。スティーヴィは顔をあげてヘッドライトの操作ボタンを押した。ガレージのなかはたちまち闇に沈み、冷たい夜気がバンを冷やしはじめる。さっさと家に入ってヒーターをつけよう。

ドアのハンドルに手をのばしたときだった。うしろのほうで奇妙なドンという音がした。身体をひねってうしろを見たが、後部座席は空っぽだし、リアウィンドウからは道路とミセス・ヒンマンの家のポーチテラスのまえに番人のように立っている灌木がぼんやりと見えるだけだ。なんの音だったのだろう？　バンのガソリンタンクが急激に収縮したとか、シャーシにこびりついていた泥の塊が地面に落ちたとか。その程度のことだろう。スティーヴィはまえを向いてふたたびドアのハンドルに手をのばした。

さっきよりも大きなドシンという音が聞こえた。

気になる音の正体を見極めようとふりむくと、リアウィンドウから小さな白い頭骸骨が彼女を見つめていた。その底なしの目が強力な掃除機のように彼女の正気を吸いこんでいく。小さな手が不気味な顔の横のガラスをひっかき、横一文字にのびた口が弓なりに曲がって威嚇するようにカッと開いた。スティーヴィはぎょっとしてコートの襟をつかみ、悲鳴をあげた。バケツのなかで叫んだかのように、バンのなかで悲鳴が鳴り響く。

だが、バンの後部にしがみついていた悪鬼は下に飛びおりず、手がかり足がかりを見つけて窓から屋根へよじのぼっていった。クレッツだ。シートン・ベネックの小さい邪悪なカプチン・モンキーだ。

スティーヴィは悲鳴を飲みこんで運転席のドアをあけ、すぐにまたバタンと閉めると、力一杯ロックして窓から身体を遠ざけ、肩で息をしながら固く目を閉じた。

どうすればいい？　助けが来るまでじっとしている？　キッチンのドアまで突っ走る？　車から出て交渉する？　どうする？

猿は頭の上で走りまわっている。バンの端から端まで行ったり来たりしている。その爪――足の爪だろうか、それとも手の爪だろうか？――の音が、子どもたちが飼っていたモルモットがケージの金網を駆けまわる音そっくりだ。どう考えても恐怖を覚えるような音ではない。身長わずか二フィート足らずの生き物が毛皮でおおわれたお尻が凍りつかないように右に左に動きまわっているだけなのに、どうしてあたしはロックした車のなかでちぢこまっているのだろう？　まあ、ひとつにはクレッツの見た目があるし、コロンバスからバークレイまで来るあいだ、フォルクスワーゲンの外側にどうやってとりついていたのかいまだにわからないということもある。それに飼い主がシートン・ベネックだということも。庭に飛びだして小悪魔の頭を石で殴って、この滑稽な捕虜状態から抜けだすというのもありかもしれない——が、猿はなにかしら超自然的な作用でここまで来た、エクセルライターの邪悪な行為によって恐るべき方法で裏付けされた手段で。ならばバンのなかにいたほうが安全だろう。午後にはクレッツがキングコングくらい大きくなって車の屋根をひきはがすのではないかと想像したくらいだ。夜には彼女がドアをあけて家に向かって駆けだしたとたんにクレッツに羽が生えて襲いかかってくることくらい容易に想像できる。クレッツにはちまちました経験則にしたがう必要はない。書斎に鎮座するタイプライターが恐るべき白紙委任状を与えているのだから。

「お願い、エルザ」スティーヴィはいった。「早く子どもたちを連れて帰ってきて。あたしをここから連れだして。あたしの妄想はあなたには影響しないんだから、あなたが来たとたんにクレッツは消えるんだから」

そのとき彼女はふと、その日の朝、テディが自分はもう大丈夫だといっていたことを思い出した。もしかしたら妄想の力がおよぶ範囲が思っている以上にひろがっているのかもしれない。だんだんと強力になり、影響力を増しているのかも。なにしろレミントンがエクセルライターの意のままにひとりでに動きだしたのをシスター・セレスティアルも見ていたのだから。シスターがタイプライターの薄気味悪いふるまいを認識したということは、一種の飛躍的進展ともいえる——スティーヴィがこれまで見てきたことがただの幻覚ではないことを裏付ける証人ができたのだ。もちろん、マシンがほんものと思わせようとしたものの、ただの夢だったというケースもいくつかあったわけだが。

「クソッ」彼女はいった。（愚かな女は泣き叫び、凛としたヒロインはののしる。この約束事に黙従するのは不本意だったが、これがいまどきのルールだし、自分はもともとそういう性質だからルールどおりにしたまでだ、とスティーヴィは考えていた。）

そうしているあいだもクレッツは彼女をバンに閉じこめたまま走りまわり、飛び跳ね、ひと息つき、をくりかえしていた。車の屋根はピシッ、パシッと音をたて、ときたまスーパーカプチンが飛び跳ねたときにはボコッと内側にふくらんだりする。まるで躁鬱病的な雹《ひょう》まじりの嵐に見舞われているかのようだ。スティーヴィはずっとクレッツの四肢の肉球のことを考えていた。いまごろはすっかり凍えて、凍傷になってしまっているのではないだろうか？　そう考えると不埒な厄介者がかわいそうに思えなくもない。

突然、低い唸り声がして、猿が走りまわる音が途絶えた。コクラン家のバセットハウンド、シラノががに股でドライヴウェイに立っている。目は真っ赤、鼻づらは困惑と怒りとを吹き鳴らすスーザフォンの朝顔に変形している。冬の夜、通行人が通ったときやちょっと退屈したときのように、絶え間なく吠えつづける。コクラン家の人たちはほとんど耳に入らないらしいが、スティーヴィにとってはシラノの悲しげなバリトンはいつも酔っ払いが十二人、樽のなかで吐いている声に聞こえて、そのスタミナに感心しつつ目覚めてしまうこともしばしばだった。そのシラノが、いまクレッツを見つけたのだ。これで誰か――誰でもいい――がシラノの吠え声に気がついてくれれば、この試練もすぐに終わりを迎えるにちがいない。

バセットハウンドはがに股の太い脚でVWのうしろのバンパーに駆け寄ると、右回りにまわりながら吠えつづけた。クレッツが屋根の上でジグザグに動くのに合わせて動いているのだろう。猿が犬に向かってキキーッと猿語で悪口雑言をわめく声が聞こえる。スティーヴィは催眠術にでもかかったかのように、バセットハウンドの目を見つめていた。縁が赤く、いつも血走っている目。角のアーク灯からあふれでるゆらゆら揺れる光を受けて、シラノの目の下弦の三日月が砕けた石炭のようにきらりと光る。狂っている、なにかにとり憑かれている、そんなふうに見える。自前のスーザフォンを鳴らすたびに口からよだれが飛び、ブーブーいうたびにずんぐりした前脚が跳ねあがる。彼は飽くことを知らぬ報復のエンジンであり、その吠え声は大天使ガブリエルのトランペットだ。

どうやらクレッツでさえそう思っているらしい。猿は空気を伝ってか、意志の力でか、スティーヴィがいる運転席側の窓を垂直におりてきた。頭蓋骨もどきの顔が彼女を横目で見ながら下へ消えていく。一瞬のち、銀白色に光るひと筋の光となって猿は野兎よろしく家から遠ざかり、かつてはテッドがガーデニングに精を出していた冬枯れの空き地を駆け抜けていった。クレッツが逃げていった姿は、バンの陰になってシラノには見えていなかった。スティーヴィは猿がどこへ向かったのか見極めようとしたが、芝生の先の低い植込みに飛びこんでいくのが見えただけだった。

シラノはどれくらい目がいいのだろう？　あまりよくないのではないだろうか。シラノは猿が車の屋根からおりたところははっきり見たものの、そのあとの動きはわからず、いまはスティーヴィといっしょに車内にいるにちがいないと思いこんでいるようだ。獰猛さをむきだしにして歯をガチガチ鳴らし、バンに向かって吠えつづけている。彼は猿を捜している。その目に宿っているのは連続殺人鬼かラッシュ時の通勤客さながらの残忍な狂気だ。彼は猿をVWのなかにかくまっていると思っている。そして愚かな犬知恵で、スティーヴィがその白い顔の亡霊をVWのなかにかくまっていると思っている。スティーヴィもバセットハウンドがここまで気色ばむ姿を見たことはなかった。まちがいなく、なにかにとり憑かれている。

「もういいから、いいから」スティーヴィはドアをあけようとした。

とたんにシラノの筒のような身体が突進してきた。（胴体がとても長いので、スティーヴィはふと車体のまんなかにもうひとつハンドルがついた消防のハシゴ車を思い浮かべた。）胴が長いといっても彼の体長はドアの上まで届くほどではなかった。が、ドアの下の端に体当たりするかたちになったので、ドアが押し返されてスティーヴィの靴に当たり、その拍子にひらひらしたやわらかい右の耳がスティーヴィの足とドア枠とのあいだにはさまってしまった。シラノは痛みにキャンキャン吠えながら耳を引き抜き、その勢いでごろんとうしろにひっくりかえった。ますます腹を立てている。スティーヴィは靴を引き抜き、ドアを大きくあけて、痛む足を夜気のなかにのばした。それほど痛いわけではなかったが、バセットハウンドが耳をはさんだドアに腹を立てていたのと同様、彼女はバセットハウンドに腹を立てていた。

「おばかさんねえ、シラノ。猿はもういないのよ。あんたは時間をむだにしてただけ。あたしは痛い足をひきずって家に入るから、邪魔しないでくれる？」

だがシラノの怒りは鎮まらなかった。怪我したのはスティーヴィのせいだと思っているのか、クレッツが後部座席に隠れていると思いこんでいるのか、起きあがるやいなや吠えながら死に物狂いでバンに向かって突進してきた。ジャンプしてもドアの金属製の下枠にかろうじて届く程度だったが、あいにくスティーヴィが痛めていないほうの足をそこにかけていたので、シラノの鼻が彼女の足の甲に激突。シラノは喘いで半回転し、バンの横に横向きにどさりと落ちた。呼吸も荒く、しばし茫然と横たわっていたが、やがてどうにか立ちあがった。と思うと、自分の家のほうに向かってよたよたと歩きだした。ときどきスティーヴィのほうを非難がましくふりかえりながら。

スティーヴィは車からおりて声をかけた。「うん、わかってるわよ。きみはあの毛むくじゃらの吸血鬼からあたしを救ってくれたのに、あたしはきみの鼻を蹴とばしちゃったのよね。あしたまたおいで、シラノ、ごはんの残りもの、あげるから」

シラノのよたよた歩きが速足に変わったと思うと、その姿が道路の反対側の側溝のなかに消えた。そして一瞬のち、彼はぎくしゃくとびっこをひく無様なシルエットになってコクラン家の芝生へと向かっていった。なにはともあれ、これが小さな町で住人が犬を放し飼いにしている理由だ——怪しげなオルガン弾きの猿を追い払い、近所の子どもが飼っているペットのモルモットを食い殺す。よそ者による犯罪を防げるなら、犬がなにをしようが無罪放免なのだ。

皮肉な考え方かもしれないが、スティーヴィは彼女のために歌ってくれた〝凍てつく夜のマイスタージンガー〟、ちょっとまぬけな犬のパヴァロッティが気の毒に思えてならなかった。彼の自尊心だけでなく、シラノという名の由来になった鼻まで傷つけてしまったのだから。

ちょうどそのときだった。家の裏手の細い道からドクター・エルザのガンメタルブルーのリンカーン・コンチネンタルが砂利を跳ね飛ばしながらドライヴウェイに入ってきた。ヘッドライトが、ガレージのガラクタを背景にしたスティーヴィの姿を照らしだす。ドクターや子どもたちの必死の助けなしに勝負に勝ちはしたものの、クレッツとシラノの一件を話しても誰も信じてはくれないだろうと思うと、敵に降伏してしまったような孤独感を覚えて身体が震えた。どう考えても荒唐無稽すぎる。それにバトン・シティの町はずれにあるシスター・セレスティアルのところに寄ったことを話すのもリスクが大きすぎる。取材としてシスターの話を聞きに行ったと説明したらしたで、たった一日の休みの何分の一かを仕事に使ったと非難されるにちがいない。

ヘッドライトが消えて、マレラが腕のなかに飛びこんできた。テディも近づいてくる。ドクター・エルザはリンカーンの運転席側のドアのそばに立っている。「もう帰ってたの？　飲んで騒いで、お帰りは午前さまかもしれないね、なんて話してたのに」

「日曜日に？　コロンバスで？」

ドクター・エルザは肩をすくめた。「そういう場所、たくさんあるのよ。ちゃんと知っておかなくちゃ」

「ヴィクトリー・ドライヴとか？　あなたが兵隊さんをひっかけようと思って、ＭＰにひっかかっちゃったの、そこだったわよねえ」スティーヴィはテディを抱きしめながら、ドクター・エルザに子どもたちは行儀よくしていたかとたずねた。

「天使だったわよ」ドクター・エルザは真顔でいった。「サムとビリヤードをして、アヒルにエサをやって。そのあとサムがテッドと湖に釣りに行って。六時頃にはキャンプファイアをして、ウインナとマシュマロを焼いて。二人とも楽しくすごせたと思うわよ、スティーヴィ、もちろんわたしたちも。ほんと、最高にいい子たちだったわ」

「指、火傷しちゃった」マレラが包帯をした指をかかげて母親に見せた。「マシュマロ焼いてたときに」

「たいしたことないのよ」ドクター・エルザがいった。「消毒して包帯をしておいたけれど、どうやら怖がらせただけだったみたいね。災難はそれひとつだけよ」彼女は腰をかがめて大型車に乗りこむと、運転席の窓をおろした。「サムが待ってるから帰るわ。今週中に電話をちょうだい、スティーヴィ、話はまたそのときに」

「ありがとう、エルザ。ほんとうにたより《ブリック》になる人だわ、あなたは」

「煉瓦《ブリック》?」マレラがいった。

ドクター・エルザはスティーヴィの感謝の言葉に手をふって霊柩車のようなリンカーンをバックで道路に出すと、エンジンをふかしてアラバマ・ロード方向へ走り去っていった。

「煉瓦《ブリック》って?」マレラがふたたびたずねた。

「友情で築いた柱」スティーヴィは娘の肩をぎゅっとつかんで、いった。「控え壁、支え」あたしにはもったいないほどの友人だ。あたしはドクター・エルザにほとんどなんの貢献もしていない。このささやかな自己批判を頭からふり払って、彼女はテディとマレラに微笑みかけた。テディは自然のなかで一日すごし、幼い妹は指に軽い火傷をしただけ。エクセルライターの予知能力はその程度のものなのだ。「家に帰ってきてうれしい？」

「なかに入れるともっとうれしいな」テディがいった。「寒いよ」

「あたしも」マレラがいった。

「ドクター・エルザが送ってきてくれたときにママがいなかったら、どうするつもりだったの？」とスティーヴィはたずねた。「ママも帰ってきたばかりだったのよ」

テディがいった。「キッチンを暖めておくつもりだったよ。ドクター・エルザが二、三回電話しても出なかったから、ママがいないのはわかってたからさ。でも、ぼくがヒーターをつけるっていったんだ。じゃなきゃ、一晩中、凍えてなくちゃならないもん。ママがいなくたって大丈夫だったんだよ。ぜんぜん平気」

だがスティーヴィは背筋が凍る思いだった。お家が火事だよ、子どもたちが焼け死ぬぞ。キッチンのヒーターから煙が立ちのぼり、アスベストの格子が刻一刻と黒くなっていくのが見える。切妻が崩れ落ち、手すりの小柱が台所用マッチのように黒焦げになっていくのが見える。家は頭のなかで炎上しているだけだが、それでも彼女は怯えた。ヒーターをつけっぱなしにしてほうっておくなんてとんでもない。子どもたちだけにまかせるなんてとんでもない。ケンジントン夫妻の霊柩車風リンカーン・コンチネンタルより先に家に帰りついていてほんとうによかった。

「さあ、なかに入りましょう」彼女はいった。

XXXV

スティーヴィは子どもたちがベッドにおさまるまで待ってから、エクセルライターのようすを見に書斎に向かった。留守のあいだに、エクセルライターはシリンダーにセットされた用紙を約三フィート半、送りだしていた。マシンの上にかがみこんで、いったいなにを書いたのか見てみると、いちばん上にローマ数字のXXXIが打たれ、その下から以下の心掻き乱す文章がはじまっていた――

コロンバスに入ると、スティーヴィは二つのフォルダーを運転席のシートの下に置いて、バンを離れるたびに几帳面にドアをロックした。午後の時間は順調にすぎていった。チャイナ・スターという中華料理店で食事をして……

等々、彼女のコロンバスでの行動のみならず、その都度の気持ちまでもが簡潔に的確につづられている。いまやエクセルライターは彼女の夢を書き写すと同時に彼女の心情まで読みとっているようだ。

思い返してみると、マシンの現在進行形の奇術めいた行為の背後にある謎の意識がなんらかの力をおよぼして、目的もなしに回り道をしてハムリン・ベネック&サンズに立ち寄るという行動をとらせたのではないかという疑問が頭をもたげてきた。タイプライターが行かせたいと思った。だから行った。そんなことがありうるだろうか？　自分の行動をコントロールする力がそこまで弱いなんてことがあるだろうか？　スティーヴィはエクセルライターが精選してつづった文章の最後の二つを読んでみた――

スティーヴィはとまどい恐れおののきながらフォルクスワーゲンのエンジンをかけ、メイコン・ロードにつながるカーヴした上り坂の道に乗り入れると、さあ、こんどこそ家に帰るのよ、と自分にいいきかせた。もう二度と脇道にそれたりしないわよ。

いうまでもなく、彼女はバークレイに帰る前にシスター・セレスティアルのところに寄っている――だがマシンはその顚末は書かずに、事務用品会社の外でのクレッツの二重性に茫然となった彼女の反応を詳細につづっている。どうして女占い師と会ったことではなく、この怪談めいたエピソードを選んだのか？　スティーヴィにいわせれば、この選択には胡散臭さが漂っている。これを選択したということは、タイプライターのキーボードを遠隔操作している犯人はシートンだといっているとしか思えないのだ。シートンは自分を彼女の物語に登場させたくてしかたなかったか、でなければ彼女の生活に精神的にだけでなく肉体的にも侵入することで彼女を苦しめようとしたか。

あるいは、とスティーヴィは自分に警告した。この胡散臭い選択には、べつの理由があるのかもしれない。用紙に充分な余裕があったら、マシンはシスター・セレスティアルとの出会いを記録していたとも考えられる。

用紙のまだ文字が打ち出されていない部分を持ちあげてみると、退屈な前置きをはぶいて会話を要約すれば手相見との出会いの骨子を書くくらいの余裕は充分にあることがわかった。物書きがあるエピソードを文章化するときに、登場人物がしゃっくりするたび、靴下留めを直すたびに、いちいち書かなくてはならないなどというルールはない。修辞法という切り口で考えてみたら、またしつこく彼女を苦しめるシートン・ベネックを非難する気持ちがぶりかえしてしまった。シートンはクレッツに彼女を攻撃させた。ほかにどんな嫌がらせを用意しているのか見当もつかない。が、悪夢めいたことなのはまちがいないだろう。彼女はもう一週間近くも悪夢の世界を生きている。シートン・ベネックが作者で、クレッツは……その手先、といったところだろうか。

ヘッ、ヘッ。王さまが一発で冗談とわかってくれないときの道化の、ヘッ、ヘッ、ヘッ。

しかし細長い用紙のいちばん下の中央に記された四行詩は冗談にはほど遠いものだった。その詩は、ついさっきまではなかったのに、まるで凄い勢いではじけたバネの先の頭蓋骨のように、スティーヴィに飛びかかってきた。九マイル先でベティ・マルボーンのレミントンが打ちだしたのとおなじ、あの心を掻き乱すマザーグースの童歌だ——

てんとうむし、てんとうむし、
お家へお帰り。
お家が火事だよ、
子どもたちが焼け死ぬぞ。

「でも今夜はそうはならないわ」とスティーヴィはいった。「ヒーターはぜんぶ消したし、あたしは家にいる——ずっといるんだから」

ローブ姿で身震いしながら、彼女はあたらしい用紙をエクセルライターにセットして、プラグを抜いた。電気が来ていなくてもタイピングできるならすればいい。もしそうなら、たわごとの記録が残る。そうでないなら、あすになるのを待つだけだ——あすはなにをすべきかはっきりしないまま、仕事にとりかかることになるだろう。用紙は長さがたっぷりあるからメモを取るには都合がいい。夜のあいだに彼女が無意識のうちに練りあげる案を整理し競わせるテストコースにぴったりだ。最高の案が勝者になる。スティーヴィはそう考えると同時に、エクセルライターのプラグを抜くことでレースがはじまる前にシートン・ベネックの出場資格をとりあげることができれば、と願っていた。とにかくぐっすり眠りたかった。記憶に残らない夢が見たかった。

XXXVI

足首がずっしりと重かった。寝ようとしているのに、足に重いものがのっていて足を引き抜くことができない。横向きになって毛布にもっと深くもぐりこみたいのに、謎の物体——たたんだキルトの上掛け？　汚れた衣類の山？——が彼女の動きを封じ、夢を混乱させていく。

ついにスティーヴィは蹴った。片膝をお腹まで引きあげ、そいつをベッドの足元のほうへ蹴とばす。足首にのったうっとうしいもの——テディの防寒パーカ？——が宙を飛んで床に落ちた。ああ、とても楽になった。

ほとんど元通り快適。スティーヴィは足をもぞもぞとハサミのように動かし、冬眠に入ろうとする動物よろしく電気毛布のなかにもぐりこんだ。ＧＥの電気毛布のなかはコスタリカのように暖かく、コロンビアのように居心地がいい——たとえどちらの国にも冬眠する動物はいないとしても。いや、もちろんいない。いるのは、素っ裸で泳ぐサンショウウオやインコや、熱帯雨林を集団で荒らしまわる猿だけ。たまにインディアンが毒を塗った吹き矢で猿を狙い撃ちする……プスッ！……と、そいつは木から落ちてテディの防寒パーカみたいに踵で着地する。

スティーヴィはこの猿をもう一回、怒りをこめて蹴とばした。そしてベッドの人工的熱帯のなかにいっそう深くもぐりこんだ。

エクセルライターのタイピングエレメントがブーンと音をたてはじめた。

そのくぐもった耳障りな音は、毛布のなかにいても聞こえた。プラグは抜いておいたのに、いまマシンは寝静まった家のなかにいる全員に向かってブーッと嘲りの音を出している。どういうこと？ スティーヴィは目をあけて、温もりに包まれたリネンの奥から氷のように冷たい枕の端へと身体を引きあげた。そして仰向けになってベッドの向こうのシーダー材のチェストに目をやると、そこに銀灰色の人間そっくりの影がちょんとのっていて、じっと彼女を観察しているではないか。背後にはタイプライターのバズ音。

「クレッツ！」彼女は叫んだ。「ここはおまえなんかのいるところじゃないわ！ 出ていきなさい！ 出ていけ！」猿（猿としか考えられない）に向かって枕を投げると、おぼろな影は横へ跳んで部屋から階段のほうへ逃げていった。カプチンが階段をおりる音は聞こえなかった。ふだんはどんなにそっとおりようと軋み音がするのになにも聞こえないのは、書斎から絶え間なく騒音が響いているからだ。すぐにもテディが起きてくるだろう。そしてマレラも。

だが、バズ音をなんとかしようとスティーヴィがあわててベッドから出ようとしたとたん、音が止まった。スティーヴィは満足に息をすることもできずに、じっと横になっていた。

階段からあわただしく動く音が聞こえたと思うと、いちばん下の段が短く軋る音、その上の段が等間隔で軋る音、そして最後に階段の上のカーペット敷きのところにトンとおりる音がたしかに聞こえた。たぶん三十秒かそこらのあいだに、クレッツは玄関広間までおりて、また引き返してきたのにちがいない。

スティーヴィはあけっぱなしのドアから目を離さずに起きあがった。その直立した長方形を小さな影がすべるように横切ってアクロバティックな跳躍をきめ、シーダー材のチェストの上に飛びのった。まちがいなくクレッツだ。ベネック青年の親友の吸血鬼ノスフェラトゥ。あたしの血を吸いに来たのだろうか？　もしそうなら、彼は冷たい血をすることになる――いまのあたしにはそれしか流れていないから。もしかしたら凍っているかもしれないけれど、こんな底冷えする部屋ではけっして温まることはない。枕がもうひとつあるが、それを投げても永久不変の勝利は得られないだろう。ガチョウの羽毛では、いくら煉瓦のつぶてのように大量に投げつけようとヴァンパイア除けの護符にはならない。

明かりがつけば退散するかもしれない。

スティーヴィはナイトガウンの袖から冷気が入りこんでくるのを感じながら、うしろに手をのばしてベッドのヘッドボードに留めつけてあるテンソルライト（伸縮自在金具つきの照明器具）をつけた。白い光の円錐が室内に飛びだす。プラスチックのシェードが熱くならないうちに光の円錐をシーダー材のチェストのほうに向けると、そのスポットライトのなかに無礼者の猿がいた。目が水銀のネジのように輝いている。その光景にスティーヴィの身体を恐怖の電流が駆け抜け、うなじの毛が逆立った。クレッツが、まるで自分がつくりだしたイメージが功を奏したことを喜んでいるかのように、にやりと笑った。顔は真っ白、歯も真っ白で、区別がつかない。頭部は眼窩の奥に小さな銀色のランタンが灯った頭蓋骨だ。

だが頭蓋骨には胴体があって、クレッツはスティーヴィに向かってにやにや笑いながら性器をいじっている。恥じているようすはない。見物客――小さな子を連れた家族や散歩がてらの年金生活者、いちゃつくティーンエイジャー――の気分を害する猿山の住人たちのように、こうした姿をさらすことで触覚的快感以上のものを得ているらしい。そのにやにや笑いから喜びが伝わってくる。その指使いからあてつけがましさが伝わってくる。露出した細いピンクの一物が奇妙な脅威を発散している。このちっぽけな死の使いの種を子宮に宿すのはどんな気分だろう？　テディベアくらいの大きさの家宅侵入者にレイプされるのはどんな気分だろう？

「フットボールシャツはどうしたの？」スティーヴィはだしぬけにいった。

クレッツは首を傾げたが、手はしこしこと動きつづけている。「下で脱いできた」と彼はいった。聞き覚えのある声だった。（まさに使い魔にふさわしい声だ。）

「どうして？」スティーヴィはこの独特の抑揚が誰のものだったか突きとめようとした。だが残念ながら彼の声は、クリスマスになるとラジオから流れてくる〝シマリス三兄弟〟の不快な声のように、回転数が変えられているようだった。「どうしてシャツを脱がなくちゃならなかったの、クレッツ？」

「暑かったんだ」

「暑かった？　暑いわけないでしょ？　いま、たぶん氷点下二、三度よ」

「下はちがう」

「下がここより暖かいなんて、そんなはずないわ」スティーヴィは理路整然といって聞かせた。「熱は上にあがるの。一階の熱の一部はつねに二階にあがってくるものなの。ちゃんと証明されている現象よ」

クレッツは軽いひねりを入れた返事を打ち返してきた。「面白い。地獄がどこにあるか考えると、誰も絶対に寒くならないということだな」猿の毎分七十八回転の声が、このコメントに人をばかにしたような響きを添えている。

「あたしは寒いわ」スティーヴィはいった。「この時期はいつだって寒い」

「だったら下に行くといい。温まるぞ」

「どういうこと？」

「キッチンが炎に包まれているということだ。ヒーターをつけっぱなしにしておいただろ？　キッチンを吹き抜けた風で壁のカレンダーが飛んでヒーターのなかに入った。そして二月からほかの月まで火がついて、そのあと新聞の日曜版に燃え移った——きみがうっかりヒーターのそばの床に置きっぱなしにした新聞だよ、スティーヴィ——そしていままさにこの瞬間、きみが大事にしているオークのテーブルが燃えあがっている」

「でも、あたしはヒーターをつけっぱなしになんかしてない！」

「残念だが、スティーヴィ、したんだよ」猿は首を傾げた。「耳をすませてごらん」

スティーヴィはじっと耳をすませた。階下でパチパチと火がはぜている——世にも恐ろしい音だ。以前、ボランティア消防士のボブ・コクランがクライ家は〝二階建ての火口箱《ほくち》〟だと評したことを思うと、スティーヴィの脳裏には階段をあがったところにある彼女の部屋の外の壁で炎の影が踊り、花柄の壁紙をストロボのように明滅させる光景が浮かんだ。

「でも、あんたはいま下からあがってきたばかりじゃないの」とスティーヴィは叫んだ。「火がそんなに早くひろがるはずはないわ」

「ぼくは煙探知器の警報を切るために下におりたんだ」クレッツがいった。「大音響で鳴っていたぞ——ビビーッ！　ビビーッ！　ビビーッ！　壊れたタイプライターみたいだった。きみが乾電池を入れ替えたのは一年以上前だ。それでもちゃんと作動したなんて驚きだよ」

「止まったんじゃなんにもならないわ！　行かなくちゃ！　テディとマレラを連れださなくちゃ！」

スティーヴィがローブをつかむと、カプチンが飛びおりてきてローブを床へ投げ捨て、ガーゴイルのようにベッドの足元にしゃがみこんだ。

「クライマックスを見たくないのか?」 彼は二本の指を卑猥に動かしながら、媚びるような口調でたずねた。

「あんたが何者だろうと、どこから来ていようと、そんなことはどうでもいい」スティーヴィはいった。「あんたを見ていると胸が悪くなる。あんたは汚らわしい悪魔よ。子どもたちを助けるのを邪魔しようものなら、その醜い頭を引きちぎってやる。あたしが見たいクライマックスはそれだけよ」

「おい、おい」

「あたしはカンサスの農場で育ったの。父さんにニワトリの首のひねり方を教わったのよ。あんたの首もキュッとひねってやる」

だが、ほんとうにそんな野蛮で無慈悲なことができるだろうか？　スティーヴィはクレッツの話し方や抑揚のつけ方が亡き夫のそれに似ていることに気がついていた。迫りくる炎の増幅されたパチパチいう音にも、この不気味な類似性が持つ重大な意味を弱める効果はない。テッドが、この憎むべき南米生まれの猿の姿を借りて、彼女のまえにあらわれたのだ！　オルガン弾きの猿の姿になって！

「そのとおり」クレッツがはっきりといった。「いよいよクライマックスだ。暑くてたまらないから、いっきに行くぞ」

スティーヴィは彼が射精するものと思った。ところがその生き物は、へそのところにあるつまみを引っ張って、カプチンの衣装をど真ん中から左右に引き開けた。生身の片足が出てきて、もう片方が出た――つぎに小さな人間の手が出てきて猿の衣装のふさふさと毛が生えた襟をつかみ、そいつが身をよじると小さな人間の肩があらわれた。シーダー材のチェストの上にいまいるのは、年とったカプチンの顔がついた裸の小人だ。がそのとき、そいつはぐっと首をそらせて、カプチンの顔をうしろに落とした。すると、どうだろう！　そこには身長十八インチの、ほんものよりずっと小さいテッドが立っていた！

「楽になった」と彼はいった。「あんなものを着ていると苦しくてね」

「これは夢よ、悪い夢」とスティーヴィはいった。「エクセルライターのしわざだわ。火事になんかなっていないし、テッドもいない」

「きみの悪夢はぼくのに比べたら、たいしたことはないと思うよ」テッドがいった。猿の利口ぶった嫌味な口調は影を潜め、わかってほしいという訴えが前面に出てきている。「人生これからというときに死んで、意に反して蘇らされて、罪悪感に苦しんだあげく、シートン・ベネックによって彼の使い魔のふりをさせられた。マレラが生まれたときだって、いまのぼくより大きかったよな。考えてもみてくれ、スティーヴィ」

「こんなことは起きていない。あなたは現実の存在じゃない」

「ぼくはきみとおなじ現実の存在だ」小さなテッドはきっぱりといった。「ぼくは、いくつかきみが知らないことを知っている。ぼくはそれを知るために死ななければならなかったんだ」

　階段の下から炎が噴きあがってきた。壁紙にその影が踊っている。

「テディ！　マレラ！　起きなさい！　早く逃げなくちゃだめ！」スティーヴィは足をひらりとカーペットの上におろしてクレッツが放り投げたローブを拾いあげ、大股でドアに向かいながら袖に腕を通した。この悪夢が現実だろうと幻覚だろうと、動きだすのが遅すぎた。子どもたちを連れて安全なところへ逃れるには、二階の浴室の横にある鉄の螺旋階段をおりるしかない。彼女が忠誠を尽くすべきは子どもたちであって、この裸の、かつての夫もどきではない。不思議なことにテッドは亡くなる二年前、浴室の横の不経済な切妻屋根の塔のなかに、火事のときの第二の逃げ道として螺旋階段をつくっていたのだった。今夜、その真価が試されることになる。「テディ！　マレラ！　起きなさい！」

小人——亡き夫——がチェストから飛びおりて彼女のローブの裾にしがみつき、右の足首をつかもうとした。スティーヴィは頭からカーペットに倒れこんだ。煙が夢見るように渦巻いて廊下を通り、倒れて大の字にのびた彼女の上を通って寝室に入りこんでいく。ぎょっとして顔をあげると、目のまえに小人のテッドがしゃがみこんでいた。両手を膝のあいだにぶらんと下げている。眉間にしわを寄せているところを見ると、心配しているらしい——子どものことはともかく、彼女のことは。まさに怪物だ。

「いわゆる焼死の最大の原因は」と彼はいった。「煙を吸いこむことだ。床に伏せているんだ、スティーヴィ。姿勢を低くしているほうが安全なんだ」

「テディとマレラは安全じゃないわ」怒りをこめてつぶやき、立ちあがろうとしたが、立ちあがれない。ハムストリングを痛めてしまったのだろうか？　それとも膝をねじって関節をおかしくしてしまったのだろうか？「あたしたちで二人を助けなくちゃ、テッド。お願い、力を貸して。どうして平気な顔をしていられるの？」

「愛しているよ、スティーヴィ」

「子どもたちのことをいってるのよ。あの子たちはあなたの子どもでもあるのよ」寝室のすぐ外のベランダの屋根が崩れ落ちて、彼女は声をかぎりに二人の名前を叫んだ。が、テディもマレラもすでに死んでしまっているのかもしれない。煙を吸いこんで死んでしまったのかも。彼女の叫び声——祈り——は苦悩に満ちたすすり泣きへと変わっていった。「どうしてなにもしてくれないの？」やっとのことで絞りだす。「どうして——なにも——してくれないの？……最低だわ、テッド。最低よ」

「そんなことをいってもなんにもならないよ、スティーヴィ」彼は彼女のひたいをなでた。「肝心なのは、いまはぼくがきみのベイビーだということだ。悪くないだろう？　ぼくは鉤爪も生えていないし、目が悪魔めいた金色に光ってもいない。小さくて、かわいい。知的な大人の会話もできる」

スティーヴィは必死で立ちあがろうとした。だが前腕で体重を支えることができない。ベランダの屋根が崩れ落ちたように、彼女も崩れ落ちてしまった。目が痛み、のどが焼ける。まるでビーカー一杯のアンモニアを飲まされたかのようだ。「出ていって」彼女は悪魔に向かっていった。「死なせて」彼女はごろりとベッドのほうへ向きなおると、じりじりとにじりより、結婚したての頃に縫ったキルトのベッドカバーの裾に手をのばした。ぎゅっとつかんで、しわくちゃになったベッドのすぐ上で渦巻く煙の層のなかへと身体を引きあげる。ここに横になって力なく咳きこみながら、苦悶のうちに呼吸が止まり、死ぬのを待つのだ。

テッドがベッドに飛びのってきて、耳元でささやいた。「腹ぺこなんだよ、スティーヴィ。朝からなにも食べていないんだ。きのうつくってくれた目玉焼き、覚えてるだろ？　あれはうまかった。いま食べたいなあ。深夜の軽食、つくってくれないか？」

いい、いい、いい、てんとうむし、てんとうむし、お家へお帰り。スティーヴィの脳裏にはあの詩が浮かんでいた。耳に入る雑音は蚊の鳴く音程度にしか感じられない。あたしの子どもたちは――大事な子どもたちは、焼け死んでしまった。筋の通らないことはひとつもない。なにもかも滅びてしまった。なにもかも……あたしの……せい……。

「フライパンを汚す必要もない」テッドがしゃべっている。「踊り場に玉子を落とせばいいんだ。どうだい、ハニー？　ぼくは腹ぺこなんだ」

「やめて」スティーヴィはかすかにつぶやいた。

テッドは四つん這いになって彼女の首に鼻をこすりつけてきた。「デートのとき、よくキスマークをつけたの、覚えてるかい？　きみは日曜に教会へ行くのに、スカーフを巻かなくちゃならなかったよね。覚えてるかい？」小人は彼女をやさしく嚙んで、その傷口を吸った。小人が血をすすっている。

メアリー・スティーヴンソン・クライは生まれてはじめて気を失った。意識が遠のき、彼女の自尊心をぼろぼろにしようとカプチンの格好でやってきた夢魔は、抜き足差し足で彼女の悪夢を盗んでいった。

XXXVII

エクセルライターのタイピングエレメントがビーッという音をたてはじめた。

そのくぐもったビーッ、ビーッという音は、毛布にくるまっていても聞こえた。プラグは抜いておいたのに、いまマシンは寝静まった家のなかにいる全員に向かってじっとり湿ったような嘲りの音を連発している。どうしてこんなことが起きてしまうのだろう？　スティーヴィは目をあけて、パン生地のようにやわらかくて重いリネンの奥から枕のほうへと身体を引きあげた。仰向けになると、ビーッという音がいっそう大きく聞こえた。火曜日にタイプライターがたてていた音とはちがう。とぎれとぎれだし、ずっと形式ばった感じだし、潜水艦の警報音か小麦生産地帯の小さな共同体で嵐が近づいているときに鳴るサイレンに似ている。スティーヴィはすぐに古い戦争映画を、そしてカンザスですごした子どもの頃を思い出した……それにいましがたまで心掻き乱す悪夢を見ていたことも。その悪夢は一から十まで覚えている。クソッ。

あの音はキッチンの煙探知器だ。

なぜ作動したのかすぐに突き止めに行かないと、悪夢の炎の予言が現実になってしまうかもしれない――ただし、最初はオルガン弾きの猿の格好で、つぎにはサンフォライズ（特許防縮加工）していないバースデイ・スーツ姿（素っ裸の意）で登場した招かれざる客、亡き夫のパートは抜きにしての話だ。万が一、家が燃えてしまったとしても、夢で見たとおりに彼女と子どもたちが炎のなかに閉じこめられてしまったとしても、小人のテッドが登場しないのはささやかな天恵といえるだろう。スティーヴィはテディとマレラの無事を確認してから、すべりやすい木の階段を猛然と駆けおりて玄関広間に出た。暖房していないダイニングを抜けてキッチンへ急ぐ。ドアをあけて、天井の電気をつける。ヒーターは室内に煙を吐きだしてはいないし、新聞の日曜版もテーブルの下でくすぶってはいない。

ビーッ！　煙探知器が鳴っている。ビーッ！　ビーッ！　ビーッ！

スティーヴィは両手を腰に当てて探知器をじっと見つめた。壁の電気のスイッチのずっと上のほうに自分でとりつけたものだ。わかってるわよ、と彼女は思った。あの耳障りなビーッという音はもうすぐ電池が切れるという合図だ。警報音は煙を探知すると間断なく鳴りつづけることになっている。ビーッ、ビーッと鳴るのは電池の交換が必要になったときだけだ。もちろん、常識的な時間になるのを待って鳴りだすなどという芸当が探知器にできるはずもない。こいつがやむにやまれず潜水艦の警報モードになったのは……スティーヴィは作り付けのオーブンのデジタル時計に目をやった……午前三時半。もう月曜の朝だ。それでもスティーヴィは警報音で子どもたちが目を覚まさなかったことをありがたく思った。

もっとありがたいのは探知器が煙を探知していないことだった。今夜、家が焼け落ちることはない。だが、警報音を止めるには電源を切らなくてはならない。スティーヴィはパントリーでドライバーを探しだしてから探知器の下に椅子を押して行き、座面に立ってカバーをはずした。大きな銅色の電池をはずすと、家には夜明け前の冷たく神聖な静寂がもどった。

いや、完全な静寂ではない。シラノが、ごくたまにアラバマ・ロードを通るトラックに向かって眠たげに吠えている。もしかしたら近所のほかの犬かもしれないが、そんなことはどうでもいい。警報音でなく犬の吠え声が聞こえるというだけでほっとする。ほかにも冷蔵庫のブーンという音やデジタル時計が時を刻む音が聞こえるし、外ではペカンの巨木の大枝が算盤珠のようにカチカチと触れ合う音が時計さながらの正確さで孤独な時を刻んでいる。

スティーヴィは電気を消してキッチンのドアを閉め、階段へともどった。一階と二階とのあいだの踊り場でカーテンのない窓から外を見たときだった。一瞬、子ども部屋のベビーベッドから子どもが――よちよち歩きの幼児が――抜けだして、闇のなかへさまよいでてしまったのかと思った。が、その小さな人影がふりむいて彼女のほうを見た瞬間、スティーヴィはその不法侵入者が人間などではなくシートン・ベネックの神出鬼没のクレッツだと悟った。スティーヴィと猿は星明かりの元で互いに魅せられたようにじっと見つめ合った。ついにスティーヴィは呪縛を解こうと窓ガラスをトントンと叩き、怒りをこめて声には出さずに口だけ動かして命令した――

「出ていけ、薄汚い、醜い獣め。出ていけ」

シャツを着ていないクレッツは、犬歯をむきだしにしてキキーッと理解不能の卑猥な言葉を叫んだ。この声は、ガラス窓ごしにかろうじて聞こえただけだった。猿は庭を突っ走って革のように固くなったマグノリアの葉叢を抜け、ガウアー家を囲むフェンスを飛び越えて、庭を縁どるのび放題の植込みのなかに姿を消した。

スティーヴィは身を震わせて踊り場の壁によりかかった。こんどは夢を見ていたわけではない。エクセルライターが彼女の経験を書き記していたわけではない。彼女は猿を見た。そして猿は彼女を見たのだ。こんな寒さをどうしのいでいるのか見当もつかなかったが、あの猿は亡き夫の記憶同様しつこくつきまとって離れない。彼はもちろんテッドではない。だがあの悪夢が、猿と夫が同一の存在だというおぞましいイメージを強いるのだ。おぞましく、かつ理不尽なイメージを。テッドが裸で近所を駆けまわって、金網のフェンスを飛び越え、バークレイ中の犬たちを刺激して騒動を煽るなんて想像もつかない話だ。テッドは夕食のあとでのんびり散歩する習慣さえなかった。

「もうたくさん」スティーヴィは声に出していった。「先週の火曜日以来、まともに寝ていないのよ」

彼女は残る段数をのぼりきって書斎に入っていった。タイプライターのプラグは抜かれたままだ。床につく前にセットした用紙は真っ白。一インチも動いていない。つまりあの悪夢はシートンの〝深いところ〟だの〝本質〟だのへの悪意まみれの偏愛に源を発しているわけではなく、彼女の潜在意識から生まれたもの、ということだ。責められるべきは彼女自身、彼女の人格のいまだに夫の死と正面から向き合うことができない部分ということになる。もちろん、クレッツの変則的な存在——彼があらわれるのではないかと予測する彼女の意識の周縁にちらつく忌まわしい幻影——も彼女の夢に影響をおよぼしているのだろう。ひょっとしたらあの生々しい悪夢は彼女自身の潜在意識のなかでつくりあげられたのではなく、シートンの旅回りの使い魔がテレパシーで送ってよこした手がかりを元にできあがったものなのかもしれない。

「なんてくだらない話」スティーヴィはいった。「なんていいかげんなたわごと」

それでもエクセルライターがあの悪夢を指図したわけでも書き起こしたわけでもないとわかって、彼女はほっとしていた。プラグを抜けばそれだけでマシンを打ち負かすことができるのだ。スライムとシロップのカクテルなんか必要ない。さあ、健全な睡眠スケジュールに復帰するために、ストレスの多い夢ではなく気持ちのよい夢を見なくては。いまは、夢を覚えているというあたらしく発見した能力が恨めしかった。どうしてそんなことになったのだろう？　彼女としては、潜在意識がおもてにあらわれるのはタイプライターに向かって仕事をしているときだけにしてほしかった。そのあいだなら、心の奥に住む化け物――ヒッポグリフ（馬の身体にワシの頭で翼を持つ怪物）やサテュロス（半人半獣の怪物）やドラゴン――が出てきてもなんの支障もない。かれらが必要なのはそういうとき。朝にこそ必要なのだ。

スティーヴィはマシンにカバーをかけた。「これも計略のひとつよ」と彼女はいった。「あなたはあたしをなだめようとするつもりなのよね。なにを企んでいるのか、わかってるわよ。どこかで、たぶんベティ・マルボーンのところでしょうね、あたしの悪夢がまるで真実みたいに打ちだされるって寸法」彼女はいちどかけたカバーをまた乱暴にひきはがした。「なにかいったらどうなの、え？」

タール人形（黒人の召使いが語る一連の短篇物語に登場する人形）とおんなじで、こいつはなんにもいいやしないよ。

「おやすみ」スティーヴィはタイプライターにいいかげんにカバーをかけると、素足で震えながらそっと寝室にもどった。

XXXVIII

テディとマレラは、文句ひとついうでもなく登校していった。二人にかぎってはブルーマンデーがブルーなことはめったにない。学校は好きではないと断言しているが、教育射撃部隊に対峙すべく、顔をあげ、しっかりした足取りで出掛けていく。ケンジントン家ですごした午後は、少なくともスティーヴィのコロンバスへの旅が彼女にもたらしたのとおなじかそれ以上のすばらしい効果を二人にもたらしていた。ドクター・エルザは、マレラがどういう意味にとろうと、たよりになる人《ブリック》だ。

　しかしスティーヴィはそわそわと落ち着かない気分だった。ブルーだわ、と彼女は思った——すりへった靴の底までどっぷりブルー……。

　彼女は、あとでサインしなければならない書類でも見るかのように月曜のコンスティテューション紙に目を通しながら、二杯め、三杯めのコーヒーをすすった。お気に入りのコラムニストの記事は、こうしてライバルの記事を厳しい目で熟読するのは〝リサーチ〟だと心のなかで理屈をこねて、二回読む。経済の極意を説く退屈な記事にさえ十五分も費やした。金融関係のニュースはひどいものばかりだった。同病相哀れむというけれど、合衆国は大陸ぐるみで相哀れんでいる状況だ。しかし産業面の上のほうに、独占企業二社が合併に合意したという告知が出ていた。よしよし。

あなた、ぐずぐず先延ばししてるわよ、スティーヴィ・クライ。きょう、なにをしたらいいのかわからないから、なんだか怖くて二階に行くのを先延ばしにしているんでしょ。

タイプライターのプラグを差しこむのが怖いのよ、ともうひとりの自分が答える。それがここでぐずぐずしている理由のすべて。

ばかげてる。あなたは仕事をはじめるのが怖いのよ。

エクセルライターが仕事をさせてくれないんじゃないかと、それが怖いの。プラグを差したら、ひと晩、電力を断たれていた仕返しにエクセルライターがあらゆる機能を完全にコントロールしてしまうんじゃないかと思って。そうなったら、このあいだみたいに、あたしが上なんだといえなくなってしまう。それが怖いの。

またプラグを抜けばいいじゃないの。

そう、そうよね。でも、こんどは効果がなかったらどうするの？

まずそんなことにはならないわ、とカルヴァン主義者の第二の自我が答える。そんなことができるわけないでしょ。

マシンはいったいどうやって、あんなことをしているの？

悪魔がとり憑いているんでしょうね。マシンのなかの亡霊のしわざだわ。なにかの力――なにか知的な力――がタイプライターに入りこんで、こう動けああ動けと指示しているのよ。

慰められるわ、その説明。悪魔とか亡霊とか謎の力とかはふつうジョージア電力の契約者じゃないわよね。もしそういうものが電動のマシンをのっとれるのなら、手動のも簡単にのっとれるわ。シスター・セレスティアルの古いレミントン、覚えてるでしょ？

エクセルライターは手動で動く設計にはなっていないのよ、スティーヴィ。電気が流れないと動かないわ。

あなたが仮定したその謎の力が自分で電気をつくれないといえる？　実際、そいつはまちがいない、自分でパワーを生みだしているのよ。オン／オフ・キーを操作する電気以外のなんらかのパワーを生みだしているんだわ。

スティーヴィ、けさオン／オフ・キーを操作するそのなんらかの力は、あなたであるべきよ。仕事をしなさい。あなたには家族がいるのよ。あなたは――

わかりました。小言はもうたくさん。

スティーヴィはコーヒーメーカーのスイッチを切り、朝刊をゴミ箱に放りこむと、罪悪感のムチに追われ、タイプライターにひとりで対峙しなければならないという思いに責め苛まれながら、重い足取りで二階の書斎に向かった。家にいるのは彼女とタイプライターだけだ。もしプラグを差して、タイプライターが彼女の取るに足りない統治権に反乱を起こしたらどうすればいいのか、なんの考えも浮かばない。家から逃げだす？　車でレディスミスに行って地元図書館の読書室に引きこもる？　それともエクセルライターを徹底的に叩き壊す？　だめ、だめ――最後のは、なし。あさましい本能を、常識で獲得した教訓に優先させてどうするの？

書斎はすっかり準備が整っている。ヒーターのおかげで室内はほぼ華氏六十度程度に温まり、タイプライターにセットされた用紙は彼女の創作力の賜物が具体的に刻印されるのを待っている。仕事をしなければ。仕事をするためには、まずひざまずいてエクセルライターのプラグをコンセントに差しこまなければならない。

スティーヴィはひざまずいてマシンのプラグを差しこんだ。そして待った。いっきに暴言や中傷がカタカタ打ちだされるかと思いきや、聞こえてきたのは静寂だった。まだ反乱は起きていない。まだ支配権は彼女にある。いくらかほっとして、彼女はタイプライターのスイッチを入れた。穏やかなブルルルという作動音にうっとりと耳を傾ける。

彼女は長いことその音に聞きいっていた。なにを書こう？　どんな企画がリストアップできる？

ブラウン社のジョージア観光ガイドブック用のウエストヴィルの紹介文。〈アトランタ・フォートナイトリー〉向けのジョージアの若い劇作家三人の人物紹介記事。〈レジャー・エンクワイアラー〉紙の日曜合併版用のちょっとした劇評。〈アニストン・スター〉紙向けのギリシャ系インディアン戦士メナワをとりあげた歴史物。地元の園芸雑誌向けのジョージア建設公社の園芸分野への取り組みをあつかった記事。〈ミズ〉〈コスモポリタン〉といった暗めの話題を明るくあつかいたがる有名雑誌向けの、未亡人暮らしの〝見返り〟をちょっとユーモラスにつづった記事。こうした採用見込みのありそうな企画を、スティーヴィはすべてエクセルライターにセットした診察台用紙に打ちこんでいった。ダブルスペースで打っても、縦二インチ程度しか埋まらない。少なくともいまの彼女の心理状態では、こんなリストをつくってもむだな努力ではないか、どれも完成できないのではないかと思えてならなかった。最後のひとつ以外は足を使って取材しなければならないし、最後のはいちばん売りたくない題材だ。スティーヴィは鬱々とした気分で、苦痛でしかなかった十五分間の作業の成果を見つめた。

で、つぎは？

ひとつ選んで、そこに集中して、書きあげるのよ、とカルヴァン主義の第二の自我がいった。プロテスタントの職業倫理万歳。これを甘んじて受け入れる者に幸いあれ。

じゃあ、最後のだわ。

すばらしい。いい選択よ。興味を引くような小見出しをいくつか考えて、それをうまく並べて、仕事にとりかかりなさい。まだ九時半くらいだから、集中してせっせと励めばお昼までには千ワードの使える文章が書ける。

新任の英語の先生みたい。

仕事、はじめ！

だが十一時になっても、たいした進捗は見られなかった。もう七回も最初の段落を書き換えている――ぼやけた、とろくさい言葉をしゃきっとしたのに入れ換え、きびきびしたリズムを与えるために分詞句の位置を変え、すぐに背中にフォームラバーを詰めこんだせむし男のようにとんでもなくインチキ臭くなってしまう比喩に手を入れ。スティーヴィはこの七つのバリエーションをタイプ打ちの×印やべたつく青インクの線で抹消した。いまはその用紙をじっと見つめている。本気でそうしようと強く思わないと椅子にすわっていられない、そのことにいらついてじりじりしながら見つめている。食器を洗いたい、ジョギングで近所を一周したい、なんでもいいからいましている以外のことをしたい。

もしかしたらこれがエクセルライターの復讐なのかもしれない、と彼女は思った。

そのとき、寝室で電話が鳴った。

スティーヴィの家の電話に留守電機能はない。バークレイ在住の友人や知り合いはたいてい、彼女が緊急時以外は電話をかけるのは夜にしてほしいと思っているのを知っている。昼間の電話の呼び出し音ほど思考プロセスの邪魔になるものはない。かけてくるのはアルミニウム外壁の会社が多い。

「それなら一九七六年に替えました」とスティーヴィは嘘をつく。「いいえ、近所でそれにしてる人なんていないわ。まわりの家はみんな煉瓦壁よ」これもまた嘘だが、それでたいていはアルミニウム外壁の売り込みを撃退できる。

ただそれとおなじくらいの頻度で、〈アトランタ・フォートナイトリー〉などの署名記事で彼女を知った物書き志望者からもかかってくる。〝原稿が採用されるコツ〟を教えてほしいという電話だ。スティーヴィはほとんどの場合、そういう相手に同情心を抱き、励ましている。自分名義の文章が世に出たことなど一度もないのにはじめて書いた俳句やエッセイ、小説、映画の脚本、はたまた叙事詩が、芸術的観点からも一般受けするという面からもウィリアム・シェークスピアとアーヴィング・ウォーレスの全作品を合わせたものより上だと信じて疑わない自信過剰の相手にたいしてもだ。「書いて送ること」とスティーヴィはかれらにいった。「あとのことはわからない。誰にもわからないわ」

きょうのスティーヴィは仕事を中断されたことがありがたかった。これでエクセルライターをほったらかしにする口実ができた。かけてきた相手がセールスマンだろうとまだ作品が出版されたことのない天才だろうと、我慢して長広舌を聞いてやるつもりだった。じつをいえば、めったにないけれど、レディスミス＝バークレイ＝ウィックラース間の接続ミスでかかってきたまちがい電話だったらどうしようと危惧したほどだ。

呼び出し音が二回、三回、四回——相手が切ってしまう前に出なければ。

スティーヴィは書斎から飛びだし、ドアをあけっぱなしにして、六回めの呼び出し音がリリリリーンと鳴ったところで電話にたどりついた。

「アトランタのブライアー・パッチ・プレスの編集長をしておりますデイヴィッド＝ダンテ・マリスと申します。ミセス・スティーヴンソン・クライとお話したいのですが」

「わたしです」

「どうも、ミセス・クライ。ご在宅でよかった。いま少しお話できますか？　おそらく、そのう、興味を持っていただける話だと思うのですが」

視野の端に、小さな白いものが寝室のドアの外を駆け抜けてマレラの部屋のほうに行くのが見えた。

カプチン？　小人のテッド？

「ミセス・クライ？」

「はい」スティーヴィはいった。「聞いてます」

「こんなに早く連絡があって驚かれたと思いますが、これがブライアー・パッチのビジネス手法でして。ニューヨークの会社とはちがうんです。そこがある方にとってはわれわれの最大の欠点であり、ある方にとっては取り柄なわけで。この原稿をうちに送ってくださって大正解ですよ。少しばかり、うーん、巧妙に、手を入れることを承諾していただければ、後悔はさせません」デイヴィッド＝ダンテ・マリスは人のよさそうな笑い声をたてた。「〈アトランタ・フォートナイトリー〉のブロック・ファウラーとはジョージア大学時代からのつきあいなんですよ、ミセス・クライ。彼がね、ジャーナリズム出身以外で、あなたほど早くプロのベテラン組に入りそうな人は見たことがないといってましたよ」

ぶるぶる震えながら、スティーヴィはマリスの言葉を理解しようとした。どうやら願いが――とりあえずは願いのひとつが――叶おうとしているらしい。「ちょっとお待ちいただけますか？　キッチンに行かなくちゃならないんで」

「はあ？」

「すぐです。ここにいると凍えそうなんで」D＝D・マリスにとってはなにがなんだかというところだろうが、歯をカチカチ鳴らしながらでは話にならない。そこでスティーヴィは受話器をベッドサイド・テーブルに置いて、早足で寝室を出た。廊下でマレラの広い寝室に目をやると、防風窓の上のほうから陽光が射しこみ、ライムグリーンのカーペットに水面を思わせるパターンが踊っていた――が、クレッツの姿はない。よかった。テッドのふりをした裸の小人の姿はない。視野の端に妙なものが見えたと思ったのは想像にすぎなかったらしい。が、侵入者が屋根裏に隣接した一段低いクローゼットに駆けこんでしまったとしたら話はべつだ。もしそうだとすると、マレラの部屋に入って暗いなかをくまなく探してみないかぎり、クレッツの姿を見ることはできない。

しかしそんな時間はない。デイヴィッド＝ダンテ・マリスはアトランタから長距離電話をかけてきている。そして彼女は彼を待たせているのだ。ひょっとしたらマリスは、彼女がほかの電話でハリウッドのエージェントと契約の詰めの話をしていると思っているかもしれない。あるいは株式仲買人にすぐにAT&Tの株を千株買い増しするよう急かせているとか、ロンドンの出版社の取得作品担当編集者にメールグラム（文書をファックスで宛先郵便局に送ると、そこから通常郵便で配達されるサービス）で文書を送っているとか。そう思っている可能性もなくはないけれど、まずありえないだろう。

スティーヴィは全力疾走で階段をおり、キッチンに飛びこんで、ゼイゼイいいながら壁の電話の受話器をつかんだ。「ミスター・マリス……ミスター・マリス……お待たせしました……長いことお待たせしてすみません……ほんとうに……」

彼女は言葉を切った。発信音は聞こえなかったが、ミスター・マリスが彼女の失礼な電話マナーに腹を立てて電話を切ってしまったのではないかと不安になったのだ。チャンスがドアをノックしたというのに、ほかの部屋から「帰って。うちはなにもいりませんから」と叫んでしまったも同然なのだから。

ああ、だめ。そんなつもりじゃなかったのに。

「ミスター・マリス！」彼女は叫んだ。「ミスター・マリス、切らないで。電話、まだつながってます？　お願いです、ミスター・マリス……」

XXXIX

ブライアー・パッチ・プレス社の編集長は、ふたたび暖かい笑い声をたてた。「ああ、まだつながってますよ、ミセス・クライ。ちゃんとつながってます。わたしはホットランタ（アトランタのニックネーム）にいて、あなたはのどかなバークレイにいて、ちゃんとつながってる」

「ええ、はい、そうみたいですね」

「きょう、こちらへ来ていただくことはできますか？　いまそちらを出れば、一時にはピーチツリーに着く。オムニのブガッティでビジネスランチはいかがですか。子牛のパルミジャーノかエスカロップでも食べながら、編集上のことや契約のことを話し合いましょう。前菜にはアズキのスープがおすすめですよ。ブラディメリーをすすって、デザートには新鮮なフロリダのイチゴ。わたしはいつも二月にイチゴを楽しんでるんです。もしあなたが来られないようなら、ミセス・クライ、うちの広報の女の子にヴァーシティのチリドッグでも買ってきてもらうことになる。わたし、いま、固唾《かたず》を飲んであなたの返事をお待ちしてるんですよ」

「きょうですか？」とスティーヴィはたずねた。「子どもが学校に行ってまして。午後には帰ってくるんです。出迎えて食事をつくらなくちゃなりませんから、それまでに行ってもどってはちょっと」

「シッターを呼べばいいじゃないですか。ブライアー・パッチは支払い能力のある会社です。料金はこちらで持ちますよ」

「いまからでは見つからないと思います。テディはもう大きいので十代の女の子では手に負えないし、このへんの年配の女性は家に閉じこもっている人ばかりで。あした、でなければ水曜日はいかがですか？」

「いやあ、わたしねえ、今回のこと、非常に期待しているんですよ、ミセス・クライ……もう少しくだけた呼び方をしてもかまいませんか？　もしあなたがこの話から逃げきれないとすると、われわれはこの珍奇なる工夫についてひとしきり話し合いをすることになると思うんですよね。わたし、ミスターとかミスとかいう呼び方で話をするのが苦手でして、いまスティーヴンソンという名前の素敵なご婦人をどう呼ぶべきか悩んでいるところなんです。アドレー（アドレー・スティーヴンソンは米国の政治家、国連大使）ではいささか思慮に欠けるし、わかります、これ？　スティーヴンソンはけっこう長い」

「スティーヴィと呼んでください」

「いいですねえ。では、わたしのことはデイヴィッド＝ダンテと」

「スティーヴンソンより一音節多いわ」

「でも二語ですからね。二語のファーストネームの人間には少々心を広く持ってもらわないと」彼はわざとらしくしゃがれ声で咳払いした。「あのですねえ、スティーヴィ、あなたの企画はきょう朝一の配達で届きましてね。編集助手のジェニファー・サーマンがわたしのところへ持ってきて、これは読むべきだというんですよ。ジェニーは本道からはそれているけれど有望な才能を嗅ぎ分けることにかんしてはブラッドハウンド並みの鼻の持ち主でね。彼女、地方の定期刊行物をつねにチェックしているんです――仕事のひとつとして。で、その彼女が二週間前――掛け値なしに二週間前――サヴァナからモビールあたりにかけて手当りしだい書いている硬派で抒情派の新参のライターを追いかけるべきだといってきましてね。スティーヴンソン・クライという名前は、ジェニーいわく、カーソン・マッカラーズとかフラナリー・オコナーを想起させるタフな女性の名前だと。ジェニーいわく、名前は重要、そしてこの新進のライターには本のカバーを飾るにふさわしい華がある。そこでわたしはオーケイ、心に留めておこうと答えた。そうしたら、けさ、ホットランタの寒い日に、われわれが狙いを定めた硬派で抒情派のママさんから小包が届いた。運命か偶然か？　デイヴィッド＝ダンテにとってはどちらでもいいことだ。わたしはあなたの企画書を読んで、交渉したいと思い、両手をテーブルにのせて、手持ちのカードをぜんぶ表にして……聞いてます？」

「ええ、ずうっと聞いてます。でも信じられなくて」

「あのですねえ、よく商売敵に——手をひろげすぎたビッグ・アップルの会社のやつとかですが——そいつらにおまえの話し方は南部ゴシック文学の博士号を持ってる巡回ショーの芸人みたいだといわれるんですが、早口で人を煙に巻こうというんじゃないんです。早口になるのは、興奮してるからなんです。きょうはスティーヴンソン・クライが書いたものを読んで朝から興奮してるんです」

「あなたが信じられないということじゃないんです」スティーヴィはあわてて説明した。「こんなふうに電話をもらって……つまり、驚いてしまって」

「よかった、よかった。わたしとしては驚かせたかったんですよ。だますのはスポーツマン精神に反するが、驚かせるのはオーケイだ。わたしは一流の驚かせ屋でね、スティーヴィ、だからうちは黒字なんですよ。理由はそれのみ。わたしはね、作家さんがあえて拒否する気になれないようなことをオファーするんです」

「なにをオファーしていただけるのかしら？」

「予備試験みたいなものです――きょう、こちらへ来てもらえれば、しっかり目と目を合わせてお互いを評価できる。お互い、相手にたいする直感が働くんですよ、スティーヴィ、そしてその直感は信じられる。これまでの経験からいって、かなり――非常に――信頼性が高い。しかし声だけではむずかしい。まったくできないわけではないが、むずかしい。電話での話では、わたしのほうが有利です。あなたの書かれたものをいくつか読んでますし、ブロックやジェニーとあなたのことを話し合ったりもしてますから。意味ありげなまばたき以上にいい情報が得られてます。あなたは、いま……たぶんわたしの声から身体的特徴とか誠実さや能力はどの程度かとか、割りだそうとしている。でしょう？」

「この通話、すごい料金になってるんじゃありません？」

「会社の電話です。会社の仕事ですから。ブガッティからのだったら、もっとずっとかかってますよ、ほんとに……。でしょう？　あなたのほうが少々不利だという話」

「そうですね、会ったことのない電話の相手がどんな感じなのか、いつも気にはなりますね。でもそれは水面下でそう思っているだけで。画像つきの電話ができるまでは、どうしようもないでしょうね」

「想像力という点ではどうです、スティーヴィ？　やっかいな状況になると、作家さんは想像力にたよるものだと思うんですが」

「わたしはフィクションを書くわけじゃありませんから」

「しかし『二つの顔を持つ女』のサンプル・エピソードから判断すると、あなたにはその才能がある」デイヴィッド＝ダンテの声が陰謀めいた色を帯びてきた。「文芸編集者の職業的偏見を披露させてもらいたいんだが、よろしいですか？」

「どうぞ」

「われわれはふつう、電話での会話が延々とつづく場面は好みません。どうしても動きが乏しくなる。電話している当人たちはグローブをつけたり棍棒を持ったりしてファイティングポーズをとるわけにいかないから、けっきょくクライマックスは受話器をガチャンと置くだけでおしまいということになりがちだ。電話の場面では場所や登場人物の顔つきがイメージしにくい――まあ、そういうケースが多い。是が非でもマーベル（米国電話電信会社の愛称）をくたくたにさせたがる作家は、まあ、読者に麻酔をかけるリスクを冒しているといえる。題扉に睡眠薬のパッケージをホチキスでとめておくようなものだ。『第三十九章で二錠飲んで、翌朝、わたしに電話してください。あなたが眠ってしまった部分についておしゃべりしましょう』てなもんだ。とにかく、たいていの人は電話の場面より身の毛もよだつ大量殺人だの輪姦だのドラゴンの群れが上空を通過する場面だの、そういうほうを好みますからね」

「でも、あなたはちがいますよね？　じゃないんですか？」

「まあ、そう、提出原稿をあつかっているときはね。編集者としては電話の場面は大嫌いですよ。しかし現実の生活はべつです。誰だって実際、電話で話すことは、それはときにはあるし、お互いにとって途轍もなく重要なことを話すことも、ときにはある」

「そうですか？」

「ええ、そうです。わたしとしては、この話――この電話での話――があなたにとって今年屈指の途轍もなく重要なものとして記憶されることになってほしい。おわかりですよね？」

「ミスター・マリス、なにをおっしゃりたいのか、よくわからないんですけど」

「デイヴィッド＝ダンテ、スティーヴィ。デイヴィッド＝ダンテ！　まず、われわれの関係に公平性をもたらすために、わたしの見た目について、こうだという確信を得てほしい。あなたは、ここまでわたしがぺらぺらずけずけしゃべるのを聞いてきたんだ。物書きの想像力を働かせて、わたしがどんな人間か、描写してみてください」

「あなたを描写する？　それはなにをいってもまちがいになると思いますよ、ミスター・マリス。第一、それだとあなたのおっしゃるそちらの利点が大きくなるんじゃありません？　わたしが推測したことを話せば、その分、あなたのわたしにたいする分析が深まることになるわ。お願いですから、ストレートに企画のことをお話ししません？」

「話しますとも、約束します。しかし、いまはわたしのわがままを聞いてくださいよ」

「でも、もし、うっかりあなたを侮辱するようなことをいってしまったら――」

「侮辱なんてことはありえませんから、スティーヴィ。わたしはピーチ・ストリートにある美しい緊張感あふれる仕事場でどっかり腰をおろして、グッチをはいた足を秘書のタイプライター台にもたせかけて、祖父の第一次世界大戦記念の懐中時計が銀メッキの爆弾みたいにチクタク時を刻んでいて、しかも侮辱には完全に免疫があるときてる。わたしがせむしだと想像してみて。あばたがあって、口が臭くて、片目はガラスの義眼。なんでもいいから好きなようにいってみて。それがすんだら、ビジネスの話をしようじゃありませんか」

「ミスター・マリス」

「さあさあ、スティーヴィ。想像して、照明をあてて、描写して」

「あなたはデブ」スティーヴィは彼の願いを聞き入れてやった。「デブで、ハゲで、インポ。足の指が巻き爪で、鼻の穴から鼻毛が荷造りヒモみたいに垂れてる。肥料工場みたいな匂いがする」

「そういうふうに聞こえる？」デイヴィッド＝ダンテ・マリスはあたりさわりのない口調でたずねた。

一瞬、間をおいて、スティーヴィはいった。「いいえ、ちがいます。いえというなら、べつのもありますよ。だってずいぶんと風変わりなご要望なんですもの」マリスの沈黙には、ぜひもうひとつべつのを聞きたいという気持ちと彼女の最後の指摘を肯定する意味合いが含まれていた。「すみません、デイヴィッド＝ダンテ、でも、大柄という感じはします――正確には太っているというのではなくて、礼儀正しいけれど威圧感のあるどっしりした感じ。引退したアメフトの選手みたいな。ラインマンかしらね」

「ああ」

「高価な靴と懐中時計の話をされましたよね。ちょっとヒントを出しすぎかもしれませんよ。二月だけれど、きれいなクリーム色のスーツ姿が見える感じ。上着は脱いでいるけれど、それにマッチしたベストを着ている。ワイシャツはすごく淡いオレンジと濃いオレンジのピンストライプ。おしゃれなシルクのシャツね。『グレート・ギャツビー』のデイジー・ブキャナンがその胸で泣きだしそうなシャツ――ギャングか出版関係の管理職が着る感じの」

「顔は？」

「年は四十六、七。きれいにひげをそっている。広いひたい、コバルトブルーの瞳。髪は――まだ白髪はなくて、量もたっぷりあって――オールドファッションな感じに、こめかみからうしろへ流している。でもヘアオイルでなでつけてはいない。もみあげに白いものがまじっていて、ときどきそれが光って見える。

くちびるは……そう、ちょっとぼってりしていて、上くちびるのまんなかが盛りあがってやわらかそうな感じ。ひたいにしわを寄せると、グラントパーク動物園のゴリラのウィリー・Bにそっくりになる。でも、にっこりしているだけだと、ノーマン・ロックウェルの絵の前歯の抜けた男の子が大人になったみたいな感じにも見える。見かけより頭がよくて、たぶん、ほんの推測にすぎませんけど、あなたが選んだ職業においては、それがマイナスにはなっていない」スティーヴィはひと呼吸おいた。

「以上が私の見立てです。どうでした？」

「完璧だ、スティーヴィ。百パーセントどんぴしゃり。スーツとワイシャツの色にいたるまで。驚くべき慧眼。大道芸として披露できる」

「ですね。わたしはバトン・シティのシスター・セレスティアルのバークレイ版なんです」

「そこはわたしの守備範囲外だが――これでほぼイーブン、キャラクター査定の公平性については歩み寄れた」

「ほかになにかあります？」スティーヴィはたずねた。

「あなたはわたしの風貌がどんなものかわかっているけれど、わたしがあなたについて知っているのは知的な部分だけだ。さあ、あなたがどんなふうか表現してみて」

少々苛立ちを覚えて、スティーヴィはエイミー・ローウェル（米国の詩人、批評家）の巨体にマリアン・ムーア（米国の詩人）ばりのケープと三角帽子姿の大人の女性像を描写してやった。しかしデイヴィッド＝ダンテはそれを信じず、正直に説明しろと要求した。そうすればビジネスの話に入るけれど、それまではだめだという。

スティーヴィは自分の風貌を説明した。

「すばらしい」とデイヴィッド＝ダンテ・マリスはいった。「そうこなくちゃ。しかも声から想像していたとおりの風貌だ。これでおなじ部屋にいるも同然」

「そうですか？　クリーム色のスーツの男性がうちのキッチンにいるって、そうそうないことなんですけど」

「あなたほど小気味のいい魅力的な女性が、わたしのオフィスに話をしに来てくれるというのもそうそうないことですよ」

「小気味のいい？」スティーヴィはいった。しかしデイヴィッド＝ダンテが答える前に、いそいでこうつけ加えた。「ほんとうにわたしの本の話をするつもり、おありなんですか？　わたし、これはいたずら電話じゃないかと疑いはじめているんですけど」

「もしそうだとしたら、スティーヴィ、あなたはチャーミングな受け答えで話にのっていたおばかさんということになってしまう。しかしそんな心配は無用だ。前払い金《アドバンス》三千ドル、印税十パーセントでどうです？」

「どうなんでしょう？」

「どうなんでしょう？　いいですか、本はリッチーズにもデイヴィソンズにも並べます。ショッピングモールの書店はいうにおよばずだ。繁華街を中心にサイン会も設定します。それでさらに五、六千は稼げるし、もし『二つの顔を持つ女』が重版になれば、またそれ以上入ってきますよ」

「どうなんでしょう、というのは、一般的にはどの程度なのか知らないから申しあげたんです。ロンダ・アン・グリネルの『レスター・マドックスはもうここには住んでいない』とか『アトランタ・ブレーブスなんか怖くない』とかのアドバンスってどれくらいのものだったんですか、ミスター・マリス？」

「一冊めより二冊めのほうが高い。『レスター』は初版が四カ月程度で完売しましたよ。ロンダ・アンは〝アトランタの嘘つき新聞〟に毎日コラムを書いているから、それが格好の宣伝になって、ブライアー・パッチ・プレスは一ペニーも出す必要がなくてねえ。売れ行きを維持するためには随時、宣伝も打ちますが、『二つの顔を持つ女』は、ロンダ・アンのものほど出足が速くはないでしょうね。彼女のは、下水処理場が停電したときの香料入りロウソク並みに売れましたからね。香料入りロウソクはたいして明るいわけじゃないが、尋常ならざる匂いで、多少は気分がよくなる。彼女の本でね、スティーヴィ、わたしはまさにあなたの企画のような感情の機微に富んだエッセイ集を出したいと考えるようになったんですよ」

「わたしの質問に答えていただいてませんけど」

「それはまあ、あなたがわたしのことをミスター・マリスと呼んだからですよ。それに作家との金銭面の取り決めをほかの作家に話すなんて絶対にできません。あなたがロンダ・アン・グリネルから聞きだせるなら、それはそれでけっこうだが。しかしあの女史は新聞社のディスプレー装置のまえにすわったイディオ・サヴァン（精神障害や知的障害を持ちながら特定の分野に突出した能力を発揮する人）みたいなものでね。椅子に腰をおろしてカタカタ打つと新聞が自動的に結果を出版してくれる。ブライアー・パッチ・プレスは後日、そういうあちこちに書き散らされたやつをひとつにまとめる。すると彼女のファンが本屋に殺到する、というわけです。わたしは、彼女がどのくらい成功したか――金銭面でね――明かそうとしないからといって彼女を責めたりはしませんよ。最近はスポーツクラブだの市民集会だの精神科の学会だのに招かれてしゃべっている。面食らいますねえ」

「なるほどね」スティーヴィは矛先を納めた。「でしたら、そちらのオファーが正当なものなのかどうか教えてください」

「新人作家にとって、ということ？　答えはイエス。この近辺で、なんならビッグ・アップルで、エージェントを探すという手もある。しかし誰がエージェントになろうと、こちらは一歩も譲らないし、どちらにしろ、スティーヴィ、あなたはアドバンスとこの先入ってくる印税の十パーセントにお別れのキスをすることになりますよ。エージェントによっては、もっとふんだくるところもある。食品雑貨が山ほど、コカコーラが山ほど買える金額ですよ。しかし、きめるのはあなただ」

「先ほど、あなた――」

「どうぞ。聞いてますよ」

「──巧妙に手を入れる、とかおっしゃいましたよね。それってどういうことなんです？」

「あなたのエッセイ集の構成にかんしては口を出させてもらいますよ。中身に手を入れることもあるでしょう──流れをよくするとか、ちゃんと意味のあるクライマックスへ持っていくという面でね。書いてもいない言葉を足したりはしないし、これは手をつけてくれるなというはっきりしたものがあれば、それをあえて曲げさせるようなことはしない。こんなことをいうのも、作家によっては排出するコンマひとつにいたるまで愛してやまない人がいるからなんですよ。そういう人とはなるべく仕事をしないようにしているんです」

「ロンダ・アン・グリネルのにも手を入れているんですか？」

「なんのために？」

「それは、あのう──」

「彼女はそのままで完成品です。それ以上改善のしようがない──おでこからお腹のボタンまでぱっくり開いて、彼女のなかに潜んでいたジェーン・オースティンが屈辱を覚えて外に出てきて支配権を握る日まではね。しかしロンダ・アンは、いいんだか悪いんだか、おおらかに快適にすごしていて、そんなふうにぱっくり開く気配はない」

「わたしはコンマを溺愛するタイプじゃありません」

「それはよかった。この話題にふさわしい例をひとつあげてみましょう。あなたが送ってきたサンプル・エッセイと梗概。あの梗概だと、『ベッドの空っぽの側』と題されたエッセイは、テッドの病気や死をあつかったエッセイのずっとあとに配置されている」

「時系列に沿った順番にしてあります」

「歴史もそうです、スティーヴィ。しかし、かならずしもそう書く必要はない。〝イン・ミーディアズ・リーズ〟という言葉をご存知ですか？　前置きなしで、ということです。『ベッドの空っぽの側』は一番手にしたほうがいい。ほかのほとんどのエッセイには厭世的なユーモアが感じられるが、これにはそっちで切り捨てられてしまった気分、雰囲気がある。しかしね、それこそがあなたの苦境の尺度になるもの、そこからバシバシ、ショットを打つ基準線になるものなんだ。だから最初に置かなくちゃ。これがわたしのいう〝巧妙に手を入れる〟ということです」

「最初に？」とスティーヴィはつぶやいた。

「あのねえ、これからあなたが書いたものを読みあげます。あなたがいかにいいものを書くか、どこにスポットライトをあてるべきか、作者自身よりもわたしのほうが的確に判断できるというところをお見せしますよ。

『ベッドの空っぽの側には、なにかがとり憑いていた』」デイヴィッド＝ダンテ・マリスはやわらかなバリトンで読みはじめた――「『そちら側のベッドカバーをめくることはあまりないが、シーツと枕にきちんとベッドカバーがかかった状態でも記憶はマットレスを沈みこませ、いまは亡きつれあいを思い起こさせる。彼が死んだことはわかっている（その手の幻覚を見ることはない、とくに昼間は）けれど、夜中に目が覚めて二人のベッドのしわひとつないほうを向くと、彼がすぐにもわたしの横にもどってくるような気がしてしまう。彼は不眠症で、ちょっとそのへんをぶらぶらしているだけ。すぐにもどってくる。わたしの横のじっと動かない空白も、わたしの心の隣の気まぐれな空白も、すぐに消える。

ベッドの空っぽの側を見ると、わたしは切断手術をうけた人間なのだと思わずにはいられない』」マリスはつづけた。「『事故が起きて、最高位の聖職者たちにも救えなかった傷ついた部分を、無名の守護者たちがこっそり運び去ってしまったのだ。麻酔から覚めると片肢がなくなっている。幻覚痛があるはずのない肢を責め苛む。ベッドの空っぽの側——白日夢めいたもののなかではなく、この我が家のベッドの空っぽの側——は、失われた肢同様けっして触れることのできない幻覚の支えになっている。そうとわかって——』

「やめて」スティーヴィはいった。

「どうしました？」とデイヴィッド＝ダンテ・マリスがたずねた。

スティーヴィは答えなかった。

「いいでしょう。わかりました。しかし、これは最初だ。雰囲気がほかのエッセイの斜に構えた怒りとは矛盾していてもかまわない。『ベッドの空っぽの側』を読めば、この斜に構えた怒りがどこから来るのか、そしてあなたが悲しみの淵からどう這いあがってきたかがわかる。これが一番手ですよ、スティーヴィ」

「ぜんぜん這いあがってないかもしれない」

「え？」

「ぜんぜん這いあがっていないのかもしれません。ゲームの筋書は書けても、うまくプレーできていないのかも」

「ナンセンス。書くこと自体がプレーなんだ。非の打ちどころのない正統なアプローチ法ですよ。ブライアー・パッチはあなたの本を出したいんです。たぶん二冊めもお願いしたくなるだろう。フィクションも書いてみるべきだ。うちはいまそっち方面に進出中でね、わたしはここクラッカーランドで有望な作家、小説家を育て、本を出していくことに本腰を入れているところなんです。あなたはそのひとりになる人だ」

「わたしはフィクションは書きません」

「うん、しかし、やれば、できる。スピロ・アグニュー（ニクソン政権下の副大統領）みたいな連中に小説が書けるなら、スティーヴィ、誰にだって書ける。そうそう、二週間前、ロンダ・アン・グリネルが小説を持ちこんでね。いささか怪しい匂いはするが、B・ドルトン（米国の書店チェーン）を燃えあがらせそうだし、もっといいものが半ダースは書けそうだから、出版する方向ですよ」

「ロンダ・アン・グリネルが？　小説を？」

「三世紀にわたる多世代大河小説でね。たったの百四十七ページだが、日々コラムを書くことが話をいっきに盛りあげる訓練になっていて、ぎゅっと凝縮された俗っぽさが目新しいから、それが強みになるんじゃないかな。なにはともあれ、ロンダ・アン・グリネルが書けるなら、並はずれて鋭敏なスティーヴンソン・クライに書けないはずがない」

「並はずれて鋭敏なエレノア・ルーズベルトは小説は書かなかったわ。マーティン・ルーサー・キングも。とりあえず目のまえにある企画のことだけ考えるというわけにはいきません？」

「スティーヴィ、じつはコロンバス在住の新進作家の本がうちから出たばかりでね。彼はエドガー・アラン・ポーの系譜というよりはウィリアム・ディーン・ハウエルズ（米国の作家、批評家、編集者）の系譜に属しているんだが、興味深い才能の持ち主ですよ。ジェニーにいってユナイテッド・パーセル・サービスの便で一冊送らせます。あすには着きますよ」

「なんていう方ですか？」スティーヴィは落ち着かなげにたずねた。

「題扉にのっている名前はA・H・H・リプスコムですが、これはペンネームでね、その人物と取り交わした契約書に、本名は明かさないという条項が含まれているんです。わたしはB・トラーヴェン（作家。本名、国籍など、身元にかんする情報が伏せられている）条項と呼んでいるんですがね。リプスコムの発案です。そんな条項を黙ってつけ加えさせたのは、ひとえに彼の作品が面白かったからなんですがね」

「わたしの契約書は？」

「リプスコムの本といっしょに送ります。一週間さしあげますが、お望みならもっとかかってもかまいませんよ。ブライアー・パッチは信頼のおける出版社だということをお忘れなく――熱心な編集者がいて、実績ある販促手法を知っていて、作家としての輝かしい未来が約束されることまちがいなし。版元としてアルフレッド・A・クノップフ並みとはいえないが、まだできて六年程度ですからね」

「いろいろありがとうございます」スティーヴィはいった。「勉強になりました、あなたとお話しさせていただいて。まさか長距離通話でこんな長話をすることになるなんて思ってもいませんでした」

「お返事、お待ちしていますよ、スティーヴィ」マリスは彼女に直通の電話番号を伝えた。「ところで、もし仕事面で行き詰まりを感じているようなら、短篇小説を書いてみるといい。自分自身の経験――永続的な悩みとか欲求とか――に材をとって、それを核にして空想をひろげる。タイプライターをうまく使うといい。潜在意識を解放するんです。がんがん走らせて、行き先を見まもる。スティーヴンソン・クライは豊かな鉱脈、ダーロネガ山地の金が尽きて以来最大の純金の鉱脈なんじゃないかという気がする。マーガレット・ミッチェル以来といってもいいかな」

「まさか、そんなことありえません。それは――」

「ありえないとは誰にもいえませんよ。では、スティーヴィ。よい夢を」

　受話器から耳障りなブーンという音が聞こえてきて、スティーヴィは寝室の受話器をはずしたままだったことを思い出した。ところが二階に行ってみると、それは杞憂にすぎなかった。ありがたいことに、子機はちんまりと受台に収まっている。クレッツのしわざだわ、とスティーヴィは思った。シートンの猿があたしの家にとり憑いている。前はテッドがとり憑いていたけれど、いまいちばんあたしの心を掻き乱す亡霊はコスタリカ生まれの邪悪なカプチンだ。あいつが部屋に入りこんで、受話器をもとにもどしたんだわ。

「よけいなこと、しないでちょうだい」スティーヴィは声に出していった。

マリスの電話のせいで昼食が遅くなってしまった。彼女はキッチンにもどってピメントチーズのサンドイッチをつくり、小さなバスケットにトルティーヤ・チップスを盛って、味わいもせずに食べた。ついさっき評判のいいアトランタの出版社が電話してきて、彼女の第一作となる本を出したいといった。だのになぜ、その高揚感が電話を切ったあともつづいていないのだろう？　お祝い気分になっていていいはずなのに。しかし現実には彼女はピメントチーズのサンドイッチを食べながら、心が空っぽなときに生じがちな多種多様な幻覚について考えているのだった。

XL

猿の花嫁

スティーヴンソン・クライ

夏は一瞬のまばたきのうちにすぎ、冬はリウマチのように延々とつづく遥かな北の地で高潔な両親のもとに生まれたカティンカは、身の丈六フィート近くの恐るべき娘だった。当年とって十八の七月なかば、雪もしぶしぶ消えはじめた頃のこと、彼女はヴァルデマールという名のがっしりとした金髪の若者とつれだって高地の緑のなかをぶらついて、時をすごしていた。カティンカは内気なヴァルデマールの尻を叩いて求婚の言葉を口にさせていたが、それは彼の親が村の名士だという理由だけでなく、彼の青い瞳にときおり怒気を含んだ閃きが燃えあがって、つねに宿っている愚鈍な穏やかさを一変させ、彼女を驚かせるからだった。カティンカはいまでも、二人のあいだに大きな諍いが起きたときにはかならず自分が勝つと信じていた。負けることがあるとすれば、それは好んでそうするのであって、彼女がすべての判断や論争に勝つわけではないと未来の夫を納得させるための奥の手としてそうするだけのことだと彼女は考えていた。

運命はカティンカの計画を、子どもの指がトウワタの莢《さや》をちぎるのとおなじ無頓着さでぶち壊しにした。

ある日、ヴァルデマールと出掛けて夕暮れに家に帰ってみると、父親も母親も隙間風の入る書斎にいた。父はいつもそこで帳簿をつけたり備忘録になにか書きつけたりしている。こうした備忘録は人間のうぬぼれが生みだした退屈な文書のなかでも最高峰に属するものだと、娘は思っていた。父親がしたことといったら、広大な所有地を管理することとばかげた訴訟にかかわること、そしてカティンカの母親を恥も外聞もなく甘やかすことだけだった。甘やかされた母親は貧乏暮らしとなったいま、吹きすさぶ寒風は自分の安寧を容赦なく攻撃する敵と思いこんでいる。

伯爵も伯爵夫人もカティンカの姿を見るとあわてたようなそぶりを見せ、カティンカはそのように驚き、とまどいを覚えた。そして遅まきながら客がいることに気づいたのだった。

客は頭のてっぺんから足の爪先まで高価な白絹に覆われていて、フードで顔は見えず、ケープで手も見えず、父親のインキュナブラ（一五〇一年以前に活版印刷で刊行された書物）を収蔵する棚を支える二本の黒大理石の柱のあいだに立っていた。背はカティンカより数インチ低いのに畏怖の念を禁じえないのは、その異様ないでたちだけでなく、たたずまいと匂いのせいでもあった。優雅な長着のなかで男が身をかがめると、不快ではないものの、エキゾチックな、腐る一歩手前の爛熟した匂いが漂ってきた。父親はどもりながら、客はイグナシオ・デ・ラ・セルヴァといい、カティンカの許婚《いいなずけ》だと紹介した。彼女とこの新来者は一週間後、この屋敷で結婚の式をあげるのだという。

「わたくしはヴァルデマールのもの、そして彼はわたくしのものです！」カティンカは怒り狂い、ワルキューレさながらに身体を揺らして怒鳴りちらした。父親は怯え、ふだんは口やかましい伯爵夫人もわずかばかり涙を流した。だが、目の端でとらえたドン・イグナシオはあとずさりするでもなく、ひるんだようすもない。彼はただ、素朴な乙女がロマンチックな青い共和主義をまもろうとする光景を楽しむかのようにフードの奥からじっと見つめているのだった。「お父さま、こんな人の話、わたくしは聞いていません！　お父さまもお母さまも一度たりと口にされたことがないのに、いきなり、こんな笑うこともできないほど皮肉な時を選んで、この見知らぬ客人の花嫁になれだなんて！　嫌です！」固く拳を握りしめて、彼女は締めくくった。「嫌、絶対に嫌です！」

ドン・イグナシオがアルコーブから大股で歩み出て、絹のフードをはらりとうしろに落とした。この動きにカティンカの母親は鋭い叫び声をあげ、伯爵は当惑して悲しげに顔をそむけた。カティンカは一瞬、客が覆面を、白い毛織物か別珍の覆面をかぶっているのかと思った。が、すぐにわかった。イグナシオ・デ・ラ・セルヴァの縮こまった肩にのっているのは、猿の、大きさは人間とはいえ、まぎれもない猿の顔だった。さらに、突然フードをとった動きで、猿の手が、手首が、前腕が、そして白い毛のアスコットタイがあらわになっていた。許婚は――なんたることか！――ヴァルデマールのような人間ではなく獣だったのだ。小型のものは、ときにジプシーが連れていたり、けばけばしい旅回りのサーカスにいたりする、あの獣。

カティンカは吠えるような声でせせら笑った。しかし親の意にそむき、娘の特権で親を威圧して自分の考えを押しつけるなどめったにできることではなかった。今夜の両親にその手は通じそうにない――二人は黙って娘の怒りを受け流している。親が心変わりする望みはないと悟ったカティンカは敷石に崩れ落ちてすすり泣いた。猿顔の客との結婚を逃れる道はみずから命を断つか、凍てつく荒野の果てへ逃げるか二つにひとつ――が、伯爵の承認がなければヴァルデマールと結婚することもできない。すすり泣きながらも、彼女は苦しくとも自分の気持ちを親のそれに沿わせようとつとめはじめていた。

許婚（その白い頬ひげとおぞましいほどくぼんだ目はかなり年をとっている証にちがいない）はたぶん結婚後そう長く生きてはいないだろう。なんといっても、その顔は彼女の国のルター派教会の墓地でよく見かける死神の彫刻にそっくりなのだ――もしドン・イグナシオが二、三年のうちに死んでくれれば、いやたとえ五年程度生き長らえたとしても、彼女は若き未亡人として大きくふえた持参金とゆたかな経験を手にヴァルデマールのもとに行くことができる。父親が選んだ相手のうとましい愛情をしばらくのあいだ我慢しさえすれば、自分の価値を高め、より好ましい自分になることができるのではあるまいか。そう考えながらも、カティンカはひたすらすすり泣き、わざとらしく手を揉みしだいていた。

「これこれ」伯爵は相変わらず視線をそらせたまま娘をいさめた――「ドン・イグナシオに失礼だぞ。わたしが若い頃、ジャガーと蛇の国に赴いたときのことだが、ある運命的ともいえる出会いがあったのだ。あるところでその地方の、よそ者にはうかがい知れない禁忌を犯してしまってな、アマゾン原住民の族長がわたしの身体の一部をひとつならずよこせといいだした――だが折よくイグナシオ・デ・ラ・セルヴァがとりなしてくれて、わたしは代償を払わずにすんだのだよ、カティンカ。そしてわたしは感謝の印として、そのときすぐにでも、あるいはもっと富をたくわえてからでもいいが、力のおよぶかぎり彼の願いを聞くと約束した。『二十年後でいい』とドン・イグナシオはいった。その約束のことはきょうの昼まで忘れていたのだが、我が友が――」猿男のほうを見てうなずく。「きょう、やってきて、思い出した。そして彼の願いというのが、なにを隠そう、いとしいカティンカ、我がひとり娘との結婚だったのだ。わたしは戒律はひとつ二つ破ったことはあっても、約束を破ったことはない。だからおまえはこれ以上不服をいったり非難したりせずに、この運命の采配にしたがわねばならないのだ」
と、ドン・イグナシオが一歩まえに出て、こういった。「わたしはかつて夏至《げし》線カプチン会ノドジロ派の一員だった。しかし神への誓いは遥か昔に放棄した。仲間の修道士たちがわたしを捨てて、最後の急進派蜂起だか最新の熱帯雨林ゴールドラッシュだか（どちらだか忘れてしまった）に加わったときにな。だからカティンカ、そなたにはわたしが城にしているジャングルのなかのさびれた修道院にわたしといっしょに住んでもらうことになる。二人でいっさいの政治的、宗教的教義に妨げられることなく、子どもを育てるのだ。そうすればそなたはわたしの献身的愛情という広大な監獄のなかで自由を得ることができる」

　許婚の深く落ちくぼんだ目を床から見あげて、心ならずも花嫁となる娘はいった。「でもあなたはローマカトリック教徒、わたしはダントンとアベ・シエイエス（どちらもフランス革命で活躍した政治家）の信奉者ですわ」

「たしかにな、かわいい人、われわれは生まれた世界がちがうだけでなく、生まれた時代もちがう。しかしながら、そなたの非難は当たらない。わたしはもはやローマカトリック教徒ではないのだし、そなたは観念のみの革命主義者にすぎないのだからな。それが証拠に、そなた、父親と母親の愛情あふれる圧政に反旗を翻すことすらできぬではないか」

　これを聞いて、伯爵夫人は気を失ってしまった。カティンカは母親に気つけ薬をかがせ、伯爵とドン・イグナシオはそれぞれの思いを胸にそのようすを眺めていた。もはやこれまでであった。

　ドン・イグナシオが思想信条を披瀝することを頑なに禁じたため、結婚式はルター派牧師の承認もなく、困惑顔の使用人が数人列席しただけで執り行われた。伯爵夫人は娘を手放す悲しみに涙し、はたまた華やかさに欠ける式が辛くてならない我が身の罪を清めようと涙した。夫人は国中津々浦々から村の大聖堂が満杯になるほど大勢の貴族たちが詰めかけることを期待していたのだ。ところが彼女が耳にしているのはドン・イグナシオみずからがつくった誓いの言葉を読みあげて新郎新婦をリードする夫の声であり、その弱々しい声には侘しい浜辺を舞うカモメの哀れを誘う響きが感じられるのだった。

ドン・イグナシオの誓いの言葉は貞節に非常な重きを置くものだった。カティンカは、元カプチン会修道士がこれを書いたのは、彼女がヴァルデマールに強い恋情を抱いていることを念頭に置いているからこそだと確信していた。

ヴァルデマールのことをいうなら、カティンカはほどなくべつの男と結婚することなど一度たりとほのめかすべくもなく、その日の午後に彼と別れていた。彼女はさんざん苦労して（というのもヴァルデマールは二人のまえにさまざまな困難が立ちふさがることを想定して二人の愛が不変であることをたしかめるという恋人たちのゲームをあまり好まなかったからなのだが）もし彼女がなんの前触れもなく彼のまえから姿を消すようなことがあったら、十年間は独身でいる、彼女にもうもどる意思がないと見定めるのは十年たってからにする、と彼に宣言させていた。ドン・イグナシオにたいする最後の誓いの言葉を口にしながら、カティンカは真の恋人の口から引きだした約束のことを考えていた。いくらなんでも厳しすぎたかもしれない。優雅だけれど醜いドン・イグナシオに心にもないことをいうのは、死にも値する罪なのかもしれない……。

誓いの証としての新郎新婦の口づけはなく（慣例にとらわれないということでそうなったのだが、カティンカにとっては心底ありがたかった）、手を握り合い、目を見つめ合うことでよしとされた。しかし、この儀式には、それはそれでありがたくない面もあった。ドン・イグナシオに見つめられたカティンカは記憶の大渦を通り抜けておのれの底知れぬ不可解な部分にまで追いやられるような思いに駆られ、彼の鉤爪のような手からは彼女のてのひらを通して迸《ほとばし》る水のような吹きつける風のような力が伝わってきたのだ。

カティンカのあらたな住まいへの旅は何週間もかかった。彼女とドン・イグナシオは列車でも船でもひとつ客室ですごしたが、ベッドを共にすることはなかった。元修道士はあえて込み合う通路や旅慣れた客たちがあふれる甲板に出るときにはかならず白絹のマントを羽織り、フードをかぶっていたが、旅の宿の埃っぽい部屋でも狭い船室でも、二人きりの場所では着衣に気を配ることはなかった。彼は毛皮をまとった、ふしくれだった身体をさらすことにかけらほどの羞恥心も抱いてはいなかったが、カティンカは彼のまえでは髪をおろすことさえしなかった――寝るときも服は着たまま、身体を洗ったり着替えたりするのは、彼女がそうできるよう夫があきらめ半分で席をはずしているあいだにかぎられた。否応なく間近ですごせばすごすほどに、カティンカはドン・イグナシオが猿だという事実を痛いほど意識せざるをえなかった――その独特な体臭は、歯をシーシーいわせたり鉤爪でテーブルを叩いてリズムを刻んだりするのとおなじ悪癖のように思えて、神経にさわった。彼女は獣と結婚してしまったのだ！

酔った水夫が彼の背中にナイフを突き立ててくれますように、とカティンカは不敬にも神に祈った。嵐のときに海に落ちてくれますように。しかし神はそんな願いを歯牙にもかけなかった。

熱帯雨林を流れる川の細い支流を丸木舟でたどった末に、新婚夫婦はようやくのこと、ドン・イグナシオが住まいにしている夏至線上の崩れかけた修道院にたどりついた。カティンカの両親のまえで押しつけがましく自己紹介した折に、彼はこの四方八方にのびひろがった建物を城と称したが、恐怖におののく花嫁にとっては茅葺《かやぶき》の屋根つき通路でつながれた、蔓植物とだらけた赤銅色の大蛇がからみつく腐りかけた厩《うまや》の連なりにしか見えなかった。魔王が贈り物用に包装した城だ。熱気は耐えがたく、あたりには腐臭が蔓延し、院内の庭は巨大なジャングルに囲まれた小さなジャングルだった。ドン・イグナシオはこの元修道院をアルカサール・デ・カンセール、すなわち夏至線城と呼んでいた。召使いはバタンインコにカプチン・モンキー、サンショウウオ、蛇、オオアリクイ、そしてアルマジロ。カティンカは泣いた。

それからの数日間、彼女は充分に心を落ち着かせて夫の所有地を見て回った。ここで暮らさねばならないのなら、萎びた葡萄《ぶどう》からまともに飲めるシャンパンをつくってやろうという心積もりだった。しかし彼女がいちばん驚いたのは、その荒れ果てた外観にもかかわらず、夏至線城の暗く湿った室内には巧妙な魔法の装置があれこれそろっていて、そのどれもがドン・イグナシオの言葉や手のひとふりで目を覚ますことだった。ある機械はバッハやテレマンの対位法の旋律をよどんだ空気のなかに高々と送りだす。またある機械は見知らぬ人間の謎の行動を音声つきで木の箱にあいた不透明な窓に映しだして他人に開陳している。さらにまたある装置を使うと、ドン・イグナシオ曰く何千何万マイルの彼方にいる肉体から離脱した精神と会話できるという。彼の聖体拝領者は悪魔にちがいないとカティンカは確信した。

しかし娘がもっとも魅了された装置は、あまり感じはよくないけれど、ドン・イグナシオが自分の考えをまるでほんものの本のようにきれいに印刷されたかたちにできる機械だった。カティンカがこの機械を好んだのは、恐れを感じなかったからだった。外観は理解可能なものだし、部品それぞれにちゃんとした目的があることもわかる。また、そのまえにすわった人物がその機械の動きを指示するさまは、フルート奏者がフルートを操るようすに通じるものがあった。ドン・イグナシオはその機械を電動筆写器と呼び、花嫁に使い方を教えた。彼女はその返礼に、床入りで結婚を完成させようというドン・イグナシオのやさしい誘いを一蹴しつづけ、機械を使って、彼女をここに閉じこめている独裁的な猿の君主と夏至線城にたいする、つのる一方の嫌悪の情を書き綴った。彼女は指先から心情を迸らせ、憎しみと故郷への慕情をあからさまに綴った防湿用紙一葉一葉をチーク材の文箱のなかに蓄えていったのだった。

ドン・イグナシオは無数の謎めいた用事で、しばしばジャングルへ出掛けていった。ときにはいっしょに行かないかとカティンカを誘うこともあったが、彼女はきっぱりと断っていた。彼の仕事は恐ろしいことばかりにちがいないから、彼女はただただ電動筆写器を通して陰鬱な恐れや望みを紙に記すことで正気を保っていた。この作業をやめてしまったらなにが起こるかわからなかった。夫の留守中たまに、彼の召使い——エメラルド色の羽衣にルビー色の目をした鳥たち、茶色いビロードの装いの猿たち——が鳴き騒ぐ木の下で立ち止まって、かれらの封建領主の横暴ぶり、そしてどうすればその圧政を終わらせることができるか、熱弁をふるうこともあった。バタンインコは彼女に向かってコッコッと鳴き、カプチンはただあくびをするだけだったが、奇妙なことに彼女はその無関心ぶりがありがたかった。彼女はドン・イグナシオが暴力で退けられることを本気で望んではいなかったのだ。

ある晩のこと、夏至線城の城主がカティンカの寝所にやってきて、くつろいだ衣服で横になっていた彼女の目のまえでチーク材の文箱の中身を紅土の床にぶちまけた。猿の妻となって一年近く。彼女はうっかりしたとき以外、一度たりと彼にやさしくしたり、自分から話しかけたりしたことはなかったが、彼がこんなふうに怒りをあらわにして、ささやかながらこれみよがしに文化を破壊する挙に出たのはこれがはじめてのことだった。修道院の薄闇のなか、胡粉のように白い彼の顔は悪鬼のようにゆがみ、いかにもゴシック小説風で、滑稽ともいえるほどだった。カティンカはドン・イグナシオを受け入れることはできなかったが、かといって恐れているばかりというわけでもなかった。彼女は嘲るように笑って、彼の怒りに応えた。なぜなら彼女も怒っていたからだ——彼は秘めた思いを詰めこんだ小さな木の砦を侵略したのだから。

「もうそなたを我がものにすることはあきらめている」と夫はいった。「そなたはわたしとの結婚を監獄に閉じこめられた刑期だといい、釈放の日までひたすら耐えるしかないと考えている。だが釈放はありえないのだ、カティンカ」

彼女は酷薄な眼差しで彼をにらみつけた。

「しかしわたしはそなたの片意地なところを好ましく思っている。そなたのわたしへの強い反感を克服する最後の試みとして、またその試みが万が一失敗に終わったあとも継続させるしかない結婚生活への嫌悪感を克服する試みとして、三つの願いを叶えてやろう」

「お伽話のように?」カティンカは嘲るようにいった。

ドン・イグナシオはこの反撃を無視した。「まずはその三回の権利をすべて使うと誓ってもらわねばならない。願い事は結婚一周年の日を皮切りに、一年にひとつずつとする。まもなくその結婚記念日だ。誓うか?」

「あなたは、わたしの願いをかならず叶えると誓ってくれるのですか?」彼女には、願い事をしてからつぎの願い事をするまでのあいだ待たねばならないことが厭わしかった。たとえそのあいだにドン・イグナシオが死んでしまったとしても、おそらく少なくとも丸二年は夏至線城にとどまらねばならないのだ。もちろん、願い事しだいではこの奇妙な条件を取り消すとか、そこそこ満足の行く程度に改善できる可能性もある。もしそうだとしたら、この夫の申し出を、夫の申し出だからという理由だけで拒否するのは愚かにすぎるということになる。

「カティンカ、わたしはそなたの期待をもてあそぶようなことはしない。願い事はかならず叶えてやるが、まだいくつか条件がある。わたしの申し出を受け入れる前に、それを聞いておいたほうがいいだろう。そなたをだましたくはないからな」

「聞かせていただきましょう」冷笑を浮かべて、カティンカはいった。「きっとちまちました面倒な条件なんでしょうね。さっさとおっしゃって。願い事の数より多いのはまちがいなさそうね、もしあなたが父と同類なら、思いやりの心より論争好きな心のほうがまさっているのでしょうから」

床に散らばった紙のあいだを大きな毛むくじゃらのクモが一四、よたよたと歩いている。ドン・イグナシオはクモのそばをゆっくりと歩きまわりながら、条件を連禱のように唱えていった。

「話を元にもどさせてくれ、カティンカ。条件その一、結婚の誓いを破棄してはならない。その二、そなた自身にもわたしにも身体的危害を加えてはならない。その三、われわれのどちらかをほかの人間に、あるいは生物、無生物を問わず、ほかのものに変身させようなどと考えてはならない――たとえわたしを、そなたにとってこのうえなく美しいチョウよりも、あるいはヴァルデマールの完璧な似姿よりも魅力的な存在にするという願いでもだ。その四、そなた自身あるいはわたしを、この世界のどこかほかの場所に移そうとしてはならない。そして、その五、さっきもいったとおり、つぎの願い事をするのは一年後でなければならない」

「よくわかりましたわ、旦那さま。願い事より条件のほうが二つ多い。あなたの度量の大きさ、先のフランス国王さながらですわね」

「そなたはよくわかっていないようだが、カティンカ、いまはもう中世ではないのだぞ。何人《なんぴと》であろうと、条件もつけずに願い事を叶えてやるなどというのは愚かの極み、途方もない痛手をこうむることになる。だが名誉にかけて、われわれは二人とも愚かではない。わたしが思慮深く禁じたことではなく、自分になにが残されているかを考えるのだ」

カティンカは、不承不承、ドン・イグナシオの理屈が正しいと認めるしかなかった。そして、これから悩ましい選択をしなければならないのだから退室してほしいと告げた。期日までの数日間、彼女は三つの願い事をするかどうか、悩みに悩み、ついにある願い事を思いついた。それは元カプチン会修道士の圧政からの解放を約束すると同時に彼女の孤独に終止符を打つことにもつながる願い事だった。しかし三つめの願い事がどのようなものになるのかは彼女にもまだわからなかった——が、齢を重ねた伯爵の言葉を借りれば、時がたてばわかる、時がたてばかならず答えは見つかるはずだった。

やがて夫婦の結婚一周年の記念日がやってきて、ドン・イグナシオはカティンカを狭くて鬱陶しい書斎に呼びだした。彼は電動筆写器で仕事をしていたが、固く圧縮された紅土を踏みしめる彼女の足音に気づくとすぐにふりむいて、一見不自由そうな萎えた両手を差しだした。彼はカティンカの父の書斎で執り行われた結婚式の最後にしたように、その手を取れといったが、カティンカは身震いして両手をうしろに隠してしまった。

「願いを叶えてほしいなら、わたしのいうとおりにすることだ」

「六つめの条件ですわね」カティンカは鋭く指摘した。

「いや、まったくちがう。そなたはわたしが示した五つの条件を遵守すると誓った。もしそなたの心に少しでも偽りがあれば、そなたがあの誓いを破ることもありうるだろう。だが、いまわたしの手を取らないなら、願い事をいわぬうちに願い事をする権利を失うことになるのだ——願いは、二人が触れ合うことで成就するのだからな。触れ合うことはたんなる条件ではない。触れ合いこそが、必須の事柄なのだ。わかったか？」

「わかりました」彼女はまえに進みでて、ドン・イグナシオの手を取った。

「では、願い事を」

「声に出していうのですか？」

「わたしは霊能者ではないのだぞ」

だが彼女は願い事をいうあいだドン・イグナシオの萎びた顔を見つめていなければならないということまでは予期していなかった。

「わ、わたしの、ね、願いは……ド、ドン・イグナシオが――」

「もっとすらすらといえないのか、カティンカ。そなたが考え抜いた背信の企みをはっきりと口にするのだ」

「――十、年、間、すこやかに、楽しい、夢、だけを、見て、眠り、つづける、こと、です」カティンカは詠唱するように淡々と唱えた。ほっと安堵し、落ち着きがもどりはじめたと思ったのも束の間、ドン・イグナシオが彼女の手をつかんだまま、両手をいきなり一フィートほど高くかかげたので、安堵も落ち着きも粉々に打ち砕かれてしまった。カティンカの身体のなかを電気が走り抜け、彼女を構成している原子の配列を変えてしまったかのようだった。そしてその間、ドン・イグナシオの目は小さな鏡のようにキラキラと光っていた。

やがて彼の指が彼女の指からするりと離れ、彼女は腕を組んで手を隠した。ドン・イグナシオはまだ眠りには落ちず、しっかり覚醒していて、くるりと電動筆写器のほうに向き直り、防湿加工されたフールスキャップ判の用紙に彼女のひとつめの願い事を記録した。どうやらこの目的のためにわざわざこの大判の用紙をセットしていたらしい。

「賢い娘だな、そなたは。重要な名詞を修飾することで、主節に従属節をつけることで、ひとつめの願い事に三つの願いを詰めこんだ。割り当てをすべて使い切ってしまうつもりで、意図してそうしたのか？」

「そんなつもりはありません」

ドン・イグナシオはマシンを操作した。「では、ここには、そなたのひとつめの願い事は、わたしが十年間眠りつづけること、と記すしかない。十年間、という言葉は眠りの期間を特定するものだから許されるとしよう。まちがいなく、そなたの願い事戦略にとって欠くべからざる要素とわかってはいるがな。そしてもうひとつ、われわれのうちどちらにも危害をおよぼさないという条件に抵触しそうなこともいっておく。危険領域ぎりぎりのところだ……。しかし、許されはしないものの巧妙な従属節をつなげて問題を回避しようとしたそなたの試みには感服した。古風な良心のイースト菌がずるさを大きくふくらませているとみえる」

「では、あなたは昏睡状態に陥るのですね？」

「あすからな、カティンカ。願い事が叶うまで一日の猶予が必要だ。わたしはこれから眠りの場の準備にとりかかる」カティンカを非難するかのようにことさら威風堂々と、ドン・イグナシオは大股で部屋を出ていった。残された妻は、自分がいかに夫が出した条件の文面に反することなく、うまくやってのけたのかをじっくりと考えていた。ほんとうに、意図してやったことではなかったのだ。

夏至線城の外では、ジャガーが獲物をもとめてうろつき、カプチンがキーキーと耳障りな声をあげていた。

翌朝、カティンカは修道院の雑草がのびほうだいになった庭のまんなかに丸木舟があるのを見つけた。彼女と夫がジャングルを縫って修道院にやってきたときに乗っていた丸木舟だ。その丸木舟のなかにはドン・イグナシオが横たわっていた。胸の上で手を組んでいる。のど元の白い毛が白百合の花束のようだ。彼は小さな親類たちが苦労して置いたにちがいない透明な天蓋の下に横たわっている——棺のような丸木舟の舳先には新雪色のバタンインコがとまって不寝番をつとめている。たとえ眠りについていようと、ドン・イグナシオは夏至線城の主であることに変わりはないが、十年たたないうちに目を覚まさないかぎり、彼女のひとつめの願い事は無事叶うことになりそうだった。猿顔の専制君主から解放されて、彼女はその日一日を歌ってすごした。

それからの一年は、さほど楽しいものではなかった。夏至線城を離れないと約束していたからどこへ行くこともできず、ドン・イグナシオのように召使いたちと会話することもできなかった。かれらは彼女を養い、修道院の中心に主人が眠っているからそれまでと変わらずにしっかりと守りを固めていたが、カティンカはかれらを信頼しきれず、ときには自分が下に見られていると感じることさえあった。

カティンカはあちこちの部屋に置かれている映像作成器や音楽作成器のまえで時をすごすこともあったが、音楽は孤独を際立たせるばかりだったし、木箱にあいた輝く窓のなかの人びとの行動は愚かで狂っているとしか思えなかった。しかも彼女はこうした機器に触れる気になれなかったので、機器を動かすのに不機嫌な顔でカプチンの力を借りるしかないという事情もあった。けっきょく、こうした退屈きわまりない不思議な機器にたよるのはきっぱりやめてしまったが、後悔はいっさいしていなかった。ドン・イグナシオが悪魔と話をするのに使っていた装置にかんしては、一度も触れずじまいだった。

電動筆写器がなければ、一年耐えることはできなかっただろう。この精神生活のもっとも微妙なニュアンスをもはっきりしたかたちにすることができるすばらしい能力を持つ装置の助けがあってさえ、カティンカはしばしば果てしない砂漠の縁を旅しているような思いにとらわれた。向こう側に着く前に死んでしまうのではないかと思えた。だが、彼女は死ななかった。書き綴った文書を入れるチーク材の文箱をさらに二つつくり、哲学的なこと、夢物語、戦略、そして嘘を書き連ねることでこの果てしない十二カ月を生き抜いた。彼女の頭のなかは夏至線城より、いやそれを取り巻くジャングルよりも多くのものを蓄えられる広さがあった。

ドン・イグナシオとカティンカが誓いを交わして二年めの記念日は、それに先立つ一カ月とおなじく雲ひとつない輝かしい夜明けを迎えた。いよいよ二つめの願い事をする日がやってきたのだ。

カティンカは猿の一団に夫の風変わりな寝台の天蓋をあげるよう合図した。猿たちが行ってしまうと、彼女はいざ願い事をしようと丸木舟のかたわらでひざまずいたが、すぐにはドン・イグナシオの手を取ることができなかった。彼の身体がひどく縮んでいて、いかにも脆そうに見えたからだ。彼は眠ってはいたものの、以前のたくましさは失われ、その顔に浮かんだ苦悶の表情は彼がとうてい心地よいとはいえない夢に耐えていることを物語っていた。カティンカはそのようすに驚きを禁じえなかった。一年のあいだ、庭を歩くときは周縁しか歩かないようにしていたからだ。またその光景は、つぎの二つの願い事にはあまり多くの修飾語を詰めこまないようにしなければならないということも思い出させてくれた。魔法は保守的な科学なのだ。

しかし、彼女はまもなく躊躇を振り捨てて夫の手を取った。「わたしの願いは、ヴァルデマールがここに来てくれることです」と彼女はいった。これ以上すっきりとした、あるいは簡潔ないい方があるだろうか？　彼女はドン・イグナシオが出した条件を注意深くあらためた——男の客の到来は、それ自体では貞節の誓いを破ることにはならないことを確認したのだ。さらに願い事からあいまいさや過剰さを念入りに取り除いていった。

ドン・イグナシオの手が跳ねあがり、カティンカはバランスを崩しそうになった。一瞬、丸木舟に引きこまれて彼の上に倒れこんでしまう、と思ったものの、なんとか姿勢を立て直した。彼の小さな身体から彼女の骨太の身体に電気のような力が流れこんできたのだ。みなぎる力と期待に打ち震えながら、彼女はエスタンシア（中南米諸国の広大な私有地）の召使いたちの手を借りることなく不格好な天蓋をもとにもどした。

その夜、彼女は自分の願い事が、おぞましい、人をなぶりものにするようなかたちで自分に跳ねかえってくるのではないかと危ぶみはじめていた。フリギアの王、ミダスの例を見ればわかるように、神々は人びとを罠にかけ、挫折させるために願い事をつくりだしたのだ。もしドン・イグナシオが悪魔の家臣なのだとしたら、この伝統にのっとって、彼女も身を滅ぼすことになるのかもしれない。もしもヴァルデマールがすでに死んでいるとしたら？　あすには彼の死体が夏至線城に届くことだろう。あるいはドン・イグナシオが悪意を持って彼女の肉体を盗んでしまったせいで彼女とヴァルデマールはべつの時間枠のなかに存在することになってしまい、ヴァルデマールが修道院に足を踏み入れても彼には彼女の姿が見えないとか。もしかしたら彼女は夏至線城の外の世界には住めない亡霊になってしまっているということもありうる。脇腹をつねったら最後の仮説はありえないという気がしてきた（つねったらひどく痛かった）が、それでも心配は尽きなかった。

翌日の午後遅く、ヴァルデマールが空から夏至線城におりてきた。カティンカはそのようすを眺めていた。彼は色彩豊かなテントの下に十数本の紐でぶらさげられていて、まるで空飛ぶ枕カバーに覆われて窒息してしまわないように必死で逃げようとしている操り人形のようだった。なんと不思議な、なんと美しい登場の仕方！

ヴァルデマールはドン・イグナシオの棺台からさほど遠くないところに立つ木におり立ち、絡まった紐から脱出するのに三十分かかった。カティンカが庭にいるのを見つけてたしかに驚きはしたが、興奮した彼女の歓迎の呼びかけと質問の嵐に、彼は紐を切りながら気のない答えを返しつづけた。ある時点で彼は、飛行機に乗っていた従者たちが積荷の〝魔法の植物〟の彼の持ち分に目が眩んで、良心への申し訳に色とりどりの絹の落下傘を持たせただけで彼を空中に突き落としたのだと、しぶしぶ打ち明けた。ヴァルデマールは従者たちを呪った。落下傘があろうとなかろうと、落とせば死ぬとわかっていてやったというのだ。

「では、愛のためにわたしを捜し求めてここまで来たわけではないというの？」

「きみがどこにいるかなど、まったくわからなかった」やっと彼女が亡霊ではなく人間だとわかったのか、ヴァルデマールは彼女をしっかりと見て答えた。「伯爵はなにもいってくれないので、わたしは数カ月前、身代をつくろうと故国を離れたのだ。その短期間のうちに世界はがらりと変わってしまったのだよ、カティンカ。各国の首都で暗殺が蔓延し、社会では古来の知恵よりも若者の無鉄砲さに重きが置かれ、ある成りあがり者の国などは月に人を送りこんだと宣言した」紐をすべて切り終えて、ヴァルデマールは庭の地面に落ちてきた。そのままどっかりとすわりこんで、彼はいった。「危険と華やかさと冒険心があふれかえっている。カティンカ、わたしはやっと生きているという実感が持てるようになったのだ」

「恩知らずで欲深い従者たちのおかげ、というわけではないわね」

「それは、たしかに」

こうしてカティンカの二つめの願い事につづく一年がはじまった。願い事はたしかに叶った。恋人はふたたび彼女のかたわらにおり、彼女はエスタンシアのあちこちで、奇跡的な再会に至るまでの出来事をぽつりぽつりとヴァルデマールに語り聞かせた。三つの願い事――大事な最後の願い事をするのはまだこれからだが――をするにあたってまもると誓った条件のことを話したのは、丸木舟に横たわる萎びた肉体を見おろしているときのことだった。

ヴァルデマールの青い瞳は、ふいごで風を送られた石炭のようにめらめらと燃えあがった。一年たたなければ、つぎの願い事はできないのか、と彼は大声でいった。カティンカは、そのとおりだと答えた。彼はガラスで覆われた大皿の食欲をそそらないアントレでも見るかのように、ドン・イグナシオの萎びた身体を横目で見やった。彼もこの猿男を、彼女同様、徹頭徹尾嫌っているようだった。そのようすを見たカティンカの心に苦しいほどの憤りが湧きあがってきた。これでよし。

世界同様、ヴァルデマールも変わっていた。相変わらず口数は少なかった――なにしろ絹の落下傘の紐を切りながらしゃべった文章の数よりも、それからの一週間でしゃべった文章の数のほうが少なかったほどだ――が、愛情表現にかんしては、気後れというものがいっさいなくなっていた。ことあるごとに彼女の手にキスをし、朝にはジャングルで摘んだ花を届け、夜には彼女の部屋の外の廊下を行きつもどりつした。ドン・イグナシオの電動筆写器の使い方を覚えると、申し分のない〝いまを楽しめ〟という趣旨の詩を記しては、彼女の部屋のドアの下からすべりこませたり、朝食の盆にのった銀のフルーツ・ボウルの下にしのばせたり。最近のもののうち二つは彼自身の作で、魅力的な歩格もなければ押韻もなかったが、全篇にあふれる荒々しく熱い思いゆえに、カティンカの心のなかでローマ花火のように燃えあがったのだった。極寒の地から熱帯へと移ったことで、火がついてしまったのだろうか？　ヴァルデマールはトゥピ族（アマゾン川流域に住む）の海賊のようにふるまいはじめていた。

そんな彼にどう応じたものか、カティンカにはわからなかった。忘れもしない、ドン・イグナシオが出した彼女の願い事にかんする第一条件は、結婚の誓いを破ってはならないというものだった。ヴァルデマールの誘惑に屈すれば、誓いを破ることになってしまう。まぎれもない二つめの願い事の結果として、恋人が彼女のもとにやってきたというのに。彼とベッドを共にすれば、いまよりもっとのっぴきならないことになってしまう。

それでも彼女は彼とベッドを共にしたかった。夏至線の好色さが彼女の血に転移してしまっていて、ヴァルデマールの吐息のひとつひとつが詩のように抒情的に彼女を刺激してくるのだ。カティンカは考えに考えに考えた。彼女とドン・イグナシオとはけっきょく床入りはしていない。とすれば、いまだ満たされぬ肉体を楽しませてやったとしても不実を働いたことにはならないかもしれない……。

誰かがドアをノックした。もちろん、ヴァルデマールだ。（猿たちはけっして自発的に彼女のもとに来たりはしない。）彼女は彼を招き入れた。彼の青い瞳は砕けたダイヤモンドのように輝いている。彼は彼女の肩をつかみ、自らのいい分を情熱的な言葉ではなく身体で押しつけてきた。カティンカが逃げると、彼はスパニエル犬さながらにハーハーと荒い息をつきながら彼女を見つめた。彼女の息づかいも荒い。ヴァルデマールと精神的、そして肉体的に奥深く交わりたいという彼女の切なる願いに、丸木舟のなかで昏睡状態にある猿が否といっている。あの小さな獣はなんという不条理な、なんというやりきれない膠着状態を生みだしたのか。

「カティンカ、いまどき」ヴァルデマールがいった。「貞操はそれほど頑なにまもるべきものではないのだぞ」

「貞操は問題ではないのよ」書き物机を背に身をこわばらせて、カティンカは答えた。ヴァルデマールの知性を軽んじたわけではなく、真の問題を口にするのを控えたのだ。彼はこの思いやりに応えて懐から黄ばんだ書類の束を取りだし、彼女の目のまえでひろげてみせた。カティンカは書類をあごで指して、「それはなんなの？」とたずねた。

「ドン・イグナシオの日誌だ。その昔、きみの父上の命を救うことになった経緯が仔細に記してある。それによると、伯爵はインディオの生娘に手を出そうとして野蛮なインディオの一団に捕まってしまったようだ。そしてドン・イグナシオはその一団と交換取り引きをして、伯爵の命を救った。そのお粗末な事実を基準に考えるなら、いくら大事なお父上のいいつけを忠実にまもりたいとはいえ、カティンカ、いまのきみのふるまいは、度がすぎる」

「出ていきなさい」カティンカは傲然といい放った。

ヴァルデマールは礼儀正しく頭を垂れたが、立ち去る前にドン・イグナシオの日誌を床に投げ捨てていった。彼が行ってしまうとカティンカは床に散らばった書類を拾い集めて、目を通していった。そして泣いた。父親の過去を暴露することで、恋人はみずからの本性をも日の元にさらしてしまったのだ。一石二鳥。このことわざの簡にして要を得た表現の妙にカティンカははじめて気づき、憂鬱な眠れぬ一夜をすごした。

ヴァルデマールは夏至線城を去るだろうと、彼女は確信していた。彼はなんの約束にも条件にも縛られていないのだ。彼女は愚かにも恋に目が眩んで二つめの願い事をしてしまったことを後悔した。彼が早く人生から消えてくれれば、それだけ早く彼抜きのつぎの目的に向けて考えをまとめることができるというものだ。

ところがヴァルデマールは夏至線城に残るという道を選択した。花を摘んだり詩を書いたりはしなくなったものの、食事には同席して遠い北の地で二人ですごした日々のことを楽しげに語るのだった。カティンカはこれまでいくつものあやまちを犯してきたことをつくづく思いかえした――もしかしたら元求婚者の人生を左右するあやまちもひとつ、二つ、犯していたかもしれない。

こうした気持ちの揺らぎや迷いを、彼女は日々、電動筆写器で書き綴った。ときには、夜、ヴァルデマールがドン・イグナシオのほかの謎めいた装置を使っている音が聞こえてくることもあった――彼は猿たちの助けなしにそうした装置を動かせるのだ。彼がそうした装置になじんでいることは、彼女にとって心騒ぐ出来事だった。もしかしたら彼が夏至線城にとどまっているのは、彼女の身を案じてのことではなく、そうした玩具のせいなのかもしれない。彼女は書きに書いたが、それで真相が明らかになるわけでもなかった。

月明かりの夜には、カティンカは庭に足を運び、夫のねじれた顔と身体を見ながらじっと考えこむのが常だった。逆らいがたい衝動が彼女をここへ引きよせるのだ。彼は眠ったまま徐々に衰弱していくようだった。薄くなった毛並の下に角張った骨格が見えている。顔は浸食された土地のように皮膚の下の頭蓋骨が浮きでていて、まるで漂白された石のようだ。その変遷していくさまが、月の光のせいで神聖なものに見えてくる。不気味でありながら美しい。平明でありながら胸がむかつく。見る者を混乱させる。カティンカはふと気づくと死体同然のドン・イグナシオに官服を着せていた。彼のやさしさと忍耐強さを思い返すにつけ、そうせずにはいられなかったのだ。身体は痩せ衰え、顔は青白い干し葡萄のようにしわくちゃになっていても、かつて彼を動かしていた知性は彼女の想像のなかでふたたび息を吹き返したのだった。彼女は彼の知性とともに、その手に宿っていた神秘的な力や人を急き立てるような厳めしい眼差しにも思いを馳せた。

しかしもう何カ月ものあいだ、彼の手は握り拳になったままだし、目は閉じたままだ。もし三回めの結婚記念日が来る前に彼が死んでしまったら、いったいどうなるのだろう？　彼女は十年間眠りつづけることと期間を特定し、ドン・イグナシオはこの十年間という形容詞にとくに疑念を示すこともなく了承したけれど、もしこの修飾語に十年間の眠りを強いるだけの力がなかったら？　夫が十年たつ前に死んでしまったら、三つめの願い事をする機会は失われてしまう。

なにをばかな！　カティンカは自分を叱り飛ばした。夫が死んでくれれば、願い事にたよらずに自由の身になってヴァルデマールを抱きしめることができるのよ。

そう思っても慰めにはならなかった。

その夜、自室にもどる途中、彼女は電動筆写器がでたらめに動いている音を聞いた。と思うと、その音が止んだ。不思議に思って部屋へ急ぐと、ヴァルデマールが装置をいじっていた。彼女の姿を見ると、若者はフールスキャップ判の用紙を一枚、装置から引き抜いて、両手でくしゃくしゃに丸めようとした。カティンカはそれを奪い取り、憤怒の形相で一瞬のうちに短い文面を読み取った。そこに書かれていたのは、一文無しになってしまった放蕩者のヴァルデマールにカティンカが莫大な富と力を贈与するという物語だった。話は途中までだったが、彼は度を越した放蕩ぶりを理由に親から勘当されてしまった（と、この物語には書かれている）が、彼女の三つめの願い事で得た富と力で親に復讐を企てるという筋立てになっていた。ヴァルデマールは大慌てで、これは電動筆写器を修理したので直り具合を見るために書いたつくり話だと説明した。カティンカは電動筆写器を動かそうとしたが、まったく動かなくなっているではないか。

「わたしの装置でそんな話を書いて、三つめの願い事に影響をおよぼそうとしたのね」カティンカは彼に詰め寄った。「でも、その欲望のあまりの見苦しさに装置が壊れて、あなたの悪辣さを暴露してくれたのだわ。ヴァルデマール、さっさとここから出て行って。二度ともどらないでちょうだい」

「きみが最後の願い事をするまでは、ここを出るわけにはいかない」

「それまでまだ何カ月もあるし、最後の願い事をどういうものにするか、あなたのすすめに耳を貸すつもりはこれっぽっちもありませんから」

ヴァルデマールは、目をぎらぎら光らせて、今夜を記念日にしてしまえばいいのだ、と叫んだ。きみが同意しないなら、と彼はつづけた。まるであつらえたような棺に入ったこの世のものとは思えないドン・イグナシオを殺して、これ以上なんの願い事もできないようにしてしまうぞ。彼はこの脅し文句を実行に移すべく、脱兎のごとくカティンカの部屋を出て外廊下から庭へと突っ走っていった。熱帯のうだるような暑さにもかかわらず、カティンカは裳裾に刺繡をほどこした半袖のロングドレスを着ていた。こんな恰好ではヴァルデマールをつかまえることも戦うこともできない。彼女はすぐさけという姿で、長い髪をなびかせ、二心ある若者のあとを追った。

庭に出ると、ヴァルデマールが腰をかがめ、丸木舟の天蓋をこじあけようと指をかけて力をこめているところだった。彼が腕をあげると透明な天蓋がはずれて、クラゲほどの重さしかないかのように軽々ともつれた雑草のなかに吹き飛んでいった。

後年カティンカは、この光景を見たことで、ひるむどころか、すぐさま戦うことになるという興奮が身体を走り抜けた、それまで懸命に押し殺してきた自然な欲求が弾けて、エネルギーが噴きだしてきたのかもしれない、とふりかえった。もしかしたらこのエネルギーは破廉恥な不法行為を目の当りにして自然と湧きあがってきた正義感がもたらしたものだったのかもしれない。

ヴァルデマールがドン・イグナシオに手をのばすと同時に、カティンカは蛇のようにうねる蔓植物や官能的な赤道地方の花々をかきわけて突っこんでいくと彼の髪の毛をつかみ、彼が丸木舟のガラスのふたを放り投げたのとおなじくらいやすやすと彼を横ざまに投げとばした。彼は棘だらけの木の幹につかまって体勢を立て直すと、大声でわめきながらカティンカに襲いかかってきた。

ヴァルデマールとカティンカは四つに組み合ったが、直立したままほとんど動かないので、知らない人間が見たらいちゃついているように見えたかもしれない。それほど二人の力は拮抗していたのだ。猿たちは瓦屋根の上や建物を結ぶ通路の茅葺屋根の上に集まって二人の戦いを見まもっていたが、二人は互いに組み合った腕のなかでわずかに身体をぐらつかせるだけだった。月（最近、人が第一歩を記したという月）もこのようすにとまどい、あんぐり口をあけて見おろしていた。一羽の鳥が金切り声をあげ、ジャングルの静けさのなか、カティンカはふとある疑念に気づいて息を呑んだ。わたしはこの男を愛しているの、それとも憎んでいるの？

憎んでいる。

ありったけの怒りを呼び起こして、カティンカはヴァルデマールを突き飛ばした。するとヴァルデマールがふたたび彼女の腕のなかに入りこみ、肋骨をつかんでへし折ったので、カティンカは彼の口に肘打ちを喰らわせた。彼はくちびるから血を流してよろよろとあとずさった。彼女は彼の肩に頭突きを喰らわせて横に飛び、拳と前腕で彼の耳を殴り、お返しにこめかみにパンチを喰らってよろめいたが、しゃがみこんで彼の腹にアッパーカットをきめた。まっすぐに立ち、ひょいひょいかがんで拳の大群をよける。拳のうしろにある彼の顔は怒りで月さながらに照り輝いている。きまりきった防御の動きをかいくぐって両手を突きだし、彼ののど仏に左右の親指を突き立てると、あとの指を止血帯のようにまわして首を絞める。彼は仕返しに、まるで男相手のように彼女の股間に膝蹴りを入れた。見物しているカプチンたちは屋根から屋根へと駆けまわり、修道院の空高くキーキーと二人を激励しているらしき声をあげ、二人のうちのどちらかが相手を倒しそうになると不気味にしんと静まりかえるのだった。

格闘は何時間もつづいた。庭のこちら側からあちら側へ、カティンカが有利かと思えば、つぎはヴァルデマールが有利になり、はたまた両者、激しく喘いでのインターバル。その間、ドン・イグナシオは、夫婦喧嘩があろうが雷が鳴ろうが空襲警報が響こうが目を覚まさない赤ん坊のごとく眠りつづけていた。カティンカは父の館を離れて以来、乗馬や洋弓からは遠ざかっていたが、その代わりに迷路のような修道院のなかを歩きまわったり、小さめの重りでジャグリングをしたりして筋力を維持してきたし、ヴァルデマールより長い時間ここにいる分、気力を奪う熱帯の蒸し暑さにも順応できていた——というわけで、朝が近づく頃には、男はただ唸るばかりで完全に体力を消耗しきっていた。ほんのわずか太りすぎていた点は男のプライドでカバーしていたのだが、それも限界だった。カティンカは組んだ両手を先端に棘々のついた棍棒のようにふりまわして彼のあごをぶっとばし、二人の一度かぎりの戦いに終止符を打った。ヴァルデマールはつぶれたサボテンの棘のなかに傷だらけで横たわっていた。かろうじて意識はあるものの、立ちあがることはできない。ボロボロに裂けた白い旗幟のようなシュミーズ姿で倒れた彼のかたわらに立つカティンカの姿は、ドラクロワの『民衆を導く自由の女神』に描かれた中心人物にそっくりだった。

戦いが終わってしまってがっかりのカプチンたちは、カティンカの姿にはっきりと示された象徴性にはなんの興味も抱かず、ジャングルや夏至線城内のもっと荒廃した歩廊の寝床へと帰っていった。きょう目の当りにした出来事の興奮が冷めるには一日、二日、かかることだろう。

その後、カティンカはヴァルデマールに糧食を与えて、ドン・イグナシオの親類のうち、こそこそ寝に帰ってしまわなかったものたちとともに、彼を見送った。二人は、彼の旅支度を整えるあいだも、いよいよ彼が引き払う重苦しい最後の瞬間も、ひとことも口をきかなかった。オウムとバタンインコの群れが、ヴァルデマールがもどってこないかどうか確認するために偵察飛行に飛び立っていった。カティンカはふたたび、ひとりになった。

彼女の心に超越的といえるほどの安らぎが舞いおりた。彼女はボロボロになったシュミーズを脱ぎ捨て、パンタレットを脱ぎ捨てた。泉の水に傷をひたした。果物で力を補充した。青いのど袋のトカゲがじっと見下ろす寝室で、全裸で眠った。その夜も、そしてつぎの夜も、ドン・イグナシオとの三回めの結婚記念日が来るまで毎夜、このアダムとイヴが堕落する前の姿で、彼女は夫の棺を訪れた。すると、縮こまっていた彼の身体が心なしかまっすぐになり、くしゃくしゃだった顔からしわが消えていくように思えた。もちろん彼は眠ったままだったが、ほんの少し健康的になり、眠りをよぎる夢は彼の猿顔に穏やかさをもたらしたが、その顔が人間に近いものになることはまったくなかった。それはカティンカにはどうでもよいことだった。彼女は実験動物がエサ皿を訪れるがごとく、足繁くドン・イグナシオのもとに通った。世の中には、その虜になった者の感受性を鈍らせるどころか、活力を与え、支えとなる習慣もあるのだ。といおうか、カティンカはゆっくりと、そんなふうに考えるようになっていった。もはや裸がふつうの衣服となり、自分自身が夏至線城の誰にも譲ることのできない一部分になったと、彼女は感じていた。

三回めの結婚記念日の数日前から、カティンカの胸骨の上に美しい白い毛がひと房、生えはじめた。その毛はのどから胸の谷間へ、乳房へと、冬の川で陽にさらされて白くなった丸石の上に霜がひろがるように、彼女の胸全体を覆っていった。この被毛は彼女のオパールのような光彩を放つ肌の上でかすかに煌めき、彼女はのどの毛房を人差し指に絡ませながら丸木舟のなかの不思議な生きものを見つめて時をすごした。そしてついにドン・イグナシオが最後の願い事をするようにと告げていた日がやってくると、カティンカは夫の鉤爪のあるごつごつとした手を握って、静かに願い事を口にした……。

XLI

　スティーヴィは疲れ果てて、電動筆写器――すなわちエクセルライター――から手を離し、椅子の背にもたれかかった。デイヴィッド＝ダンテ・マリスから電話があってすぐあとの一時に、彼女は二階にあがって短篇小説を書きはじめた。ちらりと腕時計を見ると、三時十分すぎ。そろそろマレラが学校から帰ってきて天井の高い玄関広間をドスンドスンと足を踏み鳴らして通りすぎる頃だ。午前中はほとんどなにもせずに終わってしまったあと、二時間ちょっとで『猿の花嫁』を書き終えたことになる。まさか完成するとは思っていなかった。なにしろ十五分で千ワード近いスピードで書いたのだ。これほどの速さで書いたのは、生まれてはじめて。脳内のシナプスから紙の上へ流れていく物語にこれほどどっぷりと浸りきったのも、生まれてはじめて。自分の経験を神話のような神秘的な物語に仕立てたのも、生まれてはじめて。ワオ。二時間で七千ワード越えの短篇を書きあげた！

「それに、けっこういい出来よ」スティーヴィは腕をさすりながらいった。「はじめてにしては最高の出来」

　どこへ送ればいいだろう？　見当がつかなかった。〈アトランタ・フォートナイトリー〉はフィクションは採らないし、〈ニューヨーカー〉や〈エスクァイア〉でこういう特殊な肌合いの話を読んだことはない。作家協会の雑誌の詳しい市場調査情報で得た知識によると、ファンタジーをメインにしている定期刊行物は稿料がとんでもなく安いし、読者数もかぎられる。一方、稿料の高い男性誌は女性が主人公の話、それもダメなボーイフレンドとひと晩中、戦って完全に打ち負かすような女性が主人公の話には、たぶん手を出さないだろう。かといって、たとえ柔軟性のある慧眼の編集者がいるとしても、この話が採用される見込みが五十パーセント程度の〈レッドブック〉や〈コスモポリタン〉の編集者の判断を百八十度変えさせるヒロイン的要素がカティンカにあるとは思えない……。

カレン・ブリクセン――イサク・ディーネセンというペンネームのほうが通りがいいけれど――のとぼけた味の陰気な話が最初に載ったのはどこだったろう？　スティーヴィは考えた。それとも、一冊にまとめた短篇集として出版されるまで陽の目を見なかった？　オスカー・ワイルドの童話はどうだったろう？　コッパードやモンタギュー・ジェイムズの怪奇小説は？　もしかしたら〈アシモフズ〉とか〈オムニ〉といったSF誌に送ってみたほうがいいのだろうか？　とくに〈オムニ〉は稿料がいいし、ハーラン・エリスンやウォルター・テヴィス、レイ・ブラッドベリなどの面白い空想話を読んだことがあるし……。

いや、なにもあと十分できめなくてはならないというわけではない。リラックスして、はじめてフィクションを完成させた麗しき感動を味わおう。そんな気分はすぐに、たぶんいまセットしてある用紙を引き抜いて、提出用原稿をつくるために透かし入りのボンド紙とカーボンをセットしたら、消えてしまうのだから。これまでお金を払ってタイピストに最終稿を打ってもらったことはないし、手書きで直しを入れた原稿を他人が正しく読み取ってくれるとも思えなかった。経験豊富なタイピストは小説作品の終わりを意気揚々と告げるのに、どんな言葉を打ちこむのだろう？　新聞記者や特集記事のライターは、終わりのしるしとして昔ながらの電信文の最後に書かれる記号――30――を使う。

「『完』よ」スティーヴィは自分自身にアドヴァイスした。「ワーナー・ブラザースの大きな太文字の『完』を最後のページのいちばん下に書くの」彼女はエクセルライターのタイピングエレメントをまんなかに移動させ、数文字分もどしてからシフトキーを押してロックすると、タイピングを開始した。ところがマシンが唐突に彼女に代わって打ちはじめた――

どういたしまして

スティーヴィは両手を組み合わせると、先端に棘々のついた中世の棍棒のようにタイプライターのボディに打ちおろした。マシンは沈黙した。が、彼女は挫折感と怒りにわななきながら、さらに三度、エクセルライターを打ち据えた。叩く力はしだいに弱まっていったが、手には痛みが残った。

「どういたしまして？　あたしがなにか感謝してるっていうの？　あたしになにをしてくれたっていうの？」

タイプライターは答えず、スティーヴィは物語の最後のページをプラテンから引き抜くと、デスクに置いて〝**どういたしまして**〟をボールペンで抹消し、太字の活字体で〝**完**〟と書いた。これはあたしの物語よ。忌まわしいエクセルライターのものじゃない！

でもこれまであんなに早くこれだけの量を書いたことはなかった、とスティーヴィは思い返した。こんなことを考えるなんて、自分の憤りにたいする裏切り行為だ。でもこれまで短篇小説を書いたことはなかったし、『猿の花嫁』では、なんだかんだいってクレッツをロマン主義を体現する共感できる存在に変身させている。ほんとうに完全に自分だけで書いたといえるのだろうか？　クレッツは薄汚い小さな獣だけれど、ドン・イグナシオには最後にはカティンカの心を勝ち取ってしまうだけの英雄的な素質がそなわっている。スティーヴィ、あなたにはシートン・ベネックの吸血ペットを自分の夫や恋人にキャスティングするなんてこと、タイプライターに宿っている悪魔の介入なしにできるはずがないわ。

ちがう！　だってあたしは昨夜、テッドが猿の衣装を着けてカプチンそっくりになっている夢を見たんだもの——小説の土台になっているのとおなじような一体化は、そのときからしていたのよ。

あなたはそういう夢を見たと思っていい、い、い、るだけなのよ、スティーヴィ。この頃、夢と現実の境目が妙にぼやけているわよ。

あら、悪いけど、きょうは月曜日で、現実と、そう、非現実とはぜんぜん問題なく区別できてるわ。午前中はぼろぼろだったけれど、それを救済してくれる電話がかかってきて、この栄光をつかみとるマシンの前で二時間ぶっつづけで仕事をした。『猿の花嫁』はあ、た、し、の心と根性から生まれたのよ、ミセス・クライ。酔っぱらってここにすわって、悪魔がしゃべることを高速で口述筆記してたわけじゃないわ。マリスの電話が背中を押したの。でなければこんなだいそれたことをしようなんて考えもしなかったわ。

物語を書きはじめる前にはずした診察台用紙を見てごらんなさい、スティーヴィ。

スティーヴィは腹を立てながらも、未亡人暮らしの見返りをちょっとユーモラスに綴ったエッセイを書くつもりだった縦長の用紙を捜しだした。手に取ってみると、上の余白から下の余白までタイプライターで書かれた会話で埋まっている。書き出しは〝アトランタのブライアー・パッチ・プレスの編集長をしておりますデイヴィッド＝ダンテ・マリスと申します〟で、最後はきわめて簡潔な〝よい夢を〟。全体にざっと目を通すと、中身はまさに彼女がマリスにいったと記憶している言葉、そしてたぶんマリスが彼女にいった言葉を書き起こしたものだった。

「いったいどういうこと？」スティーヴィは腕をさすりながら、天井に向かってたずねた。「いったいなにが起きているの？」

なにも、と彼女自身の一部が答えた。どっちでもおなじことよ。好きなほうを選べばいいわ。どちらにしてもデイヴィッド＝ダンテ・マリスとの会話なんてなかったの。タイプライターがでっちあげたのよ。マシンは『猿の花嫁』を書くときにはあなたの力も介入させたけれど、マリスからの長距離電話はマシンがひとりで紡ぎだしたものなのよ。けさのあなたはやる気がなくて、気持ちにぽっかり穴があいていたから、それを埋めるためにしたことなの。あなたが、なにか邪魔が入らないかなと思っていたから、エクセルライターが提供してくれたというわけ。十一時から一時のあいだ、あなたは病的な無力感に苛まれて遁走状態にあったの。この自己充足のエッセンスを読めば、きっちり説明がつくわ。マシンのなかの悪魔さまご提供の、厚顔無恥な願望充足作品よ。これがなかったら、あなたは自分であつらえた躁鬱病の丸木舟に乗って滝下りをしてたでしょうね。

電話は鳴ったわ！　スティーヴィは譲らなかった。立って、電話をとりに行ったもの。六回鳴ったところでとったのよ。

たしかに電話は鳴ったけれど、あなたは電話の音を聞くが早いか猛然と階段を駆けおりて、できるだけエクセルライターから離れようとした。だから六回鳴っただけでとれたのよ。よく首が折れなかったものだわ。

あたしはマリスと話したわ。彼は『二つの顔を持つ女』を出したがってた。記事になった『ベッドの空っぽの側』の抜粋を読んでるのよ。

あれはまちがい電話だったのよ、スティーヴィ。相手は、もしもしもいわなかった。誰だか知らないけれど受話器に息を吹きこんで――時間にして二十秒くらいかしらね――切ってしまった。あなたは、寝室の受話器がはずれたままになっていると思って、二階にもどった。でも勘違いだったとわかって、また下におりてお昼をつくった。で、その食欲をそそらないお昼をつついて二時間だらだらすごした。もしそのあいだにマリスと話したと妄想していたのだとしたら、エクセルライターはその妄想を書き起こしただけなんじゃないかしらね。なにが起きたにせよ、スティーヴィ、アトランタの大物編集者との楽しいおしゃべりは現実には起きていないことなのよ。あなたがそうであって欲しいと思っただけ。

まちがい電話？

そうねえ、ひょっとしたらシートン・ベネックだったかもしれないわねえ。彼、あなたの番号、知ってるわよね？　知ってるはずよ。先週、いつだったか、夜に電話してきたもの。逃げた猿を見かけなかったどうか訊こうと思って、かけてきたのかもしれない。

じゃあどうして訊かなかったの？

やっぱりほかの人だったのかもしれないわね。わからないわ。あたしはあなたの力になりたいと思っているだけなのよ。腹が立つだろうけれど、敵愾心を自分に向けてはだめよ。それこそ、エクセルライターが——ベネックが、マシンのなかの悪魔が——とにかくそういうやつらが望んでいることなんだから。あたしはあなたの敵じゃない。敵どころか、あなたの一部なのよ。

彼はアドヴァイスしてくれたわ。ロンダ・アン・グリネルのゴシップも教えてくれた。契約書を送るから見てくれといったのよ。

あなたがそういうふうに想像しただけよ、スティーヴィ。ただの想像。

現実よ！

ブライアー・パッチ・プレスに企画書を送ったのは土曜の朝。きょうは月曜日よ。あれが向こうのオフィスに今朝までに届いたと本気で思っているの？　仮にそうだとしても、デイヴィッド＝ダンテ・マリスみたいな人がすぐに封をあけて、ぜんぶじっくり目を通して、届いたその日の朝に長距離電話をかけてきて、三千ドルでどうかなんていうと思う？　しっかりしてよ。

「思わないわ」スティーヴィは声に出していった。「そんなことが起こる可能性はゼロに等しい。そんなことをする編集者はつぎの書籍販売業者の総会で出版社の重役たちの銃殺隊にたっぷり鉛の玉を撃ちこまれるでしょうね」

そのとおり、とミセス・クライは思った。バン、バン、バン、バン、バンッ！

スティーヴィはひたいをわしづかみにした。これまでエクセルライターは真夜中から夜明けまでの時間帯にかぎって稚拙な創作や原稿修正を打ちだしていたのに、いまやわざと彼女が仕事や家事をしている時間帯に侵入してきている。彼女の経験をリライトし、未来を先取りし、願望充足の妄想を人を小馬鹿にした短命な〝現実〟に変えている。彼女の人生のごく小さな対称図形をつくってもてあそんでいる。中身はたいしたことはないけれど、彼女が日々、自分を再創造しようと努めている、その〝盗用禁止〟の一瞬、一瞬をいじくりまわしている。もうこれ以上、タイプライターの盗用には耐えられない。我慢にも限界がある。遠からず、誰か他人の傍迷惑で無慈悲な策略が予想外に展開したせいで彼女に歯向かうことになった悪魔どもを、追い払うなり全滅させるなりしなくてはならないだろう。

それでも彼女とエクセルライターは『猿の花嫁』を共作したのだし、多少、怖いという気持ちもあるとはいえ、物語の出来には満足している。ドン・イグナシオは、前にも触れたとおり、クレッツの外観と大腸癌にあっさりと屈してしまった亡き夫テッドの生きながら死んでいるような雰囲気を結合させたキャラクターだ。ヴァルデマールはシートン・ベネックを投影したものだろう。カティンカは、いうまでもなく、彼女自身の恥知らずなほど雄々しいバージョン。テディとマレラに相当するものは、この物語にはいっさい登場していない。二人がはぶかれていることには重要な意味があるのだろうか？　自分はひそかに責任とか手のかかる子どものことを忘れて、もろもろの義務から自分を解放してくれる男を見つけたいと願っているのだろうか？

そんなことはない。

スティーヴィは、この読みは単純すぎる、面白味がなさすぎるとして却下した。カティンカは高潔なキャラクターだが、高潔さは人間的な慣習や価値観との結びつきを失ってしまうと、いやに気どった銅像のような鳩のフンまみれの美しさ――美しくもなんともないが――に堕してしまうものだ。最後の願い事をするとき、カティンカは女として満ち足りた暮らしを送りたいという希望やその可能性を切り捨てていたわけではない。彼女はドン・イグナシオの人間性を認め、そうすることによって彼女自身の人間性を再確認していたのだ。この認知と再確認に至るのに、獣を瀕死の状態に追いやることになってしまったのは多少寝覚めがよくないけれど、それはそれで必要なことだったのだ……。もしかしたら彼女を置き去りにしてしまったように見えるテッドも、自分の運命と和解しようとしていただけなのかもしれない。ただやりすぎてしまっただけなのかも。

この疑念が、スティーヴィが『猿の花嫁』を読んでぎょっとした理由のひとつだった。自分の人生での出来事とカティンカの人生での出来事を一対一で対応させられるような解釈は、どう頑張っても思いつかなかった。そもそも、なにひとつ対応などしていないのではないだろうか。またしてもエクセルライターにいいように遊ばれたのかもしれない。

「マ、マ、」

突然の呼びかけに、スティーヴィはぎくりとした。ロールトップデスクに両手をついて立ちあがる。

マレラが、スティーヴィの書斎の下にある玄関広間に入ってきたのだ。

「ママ、ただいま！」

XLII

「『……彼女はのどの毛房を人差し指に絡ませながら丸木舟のなかの不思議な生きものを見つめて時をすごした。そしてついにドン・イグナシオが最後の願い事をするようにと告げていた日がやってくると、カティンカは夫の鉤爪のあるごつごつとした手を握って、静かに願い事を口にした……』」

スティーヴィは物語を綴った用紙を片付けて、マレラの膝に手を置いた。二人は居間のソファで身体をまるめてキルトの上掛けにくるまっていた。テディはきょうも学校でバスケットボールの練習だ。スティーヴィもマレラも、テディのことを気にしてはいなかった。マレラは母親が『猿の花嫁』を読むあいだずっと静かに耳を傾けていたし、スティーヴィもこのかなり〝大人向け〟のお伽話を娘に聞かせたのはまちがいではなかったという気がしていた。子どもは、頭の固い、自称保護者が思っているほどかよわくはないし、わかっていそうでわかっていなかったりもするものだ。しかし本や映画のこまかなニュアンスを完全には消化しきれないからといって、理解がおよばずに残ってしまった謎を解きたいという欲求が弱まるわけではないし、子どもは興味を持ちさえすれば、大人がたわごとだ欺瞞だと軽蔑して捨て去ってしまうようなものでも理解しようと努めてくれる。つまり、子どもはだまされやすいカモで、作家ほどこのカモが好きな人間はいないのだ。

「いまのが、きょうの午後、ママが書いたお話。どう思う?」

「ちょっと不思議なお話だね、ママ」

「ありがとう」

「なんか、うまくできてると思う。好きよ。ただ——」

「ただ、なんなの?」

「なにをお願いしたの? 最後に」

「ないしょ。わからない? 頭を使わなくちゃだめよ。神さまはそのために頭をくださったんだから」

「でも、いまのお話、ママはちゃんと終わらせてないよね」

「だったら、あなたが終わらせなくちゃ、でしょ?」

「どうしてあたしが終わらせなくちゃいけないの? お話をする人がお話を終わらせなくちゃ。それがお仕事なんだから」

「でも、カティンカがなにを望んでいるかわかったら、こうなんじゃないかなというのがわかったら教えて、指の皮がすりきれてもタイプするわよ」

「でも、そんなのぜんぜんわからないもん」

「考えてみて」

「猿男が目を覚ましますように」

「とってもいいわ」

「そのあとは?」

「あなたがきめるのよ」

「二人はしあわせに暮らしましたとさ」少女は腹立たしげにいった。「これでどう?」

「いいわ。どうしてそんなにご機嫌斜めなの?」

「お話がそうなってるんじゃないんだもん。あたしがいったんだもん。ママがいえっていうから」

「それをやるのがあなたの役目なの。あなたはママを助けて、お話をちゃんと終わらせてくれたのよ。頭を使ってね」

「でも、ママがこれでお金を稼いでも、あたしにはなんにもくれないのよね」

「あのねえ、おちびちゃん、あなたはこのお話で稼ぐお金でご飯を食べたり、服を着たりすることになるのよ。少しでも稼げればだけど」

「ほかの子はそうじゃないのよね。ママはその子たちのママじゃないから」

「その子たちだって、あなたとおなじように頭を使えるのよ。みんなそれぞれ自分なりのお話の終わりを考えていいの。ママはママの仕事をした。みんなを、その先を考えられるところまで連れていってあげたの。それがママの役目なの」

「みんながさ、猿男の頭に石が落ちてきますようにっていうのが三つめの願い事でしたっていったら? それはいけないんだよね?」

「ううん、そうともいえないわ」

「ママ!」子どもは腹を立てて叫んだ。

「なに?」

マレラは顔をそむけてソファの肘掛けごしに床を見つめている。お約束のふくれっつらだ。スティーヴィが待っていると、マレラは彼女を見あげていった。「なんだか『美女と野獣』みたいだね。最後には野獣を——猿を——好きになるの」

この意見はスティーヴィの意表を突いたものだった――この対比は思いつかなかった。しかもいわれてみれば、まさにそのとおりというだけでなく、意図的とさえ思えるのだった。ブルーノ・ベッテルハイムらの説によると、『美女と野獣』は、とくに若い女性にとっては、フロイト心理学を反映したお伽話なのだという――結婚を運命づけられた毛深くて醜い生きものは、けっきょくのところ、それほどひどい怪物ではないかもしれないという願いが込められているというのだ。

スティーヴィは「うーん」と唸った。

「どうして服を着ないでうろつくようになっちゃったの、ママ？」

「ママが？」

「お話に出てくる女の人のことよ。どうしてそんなことをしたの？」

「ジャングルは暑いからよ」

「暑いってわかるまで、どうしてそんなに長くかかったの？　裸で」――眉をあげる――「うろつくようになったのは、三つめの願い事をするちょっと前よ。暑いかどうかなんて、誰だってもっと早くわかるわよ、ママ」

「そうともかぎらないわ」スティーヴィはうわのそらで答えた。

「あたしはわかるもん。ほんとうに暑かったらいいのになあ。二十二トンの上掛けの下にいるより、裸足でいられるほうがいいもん」マレラは上掛けの端を持ちあげると、靴下をはいた足で部屋の奥に置いてある肩掛けカバンのところまで歩いていき、謄写版印刷のプリント――ミス・カークランドのクラスの〝紫〟と呼ばれている印刷物――を持ってもどってきた。「〝すばらしい二月〟の寸劇、今週の金曜日なのよ、ママ」

「知ってるわよ。もうセリフは覚えたと思ってたんだけど」

「覚えたよ。それとはべつに詩もやることにしたの。聞きたい？　けさ、朗読の時間に覚えちゃったんだ」

スティーヴィは〝紫〟に手をのばした。「聞かせてちょうだい。プロンプター、やってあげようか？」

「ちょっと、待って」マレラはプリントを裏返してスティーヴィの膝の上に置いた。「見ないでできるかどうかやってみるから。できると思うな。たったの五分くらいで、ぜんぶ覚えちゃったんだもん」まっすぐにスティーヴィを見て、マレラはいった。『『仔羊』ウィリアム・ブレイク』詠唱を思わせる朗読は『かわいい仔羊よ、誰がそなたを造ったのか？／誰がそなたを造ったのか、そなたは知っているのか？』ではじまり、六行あとのおなじ詩句のくりかえしでひと区切りあって、そこからほとんど間を置かずにマレラは軽快に第二連に入っていき、気取った調子で最後まで朗読しおえた。『かわいい仔羊よ、神の祝福あれ！／かわいい仔羊よ、神の祝福あれ！』

「すごいじゃない、マレラ」

「覚えたのよ——ぜんぶ——五分で」

「そういってたわね。どうしてだか、ママにはわかる気がする。マレラ、あなたが赤ちゃんのときね、あなたを寝かしつける前に、よくその詩を読んであげてたのよ。ベビーベッドのそばであなたに聞かせてたの。それが少し残ってたんじゃないかな。あなたの記憶に浅い溝を刻んでいて、ミス・カークランドから追加で覚えるようにいわれたときに、その溝に針がおりたんだわ」

「ママ、あたしは自分で覚えたのよ」

スティーヴィは無言だった。このことでマレラといい合う気はなかった。たいしたことではないのだから。が、この詩にはひっかかるものがあった。古い記憶、古い心配事、長い時を経た経験の溝に針がおりたのだ。強烈な既視感が襲いかかってきた。前に娘とこの話をしたことはなかっただろうか？　エクセルライターが一週間前に書いたものを従順に演じているのではないだろうか？　最悪なのは、そうかどうかまったく見当がつかないことだった。

「テディにもやってあげたの？　テディが赤ちゃんのときにも詩を読んであげたの？」

「うん、そうよ。ほとんど毎晩ね」

「どんな詩？」

「ああ、男の子の詩よ。昔は男の子のだと思っていた詩。たとえばキップリングの『ガンガ・ディン』とか、テニスンの『軽騎兵の突撃』とか。ロバート・サービスのとか。『虎』も読んだわ。あなたがいま朗読してくれたブレイクの詩とおなじ詩集に入っている詩よ。こういう一節があるの――『仔羊を造ったお方が、そなたを造ったのか？』」

「もちろんそうよ」マレラがいった。「主がぜんぶ造ったのよ。ママもあたしもシラノもシートンの猿のクレッツもほかの人もぜんぶ。そうでしょ？」

「そうよ」スティーヴィはいった。「そう、主がお造りになったのよ」

XLIII

いつのまにかスティーヴィはテディのベッドの端にすわっていた。テディは、バスケットボールの練習でくたくたになったあと、彼女が温めてやったツナのキャセロールを腹に詰めこんで眠りに落ち、不満げに唸りながら毛布をはねのけようとしている。スティーヴィは毛布をかけなおして、寒さに我が身をさらそうとする彼の努力を無に帰してやった。そして、絶対禁酒者が口にした三杯めのダイキリのように人を欺くなめらかな声で、『虎』の畏怖の念を呼び起こす詩句を暗唱しおえた――

〝虎よ！　虎よ！　あかあかと
夜の森で燃えさかる、
いかなる不滅の手が、目が
あえてそなたのその恐るべき均整美を造ったのか？〟

スティーヴィは、この連の創造の謎にたいする究極の問いかけを晩鐘の震音のように長々と部屋に響かせた。テディは、彼女がかけなおしてやった気遣いのかたまりの下で、やっとリラックスしたようだった。スティーヴィは身震いしながら立ちあがった。熟睡できずにいる息子に詩を聞かせてやったのは数年ぶりのことだった。

「どうしてここに来たんだったかしら？」彼女は闇に問いかけた。

もうすぐ十時だ——テディのラジオについているデジタル時計の表示がそう告げている——が、マレラとの暗唱セッションからこの奇妙な瞬間までの約五時間をほんとうに生きたという記憶がないのだ。自分とマレラの夕食を用意して、そのあとすきっ腹のテディの面倒を見てから二人に宿題をさせて二階のベッドに入らせたのはわかっている。わかってはいるけれど、これは一秒一秒刻まれていく生きる過程を通じて得られたものではなく、干渉主義の洗脳（それとも汚脳？）によって意識に接ぎ木されたものだ。こうして壁紙を貼った四隅にブレイクの『経験の歌』のひとつがこだましているテディの部屋にいるいま、どう考えてみてもここまで階段をあがってきた記憶がない。そのささやかな経験はいったいどうなってしまったのだろう？　エクセルライターにデイヴィッド＝ダンテ・マリスとの会話をでっちあげられてしまったときとおなじ遁走状態のなかで一段一段あがってきたのだろうか？

スティーヴィはふたたび身震いした。SF的《サイファイ》感覚が神経の末端をピリピリと刺激し、理解力を圧倒する。マレラに『猿の花嫁』を読んでやって、記憶の不思議な力の話をしていたと思ったら、つぎの瞬間にはテディを見下ろしてブレイクの神秘的だけれどどこか疑いの残る祝福をうたった四行連を囁いている。物質転送機つきタイムマシンでひとつの時空からべつの時空へ移動した人間なら、たぶん似たような失見当的感覚を抱くだろうが、そのスピーディな移動のメカニズムはちゃんと認識しているだろうし、うまくいったという気持ちにもなるのではないだろうか。ところがスティーヴィはA地点からB地点へなぜ、どうやって移動したのか、まったくわからないのだ。

彼女は怯えていた。長いことずっとだ。エクセルライターがおかしくなってから、あすでまるまる一週間。ほとんど一年近くたっているような気がする。いまは彼女がおかしくなりつつある。できそこないの部品を組み込まれたマシンのようにブーンと唸っている。彼女はテディの机から貝殻を二つ取りあげて指のあいだでカチカチと鳴らした。ジャクソンビル郊外の大西洋岸のビーチでずっと昔に拾ってきた思い出の品だ。貝殻をカチカチ鳴らすのは、ぎざぎざの氷のかけらを揉み合わせる感覚に似ていた。ただ濡れた感触がないだけだ。

「熱いよう、ママ。ああ、ママ、すごく熱いよう……」

いやだ、また悪夢のくりかえし。マレラが、テディとおなじようにベッドのなかで唸っている。ただ、いっていることはテディよりはっきりしている。スティーヴィは廊下に出て、娘の部屋をのぞきこんだ。マレラの枕の三フィートほど先、ベッドの真鍮の枠組みの上にガーゴイルがしゃがみこんでいる――そこにあるはずのない、しなやかな、おぼろな姿。真鍮でも鉄でもない、冷たい無生命のものとはちがうものが、にゅっと生えている。

またクレッツが姿をあらわしたのだ。猿はまるで守護霊のようにマレラをまもっている。ヘッドボードの真鍮の枠から垂れた尻尾が疑問符を裏返したかたちになっている。少女がまた唸って、毛布なのか身体なのか、熱いと訴えた。猿の尻尾が一瞬、マリオネットの糸のように持ちあがり、またすっと下がって渦巻に似た疑問符のかたちにもどった。

「こら！」スティーヴィは叫んだ。「そこでなにをしてるの？」階段脇の廊下を照準器代わりにして、スティーヴィはテディの貝殻を猿めがけて投げつけた。猿はベッドの枠からもうひとつのベッドのマットレスに飛びおりて、彼女の視界から消えてしまった。

部屋に駆けこんでマレラの無事をたしかめ、クレッツの行方を探したが、遅かった。カプチンはすでに横歩きで一段低くなったステップダウン・クローゼットに逃げこみ、そこから屋根裏に入りこんでいた。逃げ道はそこしかないにきまっている。なぜなら、天井の七十五ワットの電球に照らしだされたクローゼットのドアが、またあいていたからだ。少女はといえば、いちばん高温にセットした電気毛布とキルトの上掛け、さらにクローゼットのトランクから出してきたぼろぼろの毛布を二枚かけて寝ている。おまけにフランネルの寝間着にキルトの部屋着を着て、その日の午後にはいたハイソックスを脱がないままという格好だ。熱いというのも不思議はない。これはたしかに悪夢だけれど、先週の金曜日の悪夢をそのままくりかえしているわけではない。

スティーヴィは上掛けの上にかかっているぼろぼろの毛布を取って、電気毛布の設定温度を下げた。そしてマレラを起こさずに部屋着のボタンをはずすと、袖をすべらせて腕からはずし、背中の下から抜き取ってから、オポッサムのぬいぐるみのパーヴィスといっしょにマレラを毛布でくるんでやった。

真鍮のベッド枠にカプチンの前肢のあとがうっすらと残っていた。クレッツが家に入りこんでいる動かぬ証拠だ。スティーヴィの妄想の産物ではない。彼女はたしかに目撃していたのだ。そんな証拠は欲しくなかったけれど、証拠は証拠。消えてはくれない。ダンスフロアの大理石の床に落ちたゾウの糞さながら、汚れが見ろと命じている。スティーヴィはぼろぼろの毛布のサテンのへりで汚れをこすったが、汚れは取れず真鍮の上にひろがってしまった。

どうして猿の足跡を消そうとしたの？　スティーヴィは自問した。マレラが寝ているあいだにまたあいつがもどってきてあそこにのらないようにするためよ。マレラの顔に飛びのってマレラを窒息させてしまうかもしれないし、のどに犬歯を突き立てて命の源の血をすするかもしれない……。

自分の息が目のまえで風船のようにふくらむのを見ながら、スティーヴィはステップダウン・クローゼットのドアを閉めた。陶器製のノブの下にマレラの木馬を押しつけ、古い帽子掛けスタンドを壁とマントルピースのあいだで突っ張らせて心張棒にする。クレッツが屋根裏に逃げこんだのだとしたら——そうにきまっているけれど——スティーヴィが逃がしてやろうと思うまで出ることはできない。ちび野郎め、凍え死ぬがいい。飢え死にするがいい。

電話が鳴った。

タイプライターに用紙はセットしていない。この電話の音は想像の産物じゃない。寒くて爪先が痛いし、不安で心が痛い。この痛みとおなじくらい確実に、あたしはいまこの瞬間を生きている。この悪夢は、この瞬間をあたしと共有している。この悪夢は、あたしの潜在意識から生じているのでも、悪魔の凄まじい敵意から生じているのでもない。

彼女は電気を消して、闇のなかをすり足で自分の寝室に向かった。受話器を取って、呼び出し音を消す。「もしもし」外のアーク灯のぼやけた明かりが後光のように射しこんでいる。「スティーヴンソン・クライです」相手の息遣いが聞こえる。ネコが毛玉を吐きだすときのような、なめらかで繊細なテクニックが感じられる息遣いだ。「もしもし」もう一度スティーヴィはいったが、傍迷惑な音はやまない。「シートン、あなたなの？」彼女は受話器の半分を手で覆ってうしろをふりかえり、いもしない警官隊とジョージア州調査局の捜査官たちに話しかけた——「この電話の発信元を突き止めて。お待ちかねの、例の気色悪い肺魚だと思うわ。ヘドロのなかから這いだしてきたのよ」すると、どこか、たぶんそう遠くないところで相手の受話器があわてて受台に置かれた。「ろくでなしめ」スティーヴィはいった。受話器をもとにもどして、もう一度、子どもたちのようすをたしかめる。二人ともぐっすり眠っていた。テディは手足をのばした独特の寝姿。マレラは化繊の毛皮の友だちを抱きしめている。十時。万事、オーケイ——屋根裏の猿と電話でハーハーいう男とともに暮らすことができるなら。

そうするしかない、とスティーヴィは腹をくくった。腕を組んで両手を寒さからまもりながら、彼女は階下のキッチンに向かった。タイプライターはプラグを抜いたままだし、用紙もセットしていない。いまはただ赤ワインをちびちび飲みながらディケンズかエリオットの小説をゆっくりと読みたい気分だ。他人の書いたものに没頭して、自分の書いたもののことは忘れよう。彼女は居間から『ミドルマーチ』と『ドンビー父子』を両方ともキッチンに持ってきて、テーブルに置き、タンブラーにランブルスコを注いだ。テッドが〝ソーダ水〟とけなしていた、最近急に幅をきかせてきた微発泡性のワインだ。彼はたまに飲むときはビールやワインではなく強い酒を軽く飲む程度で、量を飲むことはめったになかった。はっきりとはいわなかったけれど、じつは彼は自分が強い酒を好むことも妻がもっと上品ぶった酒を好むこともよしとしていなかったのではないかと、スティーヴィは何年もかかってそう思うに至った。

「こんなところにすわってワインを飲みながらエリオットを読んでいる場合じゃないわよ。あの猿が二階にいるのよ」スティーヴィは突然そういうと、本を閉じてグラスを脇に押しやった。「あいつを追いださなくちゃ」

たしかに。でもどうやって？

また電話が鳴った。

子どもたちを起こしてはいけないと、スティーヴィはいきおいよく立ちあがって受話器をひったくった。「よく聞きなさい、シートン、嫌がらせはすぐにやめなさい。あなただってことはわかってるのよ。まだつづけるようなら警察に話すから。ほんとうにそうするわよ。聞こえてるの？」

「聞こえてるよ」威勢のいい女性の声が聞こえてきた。「聞こえてるけど、あんたのいってる相手じゃないよ」

「シスター・セレスティアル！」

「ご名答」

「あの……あなたでよかったわ。なんの御用かしら？」

「忘れちゃった？　電話するっていっただろ。だから電話してるんだよ」

「あのう……前にもかけてくれました？」

「ウィックラースからバークレイは市内通話だけど、バトン・シティからバークレイは長距離電話。よっぽどのことがなきゃ、長距離電話なんかかけないよ」

「ですよね。高すぎますもんね。あたしの夢判断をしてくれたんですか？　つまりあの記録を読み直してくれたんですか？」

「分析したよ。助っ人がいてね。エマニュエル・ベルトローのレミントンが一枚加わってくれた。あたしがボタンに指を二本のっけて、レミントンといっしょに誰かさんの心のなかを上から下まで走りまわったんだ」

「結果を教えて」

「長距離電話で？　それはどっちにとっても得策とはいえないね。話は山ほどあるんだから」

「車でこっちへ来て」

「これから？」

「二十分くらいで来られるわ、シスター。ガソリン代は払います」

「家に帰り着く頃には真夜中をすぎちまうよ。あの自殺街を通り抜けて高速を往復するなんて無理、無理。こんな冷えこんでる日にさ。そりゃあんまりだよ」

「うちに泊まればいいわ。下の浴室のそばにお客さん用の部屋があるの。ヒーターがついているし、寝心地のいいベッドもあります。上掛けを折り返して、ヒーターをつけておくから、お願い、イエスといって、ベティ。お願い」

「あす、あんたがこっちに来ればいいじゃないか。そういおうと思って電話したんだよ。二人で頭突き合わせて分析結果を見ようと思ってさ」

「今夜は誰かにいっしょにいてほしいの、シスター。朝までのあいだに気が狂わないように、誰か、大人にいっしょにいてほしいの。怖いのよ」

「どうして？　どうして今夜にかぎって？」

「猿のことを話したでしょ、覚えてます？　そいつがあたしのあとをつけて、家まで来ちゃったの。屋根裏にいるのよ。電話もあって――B級映画のハーハーいうやつ。それに、あの忌々しいエクセルライターがあたしの生活を彩り豊かな部分と真っ黒い記憶喪失の部分とのチェッカーボードに変えてしまったの。いまこのマスにいたと思ったら、つぎの瞬間にはべつのマスにいるのよ。でも、そのあいだはどこにもいないの。きょうあたしの身に起きたはずのことが起きていなかったりするの」

「なるほど、怖いのも不思議はなさそうだね」

「そうなの、シスター。そうなんです」

「分析結果のなかには、あんたが聞いてうれしいとは思えないものもあるんだよ、スティーヴィ。あんたはベネックを恐れているんだよね。理由は見当がついてるんだ」

「お願い、来て」

「日曜に子どもを預かってくれた医者はどうなんだい？」

「そうそう無理はいえないわ。そんなにしょっちゅう――」最後までつづけられなかった。シスター・セレスティアル――ベティ・マルボーン――以外に、彼女が苦境にあることを信じ、すべてとはいわないまでもいくらかは理解してくれる味方はいない。肌の色はちがっても、同類の匂いがする。（ドクター・エルザはたよりになる人、シスター・セレスティアルは同胞姉妹だ。）二人はおなじ素材でできている、スティーヴィとベティは。二人は悪夢の波長を共有し、まるでそのもやもやとした波長を互いへの思いやりというミューザック（バックグラウンドミュージックの商標名）で飼いならそうとするかのように、その波長で電波を飛ばし合っている。彼女に思いが通じますように、とスティーヴィは祈った。どうかイエスといわせて。

「行き方を教えとくれ。行き方がわからなくちゃ、にっちもさっちも行かないからさ」

XLIV

午後十時三十五分（スティーヴィとしてはまたしても、敵に捕まりそうになったチェスのクイーンのように、自分の力ではなく、顔のない敵に脅された無責任なゲームプレイヤーの手で午後十時三十五分というラベルが貼られたマスに着地したような気分だったのだが）、家の外のエンジン音がシスター・セレスティアルがバトン・シティから到着したことを告げた。ルルルルル―アム、ルルルルル―アム、とエンジン音は鳴り響いた。スティーヴィはランブルスコの赤紫色の最後のひとしずくを飲み干して、ピカピカ光るステンレスのダブル・シンクの上にある窓に駆け寄った。シスターはどんな車に乗ってきたのだろう？　見えるのは食パンを思わせる自分のフォルクスワーゲンのバンの輪郭だけ、ラジアルタイヤをはいた巨大なローマンミールのパンのようなシルエットだけだ。バンのうしろには小石を敷き詰めたドライヴウェイがわびしく車道へとのびている。シスターはゴースト・カーに乗ってきたのかもしれない。

キッチンの朝食用コーナーのそばにあるドアを誰かがノックした。そのドアをノックする人間はたいていドライヴウェイに車を停め、キッチンの窓のまえを通ってくることになる。それ以外はほかのドアのほうがすんなりと来やすい――ということは、誰だかわからないがこの訪問者はグリーンアパートメントの貸家に隣接した庭をえっちらおっちら通り抜け、ポーチの横にあるびっしりと実がついたヒイラギの下を首をすくめてくぐり、極寒のジャングルからぬっとあらわれたかのように、このドアのまえのヤナギ細工のマットにあがってきたのだろう。シスター・セレスティアルは大柄だ。彼女が、いちばんあたらしい顧客の家を訪ねるのに、そんな面倒な来方をするとは思えない。電話では、もっとずっと簡単な来方を教えたのだし。

　まあ、いいわ、とスティーヴィは思った。ノックの音はとても穏やかだ。

　キッチンのセンター・アイランドにつかまりながら進んでいくと――シスター・セレスティアルの電話があってから三十分のうちにワインをおかわりしたんだったかしら?――朝食用コーナーのそばのデッキに男が立っているのが見えた。ダッチドア（上下二段べつべつに開閉できるドア）の上の窓から見えるのだ。つばの上になにかごちゃごちゃしたマークが入った野球帽ふうのキャップをかぶった若い男。こんな時間だというのにミラー・サングラスをかけている。レンズが衛星追跡用の凹型アンテナのようだ。キャップとおなじマークが胸ポケットについたパーカは、ポーチの裸電球の光をうけて南洋のラグーンのように青く輝いている。袖がやけにふくらんでいて、自転車の空気入れでふくらませたのかと思うほどだ。リブ織りの襟とビックリハウスサングラスのあいだには黒い細めのあごひげ。パーカの金属製のスナップの少なくとも上から三つめまでは、そのひげの陰になっている。マルセルウェーブがかかったひげの先端は四角くカットされていて、シュメールの王たちのようだ。つけひげにしか見えない。彼女に見えるように小型のブリーフケースをあげてみせて、想定外の訪問者はちらりと時計に目をやると、愛想のいい営業マンらしい熱心さで、ふたたびドアをノックした。

「ちょっと待って」スティーヴィはいった。「いま、あけます」

　朝食用コーナーの赤いタイルの上を歩き、ダッチドアの上段と下段を留めているラッチをガチャガチャとはずして脇に寄り、上のドアを内側に開く。こうしてじかに見ると、キャップとパーカについているマークはゴキブリのような六本脚の害虫が甲皮を下に脚を上にしてひっくりかえっている姿だった。どうやら手描き、手縫いのようだ。この戦斧で切り倒された虫が少しかわいそう、と思いはじめたところで、スティーヴィは気づいた――この訪問者、息が荒い。ポーチの横の実がなりすぎたヒイラギの下を這うようにして通り抜けてきたせいで乱れた息を整えようとしている。ゼイゼイ喘いでは息が止まるところが、テッドを思い起こさせる。絶頂のときに興奮のあまり鼻を鳴らしていたテッドを。電話でハーハーいっていたのは、この男だ。

スティーヴィがドアの上半分を閉めようとすると、訪問者はブリーフケースを突破口に押しこんでキャップをあげてみせた。髪はプラチナブロンドで、黒々としたシュメール王のあごひげがいよいよ怪しく見える。男は話しはじめたが、スティーヴィを見ずに大きな円盤が並んだようなサングラスを東の端にあるデッキの網戸で囲ったポーチのほうに向けている。彼のためらいがちな話しぶりには、客への敬意と謝罪の念が満ちていた。

「わたし、大南東部リッドペスト&タイプライター・リペア・サービスの者です。遅い時間なことはわかっていますが、わたし、第三シフトで仕事をしている見習いで」

「タイプライター・リペア・サービス！」スティーヴィは叫んだ。好奇心が恐怖を上回っていた。なんてお粗末な、あつかましいやつ。こういう男は割礼を受けないままでも平気でユダヤ人のヌーディスト村に入っていけるにちがいない。

「いや、ちがいます。タイル・サイディング・リファラル・サービスです。もしどなたか家の羽目板をタイル張りにしたいという方をご存知でしたら、よろこんで優秀な提携業者をご紹介しますよ」

「タイル・サイディングなんていってないわ。あなた、タイプライター・リペア・サービスっていったわよ」

「申し訳ありませんが、聞きちがえられたようで。タイル・サイディングはいちばんあたらしくて、いちばん古いものでして。サンベルトで大流行してましてして。あなた、もしくはご近所の方は、タイル・サイディングに興味おありですかね？」

「まったくないといっていいと思うわ」

「じつは、お宅へ寄らせてもらったのにはべつの理由がありまして。わたしは大南東部サービス共同事業体のリッドペスト部門の者でして。つまり害虫駆除業者です（リッド＝取り除く、ペスト＝害虫を合わせた造語）。本日は、無料屋内調査をおすすめしてまわってるんですが。シロアリ、ゴキブリ、シミ、カツオブシムシ、チャタテムシ――」

「もう十一時よ。常識的にいって――」

「――それにカプチン・モンキー」

「シートン、わたしはねえ、ちょっと酔ってるかもしれないけれど、ばかじゃないわ。こんなとんでもない時間に無料調査をする人なんているもんですか」

「第三シフトの見習いはやるんですよ」

「そのブリーフケースをどかしなさい、シートン。窓からどかしてちょうだい。閉めて、警察を呼ぶんだから。あなた、人の平和な生活にずかずか入りこんできて、掻き乱して、悪質な嫌がらせをしているのよ」

「いや、わたしはシートンなんて名前じゃありませんよ」

「あなたの名前はシートン・ベネック。あなたこそが、いますぐ永久に駆除してもらいたい最悪の害虫よ」

「二階の猿はどうなんです？」

「ええ、そうね、クレッツとシートン・ベネックが駆除してほしい最悪の害虫ども。複数形よ」

「わたしの名前はビリー・ジム・ブレイクリーです」

「ひどい猿芝居」鼻孔から怒りの白煙をひとすじドラマチックに、竜のように吐きだしながら、スティーヴィはダッチドアのあいている上半分から手をのばして、シュメール王のあごひげの先をつまみ、ぐいっと引っ張って訪問者の顔から剝ぎ取った。「ビリー・ジム・ブレイクリー、なんてことかしら。あなたのひげは名前といっしょで、安っぽいにせものじゃないの」

「奥さん、それ、ひげじゃありませんよ」害虫駆除代理店の見習いがいった。「マフラーです――今夜は恐ろしく冷えこんでるんで」

　スティーヴィがマフラーなるものを返すと、訪問者は偽札を使ったと勘違いされて咎められた人間のように憤然としてマフラーをパーカのポケットに突っこんだ。だが、どう外観を取り繕おうと、演技をしようと、男の正体に疑いの余地はない。シートン・ベネックは――ルルルルーアム、ルルルルーアム――午後十時四十分に、ビリー・ジム・ブレイクリーなる人物のふりをし、そのばかげた嘘をスティーヴィが信じると思いこんで、彼女の家の戸口に立ったのだ。

「わたしが、どなたかお知り合いに似ているのだとしたら」潔白なのに疑われて傷ついているとでもいいたげな口調で、彼はいった。「それは生まれたときに双子の兄弟から引き離されて、その後ブレイクリー家の養子になったからかもしれません。よく誰それに似ているといわれるんで、つまりそのなんとかいう人物とわたしとを取りちがえているんだと思いますよ。ほんとうによくいわれるんです」

「シートン、あなたのなかには信じられないほど熱い空気が詰まっているみたいだけれど、家のキッチンまで暖かくはならないわ」彼女は指で彼の胸を突いた。「さっさと出ていきなさい——ポーチからも、わたしの人生からも！」

「どうしてそんなにつれないんです？」

スティーヴィは壁掛け電話のところまで行って、ダイヤルをまわしはじめた。「バークレイのパトカーに無線で連絡すれば、三分でここに到着して、不法侵入とか家宅侵入とか、とにかくなにかの罪であなたを逮捕してくれるわ。さっさと逃げたほうがいいわよ、シートン」

ところが彼は逃げるどころかダッチドアのあいた部分から手を入れてドアノブをまわし、朝食用コーナーに入ってきて、上下のドアを閉めた。ダッチドアはふたたび一枚岩となって寒さに立ち向かう最前線になった。彼は壁の電話のところにいるスティーヴィのそばまでやってきてたずねた。「そのシートン・ベネックという人はお知り合いなんですか？」

あろうことか、ウィックラースの保安官事務所は話し中だった。スティーヴィはガシャンと受話器を受台にかけて、平然とした顔で彼女を苦しめている男のほうに向き直った。

「そのシートン・ベネックという人とは親しい間柄なんですか？」と彼はふたたびたずねた。

「いったいなにが望みなの？」

「もしお知り合いなら——そういう感じで話しているところを見ると、お知り合いなんでしょうが——だったらその知り合いに免じて無料で屋内をひと通り調べさせたらどうです？　なんの義務も生じないし、彼のほうは調査をしたということでコロンバス営業所に面目が立つ。害虫駆除の新人営業マンはそうやって点を稼がないと、再教育を受けさせられるかクビになるかなんです。お友だちに、大きな恩恵をほどこすことになりますよ」

「友だちなんかじゃないわ。つまり、あなたは友だちじゃないってことよ。この仮装大会、まるで信憑性がないわ。わたしがこの恰好で、これはエリザベス女王の衣装よっていってるみたいなもんよ。もう、危険なほど、うんざりなのよ、シートン」嘘ではなかった。彼女は包丁を数本さしてある木のブロックから肉切り包丁を持ちだすという考えをもてあそんでいた。ほかの人間の腹に刃物をすべりこませることを真剣に考えたことなどなかったが、その忌まわしい考えは彼女のなかで具体的なかたちをとりはじめていた。彼女は包丁立てにちらりと目をやった……。

「わたしがそのシートン・ベネックという人間だといったほうがいいんですか？」

「彼に――あなたに――出ていけといったのが聞こえなかったの？」

「わたしが、その屋根裏にいる厄介なカプチンを追いだすというのはどうです？　害虫駆除代理店の見習いはカプチン・モンキーをそういうなかなか手の届かない細い洞窟とか煙突とか屋根裏といった場所から追いだす特別な訓練を受けていますから、実地でやらせてもらえるとありがたいんですけどね。そうすればお子さんたちも安心して眠れる――猿が顔にのっかるんじゃないかとか、ベッドのなかで糞をするんじゃないかとか、そういう不快な出来事が起こるんじゃないかという心配をしなくてすみますよ」

「血を吸うんじゃないかとか？」

「ええ、そうです。小さいお子さん、十代のお子さんがいるご家庭では、カプチンのコントロールは非常に大事なことなんです」

「ねえ、クレッツを屋根裏から追いだしたら、帰ってくれるの？　あなたのかわいい猿の吸血鬼といっしょに永遠に姿を消してくれるの？」

「まあ、それはですねえ、長期契約にサインしていただければボスが喜びます。無料調査は、要するに客寄せの手段ですから」

「契約なんかする気はないわ。もう一度、保安官に電話しようと思っているんだけれど、クレッツを屋根裏から追いだして、クライ家のことを永遠に忘れてくれるなら、やめておくわよ」

「クライ家のことは忘れられませんよ」シートンはサングラスをはずして、マフラーつきのあごひげを入れたポケットにすべりこませた。うるんだ目のまわりの皮膚がかすかにピンク色に光っている。今夜の彼は当惑するほどげっそりとやつれた印象だ。スティーヴィと目を合わせようとせず、階段に通じるダイニングのドアに熱い眼差しを投げている。心底、あの異国生まれの使い魔のことが心配なのだろう。

　スティーヴィは受話器を取って、ダイヤルに指をかけた。「わたしの提案に同意する気はあるの？」

「はい」シートン・ベネックはうんざり顔でいった。「あります」

「はあ」訪問者の返事に負けず劣らず疲れ切ったため息が、スティーヴィの口から洩れた。彼女は受話器をもとにもどして、シートンをキッチンから暖房の入っていない二階へと案内した。

　書斎のまえに来ると、偽害虫駆除業者が彼女の腕をつかんで引き止めた。「タイプライターの調子はどうです？　修理の必要はありませんか？　なんならそれもやりますよ。追加料金なしで」

「追加料金？　わたしがここで依頼したことにかんしては料金なんて発生しません、わかってるの？エクセルライターにかんしては、あなたには二度とさわらせないから」

　シートンもばかではない。これだけ辛辣に敵意むきだしでいった甲斐あって、すっかり気落ちしているようだった。ところが彼は書斎のドアをあけたのだ。狭い視界のなかに、椅子が、デスクが、そしてタイプライター（カバーはかけず、プラグはコンセントから抜いた状態）が見える。スティーヴィも不法侵入者も明かりをつけてはいない。エクセルライターを包みこむ古い家具のつやのような金色の微光に照らされて、ごちゃごちゃと置いてある調度品がはっきりと見えるのだ。どうやら、マシンのボディが命にかかわるほどの放射線を放っているらしい。誰にせよキーボードのまえに五分、十分、すわっていたら、ポスト・ホロコースト時代のタイピストの守護聖人として聖者の列に加えられることになるにちがいない。

「こんどはなにをしたの？」スティーヴィは詰問した。

「わかりません、ミセス・クライ。ときどき、手に負えなくなることがあるんです。調子にのって、自分の意見を持つようになったりするんです」

「すぐに直して！」

「いや、それは。ここへは猿を屋根裏から出すために来たんですから。それに、マシンはいま、国中の反抗心のあるタイプライターにご神託を送信している最中ですし」

「シートン、なにをばかなことをいってるのよ」

「わたしのせいじゃありません」彼はドアをしめたが、気味の悪い光はドアの下から洩れだし、鍵穴のなかでかすかに煌めいていた。「やらなきゃならない仕事があります。あのタイプライターは、もうわたしの手には負えません」パーカを着てよけいふくらんだように見えるシートンは、ペンギンのようにふんぞりかえってマレラの部屋に向かった。

スティーヴィは娘の部屋の天井の明かりをつけて、ステップダウン・クローゼットを指差した。電気がついてまともに顔を照らされてもマレラは目を覚まさなかったものの、寝返りを打って毛布にもぐりこんだ。「そのなかよ」スティーヴィはいった。そしてシートンが木馬や帽子掛けスタンドをどかすのに手を貸しながら、エクセルライターが手に負えないというのなら、これだけでもさっさと片付けるようにと迫った。

シートンはひげとサングラスを突っこんであるポケットからスクレッツの金属容器を取りだして、ひと粒、包装紙をむくと、クローゼットにおりていった。歩きまわれる空間の奥にある屋根裏に通じるベニヤ板の扉についている木片をまわしたときだった。彼のブリーフケースから毛深い腕が出てきて、いま紙をむいたばかりの錠剤を彼の手から奪い取った。シートンがその腕をぴしゃりと叩くと、腕はすぐにくねくねとブリーフケースのなかにもどっていった。シートンはブツブツ文句をいいながら、もうひとつ錠剤を取りだして銀紙をむいた。止めがはずれたベニヤ板の扉の奥をのぞきこみ、間柱で支えられた未知の世界の闇のなかへ、ひょいと頭をさげて入っていく。

スティーヴィはいった。「そこにほかの猿を入れて持ち歩いてるのね！」

扉からシートンがふたたび顔を出した。「まあ、数匹。きょう無料調査でまわったほかの家でやっと引きずりだしたやつです。おたくの害虫も、ドサッとこのなかに入れてやりますから」

「数匹？　かろうじて一匹入るかどうかの大きさじゃないの」

「四、五匹入ってますよ。リッドペスト駆除キットに詰めこむと、うまいことちんまり収まるんです。その電気を消して、下にもどっていてくれませんか？　ここにいるやつは、気を惹くものが多すぎるとなかなか出てこないんで」

そのとき書斎の下の玄関広間からドンドンという音が聞こえてきた。階段の吹き抜けから二階の廊下へとこだましている。悪夢のなかでも最悪の部類といえる来たるべき警察国家の深夜の召喚場面のようだ。軍用長靴をはいた若き保守党員たちと、聖書を拳で叩いて熱弁をふるうカリスマ派の信者たちが、大南東部最後のテーダマツの丸太で正面のドアを突き破ろうとしている。かれらは駆除業者見習いになりすました男が猿を何匹も詰めこんだブリーフケースを彼女の家の屋根裏に持ちこんだことなどおかまいなしだ。

「ほうら、クレッツ」扉の奥の深淵に姿を消した男が小声で歌うように誘っている。「出ておいで、お薬だよ……」

そのあいだにも正面ドアに押しよせた保安隊の攻撃力は高まる一方だ。狂ったように破壊槌をふりおろす男たちが突破口を開き、勢い余ってダイニングにころげこんでくるようすが目に見える気がする。玄関広間とダイニングを仕切るフレンチドア（観音開きの格子のガラス扉）がテーダマツの丸太で打ち砕かれ、男たちがボーリングのピンのように床にころがる光景が目に浮かぶ。シートンの動きを見張っていなければという思いと家が壊されるのを防がねばという思いとに引き裂かれながらも、彼女はマレラの部屋の電気を消して、なかに入れろと迫る狂気の一団と交渉すべく階段を駆けおりた。

XLV

外にいたのはシスター・セレスティアルただひとりだった。黒人女性の車――外国製のエコノミー・カー、たぶんダットサン――は正面の歩道のユリノキの下に停めてあるが、彼女の恐るべき拳がドアを叩く音としつこくドアにぶちあたる破壊槌の音との類似点は、物を叩く音という一点にすぎなかった。二階で聞いた音と下で起きていることとのあまりのちがいに首を傾げながら、スティーヴィは占い師を玄関広間に招き入れた。

「キッチンのドアのほうへ来るかと思っていたわ」

「ああ、あっちでもノックしてみたけど返事がないんで、こっちに回ってトントンやったんだ」

「シートン・ベネックが来たのよ、シスター。最初はあなたかと思ったわ。いま二階で屋根裏から猿を追いだそうとしてるところ」

シスター・セレスティアルはシートンの駆除キットより大きなカーペット地の旅行カバンを持っていた。端のほつれたセーターを二、三枚重ね着して、内側が毛皮のスノーブーツにきのう着ていたのとおなじシフトドレスとショールというでたち。咲き初めたクチナシを思わせるオーデコロンの繊細な香りが階段の吹き抜けに立ちのぼって、気分が落ち着く。

「じゃあ、その仕事をさせておいたほうがいい。どこか暖かいところへ連れていってちょうだいよ。それともひと晩中、こんな肉の冷凍保存庫みたいなところで突っ立ってなくちゃならないのかい？」

「聞こえたでしょ？　ベネックが二階にいて、タイプライターが白熱してるのよ」

「わかってる。うちのレミントンもだ。ほとんど一日中、叩きつづけてたからね」

「ほんとうに光を放ってるんです」

「そう思うのも無理はないと思うよ。たいていの作家は長いこと相棒のまえにすわっていると、そういうふうに思うもんだ。でもね、それは妄想なんだよ。あんたはこのところずっと、真っ赤な嘘と見分けがつかない夢や妄想の犠牲になっているんだ」

シスターの腕を取って、スティーヴィは暖かいキッチンへと案内した。まだ混乱していた。シスターの最後の言葉の帳尻が合わないような気がするのだ。家の奥の乾いた熱気に触れて元気をとりもしても、まだ納得が行かない。そこで、なんとか秩序らしきものをつくりだそうと、客をキッチンテーブルにつかせて各種スナックにチーズとワインというまぎれもないスモーガスボードを差しだした。

「十時半頃には来てくれると思ってました」スティーヴィはいった。「おかげであなたより先にベネックが来ちゃったわ」

「時計を見てごらん、スティーヴィ」

スティーヴィは素直にしたがった。壁に組み込まれたオーヴンのデジタル表示は十時三十四分になっている。二階に行っているあいだに誰かがリセットしたのだろうか？　そうでないとしたら、しごく鮮明な記憶のある三、四十分間は、存在していなかったことになる。害虫駆除業者のユニフォームを着たシートン・ベネックなど来ていないし、怒りに駆られた村人がドアを叩いていたのはゆがんだ想像力が生んだ妄想の所産にすぎないことになるのだ。

「ベティ」とスティーヴィはいった。シスターの洗礼名を呼ばずにはいられない心境だった。「お願いよ、ベティ、なにがなんだかわからないの。お手あげだわ」

「すべては、どの嘘をいちばん信じたいかにかかってるんだよ」

「そういわれても、よくわからないわ」

「よし、じゃあ、しっかり聞くんだよ。あんたがきょうの午後、物語を書いて現実生活での悲しみを願望と象徴性の沼の底に沈めているあいだ、シスターCはレミントンに用紙をセットしてははずしてをくりかえしながら、あんたの夜が真っ白いページの積み重ねにならないように、猛スピードでキーを叩いてたんだ。それをやっていたのは、一部はあたしで、一部はまずまちがいなくベネックってやつだと思う」彼女は手をのばしてカーペット地の旅行カバンからクリップで留めた薄い紙束を取りだした。ダブルスペースで文字が打ってある。彼女はそれをパサリとテーブルに置いてスティーヴィにあらためさせた。「これは四十四章だよ。あんたが経験したと思ってることが書いてある。あんたにしたら考えたくもないことなんだから、雑魚と思って捨てちまえばいい。これから策略家のシスターとバス並みの実のある話をすることになるんだからさ。シスターは策略もプロ、釣りもプロなんだ」

スティーヴィはその章の最初の段落を読んだ。たったいま目がくらくらするような思いで経験したばかりの出来事だ。エンジンの音（ルルルルーアム、ルルルルーアム）と朝食用コーナーのドアを叩く音ではじまっている。スティーヴィは愕然としつつ、残りにざっと目を通した。最後は正面玄関への襲撃で終わっている。エンジン音と襲撃とのあいだに置かれているのは、専売特許の不条理な話だ。スティーヴィは信じられない思いのままこのありえない文書を読み直し、テーブルにもどして考えた。シスターは、この内容はくだらないつくり話の寄せ集めだから、忘れてしまえというのだろうか？　もしそうだとしたら、シスターのいいなりになるわけにはいかない。ベネックのひげを剃ぎ取ったことは覚えている。ブリーフケースから猿の腕がくねくねと出てきたことも覚えている。そのほかのことも。そして覚えているということは、たとえ夢のなかだとしても、それが起きたということにちがいない、と彼女は自分にいいきかせた。

「ねえ、ベティ、シートンは二階にいるの、いないの？　この一週間、頭がおかしくなっちゃってて。お願いだから助けて。これ以上おかしくならないように力を貸して」

「それはだねえ、いるともいえるし、いないともいえる。四十四章は、いるといってる。でもこの章を飛ばして、あたしがキッチンのドアに着いたところからはじめれば、こんどは、いないことになる」シスターCは大きな胸の下で腕を組んで、背もたれによりかかった。「あんたはどうしたいんだい？　物語に不都合が出ないようにこの章の番号をつけ替えることもできる。最後の章までぜんぶ番号をつけ替えて、好きなだけきっちり気持ちのいい結末に持っていくことだってできるよ」

「ベティ、人の人生をタイプ用紙みたいに破り捨てることはできないわ」

「そんなこと、そこら中で起きてるさ」

「ショック療法？　ショック療法のことをいってるの？　電流を流してショックを与えれば記憶をなくすのかもしれない――でも、それは心理的問題の解決法としては極端すぎるわ、シスター。わたしはそこまでひどくないもの」

「あたしは電流じゃないよ、スティーヴィ、でもショック療法といえないこともない。あたしはあんたを助けるためにここに来たんだ。だから、シートンが二階にいるのかどうか、あんたが、あたしにいわなくちゃ。あんたが判断するんだ。どっちにしろ、あんたは自分の判断だと思う。どっちでもほとんどおなじことだけどね」

「もちろん彼は二階にいるわ」

「ああ、もちろんいる」シスターはテーブルに手をのばして爪先で四十四章を手元に引きよせた。「じゃあ、これはこのままだ。カバンに入ってる四十五章、四十六章、四十七章エトセトラといっしょに綴じておこう」彼女は実際そのとおりにした。

「つぎになにが起きるか知ってるんですか?」スティーヴィは占い師にたずねた。

「だいたいね。こまかいところはちょっと抜けてるよ。レミントンもあたしも、きょうの午後はずっと猛スピードでタイピングしてたから、一から十までぜ、ん、ぶは把握しきれなかったんだ――でも、けっきょくはクリップで留めてこのカバンに入ってるんだけどね」

「ほかの章も見せて」スティーヴィは詰め寄った。「四十五章も四十六章も、その先も。ぜんぶ見せて」

「それはできないよ」

「わたしの物語なのよ、ベティ。わたしをめぐる物語なの。そこになにが入っているにせよ、あなたがそれを手に入れられたのは、わたしがいてこそなのよ。わたしには見る権利があるわ」スティーヴィはいやらしいほど横柄な口調になっているのを自覚しながらいった。「わたしは見なくちゃ、な、ら、な、い、の」と訴える。「わたしの人生がかかっているの。正気か狂気かの境目なの。わたしはゼンマイ仕掛けのオモチャじゃないわ……飽きっぽい子どもを喜ばせるためのオモチャじゃないの」

「そんなふうには考えないほうがいいんじゃないかな」

「いいから教えて、ベティ。こんなのひどいわ。こんなことをする必要はないじゃないの。こんなの――」

「――とんでもなく虫のいい話だね、スティーヴィ。ずるいよ。もし、いまこれを渡したら、あんたはここにすわって読みはじめる。パラパラパラパラパラ、ページをめくって、どういう結末になるのか、最後まで読んじまうかもしれない」

「そんなことしないわ」スティーヴィはいった。「約束します」

「ずいぶん軽く約束してくれるね。『あなたが納めた税金はこれ以上ないほど有効に使わせていただきます』とか『一、二カ月のうちに声をかけます』並みの軽さだ。それにねえ、あんたは結末を知ってはいけないいいんだよ。いまは知りたいと思っていても、知ってしまったが最後、押されて潰されてボコボコにされて操られて、自分のまわりで起きることがなにひとつコントロールできない気分になっちまう」

「たいていの女はそうだわ」

「あたしはちがうよ、スティーヴィ。すべては物事をどう見るかなんだ」

「ほかの章を見せて！」

「見たいだろうねえ。あんたは見たいと思ってる。だからあたしは、ずいぶんと急な話だったのに、ここに来たんだよ――もうきまっている部分をあんたが無事に通り抜けられるよう道案内をするためにね。あんたは残りの章を読むんじゃなくて、生きなくちゃならないんだ。でも、あんたは思ってるより幸運なんだよ。厳しいところを通り抜けるのに、シスターCという案内役がいるんだから。どんなに急だろうが険しかろうが、あたしがあんたの目になって天国への階段をのぼらせてやるから」

「でも――」

「でもじゃない。ごちゃごちゃいったって、どうしようもないんだから。あんたの驚くべき苦難の歴史のあたらしい章をスタートさせるときが来たんだ。早くスタートすればするほど早く通り抜けて勘定を清算できるんだよ」

「あたらしい章？　いつ？　どんな話になるの？」

「もちろん、いますぐさ。どんな話になるかもすごく簡単。いまこの瞬間で、いちばん大きな心配事はなにかいってごらん」

スティーヴィはテーブルの向こうにあるシスター・セレスティアルの旅行カバンに目をやった。いまは彼女の探る視線をさえぎるようにぴたりと閉じられてベルトまでかけられている。

「それ以外で」占い師がいった。

「屋根裏にいるシートンとクレッツのこと。カプチンがいっぱい詰まったカバンを持っているシートンのこと」

「ようし。その心配事をどうさばけるか、二人でやってみようじゃないか」

XLVI

スティーヴィの手首をつかむと、シスター・セレスティアルはそのまま彼女を引っ張ってテーブルを離れ、なんとも気になる謎めいた荷物が入った旅行カバンを迂回してダイニングに通じるドアへと向かった。ドアのまえで、二人の女は眼差しを交わした。互いに支え合い、信頼し合っているというしるしだ。このドア（デザインも細工の仕上がりも建て付けも、一時期はやったヴィクトリア朝様式の住宅のドアの例に洩れず、仰々しい雰囲気を漂わせている）の向こうには冒険が、危険と新事実の発覚へと通じる寒々しい充分にワックスがけした小道が、待ち受けている。このドアを通る以外、道はないのだ。いったいなにが起きるのかわからぬまま、スティーヴィはシスター・セレスティアルを抱きしめ、離れ、深呼吸して気持ちを落ち着かせた。

「いいわ」彼女はいった。「行きましょう」

シスターＣは、この古めかしいクライ家を何度も訪れたことがあるかのように、スティーヴィを連れて冷え切ったダイニングを抜け、四分の一開いたフレンチドア（もちろん破壊槌をふりおろされてゆがんでもいなければ、ガラスが割れ落ちてもいない）へと進んでいった。ところが、玄関広間への敷居を越えたときだった。スティーヴィはなにか低い障害物につまずいて、まえにつんのめってしまった。つんのめりながらわかったのは、自分がつまずいたのは小柄な女の死体だということだった。死体からもぎとられた前腕がピンクのプロペラかブーメランのようにくるくると回りながらワックスのかかった堅木の床をすべっていく。それが階段のいちばん下の蹴上げ板にぶつかると同時に、シスター・セレスティアルが、床に倒れこむ寸前の彼女のウエストをつかんだ。

スティーヴィのくちびるから怯えたような呻き声が洩れた。彼女はシスターの袖をつかんで、足元の死体から飛びのいた。「マレラなの?」彼女は叫んだ。ベネックが娘に口にするのもおぞましいような手術をほどこして、身の毛もよだつ嘲りの言葉代わりにその証拠をここに投げ捨てたのではないかと恐れたのだ。

「シーッ」シスターがいった。「騒がないの。シスターがここにいるんだから。ただの人形だよ、ただの赤ちゃん人形」

たしかにそのとおりだった。胴体、頭、足。マレラの等身大のビニール製の人形、トゥードゥルズが足元に横たわっている。なかに入っていた古い空気が真空ポンプか精神病者の異常な性行為で吸いだされてしまったかのように、裸のボディがくしゃくしゃに潰れている。その光景に、スティーヴィは愕然とするばかりだった。こんな傷つけ方を、こんな異様な危害の加え方をする人間や動物が、とにかくこのバークレイにいるとは想像もできなかった。トゥードゥルズが生きものを傷つけたことはない。泣き叫んだことも、おしっこをしたことも、うんちをしたことも、ぐるぐる円を描いて歩いたこともない(最近の人形のなかにはそういうことをするのもある)けれど、彼女の存在はマレラにとって喜びであり慰めでもあった。トゥードゥルズにこんなひどいことをしたやつは容赦なく悪魔祓いされて当然だ。

「どうしてこんなことになったの?」とスティーヴィはたずねた。「どうして?」

「悪の手先のしわざだよ。シートンの使い魔がやったんだ。考えてみたらシートンというのはアイルランド語でサタンのことじゃなかったかな」

事態は悪化する一方だった。階段の最初の踊り場には、仔犬が玄関先の庭に投げ捨てたふわふわのバスマットのようなものが落ちていた。ずたずたに引き裂かれたマレラのテディベアのコダックだった。つくりものの動物のつくりもののはらわたが取り除かれて、詰めものなしのぺたんこになったコダックは、空っぽの頭を垂れ、漆黒の目を輝かせて、踊り場にサルバドール・ダリの時計のようにだらりとのびている。スティーヴィが立ち止まってそのぺたんこになった前肢に触れようとすると、シスターCが諌めるように「ほらほら」とささやいて、階段の上のほうを指差した。

つぎの踊り場にある小さなロウソク型の電球が燭台から投げる赤みの強いオレンジ色の光のもとには、またべつのフェルトと化繊の毛皮の死体がころがっていた。スティーヴィはぞっと背筋が寒くなるのを覚えた。娘のサフラン色のビッグ・バードのぬいぐるみが臓物を抜かれ羽根をむしられたチキンのような姿になっている。彼女が手づくりしたラゲディー・アン（素朴な赤毛の女の子の人形）はなくした靴下の片方みたいに手すりの桟のあいだにひっかかり、おでぶのオポッサムのパーヴィスは軟毛に覆われた彼自身の影と化して、鼻は薄くて胸とほとんど見分けのつかない役立たずの付属物になってしまっている。この最後の動物——マレラのお気に入りのひとつ——は、踊り場の蹴上がりにぺたりと貼りつけられたように見えた。まるで毛羽立ったステッカーだ。オポッサムだとわかったのは、色合いと、しゃれたカッティングのベストが判別できたからだった。怒りの涙が湧きあがり、スティーヴィはシスターにうながされるまでもなく階段の上の廊下へと進んでいった。

「ろくでなしめ」と彼女はいった。「猿たちにマレラの動物をボロボロにさせる必要なんかなかったのに」

「ショーウィンドウのださい飾りつけってところだね。やつは屋根裏で大物を準備してるんだろうよ」

スティーヴィは踊り場の支柱に手を置いて立ち止まった。「大物ってなんですか？　戦いの準備ってこと？」

「まあね。心理的なやつだけど。やつはあんたに戦いを仕掛ける気だよ」

「受けて立つわ。一週間前から準備はできてるんだもの」

「そうかもしれないし、そうでないかもしれない」

「行きましょう。どこまで準備できているのかいないのか、お見せするわ」

はらわたを抜かれたぬいぐるみは、廊下にもマレラの部屋の敷居にもころがっていた——アシカのピーパース、アライグマのラッキー、猫のベルベット・ベリー、スッポンのスイートケーキ。そして洗礼名や通称を思い出せない、これといった特徴のない毛玉の山。寒い部屋のなか、クモの巣のようにふわふわと浮いている幾筋かの細い人造毛。はたまた荒野に水玉模様のように点在するハリエニシダを思わせる、カーペットにからみついた太い人造毛。こうした虐殺の動かぬ証拠を目にして、スティーヴィは怒りに燃えた。ただ、テディもマレラもぐっすり眠っていてベネックとカプチンたちがしでかした大量殺戮のことは知らない。それだけは安堵できる事実だった。彼女はクローゼットへの入り口のドアをぐいっと引きあけると、大きく腕をふり、夏の衣類の山のあいだを縫い、スーツケースや二段変速の扇風機が並ぶ障害物コースを抜け、屋根裏に通じる扉めざして進んでいった。

と、クローゼットのハンガーパイプから一匹の猿が彼女の背中に飛びつき、彼女は押されたはずみで床に膝をついてしまった。猿はビニール袋に入れてハンガーにかけてある衣類のべつの一群のほうへと飛び移って安全なところへ逃げのびた。シスターCが息を切らせてスティーヴィのうしろからクローゼットに巨体をねじこんできて、二人と敵とを隔てている四角いベニヤ板のまえに、スティーヴィとともにしゃがみこむ。

「またドアか」占い師がいった。「ほんとうに準備はいいんだね？」

「読ませてもらえない四十六章のなかで、わたしはその質問になんて答えてるのかしら？」

「いまあたしに唸ったせりふそのままだよ、スティーヴィ。それからあたしたちはこの扉をあけて、腰をかがめて屋根裏へ、そして四十七章へと入っていくんだ。ぴったりの組み合わせさ——どっちも荒削りの材でできてるからね」

スティーヴィはうなずいた。そして彼女とシスターは扉の枠に指をかけ、割れやすいベニヤ板を脇柱からはずしにかかった。

XLVII

「どうも」とシートン・ベネックがいった。別名ビリー・ジム・ブレイクリー、地元育ちのサタンの落とし子はさらにつづけた。「すべてオーケイですよ。猿も一匹もいません」

「クローゼットで一匹、飛びかかってきたわ」

「そいつは帰るときに拾っていきます。心配はいりませんよ。わたしは訓練を積んでますから」

「マレラのぬいぐるみがめちゃめちゃにされたのよ、猿たちに――人形もテディベアも手足をもがれて、中身を引きだされて」

「ほとんど細かく裁断されたポリウレタンフォームですよ、奥さん。あとは細切りの色紙とか短く切ったセルロース繊維です。大南東部リッドペスト&ホーム断熱サービスの者としては、この屋根裏にはべつの断熱材をおすすめします。屋根から熱が逃げてしまっていましたよ――ですからその問題解消のために、のどの白い害虫を数匹使いました。特別料金はいただきませんよ」

「もし誰かが誰かにお金を払わなくちゃならないとしたら、シートン、あなたがわたしに払うべきなのよ。たぶん、この世にあるお金をぜんぶかき集めても足りない額になるでしょうけどね」

「アーメン」シスター・セレスティアルがいった。

シートンはキャップのつばに手をやって占い師の存在を認めると、唐突に、ぬいぐるみの手足やくちばし、甲羅、そして尻尾の詰めもののR値（断熱性能を示す値）についてべらべらと支離滅裂なことをしゃべりだした。なかにはホルムアルデヒドを使った一部の断熱材の毒性（実験でラットに癌が発生している）にかんする話や、尿素ホルムアルデヒド樹脂がゴキブリやシミの抑止力になる（環境保護庁に聞いてもらってもいいですよ）だけでなく、アメリカ人が倉庫に放りこんだ思い出のガラクタが原因で起きる火事がひろがるのを食い止める役にも立っている（これは独立保険代理店が確認しています）という話など、なかなか興味深い余談もあった。とはいえ、とにかくまとまりがないし、シートンの話しぶりもたどたどしいものだったので、スティーヴィにとっては心胆寒からしめる散乱ぶりをじっくりと眺める時間をもらったようなものだった。

　気づいたこと、その一。この上階の影の国が、マレラの部屋から洩れてくる明かりだけでなく、驚いたことに、スライド映写機の光線で照らしだされていること。映写機はシートンが、リーダーズ・ダイジェストのコンデンストブック（ベストセラーを圧縮して、簡単に要点をつかめるようにした本）をしっかりテープで巻いてブロックにしたものを支えにした埃だらけの小卓に置いたものだ。細かい埃やセルロース繊維が、この光線をふわふわと横切っていく。長い黒の延長コードがくねくねとベニヤ板張りの橋を渡り、梁と梁のあいだのセルロース繊維が詰まった谷へと下ってシートンの足元のコンセントボックスにつながっている。映写機の向かい側にはシートンがスクリーン代わりに垂木に画鋲で留めつけたぼろぼろのシーツがさがり、白い四角がくっきりと輝いている。シートン自身はポケットに手を突っこんで小卓のうしろに立っていて、そのまるまる太った顔が、闇を切り裂く映写機の光線の上にかかった小さな月のようだ。

　その二。屋根裏が、狭苦しいくせに広々として見えること。このなかで立つとどうしても身体をかがめることになるが、まにあわせのスクリーンの向こうにある西側の屋根を貫いて立つ煙突の、先端を斜めに切りとられた円柱が、ユタ州かニューメキシコ州のビュート（孤立した山・丘）とおなじくらい遠くに見えるのだ。隙間風が破れたリネンのシーツを波立たせる――トランクやベッドの枠組み、収納ボックス、マントルピースの外面材、鏡、マットレスのスプリング等々、このベニヤ板の島々に打ち捨てられた荷物のなにもかもが、つかのまテッドの思い出をよみがえらせる。こうした品々のほとんどは彼の好みに合わないものだったが、かといって捨てることもできなかった。だから屋根裏に隠したのだ。

その三。シートンがまさに彼女のために、彼女たち二人の女のために、〝準備を整えて〟いたこと。ベニヤ板の島のひとつに、彼は金属製の折り畳み椅子を二脚、用意していた。ビニール張りの座面は埃に覆われ、脚や筋交いからクモの糸がのびている――が、R値や害虫駆除、害虫防御の話が終わると、シートンはスティーヴィとシスターCをその椅子のほうに招きよせ、現代の騎士よろしくお辞儀をすると、リモコンを使ってスクリーンに自分の十三歳のときの写真を映写した。

「どうぞ、おすわりください。お代はいただきません。このスライドショーの提供者は、大南東部リッドペスト&――」

「わかってるわ」スティーヴィはいった。「でもそれはわたしの映写機よ」

「あなたとあなたの亡くなられたご主人の、ですよね？　まだ動くようですね。そこに映っているのはわたしです。思春期に入りたての亜麻色の髪の少年。うしろはスコッツデール湖で、七月の終わりか八月のはじめ頃です。膝と腕のしわの寄ったところ、わかります？　蚊に食われた跡です。あの年は蚊が多くてね」

「あんたの知り合いの医者が住んでたところじゃないのかい？」シスター・セレスティアルがスティーヴィの先に立ってぐらつく板張りの上を進み、ショールの端で椅子の座面の埃を払いながらたずねた。

「ええ」スティーヴィはうわのそらで答えた。「スコッツデール湖」彼女は裾が切りっぱなしのデニムの短パンに下半分がメッシュになったTシャツ姿の少年をじっと見つめた――シーツに映った彼の姿は縦横に大きく波打っている。亜麻色の髪、細めた目、真っ赤な膝、内股。ごくふつうの少年だが、目のあたりはよく見えず、肌の露出した部分にいくつもある腫物や虫刺されの痕は魔女の乳首を連想させる。背景に映っているのがスコッツデール湖のどのあたりなのかはわからない（おーーきい湖なのだ）が、この湖はコロンバスやウィックラース郡の住民に人気のレクリエーション・スポットだから、この一家がここに不動産を持っていたのはまちがいないだろう。ケンジントン夫妻が湖岸の土地を独占していたわけではないのだし。

シートンがいった。「ベネック一家――ブレイクリー一家のことですが――この一家は湖畔にコテージを持っていた時期がありました。父さんが仕事をしているあいだ、母さんとわたしは六月から九月のはじめまで、そこですごしていました……。母さんの写真です」

カチッと音がして、目を細めた少年が退場し、サンデッキのヤナギ細工の椅子にすわった優雅な女性が登場した。蛍光色に近い緑、青、赤紫、黄色のまだら模様のゆったりとしたワンピースを着ている。スクリーンの画像が熱を発しているような感じだ。サーモグラフで記録できる温かさが、二月は寒くあるべしという法令を無効にしているかのようだ。その瞳にはワンピースの色が映り、アッシュブロンドの髪はゆるやかにセットされ、口はなにかささやいているかのように開いていて、全身から謎めいた威圧的な雰囲気が発散されている。じつのところ、スティーヴィはこれほど直截に嫉妬心をかきたてられる女性に会ったことがなかった。

シートンの母親の顔には冷静さが光り、そのポーズには自分の欲望も家庭内のことも自在にコントロールしていることをうかがわせるものがある。当時、三十代後半（それより上ということはないだろう）、その姿は〈ニューヨーカー〉のフランス製の香水かアメリカ製のぴかぴかのリムジンの広告に出ている成熟した女性の典型のように、スティーヴィには思えた。スコッツデール湖の湖畔でこんな女性に出会うことはめったにない。たいていはホールタートップと短パンにダンガリーシャツを羽織る、あるいは亭主好みの野暮ったいカーキ色の服や作業着といった恰好だ。

「べつのショットもあります」シートンがいった。

こんどは彼女はジョッパーズに乗馬靴、赤と白のチェックの開襟シャツというでたち。ぴったりしたシャツの胸のふくらみからキルトの中綿のようなやわらかい触感が伝わってくる。いい身体だ、とテッドなら評したことだろう。ミセス・ベネックはカメラに向かって微笑んではいなかったが、その顔と身体からは、なんとなく彼女が上機嫌なことがうかがえる。なにか素敵なことを知っているけれど、写真を撮っている相手にもこのスライドを見ている人間にも、それがなんなのか明かすつもりはない。それが楽しくてしかたない、といった風情だ。足元は一面のアカツメクサで、それがまたこの印象を強めている。空の青も、黄水仙の茎の緑も、真っ赤なツメクサの海に頭を出している無数のタンポポの黄金色も、すべてがこの印象を強調する役目を果たしている。

「でも、わたしのお気に入りはこれなんです」

コマチェンジャーのカチッという音がすると、こんどはジーンズにテニスシューズ、長袖の白いシャツという格好でひざまずいているシートンの母親があらわれた——十三歳の息子を抱きしめている。少年のこめかみにアカツメクサ色のくちびるを押し当ててキスしている写真だ。悦に入った、させてあげてるんだからね、という表情で、彼は母親のほうに向かってまえかがみになっている。まるで、抱きあげてくれないとサンデッキの階段のいちばん下に頭をぶつけて、頭が割れちゃうよとでもいっているような姿勢だ。母親は文句ひとついわず彼を支え、その目にきらきらと親ばかまるだしの笑みをたたえて彼の無言の要求に応えている。ここにはグラマーな美女はいない。それでもスティーヴィから見れば抜群に美しいし、スパンコールと銀ラメの室内履きをはいているときより、おてんば娘のような恰好をしているときのほうが凄味がある。もちろん、いまは五十歳近くになっているだろう——ひょっとしたら五十になったばかり、ということもあるかもしれないが。

「これはどういうことなの、シートン？」

「ビリー・ジムです、奥さん」

「そうだったわね。どうしてあなたのお母さんの写真をつぎからつぎへと見せているのか、理由を教えてちょうだい。これもリッドペストの訓練のひとつなの？」

シートンがコマチェンジャーのボタンを押すと、母と息子の写真が白い光の忘却のなかへすべりこんでいき、母親がサムとエルザのケンジントン夫妻といっしょに写っている写真が飛びだしてきた。三人ともお世辞にもきれいとはいえないラフな恰好で、湖に突きだした小さな木の桟橋の端に立っている。シートンがまたチェンジャーのボタンを押すと、スクリーンにはおなじ三人が鋳物の鍋のまわりにいる写真が映しだされた。鍋のなかではピーナッツオイルが沸騰し、小麦粉をまぶしたバスの切り身が何切れか渦を巻いて泳いでいる。ハムリン・ベネック——シートンはまちがいなくミスター・ブレイクリーと呼ぶだろう——の存在は、そこにいないことで、かえって際立っている。たぶんこの十三年ほど前の忘れられた夏のあいだ、ケンジントン夫妻はミセス・ベネックとその孤独な思春期の息子と親しくつきあっていたのだろう。そのつきあいは何年くらいつづいたのだろうか？

ドクター・エルザからそういう話を聞いたことはないから、たぶん短命な〝友人関係〟だったにちがいない、とスティーヴィは推測した。何年かたったらそんなことがあったとは信じられないような、矢のように過ぎ去ったひと夏の交流だったのだろう。

「かれらがやってくると、わたしは隠れていました」シートンがいった。「人づきあいが苦手でね」

「二人とはよく会っていたの？」とスティーヴィはたずねた。鼓動が速くなっている。

「いや。人が来るのは嫌いだったんで。その頃は話し相手になってくれるクレッツもいなかった。でも、おせっかいな近所の連中が来なければ、まあ、うまくやってましたよ、母さんとわたしは」

「あんたはってことだろ？　ママさんはささやかな大人のつきあいを楽しんでたみたいじゃないか」

シートンはチェンジャーのボタンを拳で叩いた。シーツに空っぽの四角い光がパッと投射される。

その空白は彼の虚ろな目を思わせる――と、その目が突然サフィアブルーに輝き、長いこと閉じこめられてきた敵意の飾りピンとなってスティーヴィをその場に留めつけた。スティーヴィは彼の視線にひるむまいとつとめた。

「どういうことなのか、まださっぱりわからないわ」

「わかってるくせに」

「いいえ、シートン、わたしは――」

「あんたはずっと前からわかっていたのに、わかっていないふりをしてたんだ。あんたの旦那は、あの夏、母さんとやりまくってたんだよ、ミセス・クライ」

スティーヴィは思わずたじろいだ。「もう帰る時間よ、シートン。猿もスライドも嘘もぜんぶカバンに詰めて、とっとと出ていきなさい」

「そうだよ」彼はいった。「おれの名前はシートン・ベネックだよ。あんたは最初からわかってた。認めるよ。それでいいんだろ？」彼はあごでスクリーンを指して、つぎのスライドを映写した。「でも、これが誰なのか教えてもらいたいな、奥さん。このハンサムな男の名前、教えてくれませんかね？」

前のスライドでシートンの母親がすわっていた王座のようなヤナギ細工の椅子にすわっているのは、結婚したての頃のセオドア・マーティン・クライ・シニアだった。仕事着姿――ブルーの半袖シャツ、厚底の靴、そして配管工事や電気工事のときに着ていたユニフォームのようなネイビーブルーのズボン――だが、髪やくちびるに浮かぶ洗練された薄い笑み、そして手にしているびっしりと水滴のついたグラス（ジントニックかエキゾチックなウォッカベースの飲み物）といった細かな部分に、休日を楽しむ海運業界の若き大物、あるいは、そう、情報機器会社の重役といった雰囲気が漂っている。テッドは酔って視点がぼやけたような目になることはめったになかったが、やけに用心深い疲労感のにじむ目つき（テッド特有の撞着語法的状態）から、ほろ酔いだと知れる。たぶんスティーヴでなければわからないことだろう。

「この写真が撮られたとき、あんたは妊娠七カ月か八カ月だった」シートンがいった。「一九六八年の夏だ。六月にコテージのキッチンのシンク下のトラップが錆びてだめになった。その前にはディスポーザーもおかしくなっていた。それで母さんはケンジントン夫婦に電話した――二人が近くに住んでいるのは知っていたし、ドクター・サムは父さんの店に二、三回来たことがあったから――で、どうしたらいいか相談したんだ。父さんは週末以外はずっとコロンバスにいたから、ケンジントン夫婦はバークレイのテッド・クライに連絡しろと教えてくれた。で、連絡したら、彼がトラップの交換とディスポーザーの修理をしにやってきた。こうして二人は出会った」

「それで、おたくのサンデッキで飲んでいたのね。だからって彼が――」

「――母さんとやったとはかぎらない？」

「二人のあいだになにか不道徳なことがあったとはかぎらないわ。テッドはいつも良心的な価格で仕事をしていたから、人によっては一杯飲ませてくれたり、ホームメイドの焼き菓子なんかを送ってきてくれたり、いろいろなかたちでお返しをしてくれていたのよ」

「ああ」シートンの眼差しが人をばかにしたような意地の悪い目つきに変わった。「たいしたクソ野郎だよ」

スティーヴィはシスターCを見ていった。「こんなの聞いていられないわ。こういう汚い言葉は子どもたちの口から聞きたくないし、この根暗男の口からも聞きたくないの」

「クソ野郎！」シートンがくりかえした。

スティーヴィはいった。「それはあなた自身のことよ、シートン」立ちあがろうとすると、ベティ・マルボーンが肩に手を置いた。

「話を聞いたほうがいいと思うよ。下劣なソープオペラまがいの話だけど、彼の身に起こったことだし、彼はそれで傷ついたんだ。いまこんなことをしているのはそのせい——傷ついて家族のなかでも影の薄い人間になってしまった、いくつもの希望が打ち砕かれ、満たされぬままに終わってしまった、そのせいなんだ。それがぜんぶ、あんたに降りかかってきてるんだよ、スティーヴィ、どうしてかというと、ほかになんのせいにすればいいのか彼にはわからないからさ。あんたがそれを受けとめて、また元気よく立ちあがることができれば、そうなったら、あんたの勝ちだ。この章はそういう話なんだよ」

「嘘についての話だっていうの、ベティ？　善人の思い出を汚す話？　それがこの章のテーマなの？」

「ああ」シートンがいった。「テッドさんはあの夏、スコッツデール湖でずいぶんたくさん仕事をしてたよ。あちこちのコテージからたくさん電話がかかってね」

「覚えてないわ」スティーヴィはそっけなくいった。

「そうだったんだよ、奥さん。たくさん。ほとんどはミセス・ハムリン・ベネックからだった——母さんはあんたの旦那があそこに来てたときには自分のことをリネットって呼ばせてた。あんたの旦那のことはセオドアって呼んでたよ。でも旦那は、たぶんあんたにはどこかべつのところに行くといってたんだろうな。あんたが覚えていないのは、お腹にも心にもお荷物を抱えていたからだ。ベビーベッドを買うお金はどうする？　やさしいテッドはいつ子ども部屋の壁紙を貼り換えてくれるんだろう？　いつになったらちゃんと収支を記帳するまっとうな経営者になってくれるんだろう？　子どものいる男がテッドみたいにだらしなくていいはずがない」

「テッドは仕事があれば、どこのでも引き受けていたわ」

「好意にも甘えてた？　母親たちの感謝の気持ちのお菓子ももらってた？」

「ほのめかしに、あてこすり」スティーヴィはシスターに訴えた。「ちょっと首を傾げたくなるような写真を、グラスを持った写真を見せて、そこからさも得意げに『世の移り変わり』（CBSテレビのソープオペラ）ばりのエピソードを一ダースばかりでっちあげようとしてるんだわ。まさにソープオペラまがい——でも、そんなことは起きてないのよ」

シートンはこの的を射たテッド擁護の弁を待っていたようで、スティーヴィの言葉に背を押されたかのように、いかにも有罪の証拠になりそうなスライドをつぎつぎと映しだしていった。コテージのサンデッキにいるテッドとリネット。朽ちかけた桟橋の端でレスリングごっこに興じているテッドとリネット。リネットがコロンバスとスコッツデール湖との行き来に使っていたGMのトラックのフロントシートにすわっているテッドとリネット。さらに六、七枚、二人の写真が映しだされたが、最後の二、三枚は切り替わりが速すぎて、どこで撮ったものなのかも、夫（いまのシートンより二歳上なだけの若さ）と、あきらかに彼の愛情を又借りしていた健康そうな中年の浮気女（くたばれ！）がどの程度親密にしていたかも、よくわからなかった。まちがいなくいえるのは、まさかと思っていた親密な関係がたしかに存在していたことと、こうして写真に記録されている以上、この二人の関係が薄気味悪い男に成長したリネット・ベネックの息子のでっちあげではなかったということだ。あたらしい写真が映しだされるたびに、シートンのテッドにたいする非難の正当さが裏打ちされていく。二人が力を合わせて、スティーヴィがいま住んでいる四方八方にひろがった幻の館を解体していく。彼女はスライドがあらわれては消え、またあらわれては消えていくのを見つめていた――この容赦ない破壊の過程に催眠にかけられて、ぼんやりと見つめていた。テッドとリネットはほんとうにすてきなカップルだった……。

「あいつが来ると、おれは邪魔にならないところにいるようにした」シートンがしゃべっている。「誰が来てもそうしていたんだが、ミスター・クライが来たときは、そうしてくれるとうれしいと母さんがさりげなく伝えてきた。ミスター・クライは何度も来ていた。いつも午後に。おれはときどき鉛筆とノートを持って部屋にこもって、ノートにいろんな願い事を書いていたんだ。願いが叶うように十回ずつ。いちばんよく書いたのが〝ミスター・クライが死にますように〟っていう願い事だった。ああ。願いが叶うまでずいぶん時間がかかったし、それまでのあいだに母さんはアスピリンを大量に飲んだり、カミソリで手首を切ったりして、自殺未遂をくりかえしていた……。とにかく父さんは新聞沙汰にならないようにしていた、父さんとコロンバスの有力者がね。でも母さんはいまのおれより狂ってたよ。

もし〝ミスター・クライが死にますように〟っていう願い事が、願ってすぐに叶っていたら、もしそれで母さんがあんたの大事なテッドとばかなことをしなくてすむようになっていたら、まあ、わからないけど、母さんはあそこまでふしだらな女にはならなかったかもしれない。でもおれの魔法はあの頃はあまりよく効かなかった。どうすれば、そのう……特殊なひねりを入れられるのかわからなかったんだ。だから母さんは短パンをおろして、テッド君をくわえこんで、なかでぐりぐり、くねくね、こちょこちょさせて、もう死ぬしかないよな。ある日、もう手遅れってときになって。でも最初から手遅れだったんだよ、あんたの旦那は女たらしだし、母さんはふしだらな女なんだから」

「あたしにいわせれば」シスターCがいった。「あんたとスティーヴィはおなじ舟に乗ってるんだと思うよ、ミスター・ベネック。あんたのママがそういうことをしてあんたを傷つけたから、あんたはこの人を傷つけて、すべてをちゃらにしようとしてる。ちょっと理屈がおかしいだろう。あんたたちには大きな共通点がある。あんたたちは友だちになれるはずなんだよ」そしてスティーヴィに向かって、「あたしがそういうせりふをいうことになってるんだ。でも彼は耳を貸さない。彼は、ママの情熱にむかついてパパの冷たい言葉でへこんでる、ただの若者じゃないんだ。ああ、ぜんぜんちがう、彼は宇宙を漂っている悪の毒薬のひとさじ、サタン直属の害虫駆除業者なんだよ。困ったことに、駆除される害虫には正直さとか親切さ、それにそういうものを持ち合わせている中途半端にまっとうな人間も含まれるんだ」

「シスター――」

「あたしがいってるのは、あんたはそういう危険な敵を相手に大博打を打とうとしてるってこと」

スティーヴィはこのとんでもない話を無視して、二十六歳の宇宙を漂っている悪の毒薬のひとさじに、こう話しかけた――「あのね、シートン、あなたがまちがった結論に飛びつくのもわからなくはないわ。二人は、テッドとあなたのお母さんは、見つめ合っている、でもそんな……そんな関係はなかったと思うわよ」

「あんたは厳しい現実を見るのが嫌なんだ」シートンがいった。「あんたは深く掘り下げてなにが人を動かしているのか見るのが嫌なんだ」

「シートン、二人は話し相手が欲しくてお互いに関心を持ったのかもしれないわ。あの夏、わたしはお腹に腫瘍ができたドブネズミみたいだった。いつもいらいらしていて、いつもお金の心配をしていて、パートナーとしてぜんぜん魅力的ではなかったし、思いやりもなかった。そしてあなたのお母さんは……そうね、あなたのお母さんは、夏のあいだずっとひとりでスコッツデール湖に行かせておくなんて、ご主人が自分のことをどうでもいいと思っているんじゃないかと感じていたのかもしれないわ」

「母さんはひとりじゃなかった」

「ええ、それはわかってるわ。大人の話し相手がいなかったというべきだったわね。テッドとあなたのお母さんは、わたしとあなたのお父さんをだましていた、それはたしかだわ、でも二人は、それぞれの、なんというか……自尊心を立て直すためにお互いを利用していたとも考えられるんじゃないかしら」

「そんなばかげた話、聞いたことがない」とシートンは応じた。「一度もない。あんた、まちがいなくディズニーランド生まれだな」

「わたしはディズニーランド生まれにしては年をとりすぎてるわ」

「じゃあ、残りのスライドを見てもいい年になってるわけだ。成人指定だから、見れば目が覚めるだろう――更年期の底抜けに楽天的なおばさん向けの青姦ポルノだ」

「わかるかい、この章では、彼のボキャブラリーが豊富になってる」シスター・セレスティアルがスティーヴィに注意をうながした。「サタンの力の貯蔵庫から引きだしてきてるんだよ」

チェンジャーのボタンを容赦なく力いっぱい叩いて、シートンはスティーヴィがこれまで見たことのないスライドショーをナレーションつきで進めていった。最初はベネック家のコテージを少し離れたところからとらえたショットで、彼はこの日の午後、リネットから、ミスター・クライといっしょに湖畔の灌漑用水のパイプを見にいってくるから、そのあいだスロークッカーでつくっているパスタソースを見ているようにいわれた、と説明した。つぎはセラミック鍋のなかのショットで、そのつぎはテッドとリネットが乗って湖畔に向かうGMのトラックのうしろ姿。リネットは、灌漑用水のパイプは桟橋からしばらく行ったところにある、といっていた。

二人が出掛けていってわずか十五分後、とシートンは話をつづけた、コテージが停電した。冷蔵庫のブーンという音が止まり（冷蔵庫のショット）、時計がみんな三時四十八分で止まり（止まった時計のショットの連続、時間を写真で見せるにはこれしかない）、九チャンネルでやっていたソープオペラがすうっとしぼんでマグネシウム光のように明るい点になり、電気が来ていないのに三十秒間、残っていた（その残った点の証拠写真）。どうしよう？　とシートンは考え、予防策としてスロークッカーのプラグを抜いた。

そして便利屋にコテージの停電を直せるかどうか訊こうと、二人のあとを追った。（このときには、湖の近くの小さな丘で波打つシートン少年の影のショットが映しだされていた。）ミスター・クライは配管工をやりながら同時に電気工事も請け負っているのだし、パスタソースはみっちり二時間調理しないと、母親が夕食に出せないことになる。そうなったら夕食はシートンの嫌いなボローニャサンドイッチとフルーツカクテルになってしまうだろう。（しおれたパセリを添えたボローニャサンドイッチと、プラスチックのカップに入ったフルーツカクテルの空想ショット。）大人の助けと慰めをもとめてシートンが二人のあとを追っても、なんの不思議もない。

「ガーガー、が、が、が、ガーガー」スライドのリモコンを持った若者がいった。壊れたエクセルライターの耳障りな音やバッテリーが切れそうになっている煙探知器の音にどこか似せているようないい方だった。

「ガーガー、ガーガー」

スティーヴィとシスターＣは戸惑い顔で眼差しを交わしたが、すでにレミントン版の四十七章を読んでいるシスターはたんに戸惑ったふりをしているだけだった。

「ガーガーといったのは、スライドでは音を見せられないからだ」シートンが説明した。「テープレコーダーも持ってないし。湖のそばに住んでる人は、カモを岸に呼んでエサをやるときにカモ笛を吹くんだ。母さんはいつもトラックの荷台に古いパンくずを入れた袋とか、たまには古いダンボール箱に入れたポップコーンとかをのせていた。あの頃は湖のあまり人が来ないあたりに行って、カモ笛を吹いてカモを岸に呼んでエサをやってた。それでピンと来たんだ。きょうは母さんはミスター・クライとカモにエサをやりに行ったんだって。灌漑用水のパイプのことなんか忘れてしまったんだろう、と思った。カモ笛の音のするほうには灌漑用水のパイプなんかないんだから」

そのあと映しだされたのはシートンがコテージからたどった道すがら撮った一連の写真だった――両側にガマが茂った道、マツの低林を横切るタイヤ跡、そこにたまっているドロドロの湖水、レクリエーション客がよく使う道からは遠く離れた人目につかない開けた場所。シートンは、途切れ途切れに聞こえてくるカモ笛に導かれて、この場所にたどりついたのだといった。つぎに映しだされたのは、そこに停まっているＧＭの赤いトラックだった。開けた場所の中央に湖岸に平行に停まった車の助手席側のドアは全開で、愛しい母親の姿も迷惑なセオドア・クライの姿も見えない。

「カモ笛の音は止まっていた」シートンがいった。「おれは、あれはほんもののカモの声だったのかもしれないと思いはじめていた。そうしたら、誰かが岸にポップコーンを入れた大きな浅い箱を置きっぱなしにしていて、カモの群れが――農場にいるような人によく慣れた白いアヒルとか、頭が緑色のマガモとか――その群れが先を争ってポップコーンをがぶ飲みしてたんだ。カモの頭があがったりさがったり、あがったりさがったり、くちばしでエサをつんつん、つんつん、つんつん。おれは旧式のタイプライターのなかでタイプバーがあがったりさがったりする、あの動きを思い浮かべた。つんつん、つんつん、つんつん。つんつん、つんつん、つんつん」

「なるほどね」スティーヴィはつぶやいた。

「湖から、どんどんカモが寄ってきた。向こう岸から飛んでくるのもいた。まぬけな水かきのついた足をのばして、バタバタ羽ばたいて、岸から少し先で着水するんだ。でも先に来ていたやつがもう千枚くらいタイプしていたから、あとから来たやつはほとんど食べられなかった。おれは不思議に思ったよ、カモ笛を吹いていた人間は――母さんだか、あんたの旦那だかわからないが――なんで吹きつづけてたんだろうって。そのとき、また笛が鳴ったんだ。その音はトラックの運転席から聞こえてきた――それまで誰もいないと思っていたところから」

「そのへんでやめたらどうだい？」シスター・セレスティアルがいった。

「それはできないな、シスター。また厳しい現実を知るお時間だ」彼は自責の念に駆られたかのように目を閉じた。「もしかしたらおれは、長いあいだぐずぐずしすぎたのかもしれない」

「だったら、さっさと片付けることだ」占い師は彼を急き立てた。「あんたは健全なエロティシズムってものと縁がない、知ってるのは罪深いのだけだ。スティーヴィはあんたのせいで、もう充分に苦しんだんだよ」

スティーヴィは両てのひらに爪を食いこませて椅子から立ちあがった。「でも、耐え抜いたわ、そうでしょ？　それでもまだやる気なら――つぎのスライドを映したら――誓ってもいいわ、シートン、殺してやる」

「セックスと暴力、か」と彼は切り返した。「でもあんたのアプローチ法はまちがってるよ、奥さん、だっておれはどっちも足りてなかったんだから。そっちのほうは恵まれてなかったんだよ」彼の親指がチェンジャーのボタンを押すと、グロテスクな画像――GMの運転席、合成皮革のシートに水平に重なったぼやけた人影が二つ――が、開けた場所にあるトラックを大きくとらえた画像に取って代わった。「助手席側のあいてるドアに近づいていったら見えたのがこれだ。おれはずたずたに引き裂かれたよ。こんなのを見たのは生まれてはじめてだった」

「シートン!」スティーヴィはぐっと身を乗りだした。

「この白っぽい丘が二つ、途中で切り取られたみたいなの、ちょっと三日月みたいなかたちをしたの、これはやさしいテッドさんのお尻だ。その下のどこかにエレガントなリネット・ベネックがいる。手前の彼の足首のところにまるまったズボンの下から突きだしてるのは彼女の裸足の足だ。よく見るとね、奥さん、母さんの頭が反対側のドアのほうに投げだされてて、口からカモ笛が突きだしてるんだ。『ガーガー』と母さんは笛を吹いた。『ガーガー、ガーガー』そして窓の外には、湖におりようとして翼をひろげているカモのつがいが見えた」

テッドの不貞の総天然色の証拠を見まいと目を閉じて、スティーヴィは自分のいるベニヤ板の島から敵がスライドショーの解説をしている島へと飛び移った。つぎに目をあけると、シートンのにやにや笑っている顔がほんの数インチ先であがったりさがったりしていて、右のアッパーカットをお見舞いすると、彼のこめかみをかすめてキャップに当たり、キャップは下のキッチンの天井の梁と梁のあいだに詰めてあるセルロースの断熱材のなかに飛んでいった。古い台所用品が入った箱も耳をつんざくような音を立ててこの谷間に落ちたが、下のキッチンの天井を突き抜けはしなかった。

スティーヴィはもう一度、パンチを繰りだした。こんどはチェンジャーが彼の手から吹っ飛んで、埃の嵐と繊維の渦のなかに消えていった。チェンジャーがどこに落ちたのかは見極められなかったが、落ちた拍子にボタンが押されっぱなしになってしまったようで、ボロボロのシーツに映った写真は恐ろしくなるほどのスピードで切り替わり、テッドとリネットがほんとうに主役なのか疑わしくなるような演技を披露している低予算のブルーフィルムのコマ落としの画像と化した。テッドの尻があがったりさがったりしているぼやけたショットは、カモの頭がダンボール箱に入ったポップコーンをつつくショットと交互に映しだされ、スティーヴィはその驚くべきモンタージュ手法に信じられない思いで見惚れてしまった。パンチを繰りだす手が止まった――その隙に、シートンは埃の積もった二つの古カバンのあいだを横歩きして、むきだしの梁を数本飛び越え、まにあわせのスクリーンの下の島に移った。彼はそこで両手をひろげた。リッドペストのパーカにつぎの数枚のスライドがゆがんだ画像となって映しだされる。

「二人はおれに気づいていなかった」と彼は演説口調でいった。「だからくるっと向きを変えて家にもどることもできた。でもおれはそうしなかった。おれはトラックのうしろにまわって荷台に乗りこんだ。するとカモ笛の音が止まって、運転席のうしろの窓に二つの顔があらわれた。おれは二人を憎んだ。二人に裏切られて以来ずっと、どっちかのことを考えているときに心の目に浮かんでいるのは、いまあんたが見ている光景なんだよ、ミセス・クライ。つんつん、つんつん、つんつん。母さんのなかで、うねうね、くねくね、ぴくぴく。たぶん、あの日に、おれは死んだんだ。たぶん、ほんとうに、死んだんだ。それ以来、おれは陰気で、復讐心に燃える、悲しいほど無能なインポの悪魔なんだよ」彼は笑った。「でもこの一週間は最高だったよ、ミセス・クライ、おれの情けない人生のクライマックスだった!」

「そうでしょうとも」震えながら、スティーヴィはいった。「もしそのときに死んでいないんだったら、見下げ果てたクズ野郎、今夜、死ぬことになるわ」

「いや」シスターＣが立ちあがった。「あんたが殺す必要はない。レミントンとあたしがタイプした四十七章には、そんなことは書いてない。あんたは彼を説得してリッドペストの社員をかたった罪で警察に自首させるんだ。警察はコロンバスのブラッドリー・センターで精神面の支援を受けさせる——そのあと、もちろん、そこから逃げだすんだ。続篇のためにね」

湖畔の性愛行為のややキュビズムふうの波打つ画像を全身に映しだしたまま、シートンがくちびるを震わせて屁のような音を発した。「そんな意外性のない結末、あんただって信じたわけじゃないだろう、シスター？　あれは二月の寒い夜にあんたをバトン・シティから出てこさせるためのおとりさ。それに、続篇なんて誰が読みたがる？　おれは二度めのマラソン・タイピングの監督をする気はない。いまの、これが、すべてだ。おれたちは今夜、ここで、いちかばちかの大勝負をするんだ」

「冗談じゃないわ！」スティーヴィは叫んだ。「こいつは人を人とも思ってないのよ、そうでしょ？」

ヴァルデマールと戦ったカティンカさながら、スティーヴィは彼女を苦しめる相手と素手で一戦交えるべく、細い梁の縁を綱渡りの要領で進み、傲慢な態度で敵が待ち受けているベニヤ板の島に身を投げた。シートンは肘をあげて、降臨する彼女の攻撃を防ごうとしたが、彼女は彼のパーカの両袖をつかんで真向からぶつかり、テッドがいまだエネルギッシュに結婚の誓いを破りつづけているシーツに、シートンを押しつけた。「勘違いしたままにしてくれたってよかったんじゃないの？」彼女は怒りを込めた低い声でささやき、彼がしっかりと踏んばってこの攻撃をしりぞけると、よろよろと映写機のほうにあとずさった。「あのねえ」彼女はかろうじていった。「あなたはエクセルライターを直すことだってできたのよ——ほんとうに直すことだって——そして奥深くの本能を押し殺して、情けない人生を……うっ！……やりなおすことだってできたのに」彼女はシートンの反撃を受け止め、手がかりを得て梃子の力を働かせ、彼をベニヤ板の端に押しもどした。ベニヤ板がギシギシいっている。二人の押しつ押されつの激しい格闘で、釘がゆるみはじめているのだ。

「ソーセージに膝蹴りを喰らわせれば効くよ！」シスター・セレスティアルが叫んだ。「急所を蹴るんだ！」

「おれには奥深くの本能しかない」シートンは喘ぎながら、狭い深淵の縁で踏んばっている。「おれのところに来たタイプライターは……うっ！……ひとつ残らずあとでおかしくなるような工作をしてやった。あんたのが最初におかしくなったのは……うっ！……壊れたらどんな大騒動になるか、わからせたかったからだ。おれにはわかってたんだ、どんな大騒動になるか……うっ！……十三年前から。おれは悪党だよ、奥さん。悪の化身だ。おれが取り返しのつかないほど堕落させてやったたくさんのタイプライターのことを……うっ！　うっ！……考えりゃわかる」

「鬼！」スティーヴィは叫んだ。「げす野郎！」ベニヤ板の島から梁と梁のあいだの溝へ、シートンを突き落とす。

　けばけばのセルロースの間欠泉が噴きあがる。ひれを激しく動かして濁った深みに入っていくナマズのように、シートンがカビ臭いキルト芯の層のなかに姿を消したと思うと、キッチンの天井が壊れて、シートンは数ブッシェル（一ブッシェルは約三十五リットル）の青灰色の断熱材とともに十フィートあまり下の円卓に落下した。スティーヴィは唖然、茫然、シートンの大きさの穴から、彼女の英雄的行為の犠牲者である大の字にのびた、ブロンドの髪にふっくらしたくちびる、トカゲのような目をした若者を見下ろした。なんとのどかな光景。スローモーションのブリザードのなかに立つ道しるべのようだ。

「よくやった」シスターがいった。「彼はあたしたちの人生をもてあそんだんだ、自業自得だよ。あんたは当然のことをしたまでだ」

「映写機のプラグを抜いて」スティーヴィはいった。「お願い、ベティ、そいつのプラグを抜いて」
シスターはいわれたとおりにプラグを抜き、スライドショーは終わった。屋根裏を照らしだしているのはもはや映写機の光線ではなく、キッチンの天井にあいた穴から入ってくる光だ。スティーヴィは敵が落ちて死んでしまったのかどうかたしかめようと、ぐらつくベニヤ板の端にしゃがみこんだ――内心、そうであってほしいと思っていた。

ところが下を見ると、シートンは目をあけ、彼女にウインクするとテーブルから床にころげ落ち、手探りして立ちあがると、こざかしく彼女に敬礼して、片足をひきずりながら朝食コーナーのドアから闇のなかへ出ていった。ルルルルルーアム、ルルルルルーアム。彼は続篇のために生きのびたのだ。

「最悪」スティーヴィはいった。「これからどうなるの?」

「さあね。あたしの四十七章ではこういう展開にならなかったからね。とにかく、このまんまの展開じゃないんだ」

スティーヴィは急に好奇心をかきたてられ、苦労してスライド映写機が置いてある小卓のところまで引き返した。「彼、十三歳の子どもにしては、たいしたパパラッチぶりだったわ。いまだったら乳房切除手術をした患者の入浴中の写真を望遠で盗み撮りして低俗な男性誌に売って食べていけそう」彼女は映写機のスライド・カートリッジのふたをあけた。

驚きと嫌悪がまじった喘ぎ声が、彼女のくちびるから洩れた。

「どうしたんだい?」シスターCがたずねた。

「空っぽだわ」スティーヴィはいった。「なんにも入ってない」

(想像できますか?)

XLVIII

シートンが去ったあと、スティーヴィの気がかりは、彼が置き去りにした猿たちの行方だけではなかった。手足をもがれたぬいぐるみの動物たちを見たらマレラがどう反応するか、それも大きな気がかりだった。マレラは悲嘆に暮れるにきまっている。ぬいぐるみをめちゃめちゃにしたあと、カプチンたちはまるで釘や木片や漆喰のかけらのように、屋根裏の骨組みだけの空間に溶けこんでしまった。猿たちがおもちゃだけを狙った奇怪な破壊行為のあと忽然と姿を消してしまったことに、スティーヴィはとまどうとともに怒りを覚えてもいた。増殖した一族を一匹残らず撃ち殺して、垂木から逆さに吊るしてやりたいとさえ思った。

「あんたはそうしたいと思っただけだよ」シスター・セレスティアルがいった。「あいつらは彼の手先だ、あの猿たちは。あいつらには彼しかいないから、彼の命令にしたがってるんだ。あいつらは実験室で選りのけられたクズ、見捨てられた孤児なんだよ」

「地獄から来た悪魔よ、主人とおなじ」

シスターがこの容赦ない定義に反駁しようとしたときだった。二人の女はマレラの部屋から呻き声が洩れてくるのを耳にした。その声は、なにか骨の病気にでもなったかのようにスティーヴィの脊髄を貫いた。不安のあまり、痛みが全身を駆け抜ける。どんな真夜中の災難がかよわい娘を襲っているのだろう？　それでなくても、もう今夜は充分に厄災に見舞われたというのに、まだ足りないというのだろうか？　シートンが来たことなどまったく気づかないまま、夜明けまで深い眠りに落ちたままにしておいてやることはできないのだろうか？　あきらかに、できないようだ。それに、もしマレラが目を覚まさなかったとしても、朝食のときには天井に穴があいている理由をなにかでっちあげて、テディとマレラに説明しなくてはならない。

「これは何章なんだい？」唐突にシスターがたずねた。

「原稿を持っているのはあなたよ、ベティ。わたしにとっては、これはずっとつづいている現実生活の悪夢。しっかりしてください。マレラのようすを見にいかなくちゃ」

「彼女は大丈夫だよ、スティーヴィ。それはわかってる」

クローゼットへもどる扉のまえで、スティーヴィは屋根裏の薄闇に浮かぶ占い師の巨体をふりかえった。「ベティ、いくら占い師でも、なにもかもわかるわけじゃないわ。あなただってもうわかってるはずよ」

「もちろんさ。でも、この四十八章はレミントンとあたしが打ちだしたやつとどことなく似てるんだ――マレラが呻いてるとこなんかがね」

まるでそれが合図だったかのように、マレラがふたたび呻いた。その声は病気の子どもの呻きというより鷹の鳴き声に近かった。

「はっきり思い出せるのはどんなこと？」

「あんたの娘さん、夢中歩行したことはあるかい？」

「いいえ、一度も」

「いや、はじまってるんだよ、スティーヴィ。まさに、いまこの瞬間も夢遊してる。ベッドの上に立って、あの気味の悪い声で、潜在意識の精神エネルギーを復活させてる」

「ベティ、お願いだから――」

「部屋にもどって、ちゃんと見なさい。彼女はあんたが猿のことで気が動転してることも猿が動物たちになにをしたかも知っていて、自分でなおそうとしてる――自分のためというより、ママのためにね。彼女にはその力がある。そしてその隠れた三流文学的超常エネルギーですべてを正しい状態にもどそうとしているんだ」

どうにも腹に据えかねて返事をしないまま、スティーヴィは頭をさげてクローゼットへの低い戸口をくぐり、ハンガーにかかった衣類を押し分けて進み、一段上の娘の部屋にあがった。そこで彼女が目にしたのは、占い師が簡潔に描写した寝室の光景を遥かにしのぐ、とても現実とは思えないものだった。

マレラは裸足でベッドのまんなかに立っていた。ネグリジェの袖がまっすぐにのばした腕の下でふわりと浮き、目は電気毛布のコントローラーで設定してあるのとおなじだけの熱と輝きを放っている。彼女は階段に通じる廊下のほうを向いていて、両手を上下させている。まるで、暗闇よ、宇宙のずっと奥へ引っこめ、宇宙の永遠の光輝よ、こっちへ流れてこい、と乞うているかのようだ。そうしながら、フードプロセッサーでキャベツをコールスロー用にカットしているような、ウーンという声を出している。

「マレラ」スティーヴィはいった。「マレラ、ママはここにいるわよ」

少女はスティーヴィのほうを見ようともしない。屋根裏からシスターCが出てきても、なんの反応も示さない。マレラは止むことのない無音のメロディに合わせて身体を揺らしていた。目の輝きは黄金、黄金、黄金（眼科医の診察室でもめったに見られない状況がもたらした結果だ）。彼女が無音のメロディに合わせて身体を揺らしながら二人の大人のほうへくるりと向きを変えると、二人は思わず彼女の視線を避けて壁にへばりついた。

「こんな夢遊病者、見たことないわ」スティーヴィはつぶやいた。

「あたしもだよ。ただ者じゃないって感じだよねえ？」

クローゼットのドアが風で大きく開いて、シスターの左腕にあたりそうになった。と思うと、屋根裏から悪魔の風にのってセルロースやポリウレタンフォームの砕片が渦巻きながら飛びだしてきた。それはまるで飢えた蛾の大群のようだ。マレラは軽快に手を動かし、リズミカルに頭を上下にふって、それらを操っている。（その姿に、スティーヴィは『ファンタジア』のなかの〝魔法使いの弟子〟のミッキーマウスを思い浮かべた……ただしマレラは、ミッキーがほうきとバケツの軍団を操るよりも見事に、この驚くべき疾風をコントロールしている。）少女の右手の人差し指が最初はこちら、つぎはあちらと指差すと、羽の生えた屋根裏のクズたちは群れになって、はらわたを抜かれて皮だけになった動物たちのところへ飛んでいき、もとのふっくらしたかたちにもどす。すると命を吹きこまれたかわいい生きものたちは、みんないっしょになって兵隊のように元気よく行進して彼女の部屋にもどってくる。この光景を見ているあいだ、スティーヴィは心を落ち着けようとシスターCの身体に腕をまわし、ベティ・マルボーンもまたスティーヴィの身体に腕をまわしていた。こうして抱き合ったまま、二人はコダックやビッグ・バード、ラゲディー・アン、オポッサムのパーヴィス、ピーパース、ベルベット・ベリー、スッポンのスイートケーキ、そして赤ちゃん人形のトゥードゥルズが正確な動きでたくみに敷居を越え、列を乱さずにマレラのベッドの角をまわり、彼女がいつもかれらを置いている整理棚のいちばん下の段に整然と退却していくのを見つめていた。動物たちが元どおり手足をくたっとさせて動かなくなってからだいぶたっても、断熱材の繊維は宙を舞いつづけ、マレラは冷たいマットレスの高みで陸軍元帥ごっこに興じている。自分が起こした奇跡のことなどすっかり忘れてしまっているかのようだ。

「この子がこんなふうになったのは、はじめてよ」スティーヴィはいった。「ドクター・エルザに電話したほうがいいかもしれないわね」

「いや、やめておいたほうがいい。もう遅すぎる。それにちゃんと元どおりになるから、マレラは。あんたが心配するほど弱くないよ、この子は」

「わかってるわ」

「ほら、ごらん。目の異様な輝きが消えていく。腕が下がってきた。いまこの子に必要なのは、ちゃんと毛布をかけてくれる人——あんただよ、ママさん」

スティーヴィは素直にしたがった。シスターのいうとおりだったからだ——マレラの目はもうクリナック18の電子ビームのような光を放ってはいないし、身体は上掛けのほうへくずおれようとしている。スティーヴィはやさしくマレラをすわらせ、手足をきちんとそろえて毛布をかけ、小声でこれといって意味もない言葉をささやいて落ち着かせてやりながら、新聞紙とバケツを用意しておいたほうがいいかしらと考えた。半ダースのぬいぐるみの中身を念動力で詰めなおして寝床まで行進させたせいで頭痛やめまいや神経痛が起きるということはないのだろうか？　そんなことを考えるのはおかしいとは、スティーヴィにはまったく思えないのだった。

「目が覚めたら」とスティーヴィはシスターに話しかけた。「きっと自分のしたことを思い出して怖がるわ。また具合が悪くなってしまうかもしれない」

「この子はなにも覚えちゃいないよ、スティーヴィ」

「どうしてわかるの？」

「あの最中のこの子のようすを見て、わかったんだ。いま自分がなにをしているかわかってないってね。やってる最中にほとんど意識してないことを朝になって思い出すとは思えないね」

「そうかもしれないわね」スティーヴィはマレラのおでこをなでながらいうと、身体を起こして友の顔を見た。「疲れたでしょ、ベティ。下へ行きましょう。寝かしつけてあげるわ」

「あたしはバトン・シティに帰るから。でもお誘いは感謝するよ」

「こんな時間に車で帰るなんてよくないわ。寒いし、途中クズ・バレーを通るし、ひとりなんだし」

シスターは、ここまでの三章半を無事生きのびたのだから、二七号線をすいすい走って居心地のい自分のバンガローにもどれるにきまっている、あんたは朝になって子どもたちにいろいろ説明しなくちゃならないのに、でかい黒人女がひょっこり朝食の席に顔を出したんじゃ、よけい厄介だ、それに子どもたちに料理人だとかメイドだとか洗濯女だとか紹介されるのもあんまりうれしくないからね、と理由を並べたてた。「まさか、そんなこと」スティーヴィは抗議しようと口を開いたが、シスターは冗談だよといなし、どうしても帰るとくりかえした。二人で力を合わせてシートン・ベネックが書いた筋書の少なくとも一部はくつがえすことができた、とはいえ、彼がスティーヴィの大事な思い出に容赦ない一撃を加えたことは、シスターも認めざるをえなかった――おまけに彼はシスターのカバンのなかにある、幾分、気の休まるタイプ原稿から無情にも立ち去ってしまった。それでもスティーヴィはりっぱにふるまっていたので、シスターはなんのためらいもなく階下の客室に泊まらずに帰ることにしたのだ。

「でも、帰る前に二つ、やっておきたいことがあるんだよ、スティーヴィ」

「なんでもどうぞ」

「息子さんをちらっと見ておきたいんだ。それとPDEのマシンも」

　ほどなくして、二人はテディのベッドのそばに立っていた。少年はあれだけの悲鳴や乱闘、叫び声、騒音のなかでも目を覚ますことなく、よくもまあ、となかば呆れ顔の女たちの視線の下でもすやすやと眠りつづけていた。若い、とスティーヴィは思った――とても若い。タイプライター修理人が前の章で展開した悪意に満ちた筋書は、テディと彼女にとって侮辱的なものであり、彼女はそのことを強く憤っていた――テディと彼女が十三歳のシートンとその魅力的な母親リネットの代理になっていたことはあきらかだ。シートンは、スティーヴィの立場に立ってあのエピソードをつくりだし、途方もなく心を掻き乱すエディプスコンプレックスに基づく幻想譚をつむぎだしたのだ。もちろん、彼女自身があの異様な光景の一部始終を夢で見ていたのでなければの話だが……。事は万華鏡のように複雑に枝分かれしていて、ただため息が出るばかりだ。そしてあの事態が展開しているあいだ、テディは顕微鏡下の単細胞生物のように彼女の視界からするっと出たり入ったりしていたものだから、彼女はすっかり疲れてしまって彼にふたたび焦点を合わせることができなくなっていた。

「かわいい子だねえ」シスターCがいった。「ほんとにかわいい子だ」

「ありがとうございます」

「パパにそっくりなんじゃないのかい？」

　スティーヴィは指先でこめかみを揉んだ。「ええ。でも、それは彼のあやまちじゃないわ。染色体がそういうふうに組み合わさったせいよ」

「誰があやまちだなんていったんだい？」シスターはスティーヴィを片手でぎゅっと抱きしめた。「あたしに悪夢の夢判断をしてほしいっていってたよね、覚えてるかい？　あんたは、友だちの医者が癌を見つけたときにどうしてテッドがあきらめてしまったのか知りたがってた。彼があきらめてしまったのは、それが罰だと——延々とつづく罰だと——思ったからだよ。あんたのお腹に自分とおなじ名前の子がいるときに浮気していた罰。運命の三女神につかまってしまったと思ったから、あきらめたんだ。彼はあんたの夢のなかで、自分はあんたが充分に才能が発揮できるように死ぬんだといってた。自分が死ぬことがあんたへの贈り物だと、それでつけが払えると、本気で信じていたんだ」

「たいした贈り物ね」

「よくいうだろ？　気持ちが大事って。そういうふうに考えてごらん」

　シスターの無理やりのオチのつけ方がおかしくて、スティーヴィは笑いだしてしまった。テディを起こさないように手で口を覆ったものの、激しくこみあげてくる笑いが指のあいだから洩れていく。それをどうにかしようとスティーヴィはシスターのショールに顔を埋めたが、シスターも彼女といっしょになって声を殺して笑っていた。気持ちが通いあい、心がなごむ。もしベティ・マルボーンがバトン・シティから駆けつけてくれなかったら、これまでの数時間、ひとりで耐えられただろうか？

「パパそっくりだ。この子がいてよかったね。かわいい子が二人もいて、あんたはしあわせ者だよ」

　わかっていると答えながら、触れれば実用的な魔力のかけらが手に入るとでもいうようにテディの頭をなでると、スティーヴィはシスターCを廊下の向かい側の書斎に案内した。プラグを抜かれたエクセルライターはくっきりとした輪郭を描き、その表面から青く冷たい金属光を放っているだけだ。かつてスティーヴィの視界で炸裂していた気味の悪い光輝は完全に消え失せている。

　タイプライターはタイプライター。あくまでもタイプライター。マシンを見ながら、スティーヴィは思った。以前のように親しみに近いものさえ感じていた。マシンが陰謀を企てたわけではない。やたらと手先が器用で、自分の母親にひとりよがりの病的執着を抱いているぽっちゃりしたブロンドの悪鬼に悪用され、悪魔の力でのっとられてしまっただけだ。シスター・セレスティアルは彼のことを

〝宇宙を漂っている悪の毒薬のひとさじ〟と呼んでいたけれど、誰にだっていい日もあれば悪い日もあるのだし、シスターはあの対決の最中にスティーヴィが敵を過小評価しないよう、わざと大袈裟ないい方をしたのかもしれない。いずれにせよ、シートンの卑劣な悪行の数々をこのマシンのせいにするわけにはいかないだろう。

それとも、していいのだろうか？

「プラグをさして、タイプしてみて」シスターがいった。「あたしが帰る前にね」

またエクセルライターを動かすというときに友がそばにいてくれるのは願ってもないことだとわかってはいても、胃袋がひっくりかえり、手が震えた。しかし彼女が（シスターの提案に応えてやっとのことで）白紙をマシンにセットしたとたん、マシンは勝手にスイッチを入れて、すばやくつぎのような感情的な命令文を打ちだした——

地獄に落ちろ、おせっかいな淫売どもめ。

スティーヴィはプラテンから紙を、壁のコンセントからプラグを抜き取った。

「そいつと縁を切らなきゃだめだよ、スティーヴィ」

「縁を切る？」

「スクラップにするんだ。壊すんだ。選択肢は二つしかない——コロンバスに行ってシートン・ベネックを撃ち殺すか、彼が改悪したタイプライターを安楽死させるか」

「テッドが七百ドルも出して買ってくれたのよ、ベティ。暮らしがかかってるし」

「人を殺すか、機械を捨てるか。きめるのはあんただ。どっちにしても、それでここ一週間つづいていた悪夢から解放されることになる」

「あなたはレミントンを壊すつもりなの？」

この予期せぬ質問に、シスターはひと呼吸置いて答えた。「あたしは、あんたみたいな使い方はしてないからねえ――いつもは。ようすを見てみるよ。でも、もしおかしなことをしつづけるようなら、スクラップにするしかないだろうね。たとえあれがエマニュエル・ベルトローがあたしの父親に形見として遺してくれたものだろうと、そうでなかろうと、まあ、そうにちがいないと思うんだけどね」

「処分するのを手伝ってもらえるかしら？」

「スティーヴィ、それはひとりでやらなきゃだめだよ。やるのはあしたの午後、あんたのタイプライターが先週の火曜日に壊れたのとおなじ時間がいい。ちょうど一週間で、ぜんぶのエピソードがきれいにまとまることになる」

「もしまたベネックが来たら、どうすればいいの？　それに猿たちも――」スティーヴィはマレラの寝室のほうをあごで指した――「まだここにいるのよ、ベネックの使い魔が屋根裏やクローゼットをうろついてるのよ」

「一度にひとつずつだよ、スティーヴィ」

「でも――」

「エクセルライターを壊すんだ。あとはおのずと順番がきまるから」

どうもしっくりこなかった（シスターは、自分でも認めたとおり、四十七章で方向を見失っている）が、とりあえずカプチンは目のまえからいなくなっているし、カプチンを放った男を殺すよりタイプライターをスクラップにするほうがいい。そこで彼女は本音を抑えて、シスターの影響力に欠ける自信過剰な態度を黙認することにした。彼女の理屈は、完全なる悪を一発の破壊的なノックアウトパンチで倒すことはできないけれど、たくみなフットワークと狡猾なボディブローの連打でじわじわと弱らせてダウンに持ちこむことはできるということらしい。若いベネックを撃ち殺すことは、シスターCのいう〝宇宙を漂っている悪の毒薬のひとさじ〟が入っている容器を消すことだが、中身の毒薬自体はより強力になって、ほかの空虚な人間のなかに流れこむだけだろう。怯えた人びとが、こうして蓄えられた悪を完全に枯渇させることが神聖な任務だと思いこんで、知らないうちに悪の蓄えをふやすことに貢献してしまったことがこれまでどれほどあったのか、正確な数は誰にもわからない……。

階下でスティーヴィは、もうシートンを追い返したのだし、彼女がつぎになにをすべきかという問題も解決したのだから、カバンのなかの原稿をざっとでいいから読ませてほしいとシスターにたのんだ。ここまで来たら、わたし自身の物語の結末を、シスターが見ている前でちらっとのぞくらい、なんの問題もないでしょ？　これ以上、自分が操られているとか、自分の意思で動けないとか感じることなんてあるわけないでしょ？　シスターはスティーヴィがなんと訴えようと取り合わなかったが、屋根裏での信念を曲げない勇気ある態度は一考に値するからと譲歩して、カバンからクリップで留めた原稿を取りだそうと腰をかがめた。

ところが、映写機のスライド・カートリッジとおなじくカバンのなかは空っぽで、スティーヴィとシスターCは顔を見合わせ、不満げに小さく肩をすくめた。天井を突き抜けて下に落ちた侵入者がこの重要な証拠を持ち去ったのだろうと思ったが、よく考えてみると納得が行かなかった。自分があわてて逃げる場面、そしていまこうして二人がとまどっている場面を書いたシートンには、カバンのなかを探る時間などなかった。

「まただ説明のつかないマジックか」シスターがいった。「でもあいつにお仕置きすることはできた。あとは、あたしにいわれたとおりにするだけだよ」

シスターが帰ってしまうと、スティーヴィはキッチンにもどって落ちている断熱材や割れた石膏ボードの片付けにとりかかった。残念なことにマレラの無生物を動かすすばらしい力は、彼女には伝染していなかった。もしそうなっていたら、ワンダーウーマン、夜の大冒険、指をパチッと鳴らしただけでぜんぶ片付いていたことだろう。現実には、彼女がベッドに入ったのは午前二時四十五分で、夢ひとつ見ない深い眠りに落ちたのはそれからずっとずっとあとのことだった。

XLIX

テディとマレラはライスクリスピーを食べながら、キッチンテーブルの上にぽっかりあいた穴を疑わしげにちらちら見あげていた。スティーヴィは、屋根裏のがらくたの山を片付けようとして梁と梁のあいだに本が詰まったダンボール箱を落としてしまったのだと話し、二人はこの説明を受け入れていた。仮に実際にあったことを大まかに説明したとしたら、受け入れるのにもっと時間がかかっていただろう。ただ、天井の穴を見て互いに視線を交わし合っているようすは、そんな時間に誰の手も借りずに屋根裏の片付けをするなんて〝狂女〟のやることだと思っているのはあきらかだった。日曜日にコロンバスへ出掛けて気晴らしをしてきたのに、〝かわいそうなママ〟、またおかしくなっちゃった。スティーヴィはコーヒーカップを口もとに運びながら、なんとかしてこの判定をくつがえすべく、責任ある母親の口調で、昨夜はよく眠れたかと二人にたずねた。

「問題なし」テディがいった。

「あたしも大丈夫」マレラも歌うように答えた。「でも動物のへんな夢を見ちゃった。あたしが指揮して、動物が行進してる……なんかそんな夢」

「ばっかみたい」テディがいった。「それじゃあ、シャーリー・テンプルの映画だよ」

このマレラの夢への評価は口げんかに発展し、スティーヴィはつぎに挑発的なことや相手をけなすようなことをいったほうのお小遣いをへらすと脅して、二人を黙らせた。討論終結規定が適用されて数分後、子どもたちは天井の穴がどうの厳しい二月の寒さがどうのとぶつぶついいながら登校していった。スティーヴィは先のまるまった鉛筆片手にコンスティテューション紙のワード・スクランブル（英単語の文字を並べ替えたものから、もとの単語はなにか答えるゲーム）をぐずぐずとつづけ（紙面に、彼女にとって、あるいは新聞にとっても、きちんと整理された言葉など一語もなかった）、かたわらでコーヒーが冷めていった。

シスターCによれば、彼女はエクセルライターをスクラップにして、彼女の人生から追いださなければならない。そして彼女を裏切った男もおなじように追いださねばならないのだ。この差し迫った課題をどうクリアすればいいのか？　いまのところなんの考えも浮かんでいないし、あまり考える気にもなれなかった。彼女はだらだらと単語パズルを解きつづけた。

一時間ほどたった頃、正面玄関の窓枠を叩く音がして、スティーヴィはシートン・ベネックがもどってきたのかと、玄関に急いだ。が、玄関にいたのはユナイテッド《U》・パーセル《P》・サービス《S》の配達員――それも見るからにインチキそうな風体ではなく、焦げ茶の制服を着た髪の薄い男――で、男はドアに近寄った彼女に見えるように薄茶色の紙に包まれた小包をかかげた。昨夜シスター・セレスティアルが車を停めたユリノキの下に男が乗ってきたトラックがあるのを確認して、スティーヴィはＵＰＳの配達員から荷物を受け取り、サインをした。そして奥に向かって玄関広間を二、三歩、進んだところで包装紙を破って中身をたしかめた。差出人がアトランタのブライアー・パッチ・プレス社編集部になっていて少し驚いたが、自分が持っているのがデイヴィッド＝ダンテ・マリスが電話で送るといっていた小説の新品だと気づいたときにはかなり動揺した。あの会話は現実のものではなかったはずなのに……。

指先がかじかんできて、スティーヴィはキッチンにもどり、この存在するはずのないつくりものにじっくりと目を通していった。カバーにのっている作家の写真はどこか恥ずかしげな男のシルエットで、影と強烈な光の巧みなコントラストで顔がわからないうえに、男のまえで写真を撮っている相手からカメラをもぎとろうとするかのようにカメラに向かって片手をのばしている。作家がこんな芝居がかったポーズを披露している部屋は広くて、がらんとしていて、誰もいない体育館か倉庫のように見える。スティーヴィはすぐに、コロンバスにあるハムリン・ベネック&サンズの店の奥のタイプライターの墓場を思い浮かべた。スティーヴィは本をひっくりかえしてページをめくり、題扉を見た

——

タイピング　THE TYPING

ウィックラース郡の狂女の人生における一週間

モダン・ホラー小説

A・H・H・リプスコム

ブライアー・パッチ・プレス(アトランタ)

これ以外のものであるはずがない。ベネックの息子は、おそらく彼女をこの〝モダン・ホラー小説〟の主人公にして、自分には書く才能がないという言葉が偽りであることを証明してみせたのだろう。『タイピング』とはまた、なんとお粗末な、自己説明的タイトル! おまけに自分は身の毛もよ

だつ物語を、片田舎を舞台にした叙事詩的物語を紡ぐ、一九八〇年代のH・P・ラヴクラフトかアメリカ・ホラー小説界のJ・R・R・トールキンだとでもいいたげなA・H・H・リプスコムというやたら格式ばった野暮ったいペンネーム。スティーヴィにとって想像できるかぎりもっとも耐えがたい恐怖は、目が覚めたら、カサコソ動きまわる文学界のゴキブリによって、物語の語り手の臭い睾丸のなかに閉じこめられていた、というものだ。それこそベネックが彼女にしたことだった――彼女は物語の登場人物にされ、そこに書かれた一文一文になすすべもなく服従し、こうしてページをめくっているのだ。

先に進むと――

スティーヴンソン・クライ――友人はスティーヴィと呼んでいる――は、レディスミスにあるウェスト・ジョージア癌クリニックにおける腫瘍発見・診断手順についての特別記事を執筆中だった。そろそろ締めくくりにさしかかるという頃、タイプライターのなかのケーブルが……

さらに進むと――

カリカリしっぱなしの苦々しい一日になってしまった。スクレッツを山ほど舐めても苦さを取り除いて甘い……

ブライアー・パッチ・プレス社の編集長は、ふたたび暖かい笑い声をたてた。「ああ、まだつながってますよ、ミセス・クライ。ちゃんとつながってます。わたしはホットランタにいて、あなたは……

さらにまた進むと――

テディとマレラはライスクリスピーを食べながら、キッチンテーブルの上にぽっかりあいた穴を疑わしげにちらちら見あげていた……

いや、シートン・ベネックまたの名をA・H・H・リプスコムがなにを考えようと、彼女には彼女がこのブライアー・パッチ・プレスから出た最新流行のホラーで彼女に与えたものとはちがう人生があり、意思がある。彼女が独立した存在だという証拠はさまざまな場所から湧きでているが、ほとんど目につかないのは、それが精神的なものだからだ。たとえばきょうの彼女は本の登場人物とはちがって、このごく短い場面はともかく、自分の将来をコントロールできると感じている。さらには、彼女の行動に前もってセットされたパターンを押しつけようとする輩《やから》にたいして健全な軽蔑の念を抱いているし、精一杯、努力すれば、そういう輩に打ち勝つことができるとも思っているのだ。たぶんシートン・ベネック説――彼女が手にしている約三百ページの作品――が破綻していることを示す最大の証拠は、この小説の最終章ということになるだろう。驚いたことに、この小説では最終章が省略されていて、最後の章数を示すローマ数字のあとは何ページかにわたって雪のように白い空白がつづいていた。

そしてその空白のあとに数ページ、〝ホットな商業映画用脚本をお探しの映画制作者に向けての作者の率直な見解〟と題する文章がのっていた。スティーヴィがざっと目を通したその見解は、下記のようなものだった――

あなたがいま読み終えた魅惑的な物語『タイピング』をわたしが書いた、あるいはタイプした、理由はたったひとつ――映画会社に売るためである。人はテレビを見たり、映画を見たりするのが好きだ。本はどうかといえば、ふつうは、ほかにもっとましなこと（もっと差し迫ったことか、もっとためになることとか、もっと面白いこととか）がないのでもないかぎり、好んで本を読んだりはしない。

散文をタイプするのは、ただブーブーいったりブツブツいったりしているだけでも、エネルギーが必要だが、多くの映画が本からスタートしている以上、われわれは富と名誉への踏み台として、本を書きつづけるしかない。もしかしたら、あなたがこの本を読んだのは、ハリウッドのスタジオとか大望を抱いたインディペンデントの映画制作者に雇われて〝ホットな商業映画用脚本〟を探しているからかもしれない。だとしたら、あなたは正しい選択をしたことになる。

「ちょっと待った」とあなたはいうかもしれない。「タイプライターが悪魔的な作家志望の男の命令で凶暴化して小説を書きはじめるという話では、視覚的にインパクトのあるものにはなりにくい。タイプタイターはじっとそこにいて原稿を打ちだすだけだ。感情が見えない」

それは、この非常に独創的な物語が新人映画制作者に課した挑戦しがいのある難題と考えてもらいたい。巧みなカメラアングル、構想力に富むクロスカット、そして思わず身を乗りだしてしまう特殊効果を駆使すれば、じっと動かないPDEエクセルライターを『スター・ウォーズ』のR2－D2のように生きいきした魅力的なキャラクターに変えることができるはずだ。さらに、四十四章でわたしはプラグを抜かれた生命のないマシンが不気味な光を放っているというシーンを書いている。有能な監督なら誰でもこの不気味な光をそれらしく再現できるだろうし、四十八章のぬいぐるみの動物が行進するエピソードでは、ディズニーの『ファンタジア』との対比も挿入してある。主要キャラクターのひとりがたまたまタイプライターだという理由で〝ホットな商業映画用脚本〟になる可能性を秘めた『タイピング』を退けてしまうのは、どうしようもなく狭量な重役くらいなものだろう。

さらにこの物語には、カプチン・モンキーと人間が数人、登場する。後者のなかでいちばん重要なのは未亡人の作家、スティーヴンソン・クライだ。カプチン・モンキーは無名の猿たちがうまく演じてくれるだろうが、スティーヴィ役はとびきり美しくて、才能あふれる、客を呼べる女優に演じてもらわなくてはならない。わたしの好きな順に名前をあげれば、メリル・ストリープ、サリー・フィールド、ゴールディ・ホーンなど、ということになる。わたしは彼女たち全員にクレヨンかフェルトペンで書いた不滅の愛を誓う手紙を匿名で送っている。シートン・ベネック役はわたしが演じてもいいが、その場合は二つの職業のどちらも完全無欠な状態にしておきたいので、当然、A・H・H・リプスコム以外の名前を使うことになる。

ところで、この小説の最後の章は刊行本には入れていない。これは偶然、本書を手にした将来ある映画制作者や映画興行界の人たちの好奇心をかきたてるためだ。最後がどうなるのか詳しく知りたければ、前者はわたしを脚本家として雇ってくれればいいし、後者は大挙してわたしの夢のセルロイド・バージョン制作にとりかかってくれればいい。本書が完本だと信じて買われた方はレシートを取っておいていただきたい。後日、映画館の窓口で示してくれれば、入場料を半額にさせていただく。映画化権を売る際にはかならずこの趣旨の条項を入れるので、ご安心いただきたい。
『タイピング』の映画化を手がけた人物は、もちろんつぎの〝ホットな商業映画用脚本〟のファースト・ショットも撮ってもらうことになるが、それまでにはわたしも映画制作のコツをつかんでいるだろうから、脚本家および助演俳優としてだけでなく、プロデューサーおよびテクニカル・アドヴァイザーとしてもプロジェクトに参加することになると思う。上記以外の情報にかんしては、ブライアー・パッチ・プレス社（アトランタ）のデイヴィッド＝ダンテ・マリスまで問い合わせていただきたい。

――〝A・H・H・リプスコム〟
ジョージア州コロンバス

「あきれた」読み終えて口のなかでそうつぶやいたものの、正直にいうと自分のなかにこの文章に生命を吹きこんでいるずぶとさをおずおずとだが称賛する気持ちがあるのをスティーヴィは自覚していた。ある分野でせっせと仕事をしている作家が、他分野に参入するチャンスを狙っていることをここまであけっぴろげに認めることはめったにない。おそらく母親が彼の過度の感情的依存を受け止めきれず、思春期のひりひりするような性的衝動を鎮めてやることもできなかったせいで、シートンはメリル・ストリープやサリー・フィールドやゴールディ・ホーンの寝室に入る権利を得る手段として、私利私欲まるだしの金儲け目当ての作品を書くことにしたのだろう。なんと哀れな勘違い野郎。彼の夢そのものが私利私欲まるだしの金儲け目当ての作品のテーマなのだ。彼はスティーヴィ以上に、素人臭い社会学的考察と疑似フロイト的キャラクター分析満載の小説世界の一員になっている。痛々しいほどわかりやすい、見下げ果てたやつ……。

かくして、作者のあつかましい付記を熟読すればするほど、スティーヴィの怒りはふくらんでいった。

怒りの原因、その一。シートン・ベネックまたの名をA・H・H・リプスコムは彼女が書いた『猿の花嫁』以外の部分の映画化権を売ろうと画策するつもりかもしれないが、彼にはこの物語そのものにかんしては法的権利はいっさいない。もし彼女の創作活動の成果から利益を得ようとするようなことがあったら、訴えてやる。映画化された『タイピング』に『猿の花嫁』の会話が一行でも使われていたら、かならず訴訟を起こして、ベネックと映画プロデューサーどもからふんだくれるだけの損害賠償金をふんだくってやる。じつをいえば、向こうがだまし討ちのようなことをしてくれないかとひそかに期待しているくらいだ。

その二。スティーヴィは、そこそこ魅力的な女性だという以外、メリル・ストリープともサリー・フィールドともゴールディ・ホーンともあまり似ていない。それでは誰のイメージに近いかといえば、より大人っぽい雰囲気で、どちらかというと口数の少ないシシー・スペイセクあたりで、シシー・スペイセクがサンベルト特有のいいまわしやアクセントを自然に使いこなせれば、しゃべっているイメージはかなりほんもののスティーヴィに近いといえる。それに、映画好きにとってはシシー・スペイセクといえば、いまだに否応なくブライアン・デ・パルマの『キャリー』の壊れやすいイメージが浮かんでくる。怒りを爆発させる前の、壊れやすいイメージ。シートンがクレヨンやフェルトペンで書いた不滅の愛を誓う匿名の手紙をミス・スペイセクに出したことがないとしても、それはけっして彼女のせいではない。

その三。シートンが故意に最終章を省いたことはただ軽蔑に値するだけだ。ブライアー・パッチ・プレスがこの世をすねた非現実的な計画に同調するということは、マリスや同僚たちに、かれらが忌み嫌うといわれている三流の詐欺師という烙印を押すことになる。売りあげ同様、読者のことも念頭に置いているまっとうな出版人なら、最後の数ページを意図的に省くなどということはしない。さらにスティーヴィは、この戦略は裏目に出るにきまっていると自分にいいきかせた。そして実際、そうさせてみせると心にきめた。ちびた鉛筆の芯を包丁で尖らせて、満足の行く結末を書いてやる。シートンが〝ホットな商業映画用脚本をお探しの映画制作者〟に向けて書いた自己利益本位のアピール文のまえにある白紙のページが、折り畳んだフールスキャップ代わりになってくれるだろう。そうしてシートンを串刺しにし、それによって自分自身を救うのだ。

ただし上品なやり方で。人にたいして暴力はふるわない。暴力をふるうのは、無生物にたいしてのみ。

この洗練された解決法にたどりついたスティーヴィは、鉛筆を尖らせ、書きはじめた。最終章をタイプ打ちするのは、誰かほかの人間にまかせればいい。もしブライアー・パッチ・プレスがこの小説の彼女のバージョンを出したいと望むなら、先に流通しているものの在庫を一冊残らずどろどろのパルプにもどしたうえで、『タイピング』のようなトレンドに乗ったものではないタイトル、A・H・H・リプスコムよりずっとあたらしい感じのペンネームで出してもらわなければならない。こうしたことは――むずかしいことはわかっているが――彼女なりの結論をかたちづくるひとコマとして、なんとしてもきちんと片をつけるつもりだった。そう。かならずやってみせる。

L

スティーヴィにはやるべき任務があった。一週間前のPDEエクセルライターが壊れた時刻はもうすぐそこに迫っている。彼女はその時刻にマシンを破壊して、その見えない手が将来、彼女に苦痛をもたらす可能性から逃れなければならないのだ。この任務を遂行するにはいろいろと準備が必要なのだが、それは断固たる自制心をもって取り組まねばならないたぐいのものだった。

二階で彼女は二二口径ライフルを探しだした。テッドが彼女の反対を押し切ってテディの十歳の誕生日に買ってやったものだ。弾薬の箱も見つけてライフルの弾倉に装塡。安全装置をかけて階下におり、VWの運転席の下にすべりこませると、のろのろと二階にもどってタイプライターを抱え、また階段をおりた。途中で落としそうになったが、なんとか無事に運んで、四、五ブロック先のバークレイ建材工具店まで車を走らせ、ペンキを一ガロン購入した。色は消防車の赤。深紅のラテックス塗料一クォート缶を四つだ。

購入物を持ってバンに乗り、マグノリアと葉の落ちたハナミズキに囲まれた下見板張りの二階建て住宅が並ぶ近隣を抜け、ほどなく着いた先は町の北東部に位置する墓地だった。墓地には三本のアスファルト舗装の細い通路から入っていける。枯れた芝生がひろがる静かで広大な空間には、一八〇〇年代からある、ほとんど文字を読み取ることもできない変色した墓標やもっとあたらしい大理石の墓石、そして高さが棺二つ分、幅が棺五つ分ある霊廟が肩を並べている。数本のふしくれだった木とたくさんの欠けた大理石の天使たちが名誉あるいちばん背の高い住人の座を競い合うなか、スティーヴィは関節炎にかかったようなコブだらけのニレの木陰の下で、三本あるうちの最後の通路を左に曲がった。テッドの墓に来るのはほぼ二カ月ぶりだった。フロントガラスの向こうから彼女を見下ろしている天使たちは人を叱責するような表情を浮かべているが、腐食しかかった顔に流れる鳩のフンのせいで、厳しさは幾分、削がれている。こんなみすぼらしいケルビムのなかでもいちばんいかめしい顔をしたものにさえ、スティーヴィはぴりりとした親愛の情を感じていた。かれらはかれらの仕事をしているだけなのだ。

テッドの埋葬区画はほかの大半の墓から離れたところにあり、墓地の東側の金属フェンスに面したゆるやかな下り斜面に位置していた。スティーヴィは車を停めてタイプライターを亡き夫の墓の低い塚に運ぶと、埋葬されている夫の頭の位置に置いた。そして少々苦労しながらも、フェンスの向こうから墓の上にのびているハナミズキの大枝に建材工具店で買ったペンキの缶を結びつけた。ペンキ缶は、弱々しい二月の陽射しを浴びて怪しく煌めきながら、右に四分の一回転し、つぎに左に四分の一回転した――これぞまさしく高光沢の絵づら(と、息子の二二口径を取りに行きながら、スティーヴィは思った)。こぢんまりした冬の墓地には似つかわしくない状況を表現するには効果的、と才覚のある監督なら考えるだろう。

スティーヴィはバンの陰から、回転しているペンキ缶に慎重に狙いをつけた。と、突然、喘息のような息遣いのフンフン鼻を鳴らす音――あの苛立たしい電話の息遣いのような音――が聞こえて、集中が途切れた。ぎょっとしてライフルの銃口をおろし、急いで運転席側のドアの陰に隠れる。するとまたおなじ音がして、バンの反対側から枯葉の上を足を引きずって歩くような足音が聞こえてきた。誰かがここまで後をつけてきたなんてことがあるだろうか？　墓地に来てから誰ひとり見かけていないし、ある意味、全知ともいえそうなシートン・ベネックでさえ、彼女がいまどこでなにをしているか、知るよしもない——なぜなら、この切迫した緊張感あふれるシーンは彼女自身がつくりだしているからだ。とすると、いま近づいてきているのは、読者の想像にまかせるしかない悪意に満ちた理由で、どこからともなく出現した存在ということになる。

五、六秒後、スティーヴィが二二口径の銃身に沿って、侵入者があいたドアをまわって姿をあらわすとおぼしき方向に目を凝らしていると、そこに一対の血走った目が出現した。その目は憂き世の悲しみを孕み、奇妙なほど地面に近い位置にあった。そのうしろに引きずられている身体は黒と茶と白のまだら模様で、支えねばならない重量に比べてまるで釣り合いのとれない小さな曲がった肢がついている。スティーヴィは思わず叫び声を洩らして、胸に手を当てた。

「こんなところでなにをしてるの？」彼女はその生きものにたずねた。

シラノだった。コクラン家のバセットハウンドのシラノ。シラノは尻尾をのろのろとふり、フンフンいいながら彼女の足の甲から膝へと鼻をこすりつけ、彼女のジーンズに幾筋か精液のようなよだれの跡を残した。スティーヴィはシラノを押し返して腕時計で時刻をたしかめ、ペンキ缶に狙いをさだめて引き金を引いた。墓地にこだまする銃声に、シラノはあわててバンの反対側へまわりこみ、家へと逃げ帰っていった。この結果に気をよくしたスティーヴィは、さらに三つ、ペンキ缶に穴をあけた。穴はほぼ上から下へとそこそこきれいなジグザグを描いている。

くるくる回る容器からペンキが流れだし、タイプライターの内部機構に注がれていく。血赤のペンキが傲慢なマシンのなかで氾濫を起こす。応報の紅海がマシンを溺れさせていく。かくして深紅に染まったタイプライターは血まみれの頭のようにテッドの墓の上に鎮座し、グリデン屋外用ラテックス塗料のゴムのような人工ヘモグロビンのなかですべての意識が洗い流されていった。この吐き気を催す光景には浄化作用があり、ペンキが一滴残らずエクセルライターのなかに滴り落ちてしまうと、スティーヴィは顔をそむけて、なんの罪もない芝生にどろどろの粥に変貌したライスクリスピーを吐き散らした。いつもマレラがどんな気持ちでいるか、やっとわかった気がした……。

　誰かの手が肘に触れて、スティーヴィは飛びあがった。足音はまったく聞こえていなかった。くらくらした頭でどぎまぎしながらGジャンの袖で口を拭いて顔をあげると、ラリー・クローヴァースがいた。バークレイに三人いる警察官のひとりだ。

「ミセス・クライ、市内で銃を発砲するのは法律違反ですよ。この墓地は市の境界線内だ」

「もう終わったわ、ラリー。二度としません」

「墓地を汚すのも、きめられた場所以外にマシンを捨てるのも法律違反だ」

「終わらせなくちゃならなかったのよ、ラリー。汚したところはちゃんときれいにするわ。あのガラクタをテッドのお墓の上に残しておくつもりもないの」

「ミセス・クライ、あなたは二つか三つ、いやもっとかもしれないが、法律を破った。わたしとしてはあなたを連行しなければなりません」そのとき、スティーヴィのバンのうしろに停めてあるクローヴァースのパトカー無線からガガッという雑音につづいて半分なにをいっているのかわからない声が流れてきた。「冗談抜きで、ミセス・クライ、あなたを逮捕しなくちゃならない」クローヴァースはスティーヴィからそうっとライフルを取りあげて、マガジンをはずした。

「ねえ、ラリー、あなた、幸運よ。この本に登場したんだもの。わたしはね、あなたのお父さんの思い出に捧げるつもりであなたを登場させただけなの」先代のクローヴァースはテッドにも彼女にもよくしてくれた。ガス湯沸かし器を仕入れ値で売ってくれたうえに、無料で取りつけてくれたこともあった。「一つ三つささいな法律違反をしたからってそれで人を逮捕して嫌われ者になるようなこと、お父さんは喜ばないと思うわ。わたしは誰も傷つけていないのよ。無線でゴミ処理担当のジョー・ダンとヘンリー・マカビーに連絡して、この古いタイプライターを回収して処分してくれるようにいってくれない？　家には持って帰れないから」

「奥さん、わたしは――」

「聞いて、二人が来るまでにあふれたペンキはきれいにするわ。で、きょう中にもう一度ここに来てテッドのお墓を掃除します。彼はこのばかげた冒瀆行為を許してくれるわ。わたしに借りがあるから」

　およそ正統とはいいがたい彼女の論法（と、書け、書けとせっつくちびた鉛筆の芯）に押し切られて、ラリー・クローヴァース巡査はパトカーにもどり、毎週火曜日にジョー・ダンとヘンリー・マカビーがゴミを収集して回っているトラックに連絡してスティーヴィの言葉を伝えた。十分ほどしてトラックが到着すると、ジョーとヘンリーがひどいありさまになったエクセルライターを自動粉砕機の唸るあごのなかに放りこみ、スティーヴィもはたと気づいて空になったペンキ缶をタイプライターのあとから投げこんだ。その後、ゴミ収集車の二人にチップを渡し、ラリーの腕をぽんぽんと叩くと、スティーヴィは車を運転して家にもどった。

　家のドライヴウェイでは、ドクター・エルザが待っていた。カバーオールを着たハムリン・ベネック＆サンズの従業員二人もいっしょだった。どちらもシートンではない。かれらはシートンのたっての頼みでコロンバスから会社の車（リアウィンドウに埃っぽいベネチアン・ブラインドがかかったウッドパネルのステーションワゴン）で配達に来たという。ドクター・エルザは、二十分ほど前にシートンから電話があって、スティーヴィの家に電話をしたが誰も出ないので、スティーヴィの家で配達員と落ち合ってほしいと頼まれたのだと説明した。誰か——できれば家族ぐるみのつきあいのある人間——に家で配達品を受け取ってもらわないと困るといわれ、ドクター・エルザはすでにクリニックに来ている患者の予約時間に遅れる、いやへたをしたら予約をすっぽかすことになると思いながらもスティーヴィとのつきあいがあるし、シートンが無茶な悪ふざけで友人に迷惑をかけるのではないかという心配もあって、求めに応じたのだった。

とにかくにも配達員は到着したばかりだったので、スティーヴィとしては留守のあいだになにか悪さをされたのではないかと案じる必要はなかった。がっしりした身体つきの二人の男のうちの大柄なほう、赤毛の、写真映えのするヨセミテ・サム（ワーナー・ブラザースのアニメに登場する背の低いガンマン）のようなひげをたくわえた、ニキビ跡が目立つ男はドクター・エルザの説明を興味津々で盗み聞きしていて、驚くほどつぎつぎとむかついた表情を繰りだしていた。連れの若い黒人のほうはステーションワゴンの屋根の上に組んだ腕を置き、手の甲にあごをのせて皆のようすを眺めている。その表情は苛立っているというより面白がっているというふうだった。彼は、作業割り当てに不満があればさっさとベネック社をやめられるタイプだろう。なにしろ相棒が勝手にばかにされていると思いこんで腹を立ててふくれっつらをするのを面白がって眺めていられるのだから。

スティーヴィは赤毛の男のほうを向いた。「配達？　なんの？　なにも注文していないし、シートンからはなにも受け取りたくないわ。もうあの人には耐えられないの」

「ああ、それはおれらもおなじですよ」黒人がいった。まだ笑みを浮かべたままだ。「でも、仕事なんで」

「タイプライターよ」赤毛の男に先んじてドクター・エルザがいった。「中古のタイプライターを持ってきたんですって」

「修理済みのタイプライターです」赤毛の男が訂正した。「ぜんぶで六台。それとタイプ用紙十二連」

「でもわたしはそんなもの注文してないわ。当然、代金を払うつもりもないし」

「奥さん、誰も払ってくれなんていってませんよ。おれたちはただ配達しに来ただけですから。なかに運びこむまで帰れないんですよねえ……。それから、奥さんが帰ってきたら渡してくれって、やつから預かってきたものがあって」赤毛の男は召喚状でも送達するかのようにしわくちゃになったリーガルサイズの封筒をスティーヴィに差しだし、彼女の指は意思の働きなしに勝手にそれをつかみとっていた。「はじめていいですかね、奥さん？　グレイディもおれも昼飯まだなんで」

「はじめるって、なにを？」

「タイプライターをなかに運ぶんです。早くやればやるほど、おれたちがここいらで悪さをするチャンスも少なくなるってもんですよ」男はうすら笑いを浮かべた。

「待って。いまこれを見るから」スティーヴィはぎこちなく封筒をいじりまわし、片端を破って二枚のタイプ用紙を取りだした。それはシートンが青のクレヨンを使って読みにくい文字で書きなぐった手紙だった。


親愛なるミセス・クライ（メアリー・スティーヴンソン）

おれがエクセルライターをおかしくしてしまったので、バトン・シティから来た女占い師が始末しろといった。彼女は正しかった。あそこまでおかしくしてしまうと元にもどすことはできない。でもこの修理済みのマシンたちにはどこも悪いところはない。前におれがなんといっていいようと、このマシンたちはふつうに直しただけで、それ以外のことはしていない。

とにかく、このマシンたちはちゃんと動く。おれが狂わせてしまったマシンの代償として、これを受け取ってもらいたい。一台壊れたら、つぎのに移ればいい。ほとんどは持ち主が置いていって、そのまま取りにこなかったやつだ。いまはぜんぶあんたのものだ。紙もそう。

おれはあんたの死んだ旦那に仕返しするために、ああいうかたちであんたを苦しめた。あいつはクズ野郎だった。あんたはあいつにやさしくしすぎた。あいつにはもったいない相手だった。母さんもそうだった。あいつが十三年前にあんなことをしたせいで、おれは**悪い種子**になった。宇宙を漂っている悪を吸いこんで完全におかしくなった。あんたは、あのタイプライターが壊れたときに、そのおかしくなったおれの行く手にたちはだかったんだ。でも昨夜、あんたに追いだされたあと、あんたを明けても暮れても苦しめるのにどれだけエネルギーがいるか気がついた。宇宙の悪の入れ物でいるのは、タイプライターを修理するよりたいへんなんだ。

それにあんたを見ていると、シシー・スペイセクが中年になったらこんなかなという気がしてきたんだ。あと八年とか十年とかたったら、こんな感じかなと。おれはいつも誰かしら有名女優に夢中になっていてね、ミセス・クライ、匿名の手紙を書いて、おれの存在を知らせてるんだ。くだらないと思うけど、やめられない。これ以上コロンバスにいると、そんな感じであんたに恋して、こういうふうな、あんたが嫌がる手紙を何通も出すことになると思う。

だから今週中にアリゾナに行くことにした。アリゾナでモルモン湖・悪魔の末裔のための非特定宗教社会復帰施設（七九年にパンフレットが送られてきた）に入るつもりだ。そこでこの性癖を払い落として、作家活動をはじめる。子ども向けの、離婚とか路上犯罪とか十代の妊娠とかをテーマにした本を書きたいと思ってる。とにかく、クレッツがまだおたくのあたりをうろついてるようなら、よろしくいってくれ。届けたタイプライターがあんたの役に立つことを祈っている。

さよなら

シートン

「大丈夫？」ドクター・エルザがたずねた。「ちょっと困ったような顔してるけど」

「平気、平気」スティーヴィは手紙をたたんで封筒にすべりこませた。「なにもかも安心と思えたのはこの一週間ではじめてよ、エルザ」

「タイプライター、どうします？」赤毛の男がいった。「一台残らず家のなかに運びこむまではおたくのドライヴウェイから動くなって指示されてるんですけどね。そうすればサインしてもらえるはずだって」

「屋根裏まで運んでくれたらサインするわ」とスティーヴィはいった。

赤毛の男が腹立たしげな、完全につけこまれたという顔で相棒のグレイディを見ると、グレイディはあごを手にのせたままで背をまるめて肩をすくめた。だが、大きな口ひげの大男はぼやきながら、そしてグレイディは口のなかで流行のラップの歌詞をつぶやきながら、二人はタイプライターを抱えて階段をあがり、マレラの部屋を通って、かなり出入りのしにくい屋根裏へと一台、一台、運びこんでいった。その後、グレイディはさらに三回（二人で合計九回）往復して、ステノクラフトのタイプ用紙を運ぶという栄誉を担った――その間、不機嫌そうな顔をした相棒はステーションワゴンの運転席でハンドルにもたれて、ポケットナイフの刃で爪の手入れをしていた。スティーヴィはため息をつき、二人の男は帰っていった。別れぎわ手をふったのはひとりだけだった。

「わたしはクリニックにもどるわ」ドクター・エルザがいった。「サムに無許可外出《AWOL》だっていわれちゃいそう。あなたは大丈夫？」

「これはいたずらじゃないわ」スティーヴィは請け合った。「つぐないのつもりの、純粋な贈り物よ。心配しないで。あたしは大丈夫」

「じゃあ、どうしてタイプライターを屋根裏に運ばせたの？　まるで隠しているみたいじゃないの。少なくとも一台は書斎に置いたほうがよかったんじゃないの？」

「きょうはいいの、エルザ。もう患者さんのところへもどって」

二人の女は抱擁を交わし、スティーヴィはその日の午後を用事の片付けに当てた。用事のひとつはキッチンの天井の穴を修理できる便利屋を探すことで、もうひとつはテッドの墓の塚の芝生を短く刈りこんで、悔悟の念をこめた大きなバスケット入りの薔薇を供えることだった。

夕方には食料品店から帰るとベイクド・ポテトとアスパラガスのバターソテー、直火焼きステーキを用意して、子どもたちにうれしい驚きをプレゼントした。天井の穴は、やっと見つけた修理できるという男（テッドがよくいっしょに仕事をしていたウィックラース郡生まれの男）が木曜日まで来られないというので、まだ大きな口をあけたままだったが、そのゆゆしき存在でお祭り気分が削がれることはなく、〝みんなで楽しいときをすごした〟（英国の詩人スティーヴィ・スミスの詩集の題名）。

そのあと、テディとマレラがベッドに入ってしまうと、スティーヴィは屋根裏からまもなく聞こえてくるはずの音に耳をすませた。やがてその音が聞こえてきた。カタカタ、カタカタ、という連続音が幾重にも重なっている。彼女は足音をしのばせてマレラの部屋に行き、ステップダウン・クローゼットにおりて、そのリズミカルな機械の音楽の出所に通じる扉をくぐった。

彼女の目に飛びこんできたのは――そうとわかっていたとおり――中古のタイプライターのキーをせっせと叩いてはでたらめに打ちこんだ猿の文学を一ページ、また一ページと機械的に生みだしているカプチン・モンキーの一団だった。

　いちばん早打ちのタイピストはクレッツで、ほかの猿たちが用紙の最後まで打ち終えたとき、バーが絡まってしまったとき、あるいは単純な神経エネルギーが生みだす怪しげなインスピレーションが枯渇したときに目をやるのもクレッツだった。クレッツは手本を示したり、直接手伝ってやったりしてそんな猿たちに発破をかける。すると、いっとき動きを止めていたカプチンたちはまたせっせとキーを叩きはじめるのだった。スティーヴィはそんなカプチンたちにのど飴を与え、かれらの肩ごしに原稿を読み、ダンボール箱から汚れた小卓へ、背もたれの取れた椅子へと動きまわりながら、かれらを元気づけ、かれらが打ちだす文章をチェックした。ほとんどは意味をなさないものだったが、クレッツは偶然、モダン・ホラー小説の最初の章の前半をものしていたし、ひとつ向こうのベニヤ板の島にいるカプチンはオランダ語かアフリカーンス語らしき言語で五行戯詩を書きあげていた。このぶんだと、アンバサンド（“&”の呼び名）やセミコロンを延々打ちだしている猿たちも、遠からず売れる作品を生みだすにちがいない。なかには英語のものもあるだろう。そうなったらスティーヴィは生涯、タイプライターに近づかなくてよくなる。

「頑張ってね、みんな」スティーヴィはそういってクローゼットへの扉をくぐった。「すぐに目玉焼きサンドをお盆いっぱい持ってくるから。もちろん、パンなしのやつをね」

　そして彼女は階段をおりていった。階段の先に待っているのは、これからの人生にまだまだたくさん残っている楽しい日々、彼女の文章でできている日々……。


——完——

活字について（A NOTE ON THE TYPE(S)）

『誰がスティーヴィ・クライを造ったのか？』の本文は、ウィリアム・カスロンが一七二二年にはじめて創製したセリフ体の活字に基づくアドビ・カスロン・プロで組まれている。実用性が評価されて、この活字は登場と同時に広く使われるようになった。キャロル・トゥオンブリーはこの活字を現代によみがえらせ、〝プロ〟バージョンと融合させてべつのフォントもつくっている。六ポイントから十四ポイントのテキストに最適なので、雑誌、新聞、一般書籍、企業文書などはアドビ・カスロン・プロを使っておけばまちがいない〔日本版では凸版文久明朝R（モリサワ）を使用〕。

本文中の引用部分はクーリエ・ニューを使用した。これはハワード・〝バッド〟・ケトラーが一九五五年にデザインした活字をもとに、マイクロソフトが一九九二年に創作したフォントだ。最初はＩＢＭが自社の電動タイプライターに採用していたが、すぐにタイプライター業界のスタンダードになった。引用部分はすべて、編集者の介入をいっさい受けつけない傍若無人のエクセルライターが自発的に書いたものである〔日本版ではＴＢちび丸ゴシックＰｌｕｓｋＳＬ／Ｒ（タイプバンク）を使用〕。

諷刺的〝メタ・ホラー〟

ジャック・スレイ・ジュニア

『誰がスティーヴィ・クライを造ったのか？』は、ＳＦ界あるいはマイクル・ビショップの愛読者にとって予想外の作品だった。最近マイクルからきたメールには、『誰がスティーヴィ・クライを造ったのか？』――ネビュラ賞を受賞した *No Enemy But Time*（一九八二）に次ぐ、彼の十作めの小説――は〝ホラー小説のパロディ兼諷刺作品〟を狙って書いた、とある。本作発表当時、ホラーは非常に人気のあるジャンルだったが、これはつぎからつぎへとベストセラー一位に輝く作品を際限なく送りだしていたスティーヴン・キングに負うところが大きい。じつはキングが一九八一年に『クージョ』を出版した際、マイクルは〈ワシントン・ポスト・ブック・ワールド〉に書評を書いている。だから、ホラーではなくまたしても文化人類学ネタのＳＦを書くという過ちを犯してしまったのは、「大きなチャンスを嗅ぎ分ける優秀な鼻を持ち合わせていなかった証拠であり、*No Enemy But Time* で成功して大儲けというわけにはいかなかったのも当然」と自ら述べている。

この予想外の疑似ホラー小説の核となる〝スティーヴィ〟はメアリー・スティーヴンソン・クライのことだが、この名前は暗にキング氏をほのめかす……と同時に、この諷刺作品が「この傑物を刺し貫くものであることを自慢する思いも込められている」とマイクルは告白している。事実、『誰がスティーヴィ・クライを造ったのか？』中盤でマイクルはクージョが主人公を襲うくだりをからかうような場面を展開させている。ただし、キングのほうは狂犬病にかかった悪魔的といってもいいセントバーナードだが、マイクルのほうは滑稽なほど哀れなバセットハウンドで、スティーヴィのフォルクスワーゲンの大型バンによたよたと襲いかかるうちに「鼻づらは困惑と怒りとを吹き鳴らすスーザフォンの朝顔に変形」させてしまうのである。

マイクルが書きあげた原稿をエージェントのハワード・モーハイムにわたすと、モーハイムはこういったそうだ――「諷刺は土曜の夜には閉店（劇作家ジョージ・カウフマンの言葉。長つづきしない、の意）」当然、大手出版社も同意見で、本作は最終的にアーカムハウス（怪奇幻想文学専門の小出版社）から出版された。愛情深く編集したのは故ジム・ターナーだ。アメリカではトレード・ペーパーバック（大型のペーパーバック）もマスマーケット・ペーパーバック（廉価、小型のペーパーバック）も出なかったが、一九八七年にヘッドライン・ブック・パブリッシングがイギリスでトレード・ペーパーバック版を発売した。マイクルは、「（この小説が）人気を博したのは、破天荒な内容とともに、J・K・ポッターによるオリジナルのフォトモンタージュ・イラストに負うところが大きい」と考えている。ポッターのフォトモンタージュはたしかに脳裏に焼きついて離れないが、本書が安値処分の台に置かれるのをまぬがれているのは、小説自体に称賛に値する筆致と再発見に値するストーリーが備わっているからだ。

たとえば、諷刺文学というと往々にして性格描写がおざなりになりがちだ。しかしマイクルは、「正直な話、登場人物のことで頭がいっぱいだった。類型にとどまらない、たしかにこういう人間はいるという人物を描きたかったし、スティーヴィやその子どものテッドとマレラ、そしてたぶんアフロアメリカンの占い師シスター・セレスティアルも、そのように描けていると思う」と述べている。

全登場人物が鮮明で現実味のある人間として自分をさらけだしているし、いかにもそのへんにいそうな人物に仕上がっている――が、なかでもスティーヴィ・クライは誰よりも力強くページのなかから現実世界へ踏みだしているといえる。スティーヴィを日々悩ます災難は、まさにわたしたち人間の日常を取り巻く苦痛や苛立ちを反映したものだ。その結果、わたしたちは彼女をわたしたちのヒーローとして、共鳴しやすく、応援したくなるキャラクターとして、抱きしめずにはいられなくなる。勇敢だったり、滑稽だったり、辛辣だったり、びくびくしたり、彼女はさまざまな表情を見せるが、なによりも大きいのは、彼女がいかにも現実にいそうなキャラクターだということだ。女として、母として、またなりたてほやほやの未亡人としての彼女の苦闘はわたしたちを魅了してやまない。彼女は、彼女にとっては降伏とも逃亡とも思える夫の死を受け入れようと闘い、片親であること、作家としてのスランプ、また経済的不安といった日々の心配事と闘っている。

スティーヴィが使っているPDE社の最高価格製品エクセルライターのケーブルがぷっつりと切れたときから、事件は雪だるま式にふくれあがっていく。これは事の起こりとしては単純なもので、遥か昔の八〇年代――ダイヤルを回して電話をかけ、フォルクスワーゲンの大型バンでゆっくりと走り、タイプライターで文章を綴っていた時代――にはよくあることだったが、『誰がスティーヴィ・クライを造ったのか？』では、このちょっといらつく出来事が隠れた闇の世界への入り口になっている。そしてこの戸口からタイプライター修理人のシートン・ベネックがぶらぶらと入りこんでくる。〝どこかほかの場所〟から不意にやってきた薄気味悪い訪問者だ。スティーヴィはこのシートンにたいして〝ジョージ・ロメロの映画のゾンビのような情念と心やさしさの持ち主〟という印象を抱く。（マイクル本人はこのキャラクターを〝相手が怖気づくほど厄介な〟人物と表現している。）気さくな修理人にしてスティーヴィが書いた記事の隠れファンという仮面をかぶったシートンは、狡猾にスティーヴィの生活に入りこみ、エクセルライターを通して彼女を悩ませ、子どもたちと彼女を苦しめる。シートンとともにしばしば登場する吸血カプチン・モンキーのクレッツは、この不気味なケーキの砂糖衣といったところか。

そして、当然のことながら、物語は奇怪な様相を帯びていく。

『誰がスティーヴィ・クライを造ったのか?』のもうひとつの注目すべき特性は、本作がメタフィクションをあいだに挟みこむという複雑な手法で書かれていることだ。マイクルは、「巧妙にすべてをひっくりかえしてみせるこの種の小説手法はじつに楽しい。この手法をとったのは、そういう書き方をするのが楽しいからだ」と述べている。マイクルとの共著もあるイアン・ワトスンは *Horror:100 Best Books* (Carroll & Graf, 1988) に寄せたエッセイのなかで、この一風変わったアプローチ法を〝メタ・ホラー〟と呼んでいる。エクセルライターは知覚力を帯び、スティーヴィの夢を盗んで組み換え、彼女の心の最奥に潜む恐怖を紙の上へと導く。現実は幻想と重なってゆらぎ、事実は悪夢と重なってぼやけ、わたしたちがこうだと理解したことも、こうなるだろうと予測したことも、タイプライターの作文とスティーヴィの実人生とのあいだで宙吊りになってしまう。エクセルライターはそこのところを的確にこう述べている――「**わたしは、あなたはわたしの想像の産物だと想像している想像の産物だ。あるいはその逆でもいい**」

つまるところ『誰がスティーヴィ・クライを造ったのか?』は小説家の小説、不安にとりつかれた作家の苦境――スランプの恐怖、駄作を書いてしまうのではないかという不安、創作者と創作物との複雑にもつれた関係、混乱していながら歓びに満ちあふれた胸中――を探索する小説である。マイクルの奸智にたけた明敏なメタファーとイメージ、そして作家としての自信と手綱さばきとが相俟って、この〝ホラー小説のパロディ兼諷刺作品〟は面白いものに仕上がっている。そうした要素が、この小説をひとつ上の卓越したレベルへと押しあげているのだ。さらにうれしいことに、本作は見事ながら古めかしいジョークで幕を閉じる。* 猿がすべてをひっくりかえしてくれるのである。しかしもちろん創意あふれる含蓄に富んだストーリーテリングも楽しめるし、マイクルが、今後『誰がスティーヴィ・クライを造ったのか？』にちらりとでも似た小説を書くつもりはないと断言している以上、この初刊行時よりも引き締まった三十周年記念版は、充分にあなたの時間とお金をかけるに値するものだといえる。

——二〇一二年七月
ジョージア州ラグランジにて

*無限の猿定理。猿がタイプライターのキーをでたらめに打ちつづければ、いつかはシェークスピアの作品ができる、というもの。

ジャック・スレイ・ジュニア　作家。著書に *Ian McEwan*(Twayne, 1996)、デイル・ベイリーとの共著 *Sleeping Policeman*(Golden Gryphon, 2006)がある。一九九二年よりジョージア州立ラグランジ・カレッジにて文学および創作を教えている（本文は二〇一四年刊原書の序文として執筆された）。

三十年後の作者あとがき

わたしはいかにして『タイピング』というホラー小説を書いたか、そして書かなかったか

　一九八四年九月に『誰がスティーヴィ・クライを造ったのか?』が印刷に付されたとき、わたしは三十八歳だった。担当したのは、わたしが本書を捧げた、信念の人にしてつねに協力を惜しまない、アーカムハウスの編集者ジム・ターナー。その版には、誇らしいことに、驚くべき、もしくは美麗な(両方同時にというわけにはいかないにしろ)、J・K・ポッターの手になるフォトモンタージュ・イラストが十一点、添えられていた。彼の作品はアーカムハウスの出版物をはじめ、さまざまなところで見たことがあったし、ファンタジーやホラーの分野ではもっとも創意に富む、特異な、かつ巧緻なイラストの描き手として、今日もなお高い評価を得ている。

　というわけで、今回の三十周年記念フェアウッド・プレス/クズ・プラネット・プロダクションズ版『誰がスティーヴィ・クライを造ったのか?』に──アーティスト自身が手際よく探しだし、再生、復活の労を取るという手順を経て──ジェフのオリジナル・イラスト十一点すべてが載せられていることを、わたしはたいへんうれしく思っている。正直にいえと心の声がうながすので白状しておくと、二、三点、目をそらせたくなるものもあるのだが、本書のイラストは白黒でありながら全作品が本文に色をつけ焦点を合わせるという役割を完璧に果たしている。さらにいえば、この小説初刊行時にい

ただいた称賛の何割かは、まさに当を得たジェフの作品に帰するものであることはまちがいない。

アーカムハウス版にはグレナリー・チューターの手になる、負けず劣らず当を得たカバーがかかっていたのだが、フェアウッド・プレス／クズ・プラネットはアーカム版の完全な複製を出すことをめざしていたわけではなかったので、われわれはポール・スウェンソンにあたらしい印象的な表紙イラストを描いてほしいと依頼した。また、本文書体はフェアウッド・プレスで再販された拙著二作*Ancient of Days*と*Brittle Innings*で使ったのとおなじものを用いた……ただし、スティーヴィ・クライの、悪意に満ちた呪われたマシン、ＰＤＥエクセルライターが書いたこのうえなく耳障りな怒号のような語り部分はべつだ。

この小説は万人受けするものではない。スティーヴン・キングは嫌っていたし、あきらかに〝諷刺〟の対象にされていたら、わたしだって嫌っていただろう。それに成りあがりの作家がこれみよがしのタイトルに自分の名前のやたらなれなれしい愛称を使っているという事実も気に食わないにちがいない。わたしが本作の主役をメアリー・スティーヴンソン・クライと名づけたのは、少なくともある程度は、高名なアメリカの短篇作家メアリー・フラナリー・オコナーとイギリスの女性詩人スティーヴィ・スミスにちなんでのことなのだが、キングとどことなく似てしまったのはまったくの偶然だといったら嘘になるだろう。

この新版をじっくりあらためていただくとわかるのだが、『誰がスティーヴィ・クライを造ったのか？』にはタイトルページが二つある。最初のには『誰がスティーヴィ……』というタイトルと〝あるアメリカ南部の小説〟という一行、そしてわたしの名前が記されているのにたいして、二つめのには『タイピング』というタイトルと二行にわたるサブタイトル（〝ヴィックラース郡の狂女の人生における一週間〟と〝モダン・ホラー小説〟）、そして〝Ａ・Ｈ・Ｈ・リプスコム〟という作家名が記さ

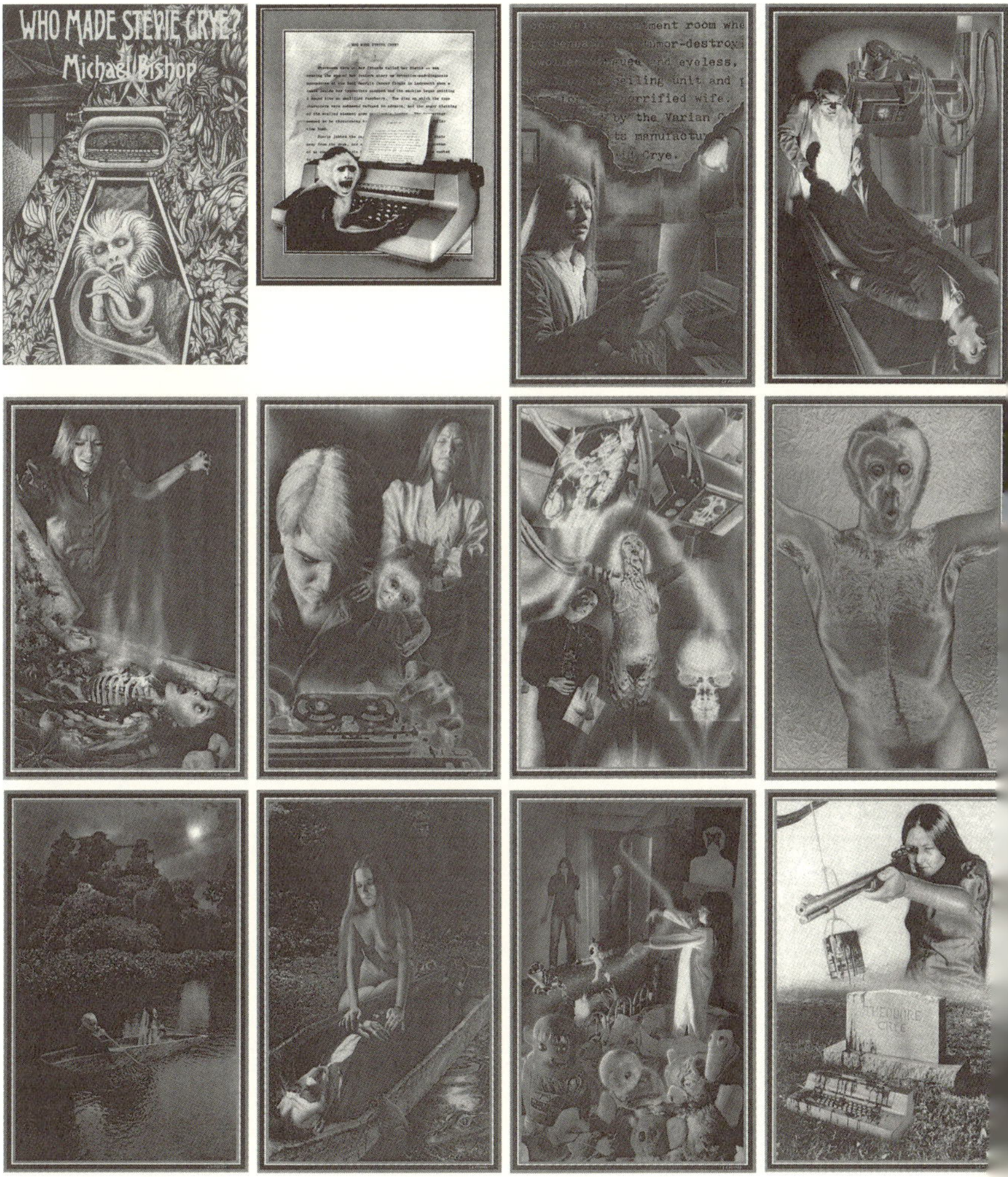

アーカムハウス版カバー（1段目左端）とJ・K・ポッターによるオリジナル・イラスト

れている。この作家は第三のタイトルページのあとにある奇妙なエピグラフの筆者でもある。（もしかして本書は、ダブルミント・ガム（〝楽しさが二倍〟が売り文句）の文学版の価値あり？）興味深いことに、また残念なことに、一九八四年のアーカムハウス版『スティーヴィ』にも、一九八七年にイギリスのヘッドラインから出た大型ペーパーバック版にも、第二のタイトルページはない。いまとなっては、ジム・ターナーがむだに複雑になるだけで不要と判断して削ったのか、それとも二〇一三年にイギリスのオリオン／ゴランツから出た電子ブック版の準備作業中に、わたしが遅まきながらタイトルページが二つという風変わりな形にしようと思ったのか、記憶がさだかでない。

　この二つのシナリオのどちらが正しいかはさておき――わたしの記憶はどこへ行ってしまったんだ？――この仕組みを採用したきっかけとなった人物のことはちゃんと覚えている。それはアメリカのSF作家ノーマン・スピンラッドだ。彼の傑作『鉄の夢』（一九七二年九月、エイヴォン）は、アドルフ・ヒトラー作の〝SF小説〟『鉤十字の帝王』でもある。どう考えていただいてもかまわないが、わたしには『誰がスティーヴィ・クライを造ったのか？』に第二のタイトルページをしのびこませたい理由があったのだ――スピンラッドが、ドイツ第三帝国の邪悪な指導者というまさかの架空の語り手を配したのとおなじくらい適切な理由が。

　一九七〇年代、ホラー小説の人気が再燃してホラー・ブームの幕が切って落とされ、スティーヴン・キングがつぎつぎに作品を発表してこの復活劇を支えた。ブームは少なくとも一九八〇年代までつづいたが、キング作品だけがこのブームを活性化させていたわけではない。アイラ・レヴィンの『ローズマリーの赤ちゃん』（一九六七）、ウィリアム・ピーター・ブラッティの『エクソシスト』（一九七一）、トマス・トライオンの『悪を呼ぶ少年』（一九七二）、ジェームズ・ハーバートの『鼠』（一九七四）等々がこのリバイバル・ブームで重要な役割を果たしていたのはまちがいのない事実だ。

キングの第一作『キャリー』が世に出たのは一九七四年四月のことだが、彼は実質的にほとんど間を置くことなく『呪われた町』(一九七五)、『シャイニング』(一九七七)、『ザ・スタンド』(一九七八)、『デッド・ゾーン』(一九七八)、『ファイアスターター』(一九八〇)、『クージョ』(一九八一)など多くのベストセラーを発表して、たちまちこのブームの顔となった。著作リストはまだまだつづくが、わたしはある夏の夜、ここジョージアにある我が家のエアコンを入れていない二階の寝室で『シャイニング』のある章を読んでいて、うなじの毛がはっきりと逆立ち、ぞっと寒気を感じるという経験をした。この手の驚くべき肉体的反応を引き起こした本は、これ以外にほとんどない。(もう一冊は、まったくおなじ場所で読んだ、ハーマン・ウォークの *War and Remembrance*(テレビドラマ化作品の邦題は『戦争と追憶』)。第二次世界大戦においてベンチマークとなる作戦行動で三雷撃隊の死者の名を点呼する場面で引き起こされたのは、震えではなくすすり泣きだった――空母ヨークタウンから飛び立った第三雷撃隊の戦死者のなかに、近隣のラグランジ市出身のジョン・R・コールという無線手兼銃手が登場する。)というわけでわたしは、ジャンルとしてのホラー、あるいは作家としてのスティーヴン・キングが嫌いということは断じてない。それどころか、わたしは彼には称賛の念を抱いている。嫉妬に近い域まで……いや、それ以上のところまで。

さて、わたしは〈ワシントン・ポスト・ブック・ワールド〉にキングのホラー小説『クージョ』の書評を書いている。主人公は、シンビオニーズ解放軍のメンバーのウィリー・ウルフ、戦時仮名〝カージョ〟(のちに、誘拐された新聞王の娘パトリシア・ハーストの恋人になったといわれる人物)にちなんでクージョと名づけられた狂犬病にかかったセント・バーナードだ。『クージョ』は構想が悪いわけでも肩に力が入りすぎているわけでもない̇の̇だが、狂犬病に冒された犬が母子を車に閉じこめる場面が長くて、読み進めるのに苦労した。この部分はパロディにもってこいだと直感したわたしは、寒気をもよおすと同時にこのジャンルによく見られる意外性に欠ける手法を軽く茶化すような小説を書こうと思い立った。わたしの標的は、スティーヴン・キングその人ではなく、ホラー小説という根強い人気を保つジャンルでひと儲けしようと雨後の筍のようにそこら中から生まれてくるキングかぶれの連中だった。いうまでもなく、わたしは自分もそのひとりではないかと真剣に考えるようなことはしなかった。

かてて加えて、わたしは主人公をふつうの人にすることにした。南部のふつうの町の、物書きを生業として家族を養おうと奮闘している独身の——いや、未亡人の——母親。キングがしばしば共感を寄せられる対象として選んでいるような〝ふつうの〟人だ。それに、ありていにいえば、まだ比較的若い（とはいえ日々、年をとっていく）男として、当時わたしがいちばんよくわかっていたのは少人数の家族（妻のジェリ、息子のジェイミー、娘のステファニー）を養うために、いかにして文学的に恥をかくことなく収入をもたらしてくれる作品を生みだすか、その苦労にほかならなかったのである。そして、その願望、その恐怖と、いうことを聞かないＩＢＭの電動タイプライター、セレクトリックとの毎日の冒険とが結びついて、我がホラー小説に〝メタフィクション〟という役をふりあてようと思うに至った。もしかすると、そうすることでケーキがある状態とそれを食べることとを両立させようとしたのかもしれない。（お手数をかけて申し訳ないが、本書の前付にあるＡ・Ｈ・Ｈ・リプスコムのエピグラフをご覧いただきたい。）

なにはともあれ、当時のホラー小説のタイトルはみんな冠詞の〝The〟ではじまっていたといっても過言ではない。といっても、その傾向は、英語では、ひとつのジャンルにかぎられたことではない——*The Tempest*（『テンペスト』）、*The Deerslayer*、*The Prince and the Pauper*（『王子と乞食』）、*The Sound and the Fury*（『響きと怒り』）、*The Old Man and the Sea*（『老人と海』）、*The High and the*

Mighty（『太平洋上帰還不能』）、*The Firm*（『法律事務所』）ｅｔｃ、ｅｔｃ——が、*The Shining*（『シャイニング』）登場以降は、その傾向がいっきに強まり、それと同時にホラー作家志望者のあいだではタイトルのTheのあとの名詞を、お察しのとおり、ingで終わる動名詞に変えるのが流行った。

　その例をリストアップしろといわれればいくらでもできるが、ひとつ明記しておかなければならないのは、ゲイリー・ブランドナーの狼男もの*The Howling*（映画『ハウリング』の原作）はキングの*The Shining*とおなじ年——一九七七年——に登場しているので、ブランドナーを有効な市場戦略——ザ・タイトリング、とでもいっておこうか——をうまく利用したと非難することはできないということだ。もうひとついえば、*The Shining*が成功したのは、表紙や背に刻された言葉よりもキングの巻を措くあたわざるストーリー展開に負うところが大きいのはいうまでもない。とはいえ、*The Shining*以降、人は、*The Glowing*や*The Gleaming*、*The Shimmering*、*The Dazzling*、はたまた*The Scintillating*といったタイトルのあらたな〝ダーク・ファンタジー〟がきょうあすにも登場するのではないかと期待し、ついには*The Homing*（『妖虫の棲む谷』）、*The Walking*、*The Burning*、そして*The Croning*というタイトルの小説と書店で遭遇するに至った。しかしこのトレンドがわたしが最初予想したほどの広がりを見せなかったのは、*The Shining*とこの小説を映画化したスタンリー・キューブリックの『シャイニング』が初期のライバルたちより何キロワットもまばゆく輝いていたからだろう。

　わたしがパインマウンテンに住んでいたのはわずか五年ほどで、一九七二年の夏、空軍士官学校の教壇を離れてからのことだった。子どもたちは六歳と四歳、妻のジェリは専業主婦の道を選び、わたしは小説を書いて家族を養っていた。短篇はそう高く売れるわけではないから確実な収入源にはならなかったので、地元の小学校の代用教員をするかたわら、〈コロンバス・レジャー＝エンクワイアラー〉紙の記者として郡行政委員会と教育委員会を担当し、ときおり特集記事も書き（そのなかには

『誰がスティーヴィ・クライを造ったのか?』に盗用した、ラグランジにある癌クリニックを題材にした長めの記事もある)、小説――*A Funeral for the Eyes of Fire*(一九七五)(のちに全面的に改稿されたものが『焔の眼』)、*And Strange at Ecbatan the Trees*(一九七六)、*Stolen Faces*(一九七七)、『ささやかな叡智』(一九七七)――がすべて海外の出版社に売れて、すでに終わった仕事でもう一度稼げますようにと祈っていた。そして、実際、海外で売れてくれたおかげで、破産の危機に瀕しているという恐怖から完全に逃れられたわけではなかったものの、我が家の財政状況は徐々に上向いていった。

もうひとつつけ加えておきたいのは、この時期、近所に住んでいた、癌で亡くなった比較的若い男性のことだ。彼は診断を受けてからほんの何週間かで病に屈服し、急激に衰えて、彼を知る人たちはみな信じられないという思いとショックとで二重に打ちのめされた。彼は、自分は最初からそういう運命だったのだと考え、避けられないことだったのだと信じて病に降伏し、死期を早めた、と多くの人が受け取っていた。わたしはこの厳しい見方を小説に取り入れ、メアリー・スティーヴンソン・クライの亡き夫セオドア・クライがあっけないほどあっさりと癌に降伏してしまった理由として使わせてもらった。いや、というより、テッドが泣き言ひとついわずに彼女と子どもたちを捨ててさっさと逝ってしまったのはなぜかと考えたスティーヴィが情け容赦なくそうときめつけた理由として使わせてもらったというべきだろう。わたしが傷ついたようにスティーヴィも傷つき、彼女がこの小説――メタフィクション的遊びが何度もくりかえされてはいるが、わたしはこれを真正の小説と考えている――のなかで直面した不安は、わたしたち、ジェリとわたし、が結婚してそう年月もたっていない子育ての時期に抱いていた不安を反映している。だから、困惑するところも不出来なところも多々あれど、そういう困難な時期をたしかに乗り越えたのだということを思い出させてくれるという意味で、わたしはこの小説にいまだに愛着を感じている。

ほかの登場人物はどうかというと、スティーヴィの子どもたち、テディとマレラは、若きビショップ夫婦に男の子と女の子がいたことに由来している。ただし、年の順はおなじだが、年の差は我が家の子どもたちのほうがスティーヴィの子どもたちより小さいし、テディとマレラは我が家の子どもたちを観察したルポルタージュというわけではなく、ほとんどが想像の産物だ。しかし、我が家の娘ステファニーもマレラのように二階の寝室にぬいぐるみの動物を山ほど置いていたことはいっておかねばなるまい。それに、忘我状態のマレラがぬいぐるみたちの動きを指揮している場面を描いたジェフ・ポッターのフォトモンタージュ・イラストをはじめて見たときには、掛け値なしに度肝を抜かれたことも告白しておく。そこに描かれていた子どもが、家族ぐるみのつきあいをしている友人でさえ双子と見まちがいかねないほど、ステフによく似ていたのだ。このことをジェフに話すと、親切に、アーカムハウス版の『スティーヴィ』で使用したこのイラストの複製を送ってきてくれた。その絵は、もう一点べつの絵とともに、このフェアウッド・プレス／クズ・プラネット・プロダクションズ版を飾る十一点のフォトモンタージュを再構成する参考にしてもらうために、暫時、彼に返却してある。

ここでシスター・セレスティアルのことにも触れておこう。パインマウンテンに住むようになってかなりの年月が経つが、その最初の数年間、州間高速道二七号線でコロンバスへ行くたびに、コロンバスのすぐ北にある一軒の家が気になっていた。その家の庭には大きな――絶対に見逃しようがないほど大きな――看板が出ていて、よく当たる女占い師がいる、車を止めてちょっと立ち寄って夢判断を受ければ、生涯の伴侶が見つかる希望が持てる、むずかしい問題の解決にも役立つ、と書いてあった。お恥ずかしいことにこの女占い師の名前は思い出せないのだが、少なくとも一度、もしかしたら二、三度、この看板が書き換えられて名前が変わっていたことは覚えている……たしかシスター千里眼から、占い師フリーダというような名前に変わっていたと思う。（悲しいかな、どちらも彼女の

〝ほんとうの〟占い師としての名前に近いとしかいえない。）車を止めて女占い師の仕事場がどんなものなのか、夢判断はどういうふうにやるのか、見てみたいと何度も思った。思ったが、どうぞ臆病者とののしってくれ、けっきょく一度も車を止めたことはなかった。その結果、〝シスター・セレスティアル〟ことベティ・マルボーンは、わたしの想像と、知り合いもしくは夜の仕事関係のアフロアメリカン数人とをミックスしたキャラクターになっている。

さて、シートン・ベネックとカプチン・モンキーのクレッツのキャラクターはどこからヒントを得たか、これについては、とりあえずここで思索を巡らせるつもりはない。ただ、本文中にいろいろと好奇心をそそるヒントがあるとだけいっておこう。ヒントが見つからなかったら、本来それが正解かもしれないが、気になる謎として残しておいていただきたい。そしてありがたいことに、現在わたしはＰＤＥエクセルライター――長年、多忙なときをすごさせてくれたＩＢＭセレクトリックの虚構バージョン――ではなく、パソコンのキーボードを叩いて仕事をしている。

ネットで『誰がスティーヴィ・クライを造ったのか？』の書評をいくつか見ていたら、気味の悪さを高く評価するという正当な見解とともに、内容の割に長すぎるのではないか（この評者の歯に衣着せぬ酷評〝中だるみしている〟という表現を使うことを避けて、ちがういいまわしにした）と評しているものがあった。いいだろう、たとえデイヴィッド・プリングルがこの小説を*Modern Fantasy : The Hundred Best Novels, an English Language Selection, 1947-1987*（Grafton, 1988）に入れてくれているという事実があるにせよ、もっともな意見だと思う。このネット書評はたしかに当を得ていて、数年前、わたしもおなじ結論に達したので、『誰がスティーヴィ・クライを造ったのか？』の本文を数千語、短くした。しかし、本作の基盤である気味悪さ、またさらに大きな基盤である、疲れを知らないスティーヴィ・クライという人物が体現している人間性、この二つにとって欠かせないメタフィクション的出来事はいっさい骨抜きになってはいないと思う。

締めくくりにあたって、あなたが読み終えたばかりの（まさか本文を読む前にあとがきを読んだことなんかありませんよね？）この小説の最後を引用することをお許しいただきたい。「そして彼女は階段をおりていった。階段の先に待っているのは、これからの人生にまだまだたくさん残っている楽しい日々、彼女の文章でできている日々……。」そのあとは、もちろん……

――完――

二〇一四年六月二十四日―二十六日
ジョージア州パインマウンテンにて

＊

必要欠くべからざる補遺

「あとがき」を書いて二週間以上経ってから、我が著作目録編纂者にして、たびたびいっしょに仕事をする編集者であり、信頼のおける友でもあるマイクル・ハッチンスに送ると、いい「あとがき」だと思うが、という返信があった。いい「あとがき」だと思うが、偽のタイトルページ（『タイピング』）は、二〇一三年にオリオン・パブリッシングから出たイギリスの電子ブック版の準備過程で彼がOCRでスキャンしたものからつくったファイルに入っている。そのファイルは二〇一〇年十一月五日にわたしに送った、というのだ。マイクルは、この第二のタイトルページをファイルに挿入したことで、「見てもらえばわかるとおり、前付で遊ばせてもらった……」という当時の彼自身の言葉まで引用している。（ちなみに彼は、最後のページの「活字について」（Note on the Type）もお遊びで入れてくれたのだが、出版者・編集者・ブックデザイナーのパトリック・スウェンソンも遊び心でこの新版に「活字について」（A NOTE ON THE TYPE(S)）を入れてくれている。ありがとう、パトリック——いろいろとお世話になった。）

マイクルによると、第二のタイトルページの原稿は直接この小説から取っていて（四〇四ページ）、この検証可能な事実を指摘したのは第二のタイトルページを入れようと思いついたのは自分だと〝認めてほしいから〟ではなく、たんにわたしのために〝話を整理しておきたかったから〟だという。わたしはマイクルをよく知っているから、彼のいっていることはまったくの真実だと思う。が、たとえそうであっても、あとがきの文章は、いまあなたが読まれたとおりのままにしておく。理由は二つ——出版者パトリック・スウェンソンがすでに数回（お互いタイトなスケジュールだというのに）わたしからの訂正事項を処理してくれているという事実の裏をかくため、そして漠然とした記憶だけにたよっていると、しばしば証拠書類で実証できるまちがいのない事実からは遠くかけ離れたところに行きついてしまうものだということを劇的に表現するため。

というわけで、この補遺は漠然とした記憶を補正するためだけでなく、それがまちがいなくマイクル・ハッチンスの功績であることを示すためにつけ加えさせてもらった。彼はいつもわたしと記録のあやまちを正してくれる存在で、今回はささやかな歴史的真実を守り、かつ元のままでは議論を呼びそうな「あとがき」の完全性を保つのに貢献してくれた。

きみにも感謝を捧げる、ありがとう、マイクル——いろいろとお世話になった。

二〇一四年七月十日

作者紹介（二〇一四年版原書より）

マイクル・ビショップは一九四五年アメリカ・ネブラスカ州生まれ。主な著作に、ネビュラ賞を受賞した長篇 *No Enemy But Time*、ミソピーイク賞（すぐれたファンタジーに与えられる賞）を受賞した長篇 *Unicorn Mountain*、シャーリイ・ジャクスン賞を受賞した短篇“The Pile”（亡き息子ジェイミーのパソコンに残されていたメモをもとにした作品）、マイクル・H・ハッチンスが編集を手がけた短篇集 *The Door Gunner and Other Perilous Flights of Fancy : A Michael Bishop Retrospective* などがある。彼は詩や批評も手がけており、編集にたずさわった作品には喝采をもって迎えられたアンソロジー *Light Years and Dark*、ネビュラ賞年次コレクション三巻、また最新のものとして *A Cross of Centuries : Twenty-Five Imaginative Tales About the Christ*、およびスティーヴン・アトリーとともに手がけた *Passing for Human* がある。近刊予定の *Joel-Brock and the Valorous Smalls* は子ども向けの作品で、良い子のお手本のビショップ家の孫アナベル・イングリッシュ・ロフティンとジョエル・ブリッジャー・ロフティンに捧げられている。マイクル・ビショップは、元小学校のカウンセラーで現在は熱心な庭師兼ヨガ実践者である妻のジェリとともにジョージア州パインマウンテンで暮らしている。夫妻は、多すぎてどうしようもないほど大量の本と同居中である。

●主な著作リスト

＊長篇

A Funeral for the Eyes of Fire（1975）

And Strange at Ecbatan the Trees（1976）後に *Beneath the Shattered Moons* の題で再刊

Stolen Faces（1977）

A Little Knowledge（1977）『ささやかな叡知』友枝康子訳、ハヤカワ文庫ＳＦ、一九八七年

Catacomb Years（1979）

Transfigurations（1979）『樹海伝説』浅倉久志訳、集英社〈ワールドＳＦシリーズ〉、一九八四年

Eyes of Fire（1980）*A Funeral for the Eyes of Fire* を改作したもの『焔の眼』冬川亘訳、早川書房〈海外ＳＦノヴェルズ〉、一九八二年

Under Heaven's Bridge（1981）イアン・ワトスンと共著『デクストロII接触』増田まもる訳、創元推理文庫、一九八八年

No Enemy But Time（1982）ネビュラ賞受賞

Who Made Stevie Crye?（1984）本書

Ancient of Days（1985）

The Secret Ascension（1987）後にオリジナル題 *Philip K Dick Is Dead, Alas* で再刊

Unicorn Mountain（1988）ミソピーイク賞受賞

Count Geiger's Blues（1992）

Brittle Innings（1994）ローカス賞受賞
Would It Kill You to Smile?（1998）ポール・ディ・フィリポとの共著で Philip Lawson 名義
Muskrat Courage（2000）ポール・ディ・フィリポとの共著で Philip Lawson 名義
Joel-Brock the Brave and the Valorous Smalls（2016）

＊短篇集
Blooded on Arachne（1982）
One Winter in Eden（1984）
Close Encounters With the Deity（1986）
Emphatically Not SF, Almost（1990）
At the City Limits of Fate（1996）
Blue Kansas Sky（2000）
Brighten to Incandescence: 17 Stories（2003）
The Door Gunner and Other Perilous Flights of Fancy: A Michael Bishop Retrospective（2012）

＊その他
Windows and Mirrors（1977）詩集
Apartheid, Superstrings, and Mordecai Thubana（1989）中篇
Time Pieces（1998）詩集
A Reverie for Mister Ray: Reflections on Life, Death, and Speculative Fiction（2005）ノンフィクション

＊なお、短篇“Within the Walls of Tyre”（1978）を邦訳した『リトペディオン 星の子』（吉野正樹訳、文芸社、二〇〇八年）が単行本として刊行されている。

著者　マイクル・ビショップ　Michael Bishop
1945年ネブラスカ州リンカーン生まれ。ジョージア大学卒業後、空軍士官学校で英文学を教えながら70年短篇“Piñon Fall”でデビュー、75年に処女長篇*A Funeral for the Eyes of Fire*を刊行。81年「胎動」で、82年には*No Enemy But Time*でネビュラ賞を受賞。79年作『樹海伝説』は異星文化人類学SFの傑作として名高い。SF以外にもポール・ディ・フィリポとの共作でミステリを執筆するなど、幅広いジャンルで活躍している。

訳者　小野田和子（おのだ　かずこ）
1951年生まれ。青山学院大学文学部英米文学科卒。英米文学翻訳家。訳書にウィアー『火星の人』、クラーク＆ポール『最終定理』（以上ハヤカワ文庫SF）、グレゴリイ『迷宮の天使』（創元ＳＦ文庫）、ハリスン『ライト』（国書刊行会）、カヴァン『鷲の巣』（文遊社）など。

DALKEY ARCHIVE

責任編集

若島正＋横山茂雄

誰《だれ》がスティーヴィ・クライを造《つく》ったのか？

2017年11月25日初版第1刷発行

著者　マイクル・ビショップ

訳者　小野田和子

装幀　山田英春

発行者　佐藤今朝夫

発行所　株式会社国書刊行会

〒174-0056　東京都板橋区志村1-13-15

電話 03-5970-7421　ファックス 03-5970-7427

http://www.kokusho.co.jp

印刷製本所　中央精版印刷株式会社

ISBN 978-4-336-06062-4

落丁・乱丁本はお取り替えいたします。

DALKEY ARCHIVE

責任編集
若島正＋横山茂雄

ドーキー・アーカイヴ

全10巻

虚構の男 L.P.Davies *The Artificial Man*
L・P・デイヴィス　矢口誠訳

人形つくり Sarban *The Doll Maker*
サーバン　館野浩美訳

鳥の巣 Shirley Jackson *The Bird's Nest*
シャーリイ・ジャクスン　北川依子訳

アフター・クロード Iris Owens *After Claude*
アイリス・オーウェンズ　渡辺佐智江訳

さらば、シェヘラザード Donald E. Westlake *Adios, Scheherazade*
ドナルド・E・ウェストレイク　矢口誠訳

イワシの缶詰の謎 Stefan Themerson *The Mystery of the Sardine*
ステファン・テメルソン　大久保譲訳

救出の試み Robert Aickman *The Attempted Rescue*
ロバート・エイクマン　今本渉訳

ライオンの場所 Charles Williams *The Place of the Lion*
チャールズ・ウィリアムズ　横山茂雄訳

煙をあげる脚 John Metcalf *Selected Stories*
ジョン・メトカーフ　横山茂雄、北川依子訳

誰がスティーヴィ・クライを造ったのか？
Michael Bishop *Who Made Stevie Crye?*
マイクル・ビショップ　小野田和子訳